LE FANTÔME DE L'OPÉRA

GASTON LEROUX

Le Fantôme de l'Opéra

LE LIVRE DE POCHE

A MON VIEUX FRERE JO

Qui, sans avoir rien d'un fantôme, n'en est pas moins, comme Erik, un Ange de la musique.

En toute affection,

GASTON LEROUX.

AVANT-PROPOS

OU L'AUTEUR DE CE SINGULIER OUVRAGE
RACONTE AU LECTEUR COMMENT IL FUT CONDUIT
A ACQUÉRIR LA CERTITUDE QUE LE FANTÔME DE L'OPÉRA
A RÉELLEMENT EXISTÉ

LE fantôme de l'Opéra a existé. Ce ne fut point, comme on l'a cru longtemps, une inspiration d'artistes, une superstition de directeurs, la création falote des cervelles excitées de ces demoiselles du corps de ballet, de leurs mères, des ouvreuses, des employés du vestiaire et de la concierge.

Oui, il a existé, en chair et en os, bien qu'il se donnât toutes les apparences d'un vrai fantôme, c'est-à-dire d'une ombre.

J'avais été frappé dès l'abord que je commençai de compulser les archives de l'Académie nationale de musique par la coïncidence surprenante des phénomènes attribués au *fantôme*, et du plus mystérieux, du plus fantastique des drames et je devais bientôt être conduit à cette idée que l'on pourrait peut-être rationnellement expliquer celui-ci par celui-là. Les événements ne datent guère que d'une trentaine d'années et il ne serait point difficile de trouver encore aujourd'hui, au foyer même de la danse, des vieillards fort respectables, dont on ne saurait mettre la parole en doute, qui se souviennent comme si la chose datait d'hier, des conditions mystérieuses et tragiques qui accompagnèrent l'enlèvement de Christine Daaé, la disparition du vicomte de Chagny et la mort de son frère aîné le comte Philippe, dont le corps fut trouvé sur la berge du lac qui s'étend dans les dessous de l'Opéra, du côté de la rue Scribe. Mais aucun de ces témoins n'avait cru jusqu'à ce jour devoir mêler à cette affreuse aventure le personnage plutôt légendaire du fantôme de l'Opéra.

La vérité fut lente à pénétrer mon esprit troublé par une enquête qui se heurtait à chaque instant à des événements qu'à première vue on pouvait juger extra-terrestres, et, plus d'une fois, je fus tout près d'abandonner une besogne où je m'exténuais à poursuivre, — sans la saisir jamais, — une vaine image. Enfin, j'eus la preuve que mes pressentiments ne m'avaient point trompé et je fus récompensé de tous mes efforts le jour où j'acquis la certitude que le fantôme de l'Opéra avait été plus qu'une ombre.

Ce jour-là, j'avais passé de longues heures en compagnie des « Mémoires d'un directeur », œuvre légère de ce trop sceptique Moncharmin qui ne comprit rien, pendant son passage à l'Opéra, à la conduite ténébreuse du fantôme, et qui s'en gaussa tant qu'il put, dans le moment même qu'il était la première victime de la curieuse opération financière qui se passait à l'intérieur de « l'enveloppe magique ».

Désespéré, je venais de quitter la bibliothèque quand je rencontrai le charmant administrateur de notre Académie nationale, qui bavardait sur un palier avec un petit vieillard vif et coquet, auquel il me présenta allégrement. M. l'administrateur était au courant de mes recherches et savait avec quelle impatience j'avais en vain tenté de découvrir la retraite du juge d'instruction de la fameuse affaire Chagny, M. Faure. On ne savait ce qu'il était devenu, mort ou vivant; et voilà que, de retour du Canada, où il venait de passer quinze ans, sa première démarche à Paris avait été pour venir chercher un fauteuil de faveur au secrétariat de l'Opéra. Ce petit vieillard était M. Faure lui-même.

Nous passâmes une bonne partie de la soirée ensemble et il me raconta toute l'affaire Chagny telle qu'il l'avait comprise jadis. Il avait dû conclure, faute de preuves, à la folie du vicomte et à la mort accidentelle du frère aîné, mais il restait persuadé qu'un drame terrible s'était passé entre les deux frères à propos de Christine Daaé. Il ne sut me dire ce qu'était devenue Christine, ni le vicomte. Bien entendu, quand je lui parlai du

fantôme, il ne fit qu'en rire. Lui aussi avait été
mis au courant des singulières manifestations qui
semblaient alors attester l'existence d'un être
exceptionnel ayant élu domicile dans un des coins
les plus mystérieux de l'Opéra et il avait connu
l'histoire de « l'enveloppe », mais il n'avait vu dans
tout cela rien qui pût retenir l'attention d'un magistrat chargé d'instruire l'affaire Chagny, et c'est tout
juste s'il avait écouté quelques instants la déposition d'un témoin qui s'était spontanément présenté
pour affirmer qu'il avait eu l'occasion de rencontrer le fantôme. Ce personnage — le témoin —
n'était autre que celui que le Tout-Paris appelait
« le Persan » et qui était bien connu de tous les
abonnés de l'Opéra. Le juge l'avait pris pour un
illuminé.

Vous pensez si je fus prodigieusement intéressé
par cette histoire du Persan. Je voulus retrouver,
s'il en était temps encore, ce précieux et original
témoin. Ma bonne fortune reprenant le dessus, je
parvint à le découvrir dans son petit appartement
de la rue de Rivoli, qu'il n'avait point quitté
depuis l'époque et où il allait mourir cinq mois
après ma visite.

Tout d'abord, je me méfiai; mais quand le Persan m'eut raconté, avec une candeur d'enfant, tout
ce qu'il savait personnellement du fantôme et qu'il
m'eut remis en toute propriété les preuves de son
existence et surtout l'étrange correspondance de
Christine Daaé, correspondance qui éclairait d'un

jour si éblouissant son effrayant destin, il ne me fut plus possible de douter! Non! non! Le fantôme n'était pas un mythe!

Je sais bien que l'on m'a répondu que toute cette correspondance n'était peut-être point authentique et qu'elle pouvait avoir été fabriquée de toutes pièces par un homme, dont l'imagination avait été certainement nourrie des contes les plus séduisants, mais il m'a été possible, heureusement, de trouver de l'écriture de Christine en dehors du fameux paquet de lettres et, par conséquent, de me livrer à une étude comparative qui a levé toutes mes hésitations.

Je me suis également documenté sur le Persan et ainsi j'ai apprécié en lui un honnête homme incapable d'inventer une machination qui eût pu égarer la justice.

C'est l'avis du reste des plus grandes personnalités qui ont été mêlées de près ou de loin à l'affaire Chagny, qui ont été les amis de la famille et auxquelles j'ai exposé tous mes documents et devant lesquelles j'ai déroulé toutes mes déductions. J'ai reçu de ce côté les plus nobles encouragements et je me permettrai de reproduire à ce sujet quelques lignes qui m'ont été adressées par le général D...

Monsieur,

Je ne saurais trop vous inciter à publier les résul-

tats de votre enquête. Je me rappelle parfaitement
que quelques semaines avant la disparition de la
grande cantatrice Christine Daaé et le drame qui a
mis en deuil tout le faubourg Saint-Germain, on par-
lait beaucoup, au foyer de la danse, du fantôme, *et je*
crois bien que l'on n'a cessé de s'en entretenir qu'à la
suite de cette affaire qui occupait tous les esprits;
mais s'il est possible, comme je le pense après vous
avoir entendu, d'expliquer le drame par le fan-
tôme, je vous en prie, monsieur, reparlez-nous du
fantôme. Si mystérieux que celui-ci puisse tout
d'abord apparaître, il sera toujours plus explicable
que cette sombre histoire où des gens malinten-
tionnés ont voulu voir se déchirer jusqu'à la mort
deux frères qui s'adorèrent toute leur vie...

Croyez bien, etc.

Enfin, mon dossier en main, j'avais parcouru à
nouveau le vaste domaine du fantôme, le formidable monument dont il avait fait son empire,
et tout ce que mes yeux avaient vu, tout ce que
mon esprit avait découvert corroborait admirablement les documents du Persan, quand une trou-
vaille merveilleuse vint couronner d'une façon
définitive mes travaux.

On se rappelle que dernièrement, en creusant
le sous-sol de l'Opéra, pour y enterrer les voix pho-
nographiées des artistes, le pic des ouvriers a mis
à nu un cadavre; or, j'ai eu tout de suite la preuve
que ce cadavre était celui du Fantôme de l'Opéra!

J'ai fait toucher cette preuve, de la main, à l'administrateur lui-même, et maintenant, il m'est indifférent que les journaux racontent qu'on a trouvé là une victime de la Commune.

Les malheureux qui ont été massacrés, lors de la Commune, dans les caves de l'Opéra, ne sont point enterrés de ce côté; je dirai où l'on peut retrouver leurs squelettes, bien loin de cette crypte immense où l'on avait accumulé, pendant le siège, toutes sortes de provisions de bouche. J'ai été mis sur cette trace en recherchant justement les restes du fantôme de l'Opéra, que je n'aurais pas retrouvés sans ce hasard inouï de l'ensevelissement des voix vivantes!

Mais nous reparlerons de ce cadavre et de ce qu'il convient d'en faire; maintenant, il m'importe de terminer ce très nécessaire avant-propos en remerciant les trop modestes comparses qui, tel M. le commissaire de police Mifroid (jadis appelé aux premières constatations lors de la disparition de Christine Daaé), tels encore M. l'ancien secrétaire Rémy, M. l'ancien administrateur Mercier, M. l'ancien chef de chant Gabriel, et plus particulièrement Mme la baronne de Castelot-Barbezac, qui fut autrefois « la petite Meg » (et qui n'en rougit pas), la plus charmante étoile de notre admirable corps de ballet, la fille aînée de l'honorable Mme Giry — ancienne ouvreuse décédée de la loge du Fantôme — me furent du plus utile secours et grâce auxquels je vais pouvoir, avec le lecteur, revivre, dans leurs plus petits détails, ces heures de pur amour et d'effroi (1).

(1) Je serais un ingrat si je ne remerciais également sur le seuil de cette effroyable et véridique histoire, la direction actuelle de l'Opéra, qui s'est prêtée si aimablement à toutes mes investigations, et en particulier M. Messager; aussi le très sympathique administrateur M. Gabion et le très aimable architecte attaché à la bonne conservation du monument, qui n'a point hésité à me prêter les ouvrages de Charles Garnier, bien qu'il fût à peu près sûr que je ne les lui rendrais point. Enfin, il me reste à reconnaître publiquement la générosité de mon ami et ancien collaborateur M. J.-L. Croze, qui m'a permis de puiser dans son admirable bibliothèque théâtrale et de lui emprunter des éditions uniques auxquelles il tenait beaucoup. — G. L.

I

EST-CE LE FANTÔME?

Ce soir-là, qui était celui où MM. Debienne et Poligny, les directeurs démissionnaires de l'Opéra, donnaient leur dernière soirée de gala, à l'occasion de leur départ, la loge de la Sorelli, un des premiers sujets de la danse, était subitement envahie par une demi-douzaine de ces demoiselles du corps de ballet qui remontaient de scène après avoir « dansé » *Polyeucte*. Elles s'y précipitèrent dans une grande confusion, les unes faisant entendre des rires excessifs et peu naturels, et les autres des cris de terreur.

La Sorelli, qui désirait être seule un instant pour « repasser » le compliment qu'elle devait prononcer tout à l'heure au foyer devant MM. Debienne et Poligny, avait vu avec méchante humeur toute cette foule étourdie se ruer derrière elle. Elle se retourna vers ses camarades et s'inquiéta d'un aussi tumultueux émoi. Ce fut la petite Jammes, — le nez cher à Grévin, des yeux de myosotis, des joues de roses, une gorge de lis, — qui en donna la raison en trois mots, d'une voix tremblante qu'étouffait l'angoisse :

« C'est le fantôme! »

Et elle ferma la porte à clef. La loge de la Sorelli était d'une élégance officielle et banale. Une psyché, un divan, une toilette et des armoires en formaient le mobilier nécessaire. Quelques gravures sur les murs, souvenirs de la mère, qui avait connu les beaux jours de l'ancien Opéra de la rue Le Peletier. Des portraits de Vestris, de Gardel, de Dupont, de Bigottini. Cette loge paraissait un palais aux gamines du corps de ballet, qui étaient logées dans des chambres communes, où elles passaient leur temps à chanter, à se disputer, à battre les coiffeurs et les habilleuses et à se payer des petits verres de cassis ou de bière ou même de rhum jusqu'au coup de cloche de l'avertisseur.

La Sorelli était très superstitieuse. En entendant la petite Jammes parler du fantôme, elle frissonna et dit :

« Petite bête! »

Et comme elle était la première à croire aux fantômes en général et à celui de l'Opéra en particulier, elle voulut tout de suite être renseignée.

« Vous l'avez vu? interrogea-t-elle.

— Comme je vous vois! » répliqua en gémissant la petite Jammes, qui, ne tenant plus sur ses jambes, se laissa tomber sur une chaise.

Et aussitôt la petite Giry, — des yeux pruneaux, des cheveux d'encre, un teint de bistre, sa pauvre

petite peau sur ses pauvres petits os, — ajouta :
« Si c'est lui, il est bien laid!

— Oh! oui », fit le chœur des danseuses.

Et elles parlèrent toutes ensemble. Le fantôme
leur était apparu sous les espèces d'un monsieur
en habit noir qui s'était dressé tout à coup devant
elles, dans le couloir, sans qu'on pût savoir d'où
il venait. Son apparition avait été si subite qu'on
eût pu croire qu'il sortait de la muraille.

« Bah! fit l'une d'elles qui avait à peu près
conservé son sang-froid, vous voyez le fantôme
partout. »

Et c'est vrai que, depuis quelques mois, il n'était
question à l'Opéra que de ce fantôme en habit
noir qui se promenait comme une ombre du haut
en bas du bâtiment, qui n'adressait la parole à
personne, à qui personne n'osait parler et qui s'évanouissait, du reste, aussitôt qu'on l'avait vu, sans
qu'on pût savoir par où ni comment. Il ne faisait
pas de bruit en marchant, ainsi qu'il sied à un vrai
fantôme. On avait commencé par en rire et par se
moquer de ce revenant habillé comme un homme
du monde ou comme un croque-mort, mais la
légende du fantôme avait bientôt pris des proportions colossales dans le corps de ballet. Toutes prétendaient avoir rencontré plus ou moins cet être
extra-naturel et avoir été victimes de ses maléfices. Et celles qui en riaient le plus fort n'étaient
point les plus rassurées. Quand il ne se laissait point
voir, il signalait sa présence ou son passage par des

événements drolatiques ou funestes dont la superstition quasi générale le rendait responsable. Avait-on à déplorer un accident, une camarade avait-elle fait une niche à l'une de ces demoiselles du corps de ballet, une houppette à poudre de riz était-elle perdue? Tout était de la faute du fantôme, du fantôme de l'Opéra!

Au fond, qui l'avait vu? On peut rencontrer tant d'habits noirs à l'Opéra qui ne sont pas des fantômes. Mais celui-là avait une spécialité que n'ont point tous les habits noirs. Il habillait un squelette.

Du moins, ces demoiselles le disaient.

Et il avait, naturellement, une tête de mort.

Tout cela était-il sérieux? La vérité est que l'imagination du squelette était née de la description qu'avait faite du fantôme, Joseph Buquet, chef machiniste, qui, lui, l'avait réellement vu. Il s'était heurté, — on ne saurait dire « nez à nez », car le fantôme n'en avait pas, — avec le mystérieux personnage dans le petit escalier qui, près de la rampe, descend directement aux « dessous ». Il avait eu le temps de l'apercevoir une seconde, — car le fantôme s'était enfui, — et avait conservé un souvenir ineffaçable de cette vision.

Et voici ce que Joseph Buquet a dit du fantôme à qui voulait l'entendre :

« Il est d'une prodigieuse maigreur et son habit noir flotte sur une charpente squelettique. Ses yeux sont si profonds qu'on ne distingue pas bien les prunelles immobiles. On ne voit, en somme, que deux grands trous noirs comme aux crânes des morts. Sa peau, qui est tendue sur l'ossature comme une peau de tambour, n'est point blanche, mais vilainement jaune; son nez est si peu de chose qu'il est invisible de profil, et *l'absence* de ce nez est une chose horrible *à voir*. Trois ou quatre longues mèches brunes sur le front et derrière les oreilles font office de chevelure. »

En vain Joseph Buquet avait-il poursuivi cette étrange apparition. Elle avait disparu comme par magie et il n'avait pu retrouver sa trace.

Ce chef machiniste était un homme sérieux, rangé, d'une imagination lente, et il était sobre. Sa parole fut écoutée avec stupeur et intérêt, et aussitôt il se trouva des gens pour raconter qu'eux aussi avaient rencontré un habit noir avec une tête de mort.

Les personnes sensées qui eurent vent de cette histoire affirmèrent d'abord que Joseph Buquet avait été victime d'une plaisanterie d'un de ses subordonnés. Et puis, il se produisit coup sur coup des incidents si curieux et si inexplicables que les plus malins commencèrent à se tourmenter.

Un lieutenant de pompiers, c'est brave! Ça ne craint rien, ça ne craint surtout pas le feu!

Eh bien, le lieutenant de pompiers en question (1), qui s'en était allé faire un tour de sur-

(1) Je tiens l'anecdote, très authentique également, de M. Pedro Gailhard lui-même, ancien directeur de l'Opéra.

veillance dans les dessous et qui s'était aventuré,
paraît-il, un peu plus loin que de coutume, était
soudain réapparu sur le plateau, pâle, effaré,
tremblant, les yeux hors des orbites, et s'était quasi
évanoui dans les bras de la noble mère de la petite
Jammes. Et pourquoi? Parce qu'il avait vu s'avancer vers lui, *à hauteur de tête, mais sans corps,
une tête de feu!* Et je le répète, un lieutenant de
pompiers, ça ne craint pas le feu.

Ce lieutenant de pompiers s'appelait Papin.

Le corps de ballet fut consterné. D'abord cette
tête de feu ne répondait nullement à la description qu'avait donnée du fantôme Joseph Buquet.
On questionna bien le pompier, on interrogea à
nouveau le chef machiniste, à la suite de quoi ces
demoiselles furent persuadées que le fantôme
avait plusieurs têtes dont il changeait comme il
voulait. Naturellement, elles imaginèrent aussitôt
qu'elles couraient les plus grands dangers. Du moment qu'un lieutenant de pompiers n'hésitait pas
à s'évanouir, coryphées et rats pouvaient invoquer
bien des excuses à la terreur qui les faisait se sauver
de toutes leurs petites pattes quand elles passaient
devant quelque trou obscur d'un corridor mal
éclairé.

Si bien que, pour protéger dans la mesure du
possible le monument voué à d'aussi horribles maléfices, la Sorelli elle-même, entourée de toutes les
danseuses et suivie même de toute la marmaille
des petites classes en maillot, avait, — au lende-

main de l'histoire du lieutenant de pompiers, — sur la table qui se trouve dans le vestibule du concierge, du côté de la cour de l'administration, déposé un fer à cheval que quiconque pénétrant dans l'Opéra, à un autre titre que celui de spectateur, devait toucher avant de mettre le pied sur la première marche de l'escalier. Et cela sous peine de devenir la proie de la puissance occulte qui s'était emparée du bâtiment, des caves au grenier!

Ce fer à cheval comme toute cette histoire, du reste, — hélas! — je ne l'ai point inventé, et l'on peut encore aujourd'hui le voir sur la table du vestibule, devant la loge du concierge, quand on entre dans l'Opéra par la cour de l'administration.

Voilà qui donne assez rapidement un aperçu de l'état d'âme de ces demoiselles, le soir où nous pénétrons avec elles dans la loge de la Sorelli.

« C'est le fantôme! » s'était donc écriée la petite Jammes.

Et l'inquiétude des danseuses n'avait fait que grandir. Maintenant, un angoissant silence régnait dans la loge. On n'entendait plus que le bruit des respirations haletantes. Enfin, Jammes s'étant jetée avec les marques d'un sincère effroi jusque dans le coin le plus reculé de la muraille, murmura ce seul mot :

« Ecoutez! »

Il semblait, en effet, à tout le monde qu'un frôlement se faisait entendre derrière la porte. Aucun bruit de pas. On eût dit d'une soie légère qui glissait sur le panneau. Puis, plus rien. La Sorelli tenta de se montrer moins pusillanime que ses compagnes. Elle s'avança vers la porte, et demanda d'une voix blanche :

« Qui est là? »

Mais personne ne lui répondit.

Alors, sentant sur elle tous les yeux qui épiaient ses moindres gestes, elle se força à être brave et dit très fort :

« Il y a quelqu'un derrière la porte?

— Oh! oui! Oui! certainement, il y a quelqu'un derrière la porte! » répéta ce petit pruneau sec de Meg Giry, qui retint héroïquement la Sorelli par sa jupe de gaze... « Surtout, n'ouvrez pas! Mon Dieu, n'ouvrez pas! »

Mais la Sorelli, armée d'un stylet qui ne la quittait jamais, osa tourner la clef dans la serrure, et ouvrir la porte, pendant que les danseuses reculaient jusque dans le cabinet de toilette et que Meg Giry soupirait :

« Maman! maman! »

La Sorelli regardait dans le couloir courageusement. Il était désert; un papillon de feu, dans sa prison de verre, jetait une lueur rouge et louche au sein des ténèbres ambiantes, sans parvenir à les dissiper. Et la danseuse referma vivement la porte avec un gros soupir.

« Non, dit-elle, il n'y a personne!

— Et pourtant, nous l'avons bien vu! affirma encore Jammes en reprenant à petits pas craintifs sa place auprès de la Sorelli. Il doit être quelque part, par là, à rôder. Moi, je ne retourne point m'habiller. Nous devrions descendre toutes au foyer, ensemble, tout de suite, pour le « compli- « ment », et nous remonterions ensemble. »

Là-dessus, l'enfant toucha pieusement le petit doigt de corail qui était destiné à la conjurer du mauvais sort. Et la Sorelli dessina, à la dérobée, du bout de l'ongle rose de son pouce droit, une croix de Saint-André sur la bague en bois qui cerclait l'annulaire de sa main gauche.

« La Sorelli, a écrit un chroniqueur célèbre, est une danseuse grande, belle, au visage grave et voluptueux, à la taille aussi souple qu'une branche de saule; on dit communément d'elle que c'est « une belle créature ». Ses cheveux blonds et purs comme l'or couronnent un front mat au-dessous duquel s'enchâssent deux yeux d'émeraude. Sa tête se balance mollement comme une aigrette sur un cou long, élégant et fier. Quand elle danse, elle a un certain mouvement de hanches indescriptible, qui donne à tout son corps un frissonnement d'ineffable langueur. Quand elle lève les bras et se penche pour commencer une pirouette, accu- sant ainsi tout le dessin du corsage, et que l'incli- nation du corps fait saillir la hanche de cette déli- cieuse femme, il paraît que c'est un tableau à se brûler la cervelle. »

En fait de cervelle, il paraît avéré qu'elle n'en eut guère. On ne le lui reprochait point.

Elle dit encore aux petites danseuses :

« Mes enfants, il faut vous « remettre »!... Le fantôme? Personne ne l'a peut-être jamais vu!...

— Si! si! Nous l'avons vu!... nous l'avons vu tout à l'heure! reprirent les petites. Il avait la tête de mort et son habit, comme le soir où il est apparu à Joseph Buquet!

— Et Gabriel aussi l'a vu! fit Jammes... pas plus tard qu'hier! hier dans l'après-midi... en plein jour...

— Gabriel, le maître de chant?

— Mais oui... Comment! vous ne savez pas ça?

— Et il avait son habit, en plein jour?

— Qui ça? Gabriel?

— Mais non! Le fantôme?

— Bien sûr, qu'il avait son habit! affirma Jammes. C'est Gabriel lui-même qui me l'a dit... C'est même à ça qu'il l'a reconnu. Et voici comment ça s'est passé. Gabriel se trouvait dans le bureau du régisseur. Tout à coup, la porte s'est ouverte. C'était le Persan qui entrait. Vous savez si le Persan a le « mauvais œil ».

— Oh! oui! » répondirent en chœur les petites danseuses qui, aussitôt qu'elles eurent évoqué l'image du Persan, firent les cornes au Destin avec leur index et leur auriculaire allongés, cependant que le médium et l'annulaire étaient repliés sur la paume et retenus par le pouce.

« ...Et si Gabriel est superstitieux! continua

Jammes, cependant il est toujours poli et quand
il voit le Persan, il se contente de mettre tranquillement sa main dans sa poche et de toucher
ses clefs... Eh bien, aussitôt que la porte s'est
ouverte devant le Persan, Gabriel ne fit qu'un bond
du fauteuil où il était assis jusqu'à la serrure de
l'armoire, pour toucher du fer! Dans ce mouvement, il déchira à un clou tout un pan de son
paletot. En se pressant pour sortir, il alla donner
du front contre une patère et se fit une bosse
énorme; puis, en reculant brusquement, il s'écorcha
le bras au paravent, près du piano; il voulut s'appuyer au piano, mais si malheureusement que le
couvercle lui retomba sur les mains et lui écrasa
les doigts; il bondit comme un fou hors du bureau
et enfin prit si mal son temps en descendant l'escalier qu'il dégringola sur les reins toutes les marches du premier étage. Je passais justement à ce
moment-là avec maman. Nous nous sommes pré-
cipitées pour le relever. Il était tout meurtri et
avait du sang plein la figure, que ça nous en faisait peur. Mais tout de suite il s'est mis à nous sourire et à s'écrier : « Merci, mon Dieu! d'en être
« quitte pour si peu! » Alors, nous l'avons interrogé et il nous a raconté toute sa peur. Elle lui
était venue de ce qu'il avait aperçu, derrière le
Persan, le fantôme! *le fantôme avec la tête de mort*,
comme l'a décrit Joseph Buquet. »

Un murmure effaré salua la fin de cette histoire
au bout de laquelle Jammes arriva tout essoufflée.

tant elle l'avait narrée vite, vite, comme si elle
était poursuivie par le fantôme. Et puis, il y eut
encore un silence qu'interrompit, à mi-voix, la
petite Giry, pendant que, très émue, la Sorelli se
polissait les ongles.

« Joseph Buquet ferait mieux de se taire, énonça
le pruneau.

— Pourquoi donc qu'il se tairait? lui de-
manda-t-on.

— C'est l'avis de m'man... », répliqua Meg, tout
à fait à voix basse, cette fois-ci, et en regardant
autour d'elle comme si elle avait peur d'être
entendue d'autres oreilles que de celles qui se trouvaient là.

« Et pourquoi que c'est l'avis de ta mère?

— Chut! M'man dit que le fantôme n'aime pas
qu'on l'ennuie!

— Et pourquoi qu'elle dit ça, ta mère?

— Parce que... Parce que... rien... »

Cette réticence savante eut le don d'exaspérer la
curiosité de ces demoiselles, qui se pressèrent
autour de la petite Giry et la supplièrent de s'expliquer. Elles étaient là, coude à coude, penchées
dans un même mouvement de prière et d'effroi.
Elles se communiquaient leur peur, y prenant un
plaisir aigu qui les glaçait.

« J'ai juré de ne rien dire! » fit encore Meg,
dans un souffle.

Mais elles ne lui laissèrent point de repos et
elles promirent si bien le secret que Meg, qui

brûlait du désir de raconter ce qu'elle savait.
commença, les yeux fixés sur la porte :

« Voilà... c'est à cause de la loge...

— Quelle loge?

— La loge du fantôme!

— Le fantôme a une loge? »

A cette idée que le fantôme avait sa loge, les danseuses ne purent contenir la joie funeste de leur stupéfaction. Elles poussèrent de petits soupirs. Elles dirent :

« Oh! mon Dieu! raconte... raconte...

— Plus bas! commanda Meg. C'est la première loge, numéro 5, vous savez bien, la première loge à côté de l'avant-scène de gauche.

— Pas possible!

— C'est comme je vous le dis... C'est m'man qui en est l'ouvreuse... Mais vous me jurez bien de ne rien raconter?

— Mais oui, va!...

— Eh bien, c'est la loge du fantôme... Personne n'y est venu depuis plus d'un mois, excepté le fantôme, bien entendu, et on a donné l'ordre à l'administration de ne plus jamais la louer...

— Et c'est vrai que le fantôme y vient?

— Mais oui...

— Il y vient donc quelqu'un?

— Mais non!... *Le fantôme y vient et il n'y a personne.* »

Les petites danseuses se regardèrent. Si le fantôme venait dans la loge, on devait le voir, puisqu'il avait un habit noir et une tête de mort. C'est ce qu'elles firent comprendre à Meg, mais celle-ci leur répliqua :

« Justement! On ne voit pas le fantôme! Et il n'a ni habit ni tête!... Tout ce qu'on a raconté sur sa tête de mort et sur sa tête de feu, c'est des blagues! Il n'a rien du tout... *On* l'entend seulement quand il est dans la loge. M'man ne l'a jamais vu, mais elle l'a entendu. M'man le sait bien, puisque c'est elle qui lui donne le programme! »

La Sorelli crut devoir intervenir :

« Petite Giry, tu te moques de nous. »

Alors, la petite Giry se prit à pleurer.

« J'aurais mieux fait de me taire... si m'man savait jamais ça!... mais pour sûr que Joseph Buquet a tort de s'occuper de choses qui ne le regardent pas... ça lui portera malheur... m'man le disait encore hier soir... »

A ce moment, on entendit des pas puissants et pressés dans le couloir et une voix essoufflée qui criait :

« Cécile! Cécile! es-tu là?

— C'est la voix de maman! fit Jammes. Qu'y a-t-il? »

Et elle ouvrit la porte. Une honorable dame, taillée comme un grenadier poméranien, s'engouffra dans la loge et se laissa tomber en gémissant dans un fauteuil. Ses yeux roulaient, affolés, éclairant lugubrement sa face de brique cuite.

« Quel malheur! fit-elle... Quel malheur!

— Quoi? Quoi?

— Joseph Buquet...

— Eh bień, Joseph Buquet...

— Joseph Buquet est mort! »

La loge s'emplit d'exclamations, de protestations étonnées, de demandes d'explications effarées...

« Oui... on vient de le trouver pendu dans le troisième dessous!... *Mais le plus terrible,* continua, haletante, la pauvre honorable dame, *le plus terrible est que les machinistes qui ont trouvé son corps, prétendent que l'on entendait autour du cadavre comme un bruit qui ressemblait au chant des morts!*

— C'est le fantôme! » laissa échapper, comme malgré elle, la petite Giry, mais elle se reprit immédiatement, ses poings à la bouche : « non!... non!... je n'ai rien dit!... je n'ai rien dit!... »

Autour d'elle, toutes ses compagnes, terrorisées, répétaient à voix basse :

« Pour sûr! C'est le fantôme!... »

La Sorelli était pâle...

« Jamais je ne pourrai dire mon compliment », fit-elle.

La maman de Jammes donna son avis en vidant un petit verre de liqueur qui traînait sur une table : il devait y avoir du fantôme là-dessous...

La vérité est qu'on n'a jamais bien su comment était mort Joseph Buquet. L'enquête, sommaire, ne donna aucun résultat, en dehors du *suicide*

naturel. Dans les *Mémoires d'un Directeur*,
M. Moncharmin, qui était l'un des deux directeurs, succédant à MM. Debienne et Poligny, rapporte ainsi l'incident du pendu :

« Un fâcheux incident vint troubler la petite
fête que MM. Debienne et Poligny se donnaient
pour célébrer leur départ. J'étais dans le bureau
de la direction quand je vis entrer tout à coup
Mercier — l'administrateur. — Il était affolé en
m'apprenant qu'on venait de découvrir, pendu
dans le troisième dessous de la scène, entre une
ferme et un décor du *Roi de Lahore*, le corps d'un
machiniste. Je m'écriai : « Allons le décrocher! »
Le temps que je mis à dégringoler l'escalier et à
descendre l'échelle du portant, le pendu n'avait
déjà plus sa corde! »

Voilà donc un événement que M. Moncharmin
trouve naturel. Un homme est pendu au bout
d'une corde, on va le décrocher, la corde a disparu. Oh! M. Moncharmin a trouvé une explication bien simple. Écoutez-le : *C'était l'heure de la
danse, et coryphées et rats avaient bien vite pris
leurs précautions contre le mauvais œil.* Un point,
c'est tout. Vous voyez d'ici le corps de ballet descendant l'échelle du portant et se partageant la corde
de pendu en moins de temps qu'il ne faut pour
l'écrire. Ce n'est pas sérieux. Quand je songe, au
contraire, à l'endroit exact où le corps a été
retrouvé — dans le troisième dessous de la scène —
j'imagine qu'il pouvait y avoir *quelque part* un

intérêt à ce que cette corde disparût après qu'elle eut fait sa besogne et nous verrons plus tard si j'ai tort d'avoir cette imagination-là.

La sinistre nouvelle s'était vite répandue du haut en bas de l'Opéra, où Joseph Buquet était très aimé. Les loges se vidèrent, et les petites danseuses, groupées autour de la Sorelli comme des moutons peureux autour du pâtre, prirent le chemin du foyer, à travers les corridors et les escaliers mal éclairés, trottinant de toute la hâte de leurs petites pattes roses.

II

LA MARGUERITE NOUVELLE

Au premier palier, la Sorelli se heurta au comte de Chagny qui montait. Le comte, ordinairement si calme, montrait une grande exaltation.

« J'allais chez vous, fit le comte en saluant la jeune femme de façon fort galante. Ah! Sorelli, quelle belle soirée! Et Christine Daaé : quel triomphe!

— Pas possible! protesta Meg Giry. Il y a six mois, elle chantait comme un clou! Mais laissez-nous passer, *mon cher comte,* fit la gamine avec une révérence mutine, nous allons aux nouvelles d'un pauvre homme que l'on a trouvé pendu. »

A ce moment passait, affairé, l'administrateur, qui s'arrêta brusquement en entendant le propos.

« Comment! Vous savez déjà cela, mesdemoiselles? fit-il d'un ton assez rude... Eh bien, n'en parlez point... et surtout que MM. Debienne et Poligny n'en soient pas informés! ça leur ferait trop de peine pour leur dernier jour. »

Tout le monde s'en fut vers le foyer de la danse, qui était déjà envahi.

Le comte de Chagny avait raison; jamais gala ne fut comparable à celui-là; les privilégiés qui y assistèrent en parlent encore à leurs enfants et petits-enfants avec un souvenir ému. Songez donc que Gounod, Reyer, Saint-Saëns, Massenet, Guiraud, Delibes, montèrent à tour de rôle au pupitre du chef d'orchestre et dirigèrent eux-mêmes l'exécution de leurs œuvres. Ils eurent, entre autres interprètes, Faure et la Krauss, et c'est ce soir-là que se révéla au Tout-Paris stupéfait et enivré cette Christine Daaé dont je veux, dans cet ouvrage, faire connaître le mystérieux destin.

Gounod avait fait exécuter *La marche funèbre d'une Marionnette*; Reyer, sa belle ouverture de *Sigurd*; Saint-Saëns, *La Danse macabre* et une *Rêverie orientale*; Massenet, une *Marche hongroise* inédite; Guiraud, son *Carnaval*; Delibes, *La Valse lente de Sylvia* et les *pyzzicati de Coppélia*. Mlles Krauss et Denise Bloch avaient chanté : la première, le boléro des *Vêpres siciliennes*; la seconde, le brindisi de *Lucrèce Borgia*.

Mais tout le triomphe avait été pour Christine Daaé, qui s'était fait entendre d'abord dans quelques passages de *Roméo et Juliette*. C'était la première fois que la jeune artiste chantait cette œuvre de Gounod, qui, du reste, n'avait pas encore été transportée à l'Opéra et que l'Opéra-Comique venait de reprendre longtemps après qu'elle eut

été créée à l'ancien Théâtre-Lyrique par Mme Car-
valho. Ah! il faut plaindre ceux qui n'ont point
entendu Christine Daaé dans ce rôle de Juliette,
qui n'ont point connu sa grâce naïve, qui n'ont
point tressailli aux accents de sa voix séraphique,
qui n'ont point senti s'envoler leur âme avec son
âme au-dessus des tombeaux des amants de Vérone :
« *Seigneur! Seigneur! Seigneur! pardonnez-nous!* »

Eh bien, tout cela n'était encore rien à côté des
accents surhumains qu'elle fit entendre dans l'acte
de la prison et le trio final de Faust, qu'elle chanta
en remplacement de la Carlotta, indisposée. On
n'avait jamais entendu, jamais vu ça!

Ça, c'était « la Marguerite nouvelle » que révé-
lait la Daaé, une Marguerite d'une splendeur, d'un
rayonnement encore insoupçonnés.

La salle tout entière avait salué des mille clameurs de son inénarrable émoi, Christine qui sanglotait et qui défaillait dans les bras de ses camarades. On dut la transporter dans sa loge. Elle
semblait avoir rendu l'âme. Le grand critique
P. de St-V. fixa le souvenir inoubliable de cette
minute merveilleuse, dans une chronique qu'il
intitula justement *La Marguerite nouvelle.* Comme
un grand artiste qu'il était, il découvrait simplement que cette belle et douce enfant avait apporté
ce soir-là, sur les planches de l'Opéra, un peu plus
que son art, c'est-à-dire son cœur. Aucun des amis
de l'Opéra n'ignorait que le cœur de Christine
était resté pur comme à quinze ans, et P. de

St-V. déclarait « que pour comprendre ce qui
venait d'arriver à Daaé, *il était dans la nécessité
d'imaginer qu'elle venait d'aimer pour la première
fois!* Je suis peut-être indiscret, ajoutait-il, mais
l'amour seul est capable d'accomplir un pareil
miracle, une aussi foudroyante transformation.
Nous avons entendu, il y a deux ans, Christine
Daaé dans son concours du Conservatoire, et elle
nous avait donné un espoir charmant. *D'où vient
le sublime d'aujourd'hui? S'il ne descend point du
ciel sur les ailes de l'amour, il me faudra penser
qu'il monte de l'enfer et que Christine, comme le
maître chanteur Ofterdingen, a passé un pacte
avec le Diable!* Qui n'a pas entendu Christine
chanter le trio final de *Faust* ne connaît pas *Faust* :
l'exaltation de la voix et l'ivresse sacrée d'une âme
pure ne sauraient aller au-delà! »

Cependant, quelques abonnés protestaient.
Comment avait-on pu leur dissimuler si longtemps
un pareil trésor? Christine Daaé avait été jusqu'alors un Siebel convenable auprès de cette Marguerite un peu trop splendidement matérielle
qu'était la Carlotta. Et il avait fallu l'absence
incompréhensible et inexplicable de la Carlotta, à
cette soirée de gala, pour qu'au pied levé la petite
Daaé pût donner toute sa mesure dans une partie
du programme réservée à la diva espagnole! Enfin,
comment, privés de Carlotta, MM. Debienne et
Poligny s'étaient-ils adressés à la Daaé? Ils connaissaient donc son génie caché? Et s'ils le connais-

saient, pourquoi le cachaient-ils? Et elle, pourquoi le cachait-elle? Chose bizarre, on ne lui connaissait point de professeur actuel. Elle avait déclaré à plusieurs reprises que, désormais, elle travaillerait toute seule. Tout cela était bien inexplicable.

Le comte de Chagny avait assisté, debout dans sa loge, à ce délire et s'y était mêlé par ses bravos éclatants.

Le comte de Chagny (Philippe-Georges-Marie) avait alors exactement quarante et un ans. C'était un grand seigneur et un bel homme. D'une taille au-dessus de la moyenne, d'un visage agréable, malgré le front dur et des yeux un peu froids, il était d'une politesse raffinée avec les femmes et un peu hautain avec les hommes, qui ne lui pardonnaient pas toujours ses succès dans le monde. Il avait un cœur excellent et une honnête conscience. Par la mort du vieux comte Philibert, il était devenu le chef d'une des plus illustres et des plus antiques familles de France, dont les quartiers de noblesse remontaient à Louis le Hutin. La fortune des Chagny était considérable, et quand le vieux comte, qui était veuf, mourut, ce ne fut point une mince besogne pour Philippe, que celle qu'il dut accepter de gérer un aussi lourd patrimoine. Ses deux sœurs et son frère Raoul ne voulurent point entendre parler de partage, et ils restèrent dans l'indivision, s'en remettant de tout à Philippe, comme si le droit d'aînesse n'avait point cessé d'exister. Quand les deux sœurs se marièrent, — le même jour, — elles reprirent leurs parts des mains de leur frère, non point comme une chose leur appartenant, mais comme une dot dont elles lui exprimèrent leur reconnaissance.

La comtesse de Chagny — née de Moerogis de la Martynière — était morte en donnant le jour à Raoul, né vingt ans après son frère aîné. Quand le vieux comte était mort, Raoul avait douze ans. Philippe s'occupa activement de l'éducation de l'enfant. Il fut admirablement secondé dans cette tâche par ses sœurs d'abord et puis par une vieille tante, veuve du marin, qui habitait Brest, et qui donna au jeune Raoul le goût des choses de la mer. Le jeune homme entra au *Borda*, en sortit dans les premiers numéros et accomplit tranquillement son tour du monde. Grâce à de puissants appuis, il venait d'être désigné pour faire partie de l'expédition officielle du *Requin*, qui avait mission de rechercher dans les glaces du pôle les survivants de l'expédition du *d'Artois*, dont on n'avait pas de nouvelles depuis trois ans. En attendant, il jouissait d'un long congé qui ne devait prendre fin que dans six mois, et les douairières du noble faubourg, en voyant cet enfant joli, qui paraissait si fragile, le plaignaient déjà des rudes travaux qui l'attendaient.

La timidité de ce marin, je serais presque tenté de dire, son innocence, était remarquable. Il semblait être sorti la veille de la main des femmes.

De fait, choyé par ses deux sœurs et par sa vieille tante, il avait gardé de cette éducation purement féminine des manières presque candides, empreintes d'un charme que rien, jusqu'alors, n'avait pu ternir. A cette époque, il avait un peu plus de vingt et un ans et en paraissait dix-huit. Il avait une petite moustache blonde, de beaux yeux bleus et un teint de fille.

Philippe gâtait beaucoup Raoul. D'abord, il en était très fier et prévoyait avec joie une carrière glorieuse pour son cadet dans cette marine où l'un de leurs ancêtres, le fameux Chagny de La Roche, avait tenu rang d'amiral. Il profitait du congé du jeune homme pour lui montrer Paris, que celui-ci ignorait à peu près dans ce qu'il peut offrir de joie luxueuse et de plaisir artistique.

Le comte estimait qu'à l'âge de Raoul trop de sagesse n'est plus tout à fait sage. C'était un caractère fort bien équilibré, que celui de Philippe, pondéré dans ses travaux comme dans ses plaisirs, toujours d'une tenue parfaite, incapable de montrer à son frère un méchant exemple. Il l'emmena partout avec lui. Il lui fit même connaître le foyer de la danse. Je sais bien que l'on racontait que le comte était du « dernier bien » avec la Sorelli. Mais quoi! pouvait-on faire un crime à ce gentilhomme, resté célibataire, et qui, par conséquent, avait bien des loisirs devant lui, surtout depuis que ses sœurs étaient établies, de venir passer une heure ou deux, après son dîner, dans la compa-

gnie d'une danseuse qui, évidemment, n'était point
très, très spirituelle, mais qui avait les plus jolis
yeux du monde? Et puis, il y a des endroits où un
vrai Parisien, quand il tient le rang du comte de
Chagny, doit se montrer, et, à cette époque, le
foyer de la danse de l'Opéra était un de ces
endroits-là.

Enfin, peut-être Philippe n'eût-il pas conduit
son frère dans les coulisses de l'Académie nationale
de musique, si celui-ci n'avait été le premier, à
plusieurs reprises, à le lui demander avec une
douce obstination dont le comte devait se souvenir
plus tard.

Philippe, après avoir applaudi ce soir-là la Daaé,
s'était tourné du côté de Raoul, et l'avait vu si
pâle qu'il en avait été effrayé.

« Vous ne voyez donc point, avait dit Raoul,
que cette femme se trouve mal? »

En effet, sur la scène, on devait soutenir Christine Daaé.

« C'est toi qui vas défaillir..., fit le comte en se
penchant vers Raoul. Qu'as-tu donc? »

Mais Raoul était déjà debout.

« Allons, dit-il, la voix frémissante.

— Où veux-tu aller, Raoul? interrogea le comte,
étonné de l'émotion dans laquelle il trouvait son
cadet.

— Mais allons voir! C'est la première fois qu'elle
chante comme ça! »

Le comte fixa curieusement son frère et un léger

sourire vint s'inscrire au coin de sa lèvre amusée.

« Bah!... » Et il ajouta tout de suite : « Allons! Allons! »

Il avait l'air enchanté.

Ils furent bientôt à l'entrée des abonnés, qui était fort encombrée. En attendant qu'il pût pénétrer sur la scène, Raoul déchirait ses gants d'un geste inconscient. Philippe, qui était bon, ne se moqua point de son impatience. Mais il était renseigné. Il savait maintenant pourquoi Raoul était distrait quand il lui parlait et aussi pourquoi il semblait prendre un si vif plaisir à ramener tous les sujets de conversation sur l'Opéra.

Ils pénétrèrent sur le plateau.

Une foule d'habits noirs se pressaient vers le foyer de la danse ou se dirigeaient vers les loges des artistes. Aux cris des machinistes se mêlaient les allocutions véhémentes des chefs de service. Les figurants du dernier tableau qui s'en vont, les « marcheuses » qui vous bousculent, un portant qui passe, une toile de fond qui descend du cintre, un praticable qu'on assujettit à grands coups de marteau, l'éternel « place au théâtre » qui retentit à vos oreilles comme la menace de quelque catastrophe nouvelle pour votre huit-reflets ou d'un renfoncement solide pour vos reins, tel est l'événement habituel des entractes qui ne manque jamais de troubler un novice comme le jeune homme à la petite moustache blonde, aux

yeux bleus et au teint de fille qui traversait, aussi
vite que l'encombrement le lui permettait, cette
scène sur laquelle Christine Daaé venait de triompher et sous laquelle Joseph Buquet venait de
mourir.

Ce soir-là, la confusion n'avait jamais été plus
complète, mais Raoul n'avait jamais été moins
timide. Il écartait d'une épaule solide tout ce qui
lui faisait obstacle, ne s'occupant point de ce qui
se disait autour de lui, n'essayant point de comprendre les propos effarés des machinistes. Il était
uniquement préoccupé du désir de voir celle dont
la voix magique lui avait arraché le cœur. Oui, il
sentait bien que son pauvre cœur tout neuf ne lui
appartenait plus. Il avait bien essayé de le défendre
depuis le jour où Christine, qu'il avait connue
toute petite, lui était réapparue. Il avait ressenti
en face d'elle une émotion très douce qu'il avait
voulu chasser, à la réflexion, car il s'était juré, tant
il avait le respect de lui-même et de sa foi, de
n'aimer que celle qui serait sa femme, et il ne pouvait, une seconde, naturellement, songer à épouser
une chanteuse; mais voilà qu'à l'émotion très
douce avait succédé une sensation atroce. Sensation? Sentiment? Il y avait là-dedans du physique
et du moral. Sa poitrine lui faisait mal, comme si
on la lui avait ouverte pour lui prendre le cœur.
Il sentait là un creux affreux, un vide réel qui ne
pourrait jamais plus être rempli que par le cœur
de l'autre! Ce sont là des événements d'une psy-

chologie particulière qui, paraît-il, ne peuvent être compris que de ceux qui ont été frappés, par l'amour, de ce coup étrange appelé, dans le langage courant, « coup de foudre ».

Le comte Philippe avait peine à le suivre. Il continuait de sourire.

Au fond de la scène, passé la double porte qui s'ouvre sur les degrés qui conduisent au foyer et sur ceux qui mènent aux loges de gauche du rez-de-chaussée, Raoul dut s'arrêter devant la petite troupe de rats qui, descendus à l'instant de leur grenier, encombraient le passage dans lequel il voulait s'engager. Plus d'un mot plaisant lui fut décoché par de petites lèvres fardées auxquelles il ne répondit point; enfin, il put passer et s'enfonça dans l'ombre d'un corridor tout bruyant des exclamations que faisaient entendre d'enthousiastes admirateurs. Un nom couvrait toutes les rumeurs : Daaé! Daaé! Le comte, derrière Raoul, se disait : « Le coquin connaît le chemin! », et il se demandait comment il l'avait appris. Jamais il n'avait conduit lui-même Raoul chez Christine. Il faut croire que celui-ci y était allé tout seul pendant que le comte restait à l'ordinaire à bavarder au foyer avec la Sorelli, qui le priait souvent de demeurer près d'elle jusqu'au moment où elle entrait en scène, et qui avait parfois cette manie tyrannique de lui donner à garder les petites guêtres avec lesquelles elle descendait de sa loge et dont elle garantissait le lustre de ses souliers de

satin et la netteté de son maillot chair. La Sorelli
avait une excuse : elle avait perdu sa mère.

Le comte, remettant à quelques minutes la
visite qu'il devait faire à la Sorelli, suivait donc la
galerie qui conduisait chez la Daaé, et constatait
que ce corridor n'avait jamais été aussi fréquenté
que ce soir, où tout le théâtre semblait bouleversé
du succès de l'artiste et aussi de son évanouissement. Car la belle enfant n'avait pas encore repris
connaissance, et on était allé chercher le docteur
du théâtre, qui arriva sur ces entrefaites, bouscu-
lant les groupes et suivi de près par Raoul, qui lui
marchait sur les talons.

Ainsi, le médecin et l'amoureux se trouvèrent
dans le même moment aux côtés de Christine, qui
reçut les premiers soins de l'un et ouvrit les yeux
dans les bras de l'autre. Le comte était resté, avec
beaucoup d'autres, sur le seuil de la porte devant
laquelle on s'étouffait.

« Ne trouvez-vous point, docteur, que ces messieurs devraient « dégager » un peu la loge?
demanda Raoul avec une incroyable audace. On
ne peut plus respirer ici.

— Mais vous avez parfaitement raison »,
acquiesça le docteur, et il mit tout le monde à la
porte, à l'exception de Raoul et de la femme de
chambre.

Celle-ci regardait Raoul avec des yeux agrandis
par le plus sincère ahurissement. Elle ne l'avait
jamais vu.

Elle n'osa pas toutefois le questionner.

Et le docteur s'imagina que si le jeune homme agissait ainsi, c'était évidemment parce qu'il en avait le droit. Si bien que le vicomte resta dans cette loge à contempler la Daaé renaissant à la vie, pendant que les deux directeurs, MM. Debienne et Poligny eux-mêmes, qui étaient venus pour exprimer leur admiration à leur pensionnaire, étaient refoulés dans le couloir, avec des habits noirs. Le comte de Chagny, rejeté comme les autres dans le corridor, riait aux éclats.

« Ah! le coquin! Ah! le coquin! »

Et il ajoutait, *in petto* : « Fiez-vous donc à ces jouvenceaux qui prennent des airs de petites filles! »

Il était radieux. Il conclut : « C'est un Chagny! » et il se dirigea vers la loge de la Sorelli; mais celle-ci descendait au foyer avec son petit troupeau tremblant de peur, et le comte la rencontra en chemin, comme il a été dit.

Dans la loge, Christine Daaé avait poussé un profond soupir auquel avait répondu un gémissement. Elle tourna la tête et vit Raoul et tressaillit. Elle regarda le docteur auquel elle sourit, puis sa femme de chambre, puis encore Raoul.

« Monsieur! demanda-t-elle à ce dernier, d'une voix qui n'était encore qu'un souffle... qui êtes-vous?

— Mademoiselle, répondit le jeune homme qui mit un genou en terre et déposa un ardent bai-

ser sur la main de la diva, mademoiselle, *je suis le
petit enfant qui est allé ramasser votre écharpe
dans la mer.* »

Christine regarda encore le docteur et la femme
de chambre et tous trois se mirent à rire. Raoul se
releva très rouge.

« Mademoiselle, puisqu'il vous plaît de ne point
me reconnaître, je voudrais vous dire quelque chose
en particulier, quelque chose de très important.

— Quand j'irai mieux, monsieur, voulez-vous?...
— et sa voix tremblait. — Vous êtes très gentil...

— Mais il faut vous en aller..., ajouta le docteur
avec son plus aimable sourire. Laissez-moi soigner
mademoiselle.

— Je ne suis pas malade », fit tout à coup Christine avec une énergie aussi étrange qu'inattendue.

Et elle se leva en se passant d'un geste rapide une
main sur les paupières.

« Je vous remercie, docteur!... J'ai besoin de rester seule... Allez-vous-en tous! je vous en prie... laissez-moi... Je suis très nerveuse ce soir... »

Le médecin voulut faire entendre quelques protestations, mais devant l'agitation de la jeune
femme, il estima que le meilleur remède à un pareil
état consistait à ne point la contrarier. Et il s'en
alla avec Raoul, qui se trouva dans le couloir, très
désemparé. Le docteur lui dit :

« Je ne la reconnais plus ce soir... elle, ordinairement si douce... »

Et il le quitta.

Raoul restait seul. Toute cette partie du théâtre était déserte maintenant. On devait procéder à la cérémonie d'adieux, au foyer de la danse. Raoul pensa que la Daaé s'y rendrait peut-être et il atten dit dans la solitude et le silence. Il se dissimula même dans l'ombre propice d'un coin de porte. Il avait toujours cette affreuse douleur à la place du cœur. Et c'était de cela qu'il voulait parler à la Daaé, sans retard. Soudain la loge s'ouvrit et il vit la soubrette qui s'en allait toute seule, emportant des paquets. Il l'arrêta au passage et lui demanda des nouvelles de sa maîtresse. Elle lui répondit en riant que celle-ci allait tout à fait bien, mais qu'il ne fallait point la déranger parce qu'elle désirait rester seule. Et elle se sauva. Une idée traversa la cervelle embrasée de Raoul : Évidemment la Daaé voulait rester seule *pour lui!*... Ne lui avait-il point dit qu'il désirait l'entretenir particulièrement et n'était-ce point là la raison pour laquelle elle avait fait le vide autour d'elle? Respirant à peine, il se rap procha de sa loge et l'oreille penchée contre la porte pour entendre ce qu'on allait lui répondre, et il se disposa à frapper. Mais sa main retomba. Il venait de percevoir, dans la loge, *une voix d'homme,* qui disait sur une intonation singulière ment autoritaire :

« Christine, il faut m'aimer! »

Et la voix de Christine, douloureuse, que l'on devinait accompagnée de larmes, une voix trem blante, répondait :

« Comment pouvez-vous me dire cela? *Moi qui ne chante que pour vous!* »

Raoul s'appuya au panneau, tant il souffrait. Son cœur, qu'il croyait parti pour toujours, était revenu dans sa poitrine et lui donnait des coups retentissants. Tout le couloir en résonnait et les oreilles de Raoul en étaient comme assourdies. Sûrement, si son cœur continuait à faire autant de tapage, on allait l'entendre, on allait ouvrir la porte et le jeune homme serait honteusement chassé. Quelle position pour un Chagny! Ecouter derrière une porte! Il prit son cœur à deux mains pour le faire taire. Mais un cœur, ce n'est point la gueule d'un chien et même quand on tient la gueule d'un chien à deux mains, — un chien qui aboie insupportablement, — on l'entend gronder toujours.

La voix d'homme reprit :

« Vous devez être bien fatiguée?

— Oh! ce soir, je vous ai donné mon âme et je suis morte.

— Ton âme est bien belle, mon enfant, reprit la voix grave d'homme et je te remercie. Il n'y a point d'empereur qui ait reçu un pareil cadeau! *Les anges ont pleuré ce soir.* »

Après ces mots : *les anges ont pleuré ce soir*, le vicomte n'entendit plus rien.

Cependant, il ne s'en alla point, mais, comme il craignait d'être surpris, il se rejeta dans son coin d'ombre, décidé à attendre là que l'homme quittât la loge. A la même heure il venait d'apprendre l'amour et la haine. Il savait qu'il aimait. Il voulait connaître qui il haïssait. A sa grande stupéfaction la porte s'ouvrit, et Christine Daaé, enveloppée de fourrures et la figure cachée sous une dentelle, sortit seule. Elle referma la porte, mais Raoul observa qu'elle ne refermait point à clef. Elle passa. Il ne la suivit même point des yeux, car ses yeux étaient sur la porte qui ne se rouvrait pas. Alors, le couloir étant à nouveau désert, il le traversa. Il ouvrit la porte de la loge et la referma aussitôt derrière lui. Il se trouvait dans la plus opaque obscurité. On avait éteint le gaz.

« Il y a quelqu'un ici! fit Raoul d'une voix vibrante. Pourquoi se cache-t-il? »

Et ce disant, il s'appuyait toujours du dos à la porte close.

La nuit et le silence. Raoul n'entendait que le bruit de sa propre respiration. Il ne se rendait certainement point compte que l'indiscrétion de sa conduite dépassait tout ce que l'on pouvait imaginer.

« Vous ne sortirez d'ici que lorsque je le permettrai! s'écria le jeune homme. Si vous ne me répondez pas, vous êtes un lâche! Mais je saurai bien vous démasquer! »

Et il fit craquer son allumette. La flamme éclaira la loge. Il n'y avait personne dans la loge! Raoul, après avoir pris soin de fermer la porte à clef, alluma les globes, les lampes. Il pénétra dans le cabinet de toilette, ouvrit les armoires, chercha, tâta de ses mains moites les murs. Rien!

« Ah! ça, dit-il tout haut, est-ce que je deviens fou? »

Il resta ainsi dix minutes, à écouter le sifflement du gaz dans la paix de cette loge abandonnée; amoureux, il ne songea même point à dérober un ruban qui lui eût apporté le parfum de celle qu'il aimait. Il sortit, ne sachant plus ce qu'il faisait ni où il allait. A un moment de son incohérente déambulation, un air glacé vint le frapper au visage. Il se trouvait au bas d'un étroit escalier que descendait, derrière lui, un cortège d'ouvriers penchés sur une espèce de brancard que recouvrait un linge blanc.

« La sortie, s'il vous plaît? fit-il à l'un de ces hommes.

— Vous voyez bien! en face de vous, lui fut-il répondu. La porte est ouverte. Mais laissez-nous passer. »

Il demanda machinalement en montrant le brancard :

« Qu'est-ce que c'est que ça? »

L'ouvrier répondit :

« Ça, c'est Joseph Buquet que l'on a trouvé pendu dans le troisième dessous, entre un portant et un décor du *Roi de Lahore*. »

Il s'effaça devant le cortège, salua et sortit.

III

OU, POUR LA PREMIÈRE FOIS, MM. DEBIENNE ET POLIGNY
DONNENT, EN SECRET,
AUX NOUVEAUX DIRECTEURS DE L'OPÉRA,
MM. ARMAND MONCHARMIN ET FIRMIN RICHARD,
LA VÉRITABLE ET MYSTÉRIEUSE RAISON
DE LEUR DÉPART DE L'ACADÉMIE NATIONALE DE MUSIQUE

PENDANT ce temps avait lieu la cérémonie des adieux.

J'ai dit que cette fête magnifique avait été donnée, à l'occasion de leur départ de l'Opéra, par MM. Debienne et Poligny qui avaient voulu mourir comme nous disons aujourd'hui : en beauté.

Ils avaient été aidés dans la réalisation de ce programme idéal et funèbre, par tout ce qui comptait alors à Paris dans la société et dans les arts.

Tout ce monde s'était donné rendez-vous au foyer de la danse, où la Sorelli attendait, une coupe de champagne à la main et un petit discours préparé au bout de la langue, les directeurs démissionnaires. Derrière elle, ses jeunes et vieilles camarades du corps de ballet se pressaient, les unes s'entretenant à voix basse des événements du jour, les autres adressant discrètement des signes d'intelligence à leurs amis, dont la foule bavarde entourait déjà le buffet, qui avait été dressé sur le plancher en pente, entre la *danse guerrière* et la *danse champêtre* de M. Boulenger.

Quelques danseuses avaient déjà revêtu leurs toilettes de ville; la plupart avaient encore leur jupe de gaze légère; mais toutes avaient cru devoir prendre des figures de circonstance. Seule, la petite Jammes dont les quinze printemps semblaient déjà avoir oublié dans leur insouciance — heureux âge — le fantôme et la mort de Joseph Buquet, n'arrêtait point de caqueter, babiller, sautiller, faire des niches, si bien que, MM. Debienne et Poligny apparaissant sur les marches du foyer de la danse, elle fut rappelée sévèrement à l'ordre par la Sorelli, impatiente.

Tout le monde remarqua que MM. les directeurs démissionnaires avaient l'air gai, ce qui, en province, n'eût paru naturel à personne, mais ce qui, à Paris, fut trouvé de fort bon goût. Celui-là ne sera jamais Parisien qui n'aura point appris à mettre un masque de joie sur ses douleurs et le « loup » de la tristesse, de l'ennui ou de l'indifférence sur son intime allégresse. Vous savez qu'un de vos amis est dans la peine, n'essayez point de le consoler; il vous dira qu'il l'est déjà; mais s'il lui est arrivé

quelque événement heureux, gardez-vous de l'en
féliciter; il trouve sa bonne fortune si naturelle
qu'il s'étonnera qu'on lui en parle. A Paris, on est
toujours au bal masqué et ce n'est point au foyer
de la danse que des personnages aussi « avertis »
que MM. Debienne et Poligny eussent commis la
faute de montrer leur chagrin qui était réel. Et ils
souriaient déjà trop à la Sorelli, qui commençait
à débiter son compliment quand une réclamation
de cette petite folle de Jammes vint briser le sourire de MM. les directeurs d'une façon si brutale
que la figure de désolation et d'effroi qui était dessous, apparut aux yeux de tous :

« Le fantôme de l'Opéra! »

Jammes avait jeté cette phrase sur un ton d'indicible terreur et son doigt désignait dans la foule
des habits noirs un visage si blême, si lugubre et si
laid, avec les trous noirs des arcades sourcilières si
profonds, que cette tête de mort ainsi désignée remporta immédiatement un succès fou.

« Le fantôme de l'Opéra! Le fantôme de
l'Opéra! »

Et l'on riait, et l'on se bousculait, et l'on voulait
offrir à boire au fantôme de l'Opéra; mais il avait
disparu! Il s'était glissé dans la foule et on le recher-
cha en vain, cependant que deux vieux messieurs
essayaient de calmer la petite Jammes et que la
petite Giry poussait des cris de paon.

La Sorelli était furieuse; elle n'avait pas pu ache-
ver son discours; MM. Debienne et Poligny

l'avaient embrassée, remerciée et s'étaient sauvés aussi rapides que le fantôme lui-même. Nul ne s'en étonna, car on savait qu'ils devaient subir la même cérémonie à l'étage supérieur, au foyer du chant, et qu'enfin leurs amis intimes seraient reçus une dernière fois par eux dans le grand vestibule du cabinet directorial, où un véritable souper les attendait.

Et c'est là que nous les retrouverons avec les nouveaux directeurs MM. Armand Moncharmin et Firmin Richard. Les premiers connaissaient à peine les seconds, mais ils se répandirent en grandes protestations d'amitié et ceux-ci leur répondirent par mille compliments; de telle sorte que ceux des invités qui avaient redouté une soirée un peu maussade montrèrent immédiatement des mines réjouies. Le souper fut presque gai et l'occasion s'étant présentée de plusieurs toasts, M. le commissaire du gouvernement y fut si particulièrement habile, mêlant la gloire du passé aux succès de l'avenir, que la plus grande cordialité régna bientôt parmi les convives. La transmission des pouvoirs directoriaux s'était faite la veille, le plus simplement possible, et les questions qui restaient à régler entre l'ancienne et la nouvelle direction y avaient été résolues sous la présidence du commissaire du gouvernement dans un si grand désir d'entente de part et d'autre, qu'en vérité on ne pouvait s'étonner, dans cette soirée mémorable, de trouver quatre visages de directeurs aussi souriants.

MM. Debienne et Poligny avaient déjà remis à MM. Armand Moncharmin et Firmin Richard les deux clefs minuscules, les passe-partout qui ouvraient toutes les portes de l'Académie nationale de musique, — plusieurs milliers. — Et prestement ces petites clefs, objet de la curiosité générale, passaient de main en main quand l'attention de quelques-uns fut détournée par la découverte qu'ils venaient de faire, au bout de la table, de cette étrange et blême et fantastique figure aux yeux caves qui était déjà apparue au foyer de la danse et qui avait été saluée par la petite Jammes de cette apostrophe : « Le fantôme de l'Opéra! »

Il était là, comme le plus naturel des convives, sauf qu'il ne mangeait ni ne buvait.

Ceux qui avaient commencé à le regarder en souriant, avaient fini par détourner la tête, tant cette vision portait immédiatement l'esprit aux pensers les plus funèbres. Nul ne recommença la plaisanterie du foyer, nul ne s'écria : « Voilà le fantôme de l'Opéra! »

Il n'avait pas prononcé un mot, et ses voisins eux-mêmes n'eussent pu dire à quel moment précis il était venu s'asseoir là, mais chacun pensa que si les morts revenaient parfois s'asseoir à la table des vivants, ils ne pouvaient montrer de plus macabre visage. Les amis de MM. Firmin Richard et Armand Moncharmin crurent que ce convive décharné était un intime de MM. Debienne et Poligny, tandis que les amis de MM. Debienne et Poli-

gny pensèrent que ce cadavre appartenait à la clientèle de MM. Richard et Moncharmin. De telle sorte
qu'aucune demande d'explication, aucune réflexion
déplaisante, aucune facétie de mauvais goût ne risqua de froisser cet hôte d'outre-tombe. Quelques
convives qui étaient au courant de la légende du
fantôme et qui connaissaient la description qu'en
avait faite le chef machiniste, — ils ignoraient la
mort de Joseph Buquet, — trouvaient *in petto* que
l'homme du bout de la table aurait très bien pu
passer pour la réalisation vivante du personnage
créé, selon eux, par l'indécrottable superstition du
personnel de l'Opéra; et cependant, selon la
légende, le fantôme n'avait pas de nez et ce personnage en avait un, mais M. Moncharmin affirme
dans ses « mémoires » que le nez du convive était
transparent. « Son nez, dit-il, était long, fin, et
transparent » — et j'ajouterai que cela pouvait être
un faux nez. M. Moncharmin a pu prendre pour
de la transparence ce qui n'était que luisant. Tout
le monde sait que la science fait d'admirables faux
nez pour ceux qui en ont été privés par la nature
ou par quelque opération. En réalité, le fantôme
est-il venu s'asseoir, cette nuit-là, au banquet des
directeurs sans y avoir été invité? Et pouvons-nous
être sûrs que cette figure était celle du fantôme de
l'Opéra lui-même? Qui oserait le dire? Si je parle
de cet incident ici, ce n'est point que je veuille une
seconde faire croire ou tenter de faire croire au lecteur que le fantôme ait été capable d'une aussi

superbe audace, mais parce qu'en somme la chose
est très possible.

Et en voici, semble-t-il, une raison suffisante.
M. Armand Moncharmin, toujours dans ses « mémoires », dit textuellement : — Chapitre xi :
« Quand je songe à cette première soirée, je ne puis
séparer la confidence qui nous fut faite, dans leur
cabinet, par MM. Debienne et Poligny de la présence à notre souper de ce *fantomatique* personnage
que nul de nous ne connaissait. »

Voici exactement ce qui se passa :

MM. Debienne et Poligny, placés au milieu de
la table, n'avaient pas encore aperçu l'homme à la
tête de mort, quand celui-ci se mit tout à coup
à parler.

« Les *rats* ont raison, dit-il. La mort de ce pauvre
Buquet n'est peut-être point si naturelle qu'on le
croit. »

Debienne et Poligny sursautèrent.

« Buquet est mort? s'écrièrent-ils.

— Oui, répliqua tranquillement l'homme ou
l'ombre d'homme... Il a été trouvé pendu, ce soir,
dans le troisième dessous, entre une ferme et un
décor du *Roi de Lahore*. »

Les deux directeurs, ou plutôt ex-directeurs, se
levèrent aussitôt, en fixant étrangement leur inter-
locuteur. Ils étaient agités plus que de raison, c'est-
à-dire plus qu'on a raison de l'être par l'annonce
de la pendaison d'un chef machiniste. Ils se regardèrent tous deux. Ils étaient devenus plus pâles que

la nappe. Enfin, Debienne fit signe à MM. Richard et Moncharmin : Poligny prononça quelques paroles d'excuse à l'adresse des convives, et tous quatre passèrent dans le bureau directorial. Je laisse la parole à M. Moncharmin.

« MM. Debienne et Poligny semblaient de plus en plus agités, raconte-t-il dans ses mémoires, et il nous parut qu'ils avaient quelque chose à nous dire qui les embarrassait fort. D'abord, ils nous demandèrent si nous connaissions l'individu, assis au bout de la table, qui leur avait appris la mort de Joseph Buquet, et, sur notre réponse négative, ils se montrèrent encore plus troublés. Ils nous prirent les passe-partout des mains, les considérèrent un instant, hochèrent la tête, puis nous donnèrent le conseil de faire faire de nouvelles serrures, dans le plus grand secret, pour les appartements, cabinets et objets dont nous pouvions désirer la fermeture hermétique. Ils étaient si drôles en disant cela, que nous nous prîmes à rire en leur demandant s'il y avait des voleurs à l'Opéra ? Ils nous répondirent qu'il y avait quelque chose de pire qui était le *fantôme*. Nous recommençâmes à rire, persuadés qu'ils se livraient à quelque plaisanterie qui devait être comme le couronnement de cette petite fête intime. Et puis, sur leur prière, nous reprîmes notre « sérieux », décidés à entrer, pour leur faire plaisir, dans cette sorte de jeu. Ils nous dirent que jamais ils ne nous auraient parlé du fantôme, s'ils n'avaient reçu l'ordre formel du fantôme lui-même de nous engager à nous montrer aimables avec celui-ci et à lui accorder tout ce qu'il nous demanderait. Cependant, trop heureux de quitter un domaine où régnait en maîtresse cette ombre tyrannique et d'en être débarrassés du coup, ils avaient hésité jusqu'au dernier moment à nous faire part d'une aussi curieuse aventure à laquelle certainement nos esprits sceptiques n'étaient point préparés, quand l'annonce de la mort de Joseph Buquet leur avait brutalement rappelé que, chaque fois qu'ils n'avaient point obéi aux désirs du fantôme, quelque événement fantasque ou funeste avait vite fait de les ramener au sentiment de leur dépendance. »

Pendant ces discours inattendus prononcés sur le ton de la confidence la plus secrète et la plus importante, je regardais Richard. Richard, au temps qu'il était étudiant, avait eu une réputation de farceur, c'est-à-dire qu'il n'ignorait aucune des mille et une manières que l'on a de se moquer les uns des autres, et les concierges du boulevard Saint-Michel en ont su quelque chose. Aussi semblait-il goûter fort le plat qu'on lui servait à son tour. Il n'en perdait pas une bouchée, bien que le condiment fût un peu macabre à cause de la mort de Buquet. Il hochait la tête avec tristesse, et sa mine, au fur et à mesure que les autres parlaient, devenait lamentable comme celle d'un homme qui regrettait amèrement cette affaire de l'Opéra maintenant qu'il apprenait qu'il y avait un fantôme dedans. Je ne pouvais faire mieux que de copier servilement cette attitude désespérée. Cependant, malgré tous nos efforts, nous ne pûmes, à la fin, nous empêcher de « pouffer » à la barbe de MM. Debienne et Poligny qui, nous voyant passer sans transition de l'état d'esprit le plus sombre à la gaieté la plus insolente, firent comme s'ils croyaient que nous étions devenus fous.

La farce se prolongeant un peu trop, Richard demanda, moitié figue moitié raisin : « Mais enfin qu'est-ce qu'il veut ce fantôme-là? »

M. Poligny se dirigea vers son bureau et en revint avec une copie du cahier des charges.

Le cahier des charges commence par ces mots : « La direction de l'Opéra sera tenue de donner aux représentations de l'Académie nationale de musique la splendeur qui convient à la première scène lyrique française », et se termine par l'article 98 ainsi conçu :

« Le présent privilège pourra être retiré :

1° Si le directeur contrevient aux dispositions stipulées dans le cahier des charges. »

Suivent ces dispositions.

Cette copie, dit M. Moncharmin, était à l'encre noire et entièrement conforme à celle que nous possédions.

Cependant nous vîmes que le cahier des charges que nous soumettait M. Poligny comportait *in fine* un alinéa, écrit à l'encre rouge, — écriture bizarre et tourmentée, comme si elle eût été tracée à coups de bout d'allumettes, écriture d'enfant qui n'aurait pas cessé de faire des bâtons et qui ne saurait pas encore relier ses lettres. Et cet alinéa qui allongeait si étrangement l'article 98, — disait textuellement :

5° Si le directeur retarde de plus de quinze jours la mensualité qu'il doit au fantôme de l'Opéra, mensualité fixée jusqu'à nouvel ordre à 20 000 francs — 240 000 francs par an.

M. de Poligny, d'un doigt hésitant, nous montrait cette clause suprême, à laquelle nous ne nous attendions certainement pas.

« C'est tout? *Il* ne veut pas autre chose? demanda Richard avec le plus grand sang-froid.

— Si », répliqua Poligny.

Et il feuilleta encore le cahier des charges et lut :

« ART. 63. — La grande avant-scène de droite des premières n° 1, sera réservée à toutes les représentations pour le chef de l'Etat.

La baignoire n° 20, le lundi, et la première loge n° 30, les mercredis et vendredis seront mises à la disposition du ministre.

La deuxième loge n° 27 sera réservée chaque jour pour l'usage des préfets de la Seine et de police. »

Et encore, en fin de cet article, M. Poligny nous montra une ligne à l'encre rouge qui y avait été ajoutée.

La première loge n° 5 sera mise à toutes les représentations à la disposition du fantôme de l'Opéra.

Sur ce dernier coup, nous ne pûmes que nous

lever et serrer chaleureusement les mains de nos
deux prédécesseurs en les félicitant d'avoir imaginé cette charmante plaisanterie, qui prouvait que
la vieille gaieté française ne perdait jamais ses
droits. Richard crut même devoir ajouter qu'il comprenait maintenant pourquoi MM. Debienne et
Poligny quittaient la direction de l'Académie nationale de musique. Les affaires n'étaient plus possibles avec un fantôme aussi exigeant.

« Evidemment, répliqua sans sourciller M. Poligny : 240 000 francs ne se trouvent pas sous le fer
d'un cheval. Et avez-vous compté ce que peut nous
coûter la non-location de la première loge n° 5
réservée au fantôme à toutes les représentations?
Sans compter que nous avons été obligés d'en rem-
bourser l'abonnement, c'est effrayant! Vraiment,
nous ne travaillons pas pour entretenir des fantômes!... Nous préférons nous en aller!

— Oui, répéta M. Debienne, nous préférons nous
en aller! Allons-nous-en! »

Et il se leva.

Richard dit :

« Mais enfin, il me semble que vous êtes bien
bons avec ce fantôme. Si j'avais un fantôme aussi
gênant que ça, je n'hésiterais pas à le faire arrêter...

— Mais où? Mais comment? s'écrièrent-ils en
chœur; nous ne l'avons jamais vu!

— Mais quand il vient dans sa loge?

— *Nous ne l'avons jamais vu dans sa loge.*

— Alors, louez-la.

— Louer la loge du fantôme de l'Opéra! Eh bien, messieurs, essayez! »

Sur quoi, nous sortîmes tous quatre du cabinet directorial. Richard et moi nous n'avions jamais « tant ri ».

IV

LA LOGE N° 5

Armand Moncharmin a écrit de si volumineux mémoires qu'en ce qui concerne particulièrement la période assez longue de sa co-direction, on est en droit de se demander s'il trouva jamais le temps de s'occuper de l'Opéra autrement qu'en racontant ce qui s'y passait. M. Moncharmin ne connaissait pas une note de musique, mais il tutoyait le ministre de l'Instruction publique et des Beaux-Arts, avait fait un peu de journalisme sur le boulevard et jouissait d'une assez grosse fortune. Enfin, c'était un charmant garçon et qui ne manquait point d'intelligence puisque, décidé à commanditer l'Opéra, il avait su choisir celui qui en serait l'utile directeur et était allé tout droit à Firmin Richard.

Firmin Richard était un musicien distingué et un galant homme. Voici le portrait qu'en trace, au moment de sa prise de possession, la *Revue des théâtres* : « M. Firmin Richard est âgé de cinquante ans environ, de haute taille, de robuste encolure, sans embonpoint. Il a de la prestance et de la distinction, haut en couleur, les cheveux plantés dru, un peu bas et taillés en brosse, la barbe à l'unisson des cheveux, l'aspect de la physionomie a quelque chose d'un peu triste que tempère aussitôt un regard franc et droit joint à un sourire charmant.

« M. Firmin Richard est un musicien très distingué. Harmoniste habile, contrepointiste savant, la grandeur est le principal caractère de sa composition. Il a publié de la musique de chambre très appréciée des amateurs, de la musique pour piano, sonates ou pièces fugitives remplies d'originalité, un recueil de mélodies. Enfin, *La Mort d'Hercule,* exécutée aux concerts du Conservatoire, respire un souffle épique qui fait songer à Gluck, un des maîtres vénérés de M. Firmin Richard. Toutefois, s'il adore Gluck, il n'en aime pas moins Piccini; M. Richard prend son plaisir où il le trouve. Plein d'admiration pour Piccini, il s'incline devant Meyerbeer, il se délecte de Cimarosa et nul n'apprécie mieux que lui l'inimitable génie de Weber. Enfin, en ce qui concerne Wagner, M. Richard n'est pas loin de prétendre qu'il est, lui, Richard, le premier en France et peut-être le seul à l'avoir compris. »

J'arrête ici ma citation, d'où il me semble résulter assez clairement que si M. Firmin Richard aimait à peu près toute la musique et tous les musiciens, il était du devoir de tous les musiciens d'aimer M. Firmin Richard. Disons en terminant ce rapide portrait que M. Richard était ce qu'on est convenu d'appeler un autoritaire, c'est-à-dire qu'il avait un fort mauvais caractère.

Les premiers jours que les deux associés passèrent à l'Opéra furent tout à la joie de se sentir les maîtres d'une aussi vaste et belle entreprise et ils avaient certainement oublié cette curieuse et bizarre histoire du fantôme quand se produisit un incident qui leur prouva que — s'il y avait farce — la farce n'était point terminée.

M. Firmin Richard arriva ce matin-là à onze heures à son bureau. Son secrétaire, M. Rémy, lui montra une demi-douzaine de lettres qu'il n'avait point décachetées parce qu'elles portaient la mention « personnelle ». L'une de ces lettres attira tout de suite l'attention de Richard non seulement parce que la suscription de l'enveloppe était à l'encre rouge, mais encore parce qu'il lui sembla avoir vu déjà quelque part cette écriture. Il ne chercha point longtemps : c'était l'écriture rouge avec laquelle on avait complété si étrangement le cahier des charges. Il en reconnut l'allure bâtonnante et enfantine. Il la décacheta et lut :

Mon cher directeur, je vous demande pardon de venir vous troubler en ces moments si précieux où vous décidez du sort des meilleurs artistes de l'Opéra, où vous renouvelez d'importants engagements et où vous en concluez de nouveaux; et cela avec une sûreté de vue, une entente du théâtre, une science du public et de ses goûts, une autorité qui a été

*bien près de stupéfier ma vieille expérience. Je suis
au courant de ce que vous venez de faire pour la
Carlotta, la Sorelli et la petite Jammes, et pour
quelques autres dont vous avez deviné les admirables qualités, le talent ou le génie. — (Vous savez
bien de qui je parle quand j'écris ces mots-là; ce n'est
évidemment point pour la Carlotta, qui chante
comme une seringue et qui n'aurait jamais dû quitter les Ambassadeurs ni le café Jacquin; ni pour la
Sorelli, qui a surtout du succès dans la carrosserie; ni
pour la petite Jammes, qui danse comme un veau
dans la prairie. Ce n'est point non plus pour Christine Daaé, dont le génie est certain, mais que vous
laissez avec un soin jaloux à l'écart de toute importante création.) — Enfin, vous êtes libres d'admi-
nistrer votre petite affaire comme bon vous semble,
n'est-ce pas? Tout de même, je désirerais profiter
de ce que vous n'avez pas encore jeté Christine
Daaé à la porte pour l'entendre ce soir dans le rôle
de Siebel, puisque celui de Marguerite, depuis son
triomphe de l'autre jour, lui est interdit, et je vous
prierai de ne point disposer de ma loge aujourd'hui
ni les jours suivants; car je ne terminerai pas cette
lettre sans vous avouer combien j'ai été désagréablement surpris, ces temps derniers, en arrivant à
l'Opéra, d'apprendre que ma loge avait été louée,
— au bureau de location, — sur vos ordres.*

*Je n'ai point protesté, d'abord parce que je suis
l'ennemi du scandale, ensuite parce que je m'imaginais que vos prédécesseurs, MM. Debienne et Poli-*

gny, *qui ont toujours été charmants pour moi,
avaient négligé avant leur départ de vous parler de
mes petites manies. Or, je viens de recevoir la réponse
de MM. Debienne et Poligny à ma demande d'explications, réponse qui me prouve que vous êtes
au courant de* mon cahier des charges *et par conséquent que vous vous moquez outrageusement de
moi. Si vous voulez que nous vivions en paix, il ne
faut pas commencer par m'enlever ma loge! Sous
le bénéfice de ces petites observations, veuillez me
considérer, mon cher directeur, comme votre très
humble et très obéissant serviteur.*

Signé : F. de l'Opéra.

Cette lettre était accompagnée d'un extrait de la
petite correspondance de la *Revue théâtrale*, où on
lisait ceci : « *F. de l'O. : R. et M. sont inexcusables.
Nous les avons prévenus et nous leur avons laissé
entre les mains votre cahier des charges. Saluta-
tions!* »

M. Firmin Richard avait à peine terminé cette
lecture que la porte de son cabinet s'ouvrait et que
M. Armand Moncharmin venait au-devant de lui,
une lettre à la main, absolument semblable à celle
que son collègue avait reçue. Ils se regardèrent en
éclatant de rire.

« La plaisanterie continue, fit M. Richard; mais
elle n'est pas drôle!

— Qu'est-ce que ça signifie? demanda M. Mon-

charmin. Pensent-*ils* que parce qu'ils ont été directeurs de l'Opéra nous allons leur concéder une loge
à perpétuité? »

Car, pour le premier comme pour le second, il ne
faisait point de doute que la double missive ne fût
le fruit de la collaboration facétieuse de leurs prédécesseurs.

« Je ne suis point d'humeur à me laisser longtemps berner! déclara Firmin Richard.

— C'est inoffensif! » observa Armand Moncharmin.

« Au fait, qu'est-ce qu'ils veulent? Une loge pour
ce soir? »

M. Firmin Richard donna l'ordre à son secrétaire d'envoyer la première loge n° 5 à MM. Debienne et Poligny, si elle n'était pas louée.

Elle ne l'était pas. Elle leur fut expédiée sur-le-
champ. MM. Debienne et Poligny habitaient : le
premier, au coin de la rue Scribe et du boulevard
des Capucines; le second, rue Auber. Les deux
lettres du fantôme F. de l'Opéra avaient été mises
au bureau de poste du boulevard des Capucines.
C'est Moncharmin qui le remarqua en examinant
les enveloppes.

« Tu vois bien! » fit Richard.

Ils haussèrent les épaules et regrettèrent que des
gens de cet âge s'amusassent encore à des jeux aussi
innocents.

« Tout de même, ils auraient pu être polis! fit
observer Moncharmin. As-tu vu comme ils nous

traitent à propos de la Carlotta, de la Sorelli et de la petite Jammes?

— Eh bien, cher, ces gens-là sont malades de jalousie!... Quand je pense qu'ils sont allés jusqu'à payer une petite correspondance à la *Revue théâtrale!*... Ils n'ont donc plus rien à faire?

— A propos! dit encore Moncharmin, ils ont l'air de s'intéresser beaucoup à la petite Christine Daaé...

— Tu sais aussi bien que moi qu'elle a la réputation d'être sage! répondit Richard.

— On vole si souvent sa réputation, répliqua Moncharmin. Est-ce que je n'ai pas, moi, la réputation de me connaître en musique, et j'ignore la différence qu'il y a entre la clef de *sol* et la clef de *fa.*

— Tu n'as jamais eu cette réputation-là, déclara Richard, rassure-toi. »

Là-dessus, Firmin Richard donna l'ordre à l'huissier de faire entrer les artistes qui, depuis deux heures, se promenaient dans le grand couloir de l'administration en attendant que la porte directoriale s'ouvrît, cette porte derrière laquelle les attendaient la gloire et l'argent... ou le congé.

Toute cette journée se passa en discussions, pourparlers, signatures ou ruptures de contrats; aussi je vous prie de croire que ce soir-là — le soir du 25 janvier — nos deux directeurs, fatigués par une âpre journée de colères, d'intrigues, de recommandations, de menaces, de protestations d'amour ou de haine, se couchèrent de bonne heure, sans avoir même la curiosité d'aller jeter un coup d'œil dans la loge n° 5, pour savoir si MM. Debienne et Poligny trouvaient le spectacle à leur goût. L'Opéra n'avait point chômé depuis le départ de l'ancienne direction, et M. Richard avait fait procéder aux quelques travaux nécessaires, sans interrompre le cours des représentations.

Le lendemain matin, MM. Richard et Moncharmin trouvèrent dans leur courrier, d'une part, une carte de remerciement du fantôme, ainsi conçue :

Mon cher Directeur,

Merci. Charmante soirée. Daaé exquise. Soignez les chœurs. La Carlotta, magnifique et banal instrument. Vous écrirai bientôt pour les 240 000 francs, — exactement 233 424 fr 70; MM. Debienne et Poligny m'ayant fait parvenir les 6 575 fr 30, représentant les dix premiers jours de ma pension de cette année, — leurs privilèges finissant le 10 au soir.

Serviteur

F. de l'O.

D'autre part, une lettre de MM. Debienne et Poligny :

Messieurs,

Nous vous remercions de votre aimable atten-

*tion, mais vous comprendrez facilement que la
perspective de réentendre* Faust; *si douce soit-elle à
d'anciens directeurs de l'Opéra, ne puisse nous faire
oublier que nous n'avons aucun droit à occuper la
première loge n° 5, qui appartient exclusivement
à celui dont nous avons eu l'occasion de vous parler, en relisant avec vous, une dernière fois, le
cahier des charges, — dernier alinéa de l'article 63.*

Veuillez agréer, messieurs, etc.

« Ah! mais, ils commencent à m'agacer, ces gens-
là! » déclara violemment Firmin Richard, en arra-
chant la lettre de MM. Debienne et Poligny.

Ce soir-là, la première loge n° 5 fut louée.

Le lendemain, en arrivant dans leur cabinet,
MM. Richard et Moncharmin trouvaient un rapport d'inspecteur relatif aux événements qui
s'étaient déroulés la veille au soir dans la première
loge n° 5. Voici le passage essentiel du rapport,
qui est bref :

« J'ai été dans la nécessité, écrit l'inspecteur, de
requérir, ce soir — l'inspecteur avait écrit son
rapport la veille au soir — un garde municipal
pour faire évacuer par deux fois, au commencement et au milieu du second acte, la première loge
n° 5. Les occupants — ils étaient arrivés au commencement du second acte — y causaient un véritable scandale par leurs rires et leurs réflexions sau-
grenues. De toutes parts autour d'eux, des chut!
se faisaient entendre et la salle commençait à pro-

tester quand l'ouvreuse est venue me trouver; je suis entré dans la loge et je fis entendre les observations nécessaires. Ces gens ne paraissaient point jouir de tout leur bon sens et me tinrent des propos stupides. Je les avertis que si un pareil scandale se renouvelait je me verrais forcé de faire évacuer la loge. Je n'étais pas plus tôt parti que j'entendis de nouveau leurs rires et les protestations de la salle. Je revins avec un garde municipal qui les fit sortir. Ils réclamèrent, toujours en riant, déclarant qu'ils ne s'en iraient point si on ne leur rendait pas leur argent. Enfin, ils se calmèrent, et je les laissai rentrer dans la loge; aussitôt les rires recommencèrent, et, cette fois, je les fis expulser définitivement. »

« Qu'on fasse venir l'inspecteur », cria Richard à son secrétaire, qui l'avait lu, le premier, ce rapport et qui l'avait déjà annoté au crayon bleu.

Le secrétaire, M. Rémy — vingt-quatre ans, fine moustache, élégant, distingué, grande tenue —, dans ce temps-là redingote obligatoire dans la journée, intelligent et timide devant le directeur, 2 400 d'appointement par an, payé par le directeur, compulse les journaux, répond aux lettres, distribue des loges et des billets de faveur, règle les rendez-vous, cause avec ceux qui font antichambre, court chez les artistes malades, cherche les doublures, correspond avec les chefs de service, mais avant tout est le verrou du cabinet directo-

rial, peut être sans compensation aucune jeté à la
porte du jour au lendemain, car il n'est pas
reconnu par l'administration — le secrétaire, qui
avait fait déjà chercher l'inspecteur, donna l'ordre
de le faire entrer.

L'inspecteur entra, un peu inquiet.

« Racontez-nous ce qui s'est passé », fit brusquement Richard.

L'inspecteur bredouilla tout de suite et fit allusion au rapport.

« Enfin! ces gens-là, pourquoi riaient-ils? demanda Moncharmin.

— Monsieur le directeur, ils devaient avoir bien
dîné et paraissaient plus préparés à faire des farces
qu'à écouter de la bonne musique. Déjà, en arrivant, ils n'étaient pas plus tôt entrés dans la loge
qu'ils en étaient ressortis et avaient appelé l'ouvreuse qui leur a demandé ce qu'ils avaient. Ils ont
dit à l'ouvreuse : « Regardez dans la loge, il n'y
« a personne, n'est-ce pas?... — Non, a répondu
« l'ouvreuse. — Eh bien, ont-ils affirmé, quand
« nous sommes entrés, nous avons entendu une
« voix qui disait *qu'il y avait quelqu'un.* »

M. Moncharmin ne put regarder M. Richard
sans sourire, mais M. Richard, lui, ne souriait
point. Il avait jadis trop « travaillé » dans le
genre pour ne point reconnaître dans le récit que
lui faisait, le plus naïvement du monde, l'inspecteur, toutes les marques d'une de ces méchantes
plaisanteries qui amusent d'abord ceux qui en

sont victimes puis qui finissent par les rendre enragés.

M. l'inspecteur, pour faire sa cour à M. Moncharmin, qui souriait, avait cru devoir sourire, lui aussi. Malheureux sourire! Le regard de M. Richard foudroya l'employé, qui s'occupa aussitôt de montrer un visage effroyablement consterné.

« Enfin, quand ces gens-là sont arrivés, demanda en grondant le terrible Richard, il n'y avait personne dans la loge?

— Personne, monsieur le directeur! personne! Ni dans la loge de droite, ni dans la loge de gauche, personne, je vous le jure! j'en mets la main au feu! et c'est ce qui prouve bien que tout cela n'est qu'une plaisanterie.

— Et l'ouvreuse, qu'est-ce qu'elle a dit?

— Oh! pour l'ouvreuse, c'est bien simple, elle dit que c'est le fantôme de l'Opéra. Alors! »

Et l'inspecteur ricana. Mais encore il comprit qu'il avait eu tort de ricaner, car il n'avait pas plus tôt prononcé ces mots : elle dit que c'est le *fantôme de l'Opéra!* que la physionomie de M. Richard, de sombre qu'elle était, devint farouche.

« Qu'on aille me chercher l'ouvreuse! commanda-t-il... Tout de suite! Et que l'on me la ramène! Et que l'on mette tout ce monde-là à la porte! »

L'inspecteur voulut protester, mais Richard lui ferma la bouche d'un redoutable : « Taisez-vous! » Puis, quand les lèvres du malheureux subordonné semblèrent closes pour toujours, M. le directeur ordonna qu'elles se rouvrissent à nouveau.

« Qu'est-ce que le « fantôme de l'Opéra »? se décida-t-il à demander avec un grognement.

Mais l'inspecteur était maintenant incapable de dire un mot. Il fit entendre par une mimique désespérée qu'il n'en savait rien ou plutôt qu'il n'en voulait rien savoir.

« Vous l'avez vu, vous, le fantôme de l'Opéra? »

Par un geste énergique de la tête, l'inspecteur nia l'avoir jamais vu.

« Tant pis! » déclara froidement M. Richard.

L'inspecteur ouvrit des yeux énormes, des yeux qui sortaient de leurs orbites, pour demander pourquoi M. le directeur avait prononcé ce sinistre : « Tant pis! »

« Parce que je vais faire régler leur compte à tous ceux qui ne l'ont pas vu! expliqua M. le directeur. Puisqu'il est partout, il n'est pas admissible qu'on ne l'aperçoive nulle part. J'aime qu'on fasse son service, moi! »

V

SUITE DE « LA LOGE N° 5 »

Ayant dit, M. Richard ne s'occupa plus du tout
de l'inspecteur et traita de diverses affaires avec son
administrateur qui venait d'entrer. L'inspecteur
avait pensé qu'il pouvait s'en aller et tout doucement, tout doucement, oh! mon Dieu! si doucement!... à reculons, il s'était rapproché de la porte,
quand M. Richard, s'apercevant de la manœuvre,
cloua l'homme sur place d'un tonitruant : « Bougez
pas! »

Par les soins de M. Rémy, on était allé chercher
l'ouvreuse, qui était concierge rue de Provence, à
deux pas de l'Opéra. Elle fit bientôt son entrée.

« Comment vous appelez-vous?

— Mame Giry. Vous me connaissez bien, monsieur le directeur; c'est moi la mère de la petite
Giry, la petite Meg, quoi! »

Ceci fut dit d'un ton rude et solennel qui impressionna un instant M. Richard. Il regarda
Mame Giry (châle déteint, souliers usés, vieille
robe de taffetas, chapeau couleur de suie). Il était

de toute évidence, à l'attitude de M. le directeur, que celui-ci ne connaissait nullement ou ne
se rappelait point avoir connu Mame Giry, ni
même la petite Giry, « ni même la petite Meg »!
Mais l'orgueil de Mame Giry était tel que cette
célèbre ouvreuse (je crois bien que c'est de son
nom que l'on a fait le mot bien connu dans l'argot
des coulisses : « giries ». Exemple : une artiste
reproche à une camarade ses potins, ses papotages;
elle lui dira : « Tout ça, c'est des giries »), que
cette ouvreuse, disons-nous, s'imaginait être connue
de tout le monde.

« Connais pas! finit par proclamer M. le directeur... Mais, mame Giry, il n'empêche que je voudrais bien savoir ce qui vous est arrivé hier soir,
pour que vous ayez été forcée, vous et M. l'inspecteur, d'avoir recours à un garde municipal...

— J' voulais justement vous voir pour vous en
parler, m'sieur le directeur, à seule fin qu'il ne
vous arrive pas les mêmes désagréments qu'à
MM. Debienne et Poligny... Eux, non plus, au
commencement, ils ne voulaient pas m'écouter...

— Je ne vous demande pas tout ça. Je vous
demande ce qui vous est arrivé hier soir! »

Mame Giry devint rouge d'indignation. On ne
lui avait jamais parlé sur un ton pareil. Elle se
leva comme pour partir, ramassant déjà les plis
de sa jupe et agitant avec dignité les plumes de
son chapeau couleur de suie; mais, se ravisant, elle
se rassit et dit d'une voix rogue :

« Il est arrivé qu'on a encore embêté le fantôme! »

Là-dessus, comme M. Richard allait éclater, M. Moncharmin intervint et dirigea l'interrogatoire, d'où il résulta que mame Giry trouvait tout naturel qu'une voix se fît entendre pour proclamer qu'il y avait du monde dans une loge où il n'y avait personne. Elle ne pouvait s'expliquer ce phénomène, qui n'était point nouveau pour elle, que par l'intervention du fantôme. Ce fantôme, personne ne le voyait dans la loge, mais tout le monde pouvait l'entendre. Elle l'avait entendu souvent, elle, et on pouvait l'en croire, car elle ne mentait jamais. On pouvait demander à MM. Debienne et Poligny et à tous ceux qui la connaissaient, et aussi à M. Isidore Saack, à qui le fantôme avait cassé la jambe!

« Oui-dà? interrompit Moncharmin. Le fantôme a cassé la jambe à ce pauvre Isidore Saack? »

Mame Giry ouvrit de grands yeux où se peignait l'étonnement qu'elle ressentait devant tant d'ignorance. Enfin, elle consentit à instruire ces deux malheureux innocents. La chose s'était passée du temps de MM. Debienne et Poligny, toujours dans la loge n° 5 et aussi pendant une représentation de *Faust*.

Mame Giry tousse, assure sa voix... elle commence... on dirait qu'elle se prépare à chanter toute la partition de Gounod.

« Voilà, monsieur. Il y avait, ce soir-là, au premier rang, M. Maniera et sa dame, les lapidaires de la rue Mogador, et, derrière Mme Maniera, leur ami intime, M. Isidore Saack. Méphistophélès chantait (*Mame Giry chante*) : « Vous qui faites « l'endormie », et alors M. Maniera entend dans son oreille droite (sa femme était à sa gauche) une voix qui lui dit : « Ah! ah! ce n'est pas Julie qui « fait l'endormie! » (Sa dame s'appelle justement Julie). M. Maniera se retourne à droite pour voir qui est-ce qui lui parlait ainsi. Personne! Il se frotte l'oreille et se dit à lui-même : « Est-ce que « je rêve? » Là-dessus, Méphistophélès continuait sa chanson... Mais j'ennuie peut-être messieurs les directeurs?

— Non! non! continuez...

— Messieurs les directeurs sont trop bons! (*Une grimace de Mame Giry.*) Donc, Méphistophélès continuait sa chanson (*Mame Giry chante*) : « Catherine que j'adore — pourquoi refuser — à « l'amant qui vous implore — un si doux baiser? » et aussitôt M. Maniera entend, toujours dans son oreille droite, la voix qui lui· dit : « Ah! ah! ce « n'est pas Julie qui refuserait un baiser à Isi- « dore? » Là-dessus, il se retourne, mais, cette fois, du côté de sa dame et d'Isidore, et qu'est-ce qu'il voit? Isidore qui avait pris par-derrière la main de sa dame et qui la couvrait de baisers dans le petit creux du gant... comme ça, mes bons messieurs. (*Mame Giry couvre de baisers le coin de chair laissé à nu par son gant de filoselle.*) Alors, vous pensez bien que ça ne s'est pas passé à la douce! Clic! Clac! M. Maniera, qui était grand et fort comme vous, monsieur Richard, distribua une paire de gifles à M. Isidore Saack, qui était mince et faible comme M. Moncharmin, sauf le respect que je lui dois. C'était un scandale. Dans la salle, on criait : « Assez! Assez!... Il va le tuer!... » Enfin, M. Isidore Saack put s'échapper...

— Le fantôme ne lui avait donc pas cassé la jambe? » demande M. Moncharmin, un peu vexé de ce que son physique ait fait une si petite impression sur Mame Giry.

« Il la lui a cassée, mossieu, réplique Mame Giry avec hauteur (car elle a compris l'intention blessante). Il la lui a cassée tout net dans *la grande* escalier, qu'il descendait trop vite, mossieu! et si bien, ma foi, que le pauvre ne *la* remontera pas de sitôt!...

— C'est le fantôme qui vous a raconté les propos qu'il avait glissés dans l'oreille droite de M. Maniera? questionne toujours avec un sérieux qu'il croit du plus comique, le juge d'instruction Moncharmin.

— Non! mossieu, c'est mossieu Maniera lui-même. Ainsi...

— Mais vous, vous avez déjà parlé au fantôme, ma brave dame?

— Comme je vous parle, mon brav' mossieu...

— Et quand il vous parle, le fantôme, qu'est-ce qu'il vous dit?

— Eh bien, il me dit de lui apporter un p'tit banc! »

A ces mots prononcés solennellement, la figure de Mame Giry devint de marbre, de marbre jaune, veiné de raies rouges, comme celui des colonnes qui soutiennent le grand escalier et que l'on appelle marbre sarrancolin.

Cette fois, Richard était reparti à rire de compagnie avec Moncharmin et le secrétaire Rémy; mais, instruit par l'expérience, l'inspecteur ne riait plus. Appuyé au mur, il se demandait, en remuant fébrilement ses clefs dans sa poche, comment cette histoire allait finir. Et plus Mame Giry le prenait sur un ton « rogue », plus il craignait le retour de la colère de M. le directeur! Et maintenant, voilà que devant l'hilarité directoriale, Mame Giry osait devenir menaçante! menaçante en vérité!

« Au lieu de rire du fantôme, s'écria-t-elle indignée, vous feriez mieux de faire comme M. Poligny, qui, lui, s'est rendu compte par lui-même...

— Rendu compte de quoi? interroge Moncharmin, qui ne s'est jamais tant amusé.

— Du fantôme!... Puisque je vous le dis... Tenez!... (*Elle se calme subitement, car elle juge que l'heure est grave.*) *Tenez!...* Je m'en rappelle comme si c'était hier. Cette fois, on jouait *La Juive*. M. Poligny avait voulu assister, tout seul, dans la loge du fantôme, à la représentation. Mme Krauss avait obtenu un succès fou. Elle venait

de chanter, vous savez bien, la machine du second
acte (*Mame Giry chante à mi-voix*) :

> Près de celui que j'aime
> Je veux vivre et mourir,
> Et la mort, elle-même,
> Ne peut nous désunir.

— Bien! Bien! j'y suis... », fait observer avec un
sourire décourageant M. Moncharmin.

Mais Mame Giry continue à mi-voix, en balan-
çant la plume de son chapeau couleur de suie :

> Partons! partons! Ici-bas, dans les cieux,
> Même sort désormais nous attend tous les deux.

— Oui! Oui! nous y sommes! répète Richard,
à nouveau impatienté... et alors? et alors?

— Et alors, c'est à ce moment-là que Léopold
s'écrie : « Fuyons! » n'est-ce pas? et qu'Eléazar les
arrête, en leur demandant : « Où courez-vous? »
Eh bien, juste à ce moment-là, M. Poligny, que
j'observais du fond d'une loge à côté, qui était
restée vide, M. Poligny s'est levé tout droit, et est
parti raide comme une statue, et je n'ai eu que le
temps de lui demander, comme Eléazar : « Où
« allez-vous? » Mais il ne m'a pas répondu et il
était plus pâle qu'un mort! Je l'ai regardé descendre l'escalier, mais il ne s'est pas cassé la jambe...
Pourtant, il marchait comme dans un rêve,
comme dans un mauvais rêve, et il ne retrouvait

seulement pas son chemin... lui qui était payé pour
bien connaître l'Opéra! »

Ainsi s'exprima Mame Giry, et elle se tut pour
juger de l'effet qu'elle avait produit. L'histoire de
Poligny avait fait hocher la tête à Moncharmin.

« Tout cela ne me dit pas dans quelles circonstances, ni comment le fantôme de l'Opéra vous
a demandé un petit banc? insista-t-il, en regardant
fixement la mère Giry, comme on dit, entre
« quatre-z-yeux ».

— Eh bien, mais, c'est depuis ce soir-là... car,
à partir de ce soir-là, on l'a laissé tranquille, not'
fantôme... on n'a plus essayé de lui disputer sa
loge. MM. Debienne et Poligny ont donné des
ordres pour qu'on la lui laisse à toutes les représentations. Alors, quand il venait, il me demandait
son petit banc...

— Euh! euh! un fantôme qui demande un petit
banc? C'est donc une femme, votre fantôme? interrogea Moncharmin.

— Non, le fantôme est un homme.

— Comment le savez-vous?

— Il a une voix d'homme, oh! une douce voix
d'homme! Voilà comment ça se passe : Quand il
vient à l'Opéra, il arrive d'ordinaire vers le milieu
du premier acte, il frappe trois petits coups secs
à la porte de la loge n° 5. La première fois que
j'ai entendu ces trois coups-là, alors que je savais
très bien qu'il n'y avait encore personne dans la
loge, vous pensez si j'ai été intriguée! J'ouvre la

porte, j'écoute, je regarde : personne! et puis voilà-
t-il pas que j'entends une voix qui me dit :
« Mame Jules » (c'est le nom de défunt mon
« mari), un petit banc, s. v. p.? » Sauf vot' respect,
m'sieur le directeur, j'en étais comme une tomate...
Mais la voix continua : « Vous effrayez pas, Mame
« Jules, c'est moi le fantôme de l'Opéra!!! » Je
regardai du côté d'où venait la voix qui était, du
reste si bonne, et si « accueillante », qu'elle ne me
faisait presque plus peur. La voix, m'sieur le directeur, *était assise sur le premier fauteuil du premier*
rang à droite. Sauf que je ne voyais personne sur
le fauteuil, on aurait juré qu'il y avait quelqu'un
dessus, qui parlait, et quelqu'un de bien poli, ma
foi.

— La loge à droite de la loge n° 5, demanda
Moncharmin, était-elle occupée?

— Non; la loge n° 7 comme la loge n° 3 à
gauche n'étaient pas encore occupées. On n'était
qu'au commencement du spectacle.

— Et qu'est-ce que vous avez fait?

— Eh bien, j'ai apporté le petit banc. Evidemment, ça n'était pas pour lui qu'il demandait un
petit banc, c'était pour sa dame! Mais elle, je ne
l'ai jamais entendue ni vue... »

Hein? Quoi? le fantôme avait une femme maintenant! De Mame Giry, le double regard de
MM. Moncharmin et Richard monta jusqu'à l'inspecteur, qui, derrière l'ouvreuse, agitait les bras
dans le dessein d'attirer sur lui l'attention de ses

chefs. Il se frappait le front d'un index désolé pour
faire comprendre aux directeurs que la mère Jules
était bien certainement folle, pantomime qui engagea définitivement M. Richard à se séparer d'un
inspecteur qui gardait dans son service une hallu-
cinée. La bonne femme continuait, toute à son fantôme, vantant maintenant sa générosité.

« A la fin du spectacle, il me donne toujours
une pièce de quarante sous, quelquefois cent sous,
quelquefois même dix francs, quand il a été plusieurs jours sans venir. Seulement, depuis qu'on a
recommencé à l'ennuyer, il ne me donne plus rien
du tout...

— Pardon, ma brave femme... (Révolte nouvelle
de la plume du chapeau couleur de suie, devant
une aussi persistante familiarité) pardon!... Mais
comment le fantôme fait-il pour vous remettre vos
quarante sous? interroge Moncharmin, né curieux.

— Bah! il les laisse sur la tablette de la loge.
Je les trouve là avec le programme que je lui
apporte toujours; des soirs je retrouve même des
fleurs dans ma loge, une rose qui sera tombée du
corsage de sa dame... car, sûr, il doit venir quelquefois avec une dame, pour qu'un jour, ils aient
oublié un éventail.

— Ah! ah! le fantôme a oublié un éventail? Et
qu'en avez-vous fait?

— Eh bien, je le lui ai rapporté la fois
suivante. »

Ici, la voix de l'inspecteur se fit entendre :

« Vous n'avez pas observé le règlement, Mame Giry, je vous mets à l'amende.

— Taisez-vous, imbécile! (*Voix de basse de M. Firmin Richard.*)

— Vous avez rapporté l'éventail! Et alors?

— Et alors, ils l'ont remporté, m'sieur le directeur; je ne l'ai plus retrouvé à la fin du spectacle, à preuve qu'ils ont laissé à la place une boîte de bonbons anglais que j'aime tant, m'sieur le directeur. C'est une des gentillesses du fantôme...

— C'est bien, Mame Giry... Vous pouvez vous retirer. »

Quand Mame Giry eut salué respectueusement, non sans une certaine dignité qui ne l'abandonnait jamais, ses deux directeurs, ceux-ci déclarèrent à M. l'inspecteur qu'ils étaient décidés à se priver des services de cette vieille folle. Et ils congédièrent M. l'inspecteur.

Quand M. l'inspecteur se fut retiré à son tour, après avoir protesté de son dévouement à la maison, MM. les directeurs avertirent M. l'administrateur qu'il eût à faire régler le compte de M. l'inspecteur. Quand ils furent seuls, MM. les directeurs se communiquèrent une même pensée, qui leur était venue en même temps à tous deux, celle d'aller faire un petit tour du côté de la loge n° 5.

Nous les y suivrons bientôt.

VI

LE VIOLON ENCHANTÉ

CHRISTINE DAAÉ, victime d'intrigues sur lesquelles nous reviendrons plus tard, ne retrouva point tout de suite à l'Opéra le triomphe de la fameuse soirée de gala. Depuis, cependant, elle avait eu l'occasion de se faire entendre en ville, chez la duchesse de Zurich, où elle chanta les plus beaux morceaux de son répertoire; et voici comment le grand critique X. Y. Z., qui se trouvait parmi les invités de marque, s'exprime sur son compte :

« Quand on l'entend dans *Hamlet,* on se demande si Shakespeare est venu des Champs Elysées lui faire répéter *Ophélie...* Il est vrai que, quand elle ceint le diadème d'étoiles de la reine de la nuit, Mozart, de son côté, doit quitter les demeures éternelles pour venir l'entendre. Mais non, il n'a pas à se déranger, car la voix aiguë et vibrante de l'interprète magique de sa *Flûte enchantée* vient le trouver dans le Ciel, qu'elle escalade avec aisance, exactement comme elle a su, sans effort, passer de sa chaumière du village de

Skotelof au palais d'or et de marbre bâti par
M. Garnier. »

Mais après la soirée de la duchesse de Zurich,
Christine ne chante plus dans le monde. Le fait
est qu'à cette époque, elle refuse toute invitation,
tout cachet. Sans donner de prétexte plausible,
elle renonce à paraître dans une fête de charité,
pour laquelle elle avait précédemment promis son
concours. Elle agit comme si elle n'était plus la
maîtresse de sa destinée, comme si elle avait peur
d'un nouveau triomphe.

Elle sut que le comte de Chagny, pour faire
plaisir à son frère, avait fait des démarches très
actives en sa faveur auprès de M. Richard; elle
lui écrivit pour le remercier et aussi pour le prier
de ne plus parler d'elle à ses directeurs. Quelles
pouvaient bien être alors les raisons d'une aussi
étrange attitude? Les uns ont prétendu qu'il y avait
là un incommensurable orgueil, d'autres ont crié
à une divine modestie. On n'est point si modeste
que cela quand on est au théâtre; en vérité, je
ne sais si je ne devrais point écrire simplement ce
mot : effroi. Oui, je crois bien que Christine Daaé
avait alors peur de ce qui venait de lui arriver
et qu'elle en était aussi stupéfaite que tout le
monde autour d'elle. Stupéfaite? Allons donc! J'ai
là une lettre de Christine (collection du Persan) qui
se rapporte aux événements de cette époque. Eh
bien, après l'avoir relue, je n'écrirai point que
Christine était stupéfaite ou même effrayée de son

triomphe, mais bien *épouvantée*. Oui, oui... épouvantée! « Je ne me reconnais plus quand je chante! » dit-elle.

La pauvre, la pure, la douce enfant!

Elle ne se montrait nulle part, et le vicomte de Chagny essaya en vain de se trouver sur son chemin. Il lui écrivit, pour lui demander la permission de se présenter chez elle, et il désespérait d'avoir une réponse, quand un matin, elle lui fit parvenir le billet suivant :

« Monsieur, je n'ai point oublié le petit enfant qui est allé me chercher mon écharpe dans la mer. Je ne puis m'empêcher de vous écrire cela, aujourd'hui où je pars pour Perros, conduite par un devoir sacré. C'est demain l'anniversaire de la mort de mon pauvre papa, que vous avez connu, et qui vous aimait bien. Il est enterré là-bas, avec son violon, dans le cimetière qui entoure la petite église, au pied du coteau où, tout petits, nous avons tant joué; au bord de cette route où, un peu plus grands, nous nous sommes dit adieu pour la dernière fois. »

Quand il reçut ce billet de Christine Daaé, le vicomte de Chagny se précipita sur un indicateur de chemin de fer, s'habilla à la hâte, écrivit quelques lignes que son valet de chambre devait remettre à son frère et se jeta dans une voitur. qui d'ailleurs le déposa trop tard sur le quai de la gare de Montparnasse pour lui permettre de prendre le train du matin sur lequel il comptait.

Raoul passa une journée maussade et ne reprit goût à la vie que vers le soir quand il fut installé dans son wagon. Tout le long du voyage, il relut le billet de Christine, il en respira le parfum; il ressuscita la douce image de ses jeunes ans. Il passa toute cette abominable nuit de chemin de fer dans un rêve fiévreux qui avait pour commencement et fin Christine Daaé. Le jour commençait à poindre quand il débarqua à Lannion. Il courut à la diligence de Perros-Guirec. Il était le seul voyageur. Il interrogea le cocher. Il sut que la veille au soir une jeune femme qui avait l'air d'une Parisienne s'était fait conduire à Perros et était descendue à l'auberge du Soleil-Couchant. Ce ne pouvait être que Christine. Elle était venue seule. Raoul laissa échapper un profond soupir. Il allait pouvoir, en toute paix, parler à Christine, dans cette solitude. Il l'aimait à en étouffer. Ce grand garçon, qui avait fait le tour du monde, était pur comme une vierge qui n'a jamais quitté la maison de sa mère.

Au fur et à mesure qu'il se rapprochait d'elle, il se rappelait dévotement l'histoire de la petite chanteuse suédoise. Bien des détails en sont encore ignorés de la foule.

Il y avait une fois, dans un petit bourg, aux environs d'Upsal, un paysan qui vivait là, avec sa famille, cultivant la terre pendant la semaine et chantant au lutrin, le dimanche. Ce paysan avait une petite fille à laquelle, bien avant qu'elle sût lire, il apprit à déchiffrer l'alphabet musical.

Le père Daaé était, sans qu'il s'en doutât peut-être, un grand musicien. Il jouait du violon et était considéré comme le meilleur ménétrier de toute la Scandinavie. Sa réputation s'étendait à la ronde et on s'adressait toujours à lui pour faire danser les couples dans les noces et les festins. La mère Daaé, impotente, mourut alors que Christine entrait dans sa sixième année. Aussitôt le père, qui n'aimait que sa fille et sa musique, vendit son lopin de terre et s'en fut chercher la gloire à Upsal. Il n'y trouva que la misère.

Alors, il retourna dans les campagnes, allant de foire en foire, raclant ses mélodies scandinaves, cependant que son enfant, qui ne le quittait jamais, l'écoutait avec extase ou l'accompagnait en chantant. Un jour, à la foire de Limby, le professeur Valérius les entendit tous deux et les emmena à Gothenburg. Il prétendait que le père était le premier violoneux du monde et que sa fille avait l'étoffe d'une grande artiste. On pourvut à l'éducation et à l'instruction de l'enfant. Partout elle émerveillait un chacun par sa beauté, sa grâce et sa soif de bien dire et bien faire. Ses progrès étaient rapides. Le professeur Valérius et sa femme durent, sur ces entrefaites, venir s'installer en France. Ils emmenèrent Daaé et Christine. La maman Valérius traitait Christine comme sa fille. Quant au bonhomme, il commençait à dépérir, pris du mal du pays. A Paris, il ne sortait jamais. Il vivait dans une espèce de rêve qu'il entretenait avec son vio-

lon. Des heures entières, il s'enfermait dans sa
chambre avec sa fille, et on l'entendait violoner et
chanter tout doux, tout doux. Parfois, la maman
Valérius venait les écouter derrière la porte, poussait un gros soupir, essuyait une larme et s'en
retournait sur la pointe des pieds. Elle aussi avait
la nostalgie de son ciel scandinave.

Le père Daaé ne semblait reprendre des forces
que l'été, quand toute la famille s'en allait villé-
giaturer à Perros-Guirec, dans un coin de Bre-
tagne qui était alors à peu près inconnu des Parisiens. Il aimait beaucoup la mer de ce pays, lui
trouvant, disait-il, la même couleur que là-bas et,
souvent, sur la plage, il lui jouait ses airs les plus
dolents, et il prétendait que la mer se taisait pour
les écouter. Et puis, il avait si bien supplié la
maman Valérius, que celle-ci avait consenti à une
nouvelle lubie de l'ancien ménétrier.

A l'époque des « pardons », des fêtes de villages,
des danses et des « dérobées », il partit comme
autrefois, avec son violon, et il avait le droit d'em-
mener sa fille pendant huit jours. On ne se las-
sait point de les écouter. Ils versaient pour toute
l'année de l'harmonie dans les moindres hameaux,
et couchaient la nuit dans des granges, refusant
le lit de l'auberge, se serrant sur la paille l'un
contre l'autre, comme au temps où ils étaient si
pauvres en Suède.

Or, ils étaient habillés fort convenablement,
refusaient les sous qu'on leur offrait, ne faisaient

point de quête, et les gens, autour d'eux, ne comprenaient rien à la conduite de ce violoneux qui courait les chemins avec cette belle enfant qui chantait si bien qu'on croyait entendre un ange du paradis. On les suivait de village en village.

Un jour, un jeune garçon de la ville, qui était avec sa gouvernante, fit faire à celle-ci un long chemin, car il ne se décidait point à quitter la petite fille dont la voix si douce et si pure semblait l'avoir enchaîné. Ils arrivèrent ainsi au bord d'une crique que l'on appelle encore Trestraou. En ce temps-là, il n'y avait en ce lieu que le ciel et la mer et le rivage doré. Et, par-dessus tout, il y avait un grand vent qui emporta l'écharpe de Christine dans la mer. Christine poussa un cri et tendit les bras, mais le voile était déjà loin sur les flots. Christine entendit une voix qui lui disait :

« Ne vous dérangez pas, mademoiselle, je vais vous ramasser votre écharpe dans la mer. »

Et elle vit un petit garçon qui courait, qui courait, malgré les cris et les protestations indignées d'une brave dame, toute en noir. Le petit garçon entra dans la mer tout habillé et lui rapporta son écharpe. Le petit garçon et l'écharpe étaient dans un bel état! La dame en noir ne parvenait pas à se calmer, mais Christine riait de tout son cœur, et elle embrassa le petit garçon. C'était le vicomte Raoul de Chagny. Il habitait, dans le moment, avec sa tante, à Lannion. Pendant la saison, ils se revirent presque tous les jours et ils jouèrent ensemble. Sur la demande de la tante et par l'entremise du professeur Valérius, le bonhomme Daaé consentit à donner des leçons de violon au jeune vicomte. Ainsi, Raoul apprit-il à aimer les mêmes airs que ceux qui avaient enchanté l'enfance de Christine.

Ils avaient à peu près la même petite âme rêveuse et calme. Ils ne se plaisaient qu'aux histoires, aux vieux contes bretons, et leur principal jeu était d'aller les chercher au seuil des portes, comme des mendiants. « Madame ou mon bon monsieur, avez-vous une petite histoire à nous raconter, s'il vous plaît? » Il était rare qu'on ne leur « donnât » point. Quelle est la vieille grand-mère bretonne qui n'a point vu, au moins une fois dans sa vie, danser les korrigans, sur la bruyère, au clair de lune?

Mais leur grande fête était lorsqu'au crépuscule, dans la grande paix du soir, après que le soleil s'était couché dans la mer, le père Daaé venait s'asseoir à côté d'eux sur le bord de la route, et leur contait à voix basse, comme s'il craignait de faire peur aux fantômes qu'il évoquait, les belles, douces ou terribles légendes du pays du Nord. Tantôt, c'était beau comme les contes d'Andersen, tantôt c'était triste comme les chants du grand poète Runeberg. Quand il se taisait, les deux enfants disaient : « Encore! »

Il y avait une histoire qui commençait ainsi :

« Un roi s'était assis dans une petite nacelle, sur

une de ces eaux tranquilles et profondes qui s'ouvrent comme un œil brillant au milieu des monts de la Norvège... »

Et une autre :

« La petite Lotte pensait à tout et ne pensait à rien. Oiseau d'été, elle planait dans les rayons d'or du soleil, portant sur ses boucles blondes sa couronne printanière. Son âme était aussi claire, aussi bleue que son regard. Elle câlinait sa mère, elle était fidèle à sa poupée, avait grand soin de sa robe, de ses souliers rouges et de son violon, mais elle aimait, par-dessus toutes choses, entendre en s'endormant l'Ange de la musique. »

Pendant que le bonhomme disait ces choses, Raoul regardait les yeux bleus et la chevelure dorée de Christine. Et Christine pensait que la petite Lotte était bienheureuse d'entendre en s'endormant l'Ange de la musique. Il n'était guère d'histoire du père Daaé où n'intervînt l'Ange de la musique, et les enfants lui demandaient des explications sur cet Ange, à n'en plus finir. Le père Daaé prétendait que tous les grands musiciens, tous les grands artistes reçoivent au moins une fois dans leur vie la visite de l'Ange de la musique. Cet Ange s'est penché quelquefois sur leur berceau, comme il est arrivé à la petite Lotte, et c'est ainsi qu'il y a de petits prodiges qui jouent du violon à six ans mieux que des hommes de cinquante, ce qui, vous l'avouerez, est tout à fait extraordinaire. Quelquefois, l'Ange vient beaucoup plus tard, parce que les enfants ne sont pas sages et ne veulent pas apprendre leur méthode et négligent leurs gammes. Quelquefois, l'Ange ne vient jamais, parce qu'on n'a pas le cœur pur ni une conscience tranquille. On ne voit jamais l'Ange, mais il se fait entendre aux âmes prédestinées. C'est souvent dans les moments qu'elles s'y attendent le moins, quand elles sont tristes et découragées. Alors, l'oreille perçoit tout à coup des harmonies célestes, une voix divine, et s'en souvient toute la vie. Les personnes qui sont visitées par l'Ange en restent comme enflammées. Elles vibrent d'un frisson que ne connaît point le reste des mortels. Et elles ont ce privilège de ne plus pouvoir toucher un instrument ou ouvrir la bouche pour chanter, sans faire entendre des sons qui font honte par leur beauté à tous les autres sons humains. Les gens qui ne savent pas que l'Ange a visité ces personnes disent qu'elles ont du génie.

La petite Christine demandait à son papa s'il avait entendu l'Ange. Mais le père Daaé secouait la tête tristement, puis son regard brillait en regardant son enfant et lui disait :

« Toi, mon enfant, tu l'entendras un jour! Quand je serai au ciel, je te l'enverrai, je te le promets! »

Le père Daaé commençait à tousser à cette époque.

L'automne vint qui sépara Raoul et Christine. Ils se revirent trois ans plus tard; c'étaient des

jeunes gens. Ceci se passa à Perros encore et Raoul
en conserva une telle impression qu'elle le pour-
suivit toute sa vie. Le professeur Valérius était
mort, mais la maman Valérius était restée en
France, où ses intérêts la retenaient avec le
bonhomme Daaé et sa fille, ceux-ci toujours chantant et jouant du violon, entraînant dans leur rêve
harmonieux leur chère protectrice, qui semblait ne
plus vivre que de musique. Le jeune homme était
venu à tout hasard à Perros et, de même, il pénétra dans la maison habitée autrefois par sa petite
amie. Il vit d'abord le vieillard Daaé, qui se leva
de son siège les larmes aux yeux et qui l'embrassa,
en lui disant qu'ils avaient conservé de lui un
fidèle souvenir. De fait, il ne s'était guère passé de
jour sans que Christine parlât de Raoul. Le
vieillard parlait encore quand la porte s'ouvrit et,
charmante, empressée, la jeune fille entra, portant
sur un plateau le thé fumant. Elle reconnut Raoul
et déposa son fardeau. Une flamme légère se répandit sur son charmant visage. Elle demeurait hésitante, se taisait. Le papa les regardait tous deux.
Raoul s'approcha de la jeune fille et l'embrassa
d'un baiser qu'elle n'évita point. Elle lui posa quelques questions, s'acquitta joliment de son devoir
d'hôtesse, reprit le plateau et quitta la chambre.
Puis elle alla se réfugier sur un banc dans la solitude du jardin. Elle éprouvait des sentiments
qui s'agitaient dans son cœur adolescent pour la
première fois. Raoul vint la rejoindre et ils cau-

sèrent jusqu'au soir, dans un grand embarras. Ils
étaient tout à fait changés, ne reconnaissaient
point leurs personnages, qui semblaient avoir
acquis une importance considérable. Ils étaient
prudents comme des diplomates et ils se racon-
taient des choses qui n'avaient point affaire avec
leurs sentiments naissants. Quand ils se quittèrent,
au bord de la route, Raoul dit à Christine, en
déposant un baiser correct sur sa main tremblante :
« Mademoiselle, je ne vous oublierai jamais! »
Et il s'en alla en regrettant cette parole hardie,
car il savait bien que Christine Daaé ne pouvait
pas être la femme du vicomte de Chagny.

Quant à Christine, elle alla retrouver son père
et lui dit : « Tu ne trouves pas que Raoul n'est
plus aussi gentil qu'autrefois? Je ne l'aime
plus! » Et elle essaya de ne plus penser à lui. Elle
y arrivait assez difficilement et se rejeta sur son
art qui lui prit tous ses instants. Ses progrès deve-
naient merveilleux. Ceux qui l'écoutaient lui pré-
disaient qu'elle serait la première artiste du
monde. Mais son père, sur ces entrefaites, mourut,
et, du coup, elle sembla avoir perdu avec lui sa
voix, son âme et son génie. Il lui resta suffisamment de tout cela pour entrer au Conservatoire, mais tout juste. Elle ne se distingua en
aucune façon, suivit les classes sans enthousiasme
et remporta un prix pour faire plaisir à la vieille
maman Valérius, avec laquelle elle continuait de
vivre. La première fois que Raoul avait revu

Christine à l'Opéra, il avait été charmé par la beauté de la jeune fille et par l'évocation des douces images d'autrefois, mais il avait été plutôt étonné du côté négatif de son art. Elle semblait détachée de tout. Il revint l'écouter. Il la suivait dans les coulisses. Il l'attendit derrière un portant. Il essaya d'attirer son attention. Plus d'une fois, il l'accompagna jusque vers le seuil de sa loge, mais elle ne le voyait pas. Elle semblait du reste ne voir personne. C'était l'indifférence qui passait. Raoul en souffrit, car elle était belle; il était timide et n'osait s'avouer à lui-même qu'il l'aimait. Et puis, ça avait été le coup de tonnerre de la soirée de gala : les cieux déchirés, une voix d'ange se faisant entendre sur la terre pour le ravissement des hommes et la consommation de son cœur...

Et puis, et puis, il y avait eu cette voix d'homme derrière la porte : « Il faut m'aimer! » et personne dans la loge...

Pourquoi avait-elle ri quand il lui avait dit, dans le moment qu'elle rouvrait les yeux : « Je suis le petit enfant qui a ramassé votre écharpe dans la mer »? Pourquoi ne l'avait-elle pas reconnu? Et pourquoi lui avait-elle écrit?

Oh! cette côte est longue... longue... Voici le crucifix des trois chemins... Voici la lande déserte, la bruyère glacée, le paysage immobile sous le ciel blanc. Les vitres tintinnabulent, lui brisent leurs carreaux dans les oreilles... Que de bruit fait cette diligence qui avance si peu! Il reconnaît les chau-

mières... les enclos, les talus, les arbres du chemin...
Voici le dernier détour de la route, et puis on
dévalera et ce sera la mer... la grande baie de
Perros...

Alors, elle est descendue à l'auberge du Soleil-
Couchant. Dame! Il n'y en a pas d'autre. Et puis,
on y est très bien. Il se rappelle que, dans le temps,
on y racontait de belles histoires! Comme son cœur
bat! Qu'est-ce qu'elle va dire en le voyant?

La première personne qu'il aperçoit en entrant
dans la vieille salle enfumée de l'auberge est la
maman Tricard. Elle le reconnaît. Elle lui fait des
compliments. Elle lui demande ce qui l'amène. Il
rougit. Il dit que, venu pour affaire à Lannion,
il a tenu à « pousser jusque-là pour lui dire bonjour ». Elle veut lui servir à déjeuner, mais il dit :
« Tout à l'heure. » Il semble attendre quelque
chose ou quelqu'un. La porte s'ouvre. Il est debout.
Il ne s'est pas trompé : c'est elle! Il veut
parler, il retombe. Elle reste devant lui souriante,
nullement étonnée. Sa figure est fraîche et rose
comme une fraise venue à l'ombre. Sans doute, la
jeune fille est-elle émue par une marche rapide.
Son sein qui renferme un cœur sincère se soulève
doucement. Ses yeux, clairs miroirs d'azur pâle, de
la couleur des lacs qui rêvent, immobiles, tout
là-haut vers le nord du monde, ses yeux lui
apportent tranquillement le reflet de son âme candide. Le vêtement de fourrure est entrouvert sur
une taille souple, sur la ligne harmonieuse de son

jeune corps plein de grâce. Raoul et Christine se
regardent longuement. La maman Tricard sourit
et, discrète, s'esquive. Enfin Christine parle :

« Vous êtes venu et cela ne m'étonne point.
J'avais le pressentiment que je vous retrouverais
ici, dans cette auberge, en revenant de la messe.
Quelqu'un me l'a dit, là-bas. Oui, on m'avait
annoncé votre arrivée.

— Qui donc? » demande Raoul, en prenant dans
ses mains la petite main de Christine que celle-ci
ne lui retire pas.

« Mais, mon pauvre papa qui est mort. »

Il y eut un silence entre les deux jeunes gens.
Puis, Raoul reprend :

« Est-ce que votre papa vous a dit que je vous
aimais, Christine, et que je ne puis vivre sans
vous? »

Christine rougit jusqu'aux cheveux et détourne
la tête. Elle dit, la voix tremblante :

« Moi? Vous êtes fou, mon ami. »

Et elle éclate de rire pour se donner, comme on
dit, une contenance.

« Ne riez pas, Christine, c'est très sérieux. »

Et elle réplique, grave :

« Je ne vous ai point fait venir pour que vous
me disiez des choses pareilles.

— Vous m'avez « fait venir », Christine; vous
avez deviné que votre lettre ne me laisserait point
indifférent et que j'accourrais à Perros. Comment

avez-vous pu penser cela, si vous n'avez pas pensé que je vous aimais?

— J'ai pensé que vous vous souviendriez des jeux de notre enfance auxquels mon père se mêlait si souvent. Au fond, je ne sais pas bien ce que j'ai pensé... J'ai peut-être eu tort de vous écrire... Votre apparition si subite l'autre soir dans ma loge, m'avait reporté loin, bien loin dans le passé, et je vous ai écrit comme une petite fille que j'étais alors, qui serait heureuse de revoir, dans un moment de tristesse et de solitude, son petit camarade à côté d'elle... »

Un instant, ils gardent le silence. Il y a dans l'attitude de Christine quelque chose que Raoul ne trouve point naturel sans qu'il lui soit possible de préciser sa pensée. Cependant, il ne la sent pas hostile; loin de là... la tendresse désolée de ses yeux le renseigne suffisamment. Mais pourquoi cette tendresse est-elle désolée?... Voilà peut-être ce qu'il faut savoir et ce qui irrite déjà le jeune homme...

« Quand vous m'avez vu dans votre loge, c'était la première fois que vous m'aperceviez, Christine? »

Celle-ci ne sait pas mentir. Elle dit :

« Non! je vous avais déjà aperçu plusieurs fois dans la loge de votre frère. Et puis aussi sur le plateau.

— Je m'en doutais! fait Raoul en se pinçant les lèvres. Mais pourquoi donc alors, quand vous m'avez vu dans votre loge, à vos genoux, et vous faisant souvenir que j'avais ramassé votre écharpe dans la mer, pourquoi avez-vous répondu comme si vous ne me connaissiez point et aussi avez-vous ri? »

Le ton de ces questions est si rude que Christine regarde Raoul, étonnée, et ne lui répond pas. Le jeune homme est stupéfait lui-même de cette querelle subite, qu'il ose dans le moment même où il s'était promis de faire entendre à Christine des paroles de douceur, d'amour et de soumission. Un mari, un amant qui a tous les droits, ne parlerait pas autrement à sa femme ou à sa maîtresse qui l'aurait offensé. Mais il s'irrite lui-même de ses torts, et, se jugeant stupide, il ne trouve d'autre issue à cette ridicule situation que dans la décision farouche qu'il prend de se montrer odieux.

« Vous ne me répondez pas! fait-il, rageur et malheureux. Eh bien, je vais répondre pour vous, moi! C'est qu'il y avait quelqu'un dans cette loge qui vous gênait, Christine! quelqu'un à qui vous ne vouliez point montrer que vous pouviez vous intéresser à une autre personne qu'à lui!...

— Si quelqu'un me gênait, mon ami! interrompit Christine sur un ton glacé... si quelqu'un me gênait, ce soir-là, ce devait être vous, puisque c'est vous que j'ai mis à la porte!...

— Oui!... pour rester avec l'autre!...

— Que dites-vous, monsieur? fait la jeune femme haletante... et de quel autre s'agit-il ici?

— De celui à qui vous avez dit : « Je ne chante

« que pour vous! Je vous ai donné mon âme ce
« soir, et je suis morte! »

Christine a saisi le bras de Raoul : elle le lui
étreint avec une force que l'on ne soupçonnerait
point chez cet être fragile.

« Vous écoutiez donc derrière la porte?

— Oui! parce que je vous aime... Et j'ai tout
entendu...

— Vous avez entendu quoi? » Et la jeune fille,
redevenue étrangement calme, laisse le bras de
Raoul.

« Il vous a dit : « Il faut m'aimer! »

A ces mots, une pâleur cadavérique se répand sur
le visage de Christine, ses yeux se cernent... Elle
chancelle, elle va tomber. Raoul se précipite, tend
les bras, mais déjà Christine a surmonté cette défail-
lance passagère, et, d'une voix basse, presque expi-
rante :

« Dites! dites encore! dites tout ce que vous avez
entendu! »

Raoul la regarde, hésite, ne comprend rien à ce
qui se passe.

« Mais, dites donc! Vous voyez bien que vous
me faites mourir!...

— J'ai entendu encore qu'il vous a répondu,
quand vous lui eûtes dit que vous lui aviez donné
votre âme : « Ton âme est bien belle, mon enfant,
« et je te remercie. Il n'y a point d'empereur qui
« ait reçu un pareil cadeau! Les anges ont pleuré
« ce soir! »

Christine a porté la main sur son cœur. Elle fixe Raoul dans une émotion indescriptible. Son regard est tellement aigu, tellement fixe, qu'il paraît celui d'une insensée. Raoul est épouvanté. Mais voilà que les yeux de Christine deviennent humides et sur ses joues d'ivoire glissent deux perles, deux lourdes larmes...

« Christine!...

— Raoul!... »

Le jeune homme veut la saisir, mais elle lui glisse dans les mains et elle se sauve dans un grand désordre.

Pendant que Christine restait enfermée dans sa chambre, Raoul se faisait mille reproches de sa brutalité; mais, d'autre part, la jalousie reprenait son galop dans ses veines en feu. Pour que la jeune fille eût montré une pareille émotion en apprenant que l'on avait surpris son secret, il fallait que celui-ci fût d'importance! Certes, Raoul, en dépit de ce qu'il avait entendu, ne doutait point de la pureté de Christine. Il savait qu'elle avait une grande réputation de sagesse et il n'était point si novice qu'il ne comprît la nécessité où se trouve acculée parfois une artiste d'entendre des propos d'amour. Elle y avait bien répondu en affirmant qu'elle avait donné son âme, mais de toute évidence, il ne s'agissait en tout ceci que de chant et de musique. De toute évidence? Alors, pourquoi cet émoi tout à l'heure? Mon Dieu, que Raoul était malheureux! Et, s'il avait tenu l'homme, *la voix d'homme,* il lui aurait demandé des explications précises.

Pourquoi Christine s'est-elle enfuie? Pourquoi ne descendait-elle point?

Il refusa de déjeuner. Il était tout à fait marri et sa douleur était grande de voir s'écouler loin de la jeune Suédoise, ces heures qu'il avait espérées si douces. Que ne venait-elle avec lui parcourir le pays où tant de souvenirs leur étaient communs? Et pourquoi, puisqu'elle semblait ne plus rien avoir à faire à Perros et, qu'en fait, elle n'y faisait rien, ne reprenait-elle point aussitôt le chemin de Paris? Il avait appris que le matin, elle avait fait dire une messe pour le repos de l'âme du père Daaé et qu'elle avait passé de longues heures en prière dans la petite église et sur la tombe du ménétrier.

Triste, découragé, Raoul s'en fut vers le cimetière qui entourait l'église. Il en poussa la porte. Il erra solitaire parmi les tombes, déchiffrant les inscriptions, mais comme il arrivait derrière l'abside, il fut tout de suite renseigné par la note éclatante des fleurs qui soupiraient sur le granit tombal et débordaient jusque sur la terre blanche. Elles embaumaient tout ce coin glacé de l'hiver breton. C'étaient de miraculeuses roses rouges qui paraissaient écloses du matin, dans la neige. C'était un peu de vie chez les morts, car la mort, là, était partout. Elle aussi débordait de la terre qui avait rejeté son trop-plein de cadavres. Des squelettes et des crânes par centaines étaient entassés contre le

mur de l'église, retenus simplement par un léger
réseau de fils de fer qui laissait à découvert tout le
macabre édifice. Les têtes de morts, empilées, ali-
gnées comme des briques, consolidées dans les intervalles par des os fort proprement blanchis, semblaient former la première assise sur laquelle on
avait maçonné les murs de la sacristie. La porte
de cette sacristie s'ouvrait au milieu de cet ossuaire,
tel qu'on en voit beaucoup au long des vieilles
églises bretonnes.

Raoul pria pour Daaé, puis, lamentablement
impressionné par ces sourires éternels qu'ont les
bouches des têtes de morts, il sortit du cimetière,
remonta le coteau et s'assit au bord de la lande qui
domine la mer. Le vent courait méchamment sur
les grèves, aboyant après la pauvre et timide clarté
du jour. Celle-ci céda, s'enfuit et ne fut plus qu'une
raie livide à l'horizon. Alors, le vent se tut. C'était
le soir. Raoul était enveloppé d'ombres glacées,
mais il ne sentait pas le froid. Toute sa pensée
errait sur la lande déserte et désolée, tout son souvenir. C'était là, à cette place, qu'il était venu souvent, à la tombée du jour, avec la petite Christine,
pour voir danser les korrigans, juste au moment
où la lune se lève. Pour son compte, il n'en avait
jamais aperçu, et cependant il avait de bons yeux.
Christine, au contraire, qui était un peu myope,
prétendait en avoir vu beaucoup. Il sourit à cette
idée, et puis, tout à coup, il tressaillit. Une forme,
une forme précise, mais qui était venue là sans

qu'il sût comment, sans que le moindre bruit l'eût averti, une forme débout à son côté, disait :

« Croyez-vous que les korrigans viendront ce soir? »

C'était Christine. Il voulut parler. Elle lui ferma la bouche de sa main gantée.

« Ecoutez-moi, Raoul, je suis résolue à vous dire quelque chose de grave, de très grave! »

Sa voix tremblait. Il attendit.

Elle reprit, oppressée.

« Vous rappelez-vous, Raoul, la légende de l'Ange de la musique?

— Si je m'en souviens! fit-il, je crois bien que c'est ici que votre père nous l'a contée pour la première fois.

— C'est ici aussi qu'il m'a dit : « Quand je serai « au ciel, mon enfant, je te l'enverrai. » Eh bien, Raoul, mon père est au ciel et j'ai reçu la visite de l'Ange de la musique.

— Je n'en doute pas », répliqua le jeune homme gravement, car il croyait comprendre que dans une pensée pieuse, son amie mêlait le souvenir de son père à l'éclat de son dernier triomphe.

Christine parut légèrement étonnée du sang-froid avec lequel le vicomte de Chagny apprenait qu'elle avait reçu la visite de l'Ange de la musique.

« Comment l'entendez-vous, Raoul? » fit-elle, en penchant sa figure pâle si près du visage du jeune homme que celui-ci put croire que Christine allait lui donner un baiser, mais elle ne voulait que lire, malgré les ténèbres, dans ses yeux.

« J'entends, répliqua-t-il, qu'une créature humaine ne chante point comme vous avez chanté l'autre soir, sans qu'intervienne quelque miracle, sans que le Ciel y soit pour quelque chose. Il n'est point de professeur sur la terre qui puisse vous apprendre des accents pareils. Vous avez entendu l'Ange de la musique, Christine.

— Oui, fit-elle solennellement, *dans ma loge*. C'est là qu'il vient me donner ses leçons quotidiennes. »

Le ton dont elle dit cela était si pénétrant et si singulier que Raoul la regarda inquiet, comme on regarde une personne qui dit une énormité ou affirme quelque vision folle à laquelle elle croit de toutes les forces de son pauvre cerveau malade. Mais elle s'était reculée et elle n'était plus, immobile, qu'un peu d'ombre dans la nuit.

« Dans votre loge? répéta-t-il comme un écho stupide.

— Oui, c'est là que je l'ai entendu et je n'ai pas été seule à l'entendre...

— Qui donc l'a entendu encore, Christine?

— Vous, mon ami.

— Moi? j'ai entendu l'Ange de la musique?

— Oui, l'autre soir, c'est lui qui parlait quand vous écoutiez derrière la porte de ma loge. C'est lui qui m'a dit : « Il faut m'aimer. » Mais je croyais bien être la seule à percevoir sa voix. Aussi, jugez de mon étonnement quand j'ai appris, ce matin, que vous pouviez l'entendre, vous aussi... »

Raoul éclata de rire. Et aussitôt, la nuit se dissipa sur la lande déserte et les premiers rayons de la lune vinrent envelopper les jeunes gens. Christine s'était retournée, hostile, vers Raoul. Ses yeux, ordinairement si doux, lançaient des éclairs.

« Pourquoi riez-vous? Vous croyez peut-être avoir entendu une voix d'homme?

— Dame! » répondit le jeune homme, dont les idées commençaient à se brouiller devant l'attitude de bataille de Christine.

« C'est vous, Raoul! vous qui me dites cela! un ancien petit compagnon à moi! un ami de mon père! Je ne vous reconnais plus. Mais que croyez-vous donc? Je suis une honnête fille, moi, monsieur le vicomte de Chagny, et je ne m'enferme point avec des voix d'homme, dans ma loge. Si vous aviez ouvert la porte, vous auriez vu qu'il n'y avait personne!

— C'est vrai! Quand vous avez été partie, j'ai ouvert cette porte et je n'ai trouvé personne dans la loge...

— Vous voyez bien... alors? »

Le comte fit appel à tout son courage.

« Alors, Christine, je pense qu'on se moque de vous! »

Elle poussa un cri et s'enfuit. Il courut derrière elle, mais elle lui jeta, dans une irritation farouche :

« Laissez-moi! laissez-moi! »

Et elle disparut. Raoul rentra à l'auberge très las, très découragé et très triste.

Il apprit que Christine venait de monter dans sa chambre et qu'elle avait annoncé qu'elle ne descendrait pas pour dîner. Le jeune homme demanda si elle n'était point malade. La brave aubergiste lui répondit d'une façon ambiguë que, si elle était souffrante, ce devait être d'un mal qui n'était point bien grave, et, comme elle croyait à la fâcherie de deux amoureux, elle s'éloigna en haussant les épaules et en exprimant sournoisement la pitié qu'elle avait pour des jeunes gens qui gaspillaient en vaines querelles les heures que le bon Dieu leur a permis de passer sur la terre. Raoul dîna tout seul, au coin de l'âtre et, comme vous pensez bien, de façon fort maussade. Puis, dans sa chambre, il essaya de lire, puis, dans son lit, il essaya de dormir. Aucun bruit ne se faisait entendre dans l'appartement à côté. Que faisait Christine? Dormait-elle? Et si elle ne dormait point, à quoi pensait-elle? Et lui, à quoi pensait-il? Eût-il été seulement capable de le dire? La conversation étrange qu'il avait eue avec Christine l'avait tout à fait troublé!... Il pensait moins à Christine qu'*autour* de Christine, et cet « autour » était si diffus, si nébuleux, si insaisissable, qu'il en éprouvait un très curieux et très angoissant malaise.

Ainsi les heures passaient très lentes; il pouvait être onze heures et demie de la nuit quand il entendit distinctement marcher dans la chambre

voisine de la sienne. C'était un pas léger, furtif.
Christine ne s'était donc pas couchée? Sans raisonner ses gestes, le jeune homme s'habilla à la hâte,
en prenant garde de faire le moindre bruit. Et,
prêt à tout, il attendait. Prêt à quoi? Est-ce qu'il
savait? Son cœur bondit quand il entendit la porte
de Christine tourner lentement sur ses gonds. Où
allait-elle à cette heure où tout reposait dans Perros? Il entrouvrit tout doucement sa porte et put
voir, dans un rayon de lune, la forme blanche de
Christine qui glissait précautionneusement dans le
corridor. Elle atteignit l'escalier; elle descendit et,
lui, au-dessus d'elle, se pencha sur la rampe. Soudain, il entendit deux voix qui s'entretenaient rapidement. Une phrase lui arriva : « Ne perdez pas
la clef. » C'était la voix de l'hôtesse. En bas, on
ouvrit la porte qui donnait sur la rade. On la
referma. Et tout rentra dans le calme. Raoul revint
aussitôt dans sa chambre et courut à sa fenêtre qu'il
ouvrit. La forme blanche de Christine se dressait
sur le quai désert.

Ce premier étage de l'auberge du Soleil-Couchant
n'était guère élevé et un arbre en espalier qui tendait ses branches aux bras impatients de Raoul permit à celui-ci d'être dehors sans que l'hôtesse pût
soupçonner son absence. Aussi, quelle ne fut pas la
stupéfaction de la brave dame, le lendemain matin,
quand on lui apporta le jeune homme quasi glacé,
plus mort que vif, et qu'elle apprit qu'on l'avait
trouvé étendu tout de son long sur les marches du

maître-autel de la petite église de Perros. Elle courut apprendre presto la nouvelle à Christine, qui descendit en hâte et prodigua, aidée de l'aubergiste, ses soins inquiets au jeune homme qui ne tarda point à ouvrir les yeux et revint tout à fait à la vie en apercevant au-dessus de lui le charmant visage de son amie.

Que s'était-il donc passé? M. le commissaire Mifroid eut l'occasion, quelques semaines plus tard, quand le drame de l'Opéra entraîna l'action du ministère public, d'interroger le vicomte de Chagny sur les événements de la nuit de Perros, et voici de quelle sorte ceux-ci furent transcrits sur les feuilles du dossier d'enquête. (Cote 150).

Demande. — Mlle Daaé ne vous avait pas vu descendre de votre chambre par le singulier chemin que vous aviez choisi?

Réponse. — Non, monsieur, non, non. Cependant, j'arrivai derrière elle en négligeant d'étouffer le bruit de mes pas. Je ne demandais alors qu'une chose, c'est qu'elle se retournât, qu'elle me vît et qu'elle me reconnût. Je venais de me dire, en effet, que ma poursuite était tout à fait incorrecte et que la façon d'espionnage à laquelle je me livrais était indigne de moi. Mais elle ne sembla point m'entendre et, de fait, elle agit comme si je n'avais pas été là. Elle quitta tranquillement le quai et puis, tout à coup, remonta rapidement le chemin. L'horloge de l'église venait de sonner minuit moins un quart, et il me parut que le son de l'heure avait déterminé la hâte de sa course, car elle se prit presque à courir. Ainsi arriva-t-elle à la porte du cimetière.

D. — La porte du cimetière était-elle ouverte?

R. — Oui, monsieur, et cela me surprit, mais ne parut nullement étonner Mlle Daaé.

D. — Il n'y avait personne dans le cimetière?

R. — Je ne vis personne. S'il y avait eu quelqu'un, je l'aurais vu. La lumière de la lune était éblouissante et la neige qui couvrait la terre, en nous renvoyant ses rayons, faisait la nuit plus claire encore.

D. — On ne pouvait pas se cacher derrière les tombes?

R. — Non, monsieur. Ce sont de pauvres pierres tombales qui disparaissaient sous la couche de neige et qui alignaient leurs croix au ras du sol. Les seules ombres étaient celles de ces croix et les deux nôtres. L'église était toute éblouissante de clarté. Je n'ai jamais vu une pareille lumière nocturne. C'était très beau, très transparent et très froid. Je n'étais jamais allé la nuit dans les cimetières, et j'ignorais qu'on pût y trouver une semblable lumière, « une lumière qui ne pèse rien ».

D. — Vous êtes superstitieux?

R. — Non, monsieur, je suis croyant.

D. — Dans quel état d'esprit étiez-vous?

R. — Très sain et très tranquille, ma foi. Certes, la sortie insolite de Mlle Daaé m'avait tout d'abord profondément troublé; mais aussitôt que je vis la jeune fille pénétrer dans le cimetière, je me dis qu'elle y venait accomplir quelque vœu sur la tombe paternelle, et je trouvai la chose si naturelle que je reconquis tout mon calme. J'étais simplement étonné qu'elle ne m'eût pas encore entendu marcher derrière elle, car la neige craquait sous mes pas. Mais sans doute était-elle tout absorbée par sa pensée pieuse. Je résolus du reste de ne la point troubler et, quand elle fut parvenue à la tombe de son père, je restai à quelques pas derrière elle. Elle s'agenouilla dans la neige, fit le signe de la croix et commença de prier. A ce moment, minuit sonna. Le douzième coup tintait encore à mon oreille quand, soudain, je vis la jeune fille relever la tête; son regard fixa la voûte céleste, ses bras se tendirent vers l'astre des nuits; elle me parut en extase et je me demandais encore quelle avait été la raison subite et déterminante de cette extase quand moi-même je relevai la tête, je jetai autour de moi un regard éperdu et tout mon être se tendit vers l'Invisible, *l'invisible qui nous jouait de la musique*. Et quelle musique! Nous la connaissions déjà! Christine et moi l'avions déjà entendue en notre jeunesse. Mais jamais sur le violon du père Daaé, elle ne s'était exprimée avec un art aussi divin. Je ne pus mieux faire, en cet instant, que de me rappeler tout ce que Christine venait de me dire de l'Ange de la musique, et je ne sus trop que penser de ces sons inoubliables qui, s'ils ne descendaient pas du ciel, laissaient ignorer leur origine sur terre.

Il n'y avait point là d'instrument ni de main pour conduire l'archet. Oh! je me rappelai l'admirable mélodie. C'était la *Résurrection de Lazare,* que le père Daaé nous jouait dans ses heures de tristesse et de foi. L'Ange de Christine aurait existé qu'il n'aurait pas mieux joué cette nuit-là avec le violon du défunt ménétrier. L'invocation de Jésus nous ravissait à la terre, et, ma foi, je m'attendis presque à voir se soulever la pierre du tombeau du père de Christine. L'idée me vint aussi que Daaé avait été enterré avec son violon et, en vérité, je ne sais point jusqu'où, dans cette minute funèbre et rayonnante, au fond de ce petit dérobé cimetière de province, à côté de ces têtes de morts qui nous riaient de toutes leurs mâchoires immobiles, non je ne sais point jusqu'où s'en fut mon imagination, ni où elle s'arrêta.

Mais la musique s'était tue et je retrouvai mes sens. Il me sembla entendre du bruit du côté des têtes de morts de l'ossuaire.

D. — Ah! ah! vous avez entendu du bruit du côté de l'ossuaire?

R. — Oui, il m'a paru que les têtes de morts ricanaient maintenant et je n'ai pu m'empêcher de frissonner.

D. — Vous n'avez point pensé tout de suite que derrière l'ossuaire pouvait se cacher justement le musicien céleste qui venait de tant vous charmer?

R. — J'ai si bien pensé cela, que je n'ai plus pensé qu'à cela, monsieur le commissaire, et que j'en oubliai de suivre Mlle Daaé qui venait de se relever et gagnait tranquillement la porte du cimetière. Quant à elle, elle était tellement absorbée, qu'il n'est point étonnant qu'elle ne m'ait pas aperçu. Je ne bougeai point, les yeux fixés vers l'ossuaire, décidé à aller jusqu'au bout de cette incroyable aventure et d'en connaître le fin mot.

D. — Et alors, qu'arriva-t-il pour qu'on vous ait retrouvé au matin, étendu à demi mort, sur les marches du maître-autel?

R. — Oh! ce fut rapide... Une tête de mort roula à mes pieds... puis une autre... puis une autre... On eût dit que j'étais le but de ce funèbre jeu de boules. Et j'eus cette imagination qu'un faux mouvement avait dû détruire l'harmonie de l'échafaudage derrière lequel se dissimulait notre musicien. Cette hypothèse m'apparut d'autant plus raisonnable qu'une ombre glissa tout à coup sur le mur éclatant de la sacristie.

Je me précipitai. L'ombre avait déjà, poussant la porte, pénétré dans l'église. J'avais des ailes, l'ombre avait un manteau. Je fus assez rapide pour saisir un coin du manteau de l'ombre. A ce moment, nous étions, l'ombre et moi, juste devant le maître-autel et les rayons de la lune, à travers le grand vitrail de l'abside, tombaient droit devant nous. Comme je ne lâchai point le manteau, l'ombre se retourna et, le manteau dont elle était enveloppée s'étant entrouvert, je vis, monsieur le juge, comme je vous vois, une effroyable tête de mort qui dardait sur moi un regard où brûlaient les feux de l'enfer. Je crus avoir affaire à Satan lui-même et, devant cette apparition d'outre-tombe, mon cœur, malgré tout son courage, défaillit, et je n'ai plus souvenir de rien jusqu'au moment où je me réveillai dans ma petite chambre de l'auberge du Soleil-Couchant.

VII

Nous avons quitté MM. Firmin Richard et Armand Moncharmin dans le moment qu'ils se décidaient à aller faire une petite visite à la première loge n° 5.

Ils ont laissé derrière eux le large escalier qui conduit du vestibule de l'administration à la scène et ses dépendances; ils ont traversé la scène (le plateau), ils sont entrés dans le théâtre par l'entrée des abonnés, puis, dans la salle, par le premier couloir à gauche. Ils se sont alors glissés entre les premiers rangs des fauteuils d'orchestre et ont regardé la première loge n° 5. Ils la virent mal à cause qu'elle était plongée dans une demi-obscurité et que d'immenses housses étaient jetées sur le velours rouge des appuis-main.

A ce moment, ils étaient presque seuls dans l'immense vaisseau ténébreux et un grand silence les entourait. C'était l'heure tranquille où les machinistes vont boire.

L'équipe avait momentanément vidé le plateau, laissant un décor moitié planté; quelques rais de lumière (une lumière blafarde, sinistre, qui semblait volée à un astre moribond), s'étaient insinués par on ne sait quelle ouverture, jusqu'à une vieille tour qui dressait ses créneaux en carton sur la scène; les choses, dans cette nuit factice, ou plutôt dans ce jour menteur, prenaient d'étranges formes. Sur les fauteuils de l'orchestre, la toile qui les recouvrait avait l'apparence d'un mer en furie, dont les vagues glauques avaient été instantanément immobilisées sur l'ordre secret du géant des tempêtes, qui, comme chacun sait, s'appelle Adamastor. MM. Moncharmin et Richard étaient les naufragés de ce bouleversement immobile d'une mer de toile peinte. Ils avançaient vers les loges de gauche, à grandes brassées, comme des marins qui ont abandonné leur barque et cherchent à gagner le rivage. Les huit grandes colonnes en échaillon poli se dressaient dans l'ombre comme autant de prodigieux pilotis destinés à soutenir la falaise menaçante, croulante et ventrue, dont les assises étaient figurées par les lignes circulaires, parallèles et fléchissantes des balcons des premières, deuxièmes et troisièmes loges. Du haut, tout en haut de la falaise, perdues dans le ciel de cuivre de M. Lenepveu, des figures grimaçaient, ricanaient, se moquaient, se gaussaient de l'inquiétude de MM. Moncharmin et Richard. C'étaient pourtant des figures fort sérieuses à l'ordinaire. Elles s'appelaient : Isis, Amphitrite, Hébé,

Flore, Pandore, Psyché, Thétis, Pomone, Daphné, Clythie, Galatée, Aréthuse. Oui, Aréthuse elle-même et Pandore que tout le monde connaît à cause de sa boîte, regardaient les deux nouveaux directeurs de l'Opéra qui avaient fini par s'accrocher à quelque épave, et qui, de là, contemplaient en silence la première loge nº 5. J'ai dit qu'ils étaient inquiets. Du moins, je le présume. M. Moncharmin, en tout cas, avoue qu'il était impressionné. Il dit textuellement : « Cette « balançoire » (quel style!) du fantôme de l'Opéra, sur laquelle on nous avait si gentiment fait monter, depuis que nous avions pris la succession de MM. Poligny et Debienne, avait fini sans doute par troubler l'équilibre de mes facultés imaginatives, et, à tout prendre, visuelles, car (était-ce le décor exceptionnel dans lequel nous nous mouvions, au centre d'un incroyable silence qui nous impressionna à ce point?... fûmes-nous le jouet d'une sorte d'hallucination rendue possible par la quasi-obscurité de la salle et la pénombre qui baignait la loge nº 5?) car j'ai vu et Richard aussi a vu, dans le même moment, une forme dans la loge nº 5. Richard n'a rien dit; moi, non plus, du reste. Mais nous nous sommes pris la main d'un même geste. Puis, nous avons attendu quelques minutes ainsi, sans bouger, les yeux toujours fixés sur le même point : mais la forme avait disparu. Alors, nous sommes sortis et, dans le couloir, nous nous sommes fait part de nos impressions et nous avons parlé de *la forme*. Le malheur est que ma forme, à moi, n'était pas du tout la forme de Richard. Moi, j'avais vu comme une tête de mort qui était posée sur le rebord de la loge, tandis que Richard avait aperçu une forme de vieille femme qui ressemblait à la mère Giry. Si bien que nous vîmes que nous avions été réellement le jouet d'une illusion et que nous courûmes sans plus tarder et en riant comme des fous à la première loge n° 5, dans laquelle nous entrâmes et dans laquelle nous ne trouvâmes plus aucune forme. »

Et maintenant nous voici dans la loge n° 5.

C'est une loge comme toutes les autres premières loges. En vérité, rien ne distingue cette loge de ses voisines.

MM. Moncharmin et Richard, s'amusant ostensiblement et riant l'un de l'autre, remuaient les meubles de la loge, soulevaient les housses et les fauteuils et examinaient en particulier celui sur lequel *la voix avait l'habitude de s'asseoir*. Mais ils constatèrent que c'était un honnête fauteuil, qui n'avait rien de magique. En somme, la loge était la plus ordinaire des loges, avec sa tapisserie rouge, ses fauteuils, sa carpette et son appui-main en velours rouge. Après avoir tâté le plus sérieusement du monde la carpette et n'avoir, de ce côté comme des autres, rien découvert de spécial, ils descendirent dans la baignoire du dessous, qui correspondait à la loge n° 5. Dans la baignoire n° 5, qui est juste au coin de la première sortie de gauche des fauteuils d'orchestre, ils ne trouvèrent rien non plus qui méritât d'être signalé.

« Tous ces gens-là se moquent de nous, finit par s'écrier Firmin Richard; samedi, on joue *Faust*, nous assisterons à la représentation tous les deux dans la première loge n° 5! »

VIII

MAIS le samedi matin, en arrivant dans leur bureau, les directeurs trouvèrent une double lettre de F. de l'O. ainsi conçue :

Mes chers directeurs,

C'est donc la guerre?
Si vous tenez encore à la paix, voici mon ulti-matum.
Il est aux quatre conditions suivantes :
1° Me rendre ma loge — et je veux qu'elle soit à ma libre disposition dès maintenant;
2° Le rôle de « Marguerite » sera chanté ce soir

par Christine Daaé. Ne vous occupez pas de la
Carlotta qui sera malade;

3° Je tiens absolument aux bons et loyaux services de Mme Giry, mon ouvreuse, que vous réin-
tégrerez immédiatement dans ses fonctions;

4° Faites-moi connaître par une lettre remise à
Mme Giry, qui me la fera parvenir, que vous accep-
tez, comme vos prédécesseurs, les conditions de mon
cahier des charges relatives à mon indemnité men-
suelle. Je vous ferai savoir ultérieurement dans
quelle forme vous aurez à me la verser.

Sinon, vous donnerez *Faust*, ce soir, dans une
salle maudite.

A bon entendeur, salut!

F. DE L'O.

« Eh bien, il m'embête, moi!... Il m'embête! »
hurla Richard, en dressant ses poings vengeurs et
en les laissant retomber avec fracas sur la table de
son bureau.

Sur ces entrefaites, Mercier, l'administrateur,
entra.

« Lachenal voudrait voir l'un de ces messieurs,
dit-il. Il paraît que l'affaire est urgente, et le
bonhomme me paraît tout bouleversé.

— Qui est ce Lachenal? interrogea Richard.

— C'est votre écuyer en chef.

— Comment! mon écuyer en chef?

— Mais oui, monsieur, expliqua Mercier... il y a

à l'Opéra plusieurs écuyers, et M. Lachenal est leur chef.

— Et qu'est-ce qu'il fait, cet écuyer?

— Il a la haute direction de l'écurie.

— Quelle écurie?

— Mais la vôtre, monsieur, l'écurie de l'Opéra

— Il y a une écurie à l'Opéra? Ma foi, je n'en savais rien! Et où se trouve-t-elle?

— Dans les dessous, du côté de la Rotonde. C'est un service très important, nous avons douze chevaux.

— Douze chevaux! Et pour quoi faire, grand Dieu?

— Mais pour les défilés de *La Juive,* du *Prophète,* etc., il faut des chevaux dressés et qui « connaissent les planches ». Les écuyers sont chargés de les leur apprendre. M. Lachenal y est fort habile. C'est l'ancien directeur des écuries de Franconi.

— Très bien..., mais qu'est-ce qu'il me veut?

— Je n'en sais rien... je ne l'ai jamais vu dans un état pareil.

— Faites-le entrer!... »

M. Lachenal entre. Il a une cravache à la main et en cingle nerveusement l'une de ses bottes.

« Bonjour, monsieur Lachenal, fit Richard impressionné. Qu'est-ce qui nous vaut l'honneur de votre visite?

— Monsieur le directeur, je viens vous demander de mettre toute l'écurie à la porte.

— Comment! vous voulez mettre à la porte nos chevaux?

— Il ne s'agit pas des chevaux, mais des palefreniers.

— Combien avez-vous de palefreniers, monsieur Lachenal?

— Six!

— Six palefreniers! C'est au moins trop de deux!

— Ce sont là des « places », interrompit Mercier, qui ont été créées et qui nous ont été imposées par le sous-secrétariat des Beaux-Arts. Elles sont occupées par des protégés du gouvernement, et si j'ose me permettre...

— Le gouvernement, je m'en fiche!... affirma Richard avec énergie. Nous n'avons pas besoin de plus de quatre palefreniers pour douze chevaux.

— Onze! rectifia M. l'écuyer en chef.

— Douze! répéta Richard.

— Onze! répète Lachenal.

— Ah! c'est M. l'administrateur qui m'avait dit que vous aviez douze chevaux!

— J'en avais douze, mais je n'en ai plus que onze depuis que l'on nous a volé César! »

Et M. Lachenal se donne un grand coup de cravache sur la botte.

« On nous a volé César, s'écria M. l'administrateur; César, le cheval blanc du *Prophète*.

— Il n'y a pas deux Césars! déclara d'un ton sec M. l'écuyer en chef. J'ai été dix ans chez Fran-

coni et j'en ai vu, des chevaux! Eh bien, il n'y a
pas deux Césars! Et on nous l'a volé.

— Comment cela?

— Eh! je n'en sais rien! Personne n'en sait rien!
Voilà pourquoi je viens vous demander de mettre
toute l'écurie à la porte.

— Qu'est-ce qu'ils disent, vos palefreniers?

— Des bêtises... les uns accusent des figurants...
les autres prétendent que c'est le concierge de l'administration.

— Le concierge de l'administration? J'en réponds
comme de moi-même! protesta Mercier.

— Mais enfin, monsieur le premier écuyer, s'écria
Richard, vous devez avoir une idée!...

— Eh bien, oui, j'en ai une! J'en ai une! déclara
tout à coup M. Lachenal, et je vais vous la dire.
Pour moi, il n'y a pas de doute. » M. le premier
écuyer se rapprocha de MM. les directeurs et leur
glissa à l'oreille : « *C'est le fantôme qui a fait le
coup!* »

Richard sursauta.

« Ah! Vous aussi! Vous aussi!

— Comment? moi aussi? C'est bien la chose la
plus naturelle...

— Mais comment donc! monsieur Lachenal! mais
comment donc, monsieur le premier écuyer...

— ... Que je vous dise ce que je pense, après ce
que j'ai vu...

— Et qu'avez-vous vu, monsieur Lachenal.

— J'ai vu, comme je vous vois, une ombre noire qui montait un cheval blanc qui ressemblait comme deux gouttes d'eau à César!

— Et vous n'avez pas couru après ce cheval blanc et cette ombre noire?

— J'ai couru et j'ai appelé, monsieur le directeur, mais ils se sont enfuis avec une rapidité déconcertante et ont disparu dans la nuit de la galerie... »

M. Richard se leva :

« C'est bien, monsieur Lachenal. Vous pouvez vous retirer... nous allons déposer une plainte contre le *fantôme*...

— Et vous allez fiche mon écurie à la porte!

— C'est entendu! Au revoir, monsieur! »

M. Lachenal salua et sortit.

Richard écumait.

« Vous allez régler le compte de cet imbécile!

— C'est un ami de M. le commissaire du gouvernement! osa Mercier...

— Et il prend son apéritif à Tortoni avec Lagréné, Scholl et Pertuiset, le tueur de lions, ajouta Moncharmin. Nous allons nous mettre toute la presse à dos! Il racontera l'histoire du fantôme et tout le monde s'amusera à nos dépens! Si nous sommes ridicules, nous sommes morts!

— C'est bien, n'en parlons plus... », concéda Richard, qui déjà songeait à autre chose.

A ce moment la porte s'ouvrit et, sans doute,

cette porte n'était-elle point alors défendue par son cerbère ordinaire, car on vit Mame Giry entrer tout de go, une lettre à la main, et dire précipitamment :

« Pardon, excuse, messieurs, mais j'ai reçu ce matin une lettre du fantôme de l'Opéra. Il me dit de passer chez vous, que vous avez censément quelque chose à me... »

Elle n'acheva pas sa phrase. Elle vit la figure de Firmin Richard, et c'était terrible. L'honorable directeur de l'Opéra était prêt à éclater. La fureur dont il était agité ne se traduisait encore à l'extérieur que par la couleur écarlate de sa face furibonde et par l'éclair de ses yeux fulgurants. Il ne dit rien. Il ne pouvait pas parler. Mais, tout à coup, son geste partit. Ce fut d'abord le bras gauche qui entreprit la falote personne de Mame Giry et lui fit décrire un demi-tour si inattendu, une pirouette si rapide que celle-ci en poussa une clameur désespérée, et puis, ce fut le pied droit, le pied droit du même honorable directeur qui alla imprimer sa semelle sur le taffetas noir d'une jupe qui, certainement, n'avait pas encore, en pareil endroit, subi un pareil outrage.

L'événement avait été si précipité que Mame Giry, quand elle se retrouva dans la galerie, en était comme étourdie encore et semblait ne pas comprendre. Mais, soudain, elle comprit, et l'Opéra retentit de ses cris indignés, de ses protestations farouches, de ses menaces de mort. Il fallut trois garçons pour la descendre dans la cour de l'administration et deux agents pour la porter dans la rue.

A peu près à la même heure, la Carlotta, qui habitait un petit hôtel de la rue du Faubourg-Saint-Honoré, sonnait sa femme de chambre et se faisait apporter au lit son courrier. Dans ce courrier, elle trouvait une lettre anonyme où on lui disait :

« Si vous chantez ce soir, craignez qu'il ne vous arrive un grand malheur au moment même où vous chanterez... un malheur pire que la mort. »

Cette menace était tracée à l'encre rouge, d'une écriture hésitante et bâtonnante.

Ayant lu cette lettre, la Carlotta n'eut plus d'appétit pour déjeuner. Elle repoussa le plateau sur lequel la camériste lui présentait le chocolat fumant. Elle s'assit sur son lit et réfléchit profondément. Ce n'était point la première lettre de ce genre qu'elle recevait, mais jamais encore elle n'en avait lu d'aussi menaçante.

Elle se croyait en butte, à ce moment, aux mille entreprises de la jalousie et racontait couramment qu'elle avait un ennemi secret qui avait juré sa perte. Elle prétendait qu'il se tramait contre elle quelque méchant complot, quelque cabale qui éclaterait un de ces jours; mais elle n'était point femme à se laisser intimider, ajoutait-elle.

La vérité était que, si cabale il y avait, celle-ci était menée par la Carlotta elle-même contre la pauvre Christine, qui ne s'en doutait guère. La

Carlotta n'avait point pardonné à Christine le triomphe que celle-ci avait remporté en la remplaçant au pied levé.

Quand on lui avait appris l'accueil extraordinaire qui avait été fait à sa remplaçante, la Carlotta s'était sentie instantanément guérie d'un commencement de bronchite et d'un accès de bouderie contre l'administration, et elle n'avait plus montré la moindre velléité de quitter son emploi. Depuis, elle avait travaillé de toutes ses forces à « étouffer » sa rivale, faisant agir des amis puissants auprès des directeurs pour qu'ils ne donnassent plus à Christine l'occasion d'un nouveau triomphe. Certains journaux qui avaient commencé à chanter le talent de Christine ne s'occupèrent plus que de la gloire de la Carlotta. Enfin, au théâtre même, la célèbre diva tenait sur Christine les propos les plus outrageants et essayait de lui causer mille petits désagréments.

La Carlotta n'avait ni cœur ni âme. Ce n'était qu'un instrument! Certes, un merveilleux instrument. Son répertoire comprenait tout ce qui peut tenter l'ambition d'une grande artiste, aussi bien chez les maîtres allemands que chez les Italiens ou les Français. Jamais, jusqu'à ce jour, on n'avait entendu la Carlotta chanter faux, ni manquer du volume de voix nécessaire à la traduction d'aucun passage de son répertoire immense. Bref, l'instrument était étendu, puissant et d'une justesse admirable. Mais nul n'aurait pu dire à Carlotta ce que

Rossini disait à la Krauss, après qu'elle eût chanté pour lui en allemand « Sombres forêts?... » : « Vous chantez avec votre âme, ma fille, et votre âme est belle! »

Où était ton âme, ô Carlotta, quand tu dansais dans les bouges de Barcelone? Où était-elle, quand plus tard, à Paris, tu as chanté sur de tristes tréteaux tes couplets cyniques de bacchante de music-hall? Où ton âme, quand, devant les maîtres assemblés chez un de tes amants, tu faisais résonner cet instrument docile, dont le merveilleux était qu'il chantait avec la même perfection indifférente le sublime amour et la plus basse orgie? O Carlotta, si jamais tu avais eu une âme et que tu l'eusses perdue alors, tu l'aurais retrouvée quand tu devins Juliette, quand tu fus Elvire, et Ophélie, et Marguerite! Car d'autres sont montées de plus bas que toi et que l'art, aidé de l'amour, a purifiées!

En vérité, quand je songe à toutes les petitesses, les vilenies dont Christine Daaé eut à souffrir, à cette époque, de la part de cette Carlotta, je ne puis retenir mon courroux, et il ne m'étonne point que mon indignation se traduise par des aperçus un peu vastes sur l'art en général, et celui du chant en particulier, où les admirateurs de la Carlotta ne trouveront certainement point leur compte.

Quand la Carlotta eut fini de réfléchir à la menace de la lettre étrange qu'elle venait de recevoir, elle se leva.

« On verra bien », dit-elle... Et elle prononça, en

espagnol, quelques serments, d'un air fort résolu.

La première chose qu'elle vit en mettant son nez à la fenêtre, fut un corbillard. Le corbillard et la lettre la persuadèrent qu'elle courait, ce soir-là, les plus sérieux dangers. Elle réunit chez elle le ban et l'arrière-ban de ses amis, leur apprit qu'elle était menacée, à la représentation du soir, d'une cabale organisée par Christine Daaé, et déclara qu'il fallait faire pièce à cette petite en remplissant la salle de ses propres admirateurs, à elle, la Carlotta. Elle n'en manquait pas, n'est-ce pas? Elle comptait sur eux pour se tenir prêts à toute éventualité et faire taire les perturbateurs, si, comme elle le craignait, ils déchaînaient le scandale.

Le secrétaire particulier de M. Richard étant venu prendre des nouvelles de la santé de la diva, s'en retourna avec l'assurance qu'elle se portait à merveille et que, « fût-elle à l'agonie », elle chanterait le soir même le rôle de Marguerite. Comme le secrétaire avait, de la part de son chef, recommandé fortement à la diva de ne commettre aucune imprudence, de ne point sortir de chez elle, et de se garer des courants d'air, la Carlotta ne put s'empêcher, après son départ, de rapprocher ces recommandations exceptionnelles et inattendues des menaces inscrites dans la lettre.

Il était cinq heures, quand elle reçut par le courrier une nouvelle lettre anonyme de la même écriture que la première. Elle était brève. Elle disait simplement : « Vous êtes enrhumée; si vous étiez raisonnable, vous comprendriez que c'est folie de vouloir chanter ce soir. »

La Carlotta ricana, haussa les épaules, qui étaient magnifiques, et lança deux ou trois notes qui la rassurèrent.

Ses amis furent fidèles à leur promesse. Ils étaient tous, ce soir-là, à l'Opéra, mais c'est en vain qu'ils cherchèrent autour d'eux ces féroces conspirateurs qu'ils avaient mission de combattre. Si l'on en exceptait quelques profanes, quelques honnêtes bourgeois dont la figure placide ne reflétait d'autre dessein que celui de réentendre une musique qui, depuis longtemps déjà, avait conquis leurs suffrages, il n'y avait là que des habitués dont les mœurs élégantes, pacifiques et correctes, écartaient toute idée de manifestation. La seule chose qui paraissait anormale était la présence de MM. Richard et Moncharmin dans la loge n° 5. Les amis de la Carlotta pensèrent que, peut-être, messieurs les directeurs avaient eu, de leur côté, vent du scandale projeté et qu'ils avaient tenu à se rendre dans la salle pour l'arrêter sitôt qu'il éclaterait, mais c'était là une hypothèse injustifiée, comme vous le savez; MM. Richard et Moncharmin ne pensaient qu'à leur fantôme.

> Rien?... En vain j'interroge en une ardente veille
> La Nature et le Créateur.
> Pas une voix ne glisse à mon oreille
> Un mot consolateur!...

Le célèbre baryton Carolus Fonta venait à peine

de lancer le premier appel du docteur Faust aux
puissances de l'enfer, que M. Firmin Richard, qui
s'était assis sur la chaise même du fantôme — la
chaise de droite, au premier rang — se penchait, de
la meilleure humeur du monde, vers son associé, et
lui disait :

« Et toi, est-ce qu'une voix a déjà glissé un mot
à ton oreille?

— Attendons! ne soyons pas trop pressés, répondait sur le même ton plaisant M. Armand Moncharmin. La représentation ne fait que commencer et tu sais bien que le fantôme n'arrive ordinairement que vers le milieu du premier acte. »

Le premier acte se passa sans incident, ce qui
n'étonna point les amis de Carlotta, puisque Marguerite, à cet acte, ne chante point. Quant aux
deux directeurs, au baisser du rideau, ils se regardèrent en souriant :

« Et d'un! fit Moncharmin.

— Oui, le fantôme est en retard », déclara Firmin Richard.

Moncharmin, toujours badinant, reprit :

« En somme, la salle n'est pas trop mal compo-
sée ce soir *pour une salle maudite.* »

Richard daigna sourire. Il désigna à son collaborateur une bonne grosse dame assez vulgaire
vêtue de noir qui était assise dans un fauteuil au
milieu de la salle et qui était flanquée de deux
hommes, d'allure fruste dans leurs redingotes en
drap d'habit.

« Qu'est-ce que c'est que ce « monde-là? »
demanda Moncharmin.

— Ce monde-là, mon cher, c'est ma concierge,
son frère et son mari.

— Tu leur as donné des billets?

— Ma foi oui... Ma concierge n'était jamais allée
à l'Opéra... c'est la première fois... et comme, maintenant, elle doit y venir tous les soirs, j'ai voulu
qu'elle fût bien placée avant de passer son temps
à placer les autres. »

Moncharmin demanda des explications et
Richard lui apprit qu'il avait décidé, pour quelque
temps, sa concierge, en laquelle il avait la plus
grande confiance, à venir prendre la place de Mame
Giry.

« A propos de la mère Giry, fit Moncharmin,
tu sais qu'elle va porter plainte contre toi.

— Auprès de qui? Auprès du fantôme? »

Le fantôme! Moncharmin l'avait presque oublié.
Du reste, le mystérieux personnage ne faisait rien
pour se rappeler au souvenir de MM. les directeurs.

Soudain, la porte de leur loge s'ouvrit brusquement devant le régisseur effaré.

« Qu'y a-t-il? demandèrent-ils tous deux, stupé-
faits de voir celui-ci en pareil endroit, en ce
moment.

— Il y a, dit le régisseur, qu'une cabale est montée par les amis de Christine Daaé contre la Carlotta. Celle-ci est furieuse.

— Qu'est-ce que c'est encore que cette histoire-là? » fit Richard en fronçant les sourcils.

Mais le rideau se levait sur la Kermesse et le directeur fit signe au régisseur de se retirer.

Quand le régisseur eut vidé la place, Moncharmin se pencha à l'oreille de Richard :

« Daaé a donc des amis? demanda-t-il.

— Oui, fit Richard, elle en a.

— Qui? »

Richard désigna du regard une première loge dans laquelle il n'y avait que deux hommes.

« Le comte de Chagny?

— Oui, il me l'a recommandée... si chaleureusement, que si je ne le savais pas l'ami de la Sorelli...

— Tiens! tiens!... murmura Moncharmin. Et qui donc est ce jeune homme si pâle, assis à côté de lui?

— C'est son frère, le vicomte.

— Il ferait mieux d'aller se coucher. Il a l'air malade. »

La scène résonnait de chants joyeux. L'ivresse en musique. Triomphe du gobelet.

> Vin ou bière,
> Bière ou vin,
> Que mon verre
> Soit plein!

Etudiants, bourgeois, soldats, jeunes filles et matrones, le cœur allègre, tourbillonnaient devant le cabaret à l'enseigne du dieu Bacchus. Siebel fit son entrée.

Christine Daaé était charmante en travesti. Sa fraîche jeunesse, sa grâce mélancolique séduisaient à première vue. Aussitôt, les partisans de la Carlotta s'imaginèrent qu'elle allait être saluée d'une ovation qui les renseignerait sur les intentions de ses amis. Cette ovation indiscrète eût été, du reste, d'une maladresse insigne. Elle ne se produisit pas.

Au contraire, quand Marguerite traversa la scène et qu'elle eut chanté les deux seuls vers de son rôle à cet acte deuxième :

Non messieurs, je ne suis demoiselle ni belle,
Et je n'ai pas besoin qu'on me donne la main!

des bravos éclatants accueillirent la Carlotta. C'était si imprévu et si inutile que ceux qui n'étaient au courant de rien se regardaient en se demandant ce qui se passait, et l'acte encore s'acheva sans aucun incident. Tout le monde se disait alors : « Ça va être pour l'acte suivant, évidemment. » Quelques-uns, qui étaient, paraît-il, mieux renseignés que les autres, affirmèrent que le « boucan » devait commencer à la « Coupe du roi de Thulé », et ils se précipitèrent vers l'entrée des abonnés pour aller avertir la Carlotta.

Les directeurs quittèrent la loge pendant cet entracte pour se renseigner sur cette histoire de cabale dont leur avait parlé le régisseur, mais ils

revinrent bientôt à leur place en haussant les
épaules et en traitant toute cette affaire de niaise-
rie. La première chose qu'ils virent en entrant fut,
sur la tablette de l'appui-main, une boîte de bonbons anglais. Qui l'avait apportée là? Ils question-
nèrent les ouvreuses. Mais personne ne put les renseigner. S'étant alors retournés à nouveau du côté
de l'appui-main ils aperçurent, cette fois, à côté de
la boîte de bonbons anglais, une lorgnette. Ils se
regardèrent. Ils n'avaient pas envie de rire. Tout
ce que leur avait dit Mme Giry leur revenait à
la mémoire... et puis... il leur semblait qu'il y
avait autour d'eux comme un étrange courant
d'air... Ils s'assirent en silence, réellement impres-
sionnés.

La scène représentait le jardin de Marguerite...

> Faites-lui mes aveux,
> Portez mes vœux...

Comme elle chantait ces deux premiers vers, son
bouquet de roses et de lilas à la main, Christine,
en relevant la tête, aperçut dans sa loge le vicomte
de Chagny et, dès lors, il sembla à tous que sa voix
était moins assurée, moins pure, moins cristalline
qu'à l'ordinaire. Quelque chose qu'on ne savait
pas, assourdissait, alourdissait son chant... Il y avait,
là-dessous, du tremblement et de la crainte.

« Drôle de fille, fit remarquer presque tout haut
un ami de la Carlotta placé à l'orchestre... L'autre

soir, elle était divine et, aujourd'hui, la voilà qui chevrote. Pas d'expérience, pas de méthode! »

C'est en vous que j'ai foi,
Parlez pour moi.

Le vicomte se mit la tête dans les mains. Il pleurait. Le comte, derrière lui, mordait violemment la pointe de sa moustache, haussait les épaules et fronçait les sourcils. Pour qu'il traduisît par autant de signes extérieurs ses sentiments intimes, le comte, ordinairement si correct et si froid, devait être furieux. Il l'était. Il avait vu son frère revenir d'un rapide et mystérieux voyage dans un état de santé alarmant. Les explications qui s'en étaient suivies n'avaient sans doute point eu la vertu de tranquilliser le comte qui, désireux de savoir à quoi s'en tenir, avait demandé un rendez-vous à Christine Daaé. Celle-ci avait eu l'audace de lui répondre qu'elle ne pouvait le recevoir, ni lui, ni son frère. Il crut à un abominable calcul. Il ne pardonnait point à Christine de faire souffrir Raoul, mais surtout il ne pardonnait point à Raoul de souffrir pour Christine. Ah! il avait eu bien tort de s'intéresser un instant à cette petite, dont le triomphe d'un soir restait pour tous incompréhensible.

Que la fleur sur sa bouche
Sache au moins déposer
Un doux baiser.

« Petite rouée, va », gronda le comte.

Et il se demanda ce qu'elle voulait... ce qu'elle pouvait bien espérer... Elle était pure, on la disait sans ami, sans protecteur d'aucune sorte... cet Ange du Nord devait être roublard!

Raoul, lui, derrière ses mains, rideau qui cachait ses larmes d'enfant, ne songeait qu'à la lettre qu'il avait reçue, dès son retour à Paris où Christine était arrivée avant lui, s'étant sauvée de Perros comme une voleuse : « Mon cher ancien petit ami, il faut avoir le courage de ne plus me revoir, de ne plus me parler... si vous m'aimez un peu, faites cela pour moi, pour moi qui ne vous oublierai jamais... mon cher Raoul. Surtout, ne pénétrez plus jamais dans ma loge. Il y va de ma vie. Il y va de la vôtre. Votre petite Christine. »

Un tonnerre d'applaudissements... C'est la Carlotta qui fait son entrée.

L'acte du jardin se déroulait avec ses péripéties accoutumées.

Quand Marguerite eut fini de chanter l'air du Roi de Thulé, elle fut acclamée; elle le fut encore quand elle eut terminé l'air des bijoux :

> Ah! je ris de me voir
> Si belle en ce miroir...

Désormais, sûre d'elle, sûre de ses amis dans la salle, sûre de sa voix et de son succès, ne craignant plus rien, Carlotta se donna tout entière, avec

ardeur, avec enthousiasme, avec ivresse. Son jeu
n'eut plus aucune retenue ni aucune pudeur... Ce
n'était plus Marguerite, c'était Carmen. On ne l'ap-
plaudit que davantage, et son duo avec Faust semblait lui préparer un nouveau succès, quand sur-
vint tout à coup... quelque chose d'effroyable.

Faust s'était agenouillé :

> Laisse-moi, laisse-moi contempler ton visage
> Sous la pâle clarté
> Dont l'astre de la nuit, comme dans un nuage,
> Caresse ta beauté.

Et Marguerite répondait :

> O silence! O bonheur! ineffable mystère!
> Enivrante langueur!
> J'écoute!... Et je comprends cette voix solitaire
> Qui chante dans mon cœur!

A ce moment donc... à ce moment juste... se produisit quelque chose... j'ai dit quelque chose
d'effroyable...

... La salle, d'un seul mouvement, s'est levée...
Dans leur loge, les deux directeurs ne peuvent retenir une exclamation d'horreur... Spectateurs et
spectatrices se regardent comme pour se demander
les uns aux autres l'explication d'un aussi inattendu phénomène... Le visage de la Carlotta
exprime la plus atroce douleur, ses yeux semblent
hantés par la folie. La pauvre femme s'est redres-
sée, la bouche encore entrouverte, ayant fini de

laisser passer « cette voix solitaire qui chantait dans son cœur... » Mais cette bouche ne chantait plus..., *elle n'osait plus une parole, plus un son...*

Car cette bouche créée pour l'harmonie, cet instrument agile qui n'avait jamais failli, organe magnifique, générateur des plus belles sonorités, des plus difficiles accords, des plus molles modulations, des rythmes les plus ardents, sublime mécanique humaine à laquelle il ne manquait, pour être divine, que le feu du ciel qui, seul, donne la véritable émotion et soulève les âmes... cette bouche avait laissé passer...

De cette bouche s'était échappé...

... *Un crapaud!*

Ah! l'affreux, le hideux, le squameux, venimeux, écumeux, écumant, glapissant crapaud!...

Par où était-il entré? Comment s'était-il accroupi sur la langue? Les pattes de derrière repliées. pour bondir plus haut et plus loin, sournoisement, il était sorti du larynx, et... couac!

Couac! Couac!... Ah! le terrible couac!

Car vous pensez bien qu'il ne faut parler de crapaud qu'au figuré. On ne le voyait pas mais, par l'enfer! on l'entendait. Couac!

La salle en fut comme éclaboussée. Jamais batracien, au bord des mares retentissantes, n'avait déchiré la nuit d'un plus affreux couac.

Et certes, il était bien inattendu de tout le monde. La Carlotta n'en croyait encore ni sa gorge ni ses oreilles. La foudre, en tombant à ses pieds, l'eût moins étonnée que ce crapaud couaquant qui venait de sortir de sa bouche...

Et elle ne l'eût pas déshonorée. Tandis qu'il est bien entendu qu'un crapaud blotti sur la langue, déshonore toujours une chanteuse. Il y en a qui en sont mortes.

Mon Dieu! qui eût cru cela?... Elle chantait si tranquillement : « Et je comprends cette voix solitaire qui chante dans mon cœur! » Elle chantait sans effort, comme toujours, avec la même facilité que vous dites : « Bonjour, madame, comment vous portez-vous? »

On ne saurait nier qu'il existe des chanteuses présomptueuses, qui ont le grand tort de ne point mesurer leurs forces, et qui, dans leur orgueil, veulent atteindre, avec la faible voix que le Ciel leur départit, à des effets exceptionnels et lancer des notes qui leur ont été défendues en venant au monde. C'est alors que le Ciel, pour les punir, leur envoie, sans qu'elles le sachent, dans la bouche, un crapaud, un crapaud qui fait couac! Tout le monde sait cela. Mais personne ne pouvait admettre qu'une Carlotta, qui avait au moins deux octaves dans la voix, y eût encore un crapaud.

On ne pouvait avoir oublié ses *contre-fa* stridents, ses *staccati* inouïs dans *La flûte enchantée*. On se souvenait de *Don Juan,* où elle était Elvire et où elle remporta le plus retentissant triomphe, certain soir, en donnant elle-même le *si* bémol que

ne pouvait donner sa camarade dona Anna. Alors,
vraiment, que signifiait ce couac, au bout de cette
tranquille, paisible. toute petite « voix solitaire qui
chantait dans son cœur »?

Ça n'était pas naturel. Il y avait là-dessous du
sortilège. Ce crapaud sentait le roussi. Pauvre,
misérable, désespérée, anéantie Carlotta!...

Dans la salle, la rumeur grandissait. C'eût été
une autre que la Carlotta à qui serait survenue
semblable aventure, on l'eût huée! Mais avec
celle-là, dont on connaissait le parfait instrument,
on ne montrait point de colère, mais de la consternation et de l'effroi. Ainsi les hommes ont-ils dû
subir cette sorte d'épouvante s'il en est qui ont
assisté à la catastrophe qui brisa les bras de la
Vénus de Milo!... et encore ont-ils pu voir le coup
qui frappait... et comprendre...

Mais là? Ce crapaud était incompréhensible!...

Si bien qu'après quelques secondes passées à se
demander si vraiment elle avait entendu elle-même,
sortir de sa bouche même, cette note, — était-ce
une note, ce son? — pouvait-on appeler cela un
son? Un son, c'est encore de la musique — ce bruit
infernal, elle voulut se persuader qu'il n'en avait
rien été; qu'il y avait eu là, un instant, une illusion de son oreille, et non point une criminelle
trahison de l'organe vocal...

Elle jeta, éperdue. les yeux autour d'elle comme
pour chercher un refuge, une protection, ou plutôt
l'assurance spontanée de l'innocence de sa voix. Ses

doigts crispés s'étaient portés à sa gorge en un geste de défense et de protestation! Non! non! ce couac n'était pas à elle! Et il semblait bien que Carolus Fonta lui-même fût de cet avis, qui la regardait avec une expression inénarrable de stupéfaction enfantine et gigantesque. Car enfin, il était près d'elle, lui. Il ne l'avait pas quittée. Peut-être pourrait-il lui dire comment une pareille chose était arrivée! Non, il ne le pouvait pas! Ses yeux étaient stupidement rivés à la bouche de la Carlotta comme les yeux des tout petits considérant le chapeau inépuisable du prestidigitateur. Comment une si petite bouche avait-elle pu contenir un si grand couac?

Tout cela, crapaud, couac, émotion, terreur-rumeur de la salle, confusion de la scène, des coulisses, — quelques comparses montraient des têtes effarées, — tout cela que je vous décris dans le détail dura quelques secondes.

Quelques secondes affreuses qui parurent surtout interminables aux deux directeurs là-haut, dans la loge nº 5. Moncharmin et Richard étaient très pâles. Cet épisode inouï et qui restait inexplicable les remplissait d'une angoisse d'autant plus mystérieuse qu'ils étaient depuis un instant sous l'influence directe du fantôme.

Ils avaient senti son souffle. Quelques cheveux de Moncharmin s'étaient dressés sous ce souffle-là... Et Richard avait passé son mouchoir sur son front en sueur... Oui, il était là... autour d'eux...

derrière eux, à côté d'eux, ils le sentaient sans le voir!... Ils entendaient sa respiration... et si près d'eux, si près d'eux!... *On sait quand quelqu'un est présent*... Eh bien, ils savaient maintenant!... *ils étaient sûrs d'être trois dans la loge*... Ils en tremblaient... Ils avaient l'idée de fuir... Ils n'osaient pas... Ils n'osaient pas faire un mouvement, échanger une parole qui eût pu apprendre au fantôme qu'ils savaient qu'il était là!... Qu'allait-il arriver? Qu'allait-il se produire?

Se produisit le couac! Au-dessus de tous les bruits de la salle on entendit leur double exclamation d'horreur. *Ils se sentaient sous les coups du fantôme.* Penchés au-dessus de la loge, ils regardaient la Carlotta comme s'ils ne la reconnaissaient plus. Cette fille de l'enfer devait avoir donné avec son couac le signal de quelque catastrophe. Ah! la catastrophe, ils l'attendaient! Le fantôme la leur avait promise! La salle était maudite! Leur double poitrine directoriale haletait déjà sous le poids de la catastrophe. On entendit la voix étranglée de Richard qui criait à la Carlotta :

« Eh bien! continuez! »

Non! La Carlotta ne continua pas... Elle recommença bravement, héroïquement, le vers fatal au bout duquel était apparu le crapaud.

Un silence effrayant succède à tous les bruits. Seule la voix de la Carlotta emplit à nouveau le vaisseau sonore.

J'écoute!...

— La salle aussi écoute —

...Et je comprends cette voix solitaire (couac!)
Couac!... qui chante dans mon... couac!

Le crapaud lui aussi a recommencé.

La salle éclate en un prodigieux tumulte. Retombés sur leurs sièges, les deux directeurs n'osent même pas se retourner; ils n'en ont pas la force. Le fantôme leur rit dans le cou! Et enfin ils entendent distinctement dans l'oreille droite sa voix, l'impossible voix, la voix sans bouche, la voix qui dit :

« Elle chante ce soir à décrocher le lustre! »

D'un commun mouvement, ils levèrent la tête au plafond et poussèrent un cri terrible. Le lustre, l'immense masse du lustre glissait, venait à eux, à l'appel de cette voix satanique. Décroché, le lustre plongeait des hauteurs de la salle et s'abîmait au milieu de l'orchestre, parmi mille clameurs. Ce fut une épouvante, un sauve-qui-peut général. Mon dessein n'est point de faire revivre ici une heure historique. Les curieux n'ont qu'à ouvrir les journaux de l'époque. Il y eut de nombreux blessés et une morte.

Le lustre s'était écrasé sur la tête de la malheureuse qui était venue ce soir-là, à l'Opéra, pour la première fois de sa vie, sur celle que M. Richard avait désignée comme devant remplacer dans ses fonctions d'ouvreuse Mame Giry, l'ouvreuse du fantôme. Elle était morte sur le coup et le lendemain, un journal paraissait avec cette manchette : *Deux cent mille kilos sur la tête d'une concierge!* Ce fut toute son oraison funèbre.

IX

LE MYSTÉRIEUX COUPÉ

CETTE soirée tragique fut mauvaise pour tout le monde. La Carlotta était tombée malade. Quant à Christine Daaé, elle avait disparu après la représentation. Quinze jours s'étaient écoulés sans qu'on l'eût revue au théâtre, sans qu'elle se fût montrée hors du théâtre.

Il ne faut pas confondre cette première disparition, qui se passa sans scandale, avec le fameux enlèvement qui, à quelque temps de là, devait se produire dans des conditions si inexplicables et si tragiques.

Raoul fut le premier, naturellement, à ne rien comprendre à l'absence de la diva. Il lui avait écrit à l'adresse de Mme Valérius et n'avait pas reçu de réponse. Il n'en avait pas d'abord été autrement étonné, connaissant son état d'esprit et la résolution où elle était de rompre avec lui toute relation sans que, du reste, il en eût pu encore deviner la raison.

Sa douleur n'en avait fait que grandir, et il finit par s'inquiéter de ne voir la chanteuse sur aucun programme. On donna *Faust* sans elle. Un après-midi, vers cinq heures, il fut s'enquérir auprès de la direction des causes de cette disparition de Christine Daaé. Il trouva des directeurs fort préoccupés. Leurs amis eux-mêmes ne les reconnaissaient plus : ils avaient perdu toute joie et tout entrain. On les voyait traverser le théâtre, tête basse, le front soucieux, et les joues pâles comme s'ils étaient poursuivis par quelque abominable pensée, ou en proie à quelque malice du destin qui vous prend son homme et ne le lâche plus.

La chute du lustre avait entraîné bien des responsabilités, mais il était difficile de faire s'expliquer MM. les directeurs à ce sujet.

L'enquête avait conclu à un accident, survenu pour cause d'usure des moyens de suspension, mais encore aurait-il été du devoir des anciens directeurs ainsi que des nouveaux de constater cette usure et d'y remédier avant qu'elle ne déterminât la catastrophe.

Et il me faut bien dire que MM. Richard et Moncharmin apparurent à cette époque si changés, si lointains... si mystérieux... si incompréhensibles, qu'il y eut beaucoup d'abonnés pour imaginer que quelque événement plus affreux encore que la chute du lustre, avait modifié l'état d'âme de MM. les directeurs.

Dans leurs relations quotidiennes, ils se mon-

traient fort impatients, excepté cependant avec
Mme Giry qui avait été réintégrée dans ses fonctions. On se doute de la façon dont ils reçurent le
vicomte de Chagny quand celui-ci vint leur demander des nouvelles de Christine. Ils se bornèrent à
lui répondre qu'elle était en congé. Il demanda
combien de temps devait durer ce congé; il lui
fut répliqué assez sèchement qu'il était illimité,
Christine Daaé l'ayant demandé pour cause de
santé.

« Elle est donc malade! s'écria-t-il, qu'est-ce
qu'elle a?

— Nous n'en savons rien!

— Vous ne lui avez donc pas envoyé le médecin
du théâtre?

— Non! elle ne l'a point réclamé et, comme nous
avons confiance en elle, nous l'avons crue sur
parole. »

L'affaire ne parut point naturelle à Raoul, qui
quitta l'Opéra en proie aux plus sombres pensées.
Il résolut, quoi qu'il pût arriver, d'aller aux nouvelles chez la maman Valérius. Sans doute se rap-
pelait-il les termes énergiques de la lettre de Christine, qui lui défendait de tenter quoi que ce fût
pour la voir. Mais ce qu'il avait vu à Perros, ce
qu'il avait entendu derrière la porte de la loge, la
conversation qu'il avait eue avec Christine au bord
de la lande, lui faisaient pressentir quelque machination qui, pour être tant soit peu diabolique, n'en restait pas moins humaine. L'imagina-

tion exaltée de la jeune fille, son âme tendre et
crédule, l'éducation primitive qui avait entouré
ses jeunes années d'un cercle de légendes, la conti-
nuelle pensée de son père mort, et surtout l'état
de sublime extase où la musique la plongeait dès
que cet art se manifestait à elle dans certaines
conditions exceptionnelles — n'avait-il point été
à même d'en juger ainsi lors de la scène
du cimetière? — tout cela lui apparaissait comme
devant constituer un terrain moral propice aux
entreprises malfaisantes de quelque personnage
mystérieux et sans scrupules. De qui Christine
Daaé était-elle la victime? Voilà la question fort
sensée que Raoul se posait en se rendant en toute
hâte chez la maman Valérius.

Car le vicomte avait un esprit des plus sains.
Sans doute, il était poète et aimait la musique
dans ce qu'elle a de plus ailé, et il était grand
amateur des vieux contes bretons où dansent les
korrigans, et par-dessus tout il était amoureux de
cette petite fée du Nord qu'était Christine Daaé;
il n'empêche qu'il ne croyait au surnaturel qu'en
matière de religion et que l'histoire la plus fantastique du monde n'était pas capable de lui faire
oublier que deux et deux font quatre.

Qu'allait-il apprendre chez la maman Valérius? Il en tremblait en sonnant à la porte d'un
petit appartement de la rue Notre-Dame-des-
Victoires.

La soubrette qui, un soir, était sortie devant lui

de la loge de Christine, vint lui ouvrir. Il demanda
si Mme Valérius était visible. On lui répondit
qu'elle était souffrante, dans son lit, et incapable
de « recevoir ».

« Faites passer ma carte », dit-il.

Il n'attendit point longtemps. La soubrette revint
et l'introduisit dans un petit salon assez sombre et
sommairement meublé où les deux portraits du
professeur Valérius et du père Daaé se faisaient
vis-à-vis.

« Madame s'excuse auprès de monsieur le vicomte, dit la domestique. Elle ne pourra le recevoir que dans sa chambre, car ses pauvres jambes
ne la soutiennent plus. »

Cinq minutes plus tard, Raoul était introduit
dans une chambre quasi obscure, où il distingua
tout de suite, dans la pénombre d'une alcôve, la
bonne figure de la bienfaitrice de Christine. Maintenant, les cheveux de la maman Valérius étaient
tout blancs, mais ses yeux n'avaient pas vieilli :
jamais, au contraire, son regard n'avait été aussi
clair, ni aussi pur, ni aussi enfantin.

« M. de Chagny! fit-elle joyeusement en tendant
les deux mains au visiteur... Ah! c'est le Ciel
qui vous envoie!... nous allons pouvoir parler
d'*elle*. »

Cette dernière phrase sonna aux oreilles du jeune
homme bien lugubrement. Il demanda tout de
suite :

« Madame... où est Christine? »

Et la vieille dame lui répondit tranquillement :

« Mais, elle est avec son « bon génie »!

— Quel bon génie? s'écria le pauvre Raoul.

— Mais *l'Ange de la musique!* »

Le vicomte de Chagny, consterné, tomba sur un siège. Vraiment, Christine était avec *l'Ange de la musique!* Et la maman Valérius, dans son lit, lui souriait en mettant un doigt sur sa bouche, pour lui recommander le silence. Elle ajouta :

« Il ne faut le répéter à personne!

— Vous pouvez compter sur moi! » répliqua Raoul sans savoir bien ce qu'il disait, car ses idées sur Christine, déjà fort troubles, s'embrouillaient de plus en plus et il semblait que tout commençait à tourner autour de lui, autour de la chambre, autour de cette extraordinaire brave dame en cheveux blancs, aux yeux de ciel bleu pâle, aux yeux de ciel vide... « Vous pouvez compter sur moi...

— Je sais! je sais! fit-elle avec un bon rire heureux. Mais approchez-vous donc de moi, comme lorsque vous étiez tout petit. Donnez-moi vos mains comme lorsque vous me rapportiez l'histoire de la petite Lotte que vous avait contée le père Daaé. Je vous aime bien, vous savez, monsieur Raoul. Et Christine aussi vous aime bien!

— ... Elle m'aime bien... », soupira le jeune homme, qui rassemblait difficilement sa pensée autour du *génie* de la maman Valérius, de l'*Ange*

dont lui avait parlé si étrangement Christine, de la
tête *de mort* qu'il avait entrevue dans une sorte de
cauchemar sur les marches du maître-autel de Perros et aussi du *fantôme de l'Opéra*, dont la renom-
mée était venue jusqu'à son oreille, un soir qu'il
s'était attardé sur le plateau, à deux pas d'un
groupe de machinistes qui rappelaient la description cadavérique qu'en avait faite avant sa mystérieuse fin le pendu Joseph Buquet...

Il demanda à voix basse :

« Qu'est-ce qui vous fait croire, madame, que
Christine m'aime bien?

— Elle me parlait de vous tous les jours!

— Vraiment?... Et qu'est-ce qu'elle vous disait?

— Elle m'a dit que vous lui aviez fait une
déclaration!... »

Et la bonne vieille se prit à rire avec éclat, en
montrant toutes ses dents, qu'elle avait jalouse-
ment conservées. Raoul se leva, le rouge au front,
souffrant atrocement.

« Eh bien, où allez-vous?... Voulez-vous bien vous
asseoir?... Vous croyez que vous allez me quitter
comme ça?... Vous êtes fâché parce que j'ai ri, je
vous en demande pardon... Après tout, ce n'est
point de votre faute, ce qui est arrivé... Vous ne
saviez pas... Vous êtes jeune... et vous croyiez que
Christine était libre...

— Christine est fiancée? demanda d'une voix
étranglée le malheureux Raoul.

— Mais non! mais non!... Vous savez bien que

Christine, — le voudrait-elle — ne peut pas se
marier!...

— Quoi! mais je ne sais rien!... Et pourquoi
Christine ne peut-elle pas se marier?

— Mais à cause du *génie de la musique!*...

— Encore...

— Oui, il le lui défend!...

— Il le lui défend!... Le génie de la musique lui
défend de se marier!... »

Raoul se penchait sur la maman Valérius, la
mâchoire avancée, comme pour la mordre. Il eût
eu envie de la dévorer qu'il ne l'eût point regar-
dée avec des yeux plus féroces. Il y a des moments
où la trop grande innocence d'esprit apparaît
tellement monstrueuse qu'elle en devient haïssable. Raoul trouvait Mme Valérius par trop
innocente.

Elle ne se douta point du regard affreux qui
pesait sur elle. Elle reprit de l'air le plus naturel :

« Oh! il le lui défend... sans le lui défendre...
Il lui dit simplement que si elle se mariait, elle
ne l'entendrait plus! Voilà tout!... et qu'il partirait pour toujours!... Alors, vous comprenez, elle
ne veut pas laisser partir *le Génie de la musique.*
C'est bien naturel.

— Oui, oui, obtempéra Raoul dans un souffle,
c'est bien naturel.

— Du reste, je croyais que Christine vous avait
dit tout cela, quand elle vous a trouvé à Perros où
elle était allée avec son « bon génie ».

— Ah! ah! elle était allée à Perros avec le « bon génie »?

— C'est-à-dire qu'il lui avait donné rendez-vous là-bas dans le cimetière de Perros sur la tombe de Daaé! Il lui avait promis de jouer la *Résurrection de Lazare* sur le violon de son père! »

Raoul de Chagny se leva et prononça ces mots décisifs avec une grande autorité :

« Madame, vous allez me dire où il demeure, ce génie-là! »

La vieille dame ne parut point autrement surprise de cette question indiscrète. Elle leva les yeux et répondit :

« Au ciel! »

Tant de candeur le dérouta. Une aussi simple et parfaite foi dans un génie qui, tous les soirs, descendait du ciel pour fréquenter les loges d'artistes à l'Opéra, le laissa stupide.

Il se rendait compte maintenant de l'état d'esprit dans lequel pouvait se trouver une jeune fille élevée entre un ménétrier superstitieux et une bonne dame « illuminée », et il frémit en songeant aux conséquences de tout cela.

« Christine est-elle toujours une honnête fille? ne put-il s'empêcher de demander tout à coup.

— Sur ma part de paradis, je le jure! s'exclama la vieille qui, cette fois, parut outrée... et si vous en doutez, monsieur, je ne sais pas ce que vous êtes venu faire ici!... »

Raoul arrachait ses gants.

« Il y a combien de temps qu'elle a fait la connaissance de ce « génie »?

— Environ trois mois!... Oui, il y a bien trois mois qu'il a commencé à lui donner des leçons! »

Le vicomte étendit les bras dans un geste immense et désespéré et il les laissa retomber avec accablement.

« Le génie lui donne des leçons!... Et où ça?

— Maintenant qu'elle est partie avec lui, je ne pourrais vous le dire, mais il y a quinze jours, cela se passait dans la loge de Christine. Ici, ce serait impossible dans ce petit appartement. Toute la maison les entendrait. Tandis qu'à l'Opéra, à huit heures du matin, il n'y a personne. On ne les dérange pas!... Vous comprenez?...

— Je comprends! je comprends! » s'écria le vicomte, et il prit congé avec précipitation de la vieille maman qui se demandait en *a parte* si le vicomte n'était pas un peu toqué.

En traversant le salon, Raoul se retrouva en face de la soubrette et, un instant, il eut l'intention de l'interroger, mais il crut surprendre sur ses lèvres un léger sourire. Il pensa qu'elle se moquait de lui. Il s'enfuit. N'en savait-il pas assez?... Il avait voulu être renseigné, que pouvait-il désirer de plus?... Il regagna le domicile de son frère à pied, dans un état à faire pitié...

Il eût voulu se châtier, se heurter le front contre les murs! Avoir cru à tant d'innocence, à tant de pureté! Avoir essayé, un instant, de tout expliquer avec de la naïveté, de la simplicité d'esprit, de la candeur immaculée! Le génie de la musique! Il le connaissait maintenant! Il le voyait! C'était à n'en plus douter quelque affreux ténor, joli garçon, et qui chantait la bouche en cœur! Il se trouvait ridicule et malheureux à souhait! Ah! le misérable, petit, insignifiant et niais jeune homme que M. le vicomte de Chagny! pensait rageusement Raoul. Et elle, quelle audacieuse et sataniquement rouée créature!

Tout de même, cette course dans les rues lui avait fait du bien, rafraîchi un peu la flamme de son cerveau. Quand il pénétra dans sa chambre, il ne pensait plus qu'à se jeter sur son lit pour y étouffer ses sanglots. Mais son frère était là et Raoul se laissa tomber dans ses bras, comme un bébé. Le comte, paternellement, le consola, sans lui demander d'explications; du reste, Raoul eût hésité à lui narrer l'histoire du *génie de la musique*. S'il y a des choses dont on ne se vante pas, il en est d'autres pour lesquelles il y a trop d'humiliation à être plaint.

Le comte emmena son frère dîner au cabaret. Avec un aussi frais désespoir, il est probable que Raoul eût décliné, ce soir-là, toute invitation si, pour le décider, le comte ne lui avait appris que la veille au soir, dans une allée du Bois, la dame de ses pensées avait été rencontrée en galante compagnie. D'abord, le vicomte n'y voulut point croire

et puis il lui fut donné des détails si précis qu'il
ne protesta plus. Enfin, n'était-ce point là l'aventure la plus banale? On l'avait vue dans un coupé
dont la vitre était baissée. Elle semblait aspirer
longuement l'air glacé de la nuit. Il faisait un
clair de lune superbe. On l'avait parfaitement
reconnue. Quant à son compagnon, on n'en avait
distingué qu'une vague silhouette, dans l'ombre.
La voiture allait « au pas », dans une allée déserte,
derrière les tribunes de Longchamp.

Raoul s'habilla avec frénésie, déjà prêt, pour
oublier sa détresse, à se jeter, comme on dit, dans
le « tourbillon du plaisir ». Hélas! il fut un triste
convive et ayant quitté le comte de bonne heure,
il se trouva, vers dix heures du soir, dans une
voiture de cercle, derrière les tribunes de
Longchamp.

Il faisait un froid de loup. La route apparaissait
déserte et très éclairée sous la lune. Il donna l'ordre
au cocher de l'attendre patiemment au coin d'une
petite allée adjacente et, se dissimulant autant que
possible, il commença de battre la semelle.

Il n'y avait pas une demi-heure qu'il se livrait à
cet hygiénique exercice, quand une voiture, venant
de Paris, tourna au coin de la route et, tranquillement, au pas de son cheval, se dirigea de son
côté.

Il pensa tout de suite : c'est elle! Et son cœur
se prit à frapper à grands coups sourds, comme
ceux qu'il avait déjà entendus dans sa poitrine

quand il écoutait la voix d'homme derrière la porte de la loge... Mon Dieu! comme il l'aimait!

La voiture avançait toujours. Quant à lui, il n'avait pas bougé. Il attendait!... Si c'était elle, il était bien résolu à sauter à la tête des chevaux!... Coûte que coûte, il voulait avoir une explication avec l'Ange de la musique!...

Quelques pas encore et le coupé allait être à sa hauteur. Il ne doutait point que ce fût elle... Une femme, en effet, penchait sa tête à la portière.

Et, tout à coup, la lune l'illumina d'une pâle auréole.

« Christine! »

Le nom sacré de son amour lui jaillit des lèvres et du cœur. Il ne put le retenir!... Il bondit pour le rattraper, car ce nom jeté à la face de la nuit, avait été comme le signal attendu d'une ruée furieuse de tout l'équipage, qui passa devant lui sans qu'il eût pris le temps de mettre son projet à exécution. La glace de la portière s'était relevée. La figure de la jeune femme avait disparu. Et le coupé, derrière lequel il courait, n'était déjà plus qu'un point noir sur la route blanche.

Il appela encore : Christine!... Rien ne lui répondit. Il s'arrêta, au milieu du silence.

Il jeta un regard désespéré au ciel, aux étoiles; il heurta du poing sa poitrine en feu; il aimait et il n'était pas aimé!

D'un œil morne, il considéra cette route désolée et froide, la nuit pâle et morte. Rien n'était plus

froid, rien n'était plus mort que son cœur : il avait
aimé un ange et il méprisait une femme!

Raoul, comme elle s'est jouée de toi, la petite
fée du Nord! N'est-ce pas, n'est-ce pas qu'il est
inutile d'avoir une joue aussi fraîche, un front
aussi timide, et toujours prêt à se couvrir du voile
rose de la pudeur pour passer dans la nuit solitaire, au fond d'un coupé de luxe, en compagnie
d'un mystérieux amant? N'est-ce pas qu'il devrait
y avoir des limites sacrées à l'hypocrisie et au mensonge?... Et qu'on ne devrait pas avoir les yeux
clairs de l'enfance quand on a l'âme des
courtisanes?

... Elle avait passé sans répondre à son appel...

Aussi, pourquoi était-il venu au travers de sa
route?

De quel droit a-t-il dressé soudain devant elle,
qui ne lui demande que son oubli, le reproche de
sa présence?...

« Va-t'en!... disparais!... Tu ne comptes pas!... »

Il songeait à mourir et il avait vingt ans!... Son
domestique le surprit, au matin, assis sur son lit.
Il ne s'était pas déshabillé et le valet eut peur de
quelque malheur en le voyant, tant il avait une
figure de désastre. Raoul lui arracha des mains le
courrier qu'il lui apportait. Il avait reconnu une
lettre, un papier, une écriture. Christine lui disait :

Mon ami, soyez, après-demain, au bal masqué de
l'Opéra, à minuit, dans le petit salon qui est der-

rière la cheminée du grand foyer; tenez-vous debout auprès de la porte qui conduit vers la Rotonde. Ne parlez de ce rendez-vous à personne au monde. Mettez-vous en domino blanc, bien masqué. Sur ma vie, qu'on ne vous reconnaisse pas. Christine.

X

AU BAL MASQUÉ

L'ENVELOPPE, toute maculée de boue, ne portait aucun timbre. « Pour remettre à M. le vicomte Raoul de Chagny » et l'adresse au crayon. Ceci avait été certainement jeté dans l'espoir qu'un passant ramasserait le billet et l'apporterait à domicile; ce qui était arrivé. Le billet avait été trouvé sur un trottoir de la place de l'Opéra. Raoul le relut avec fièvre.

Il ne lui en fallait pas davantage pour renaître à l'espoir. La sombre image qu'il s'était faite un instant d'une Christine oublieuse de ses devoirs envers elle-même, fit place à la première imagination qu'il avait eue d'une malheureuse enfant innocente, victime d'une imprudence et de sa trop grande sensibilité. Jusqu'à quel point, à cette heure, était-elle vraiment victime? De qui était-elle prisonnière? Dans quel gouffre l'avait-on entraînée? Il se le demandait avec une bien cruelle angoisse; mais cette douleur même lui paraissait supportable à côté du délire où le mettait l'idée d'une Christine hypocrite et menteuse! Que s'était-il passé? Quelle influence avait-elle subie? Quel monstre l'avait ravie, et avec quelles armes?...

... Avec quelles armes donc, si ce n'étaient celles de la musique? Oui, oui, plus il y songeait, plus il se persuadait que c'était de ce côté qu'il découvrirait la vérité. Avait-il oublié le ton dont, à Perros, elle lui avait appris qu'elle avait reçu la visite de l'envoyé céleste? Et l'histoire même de Christine, dans ces derniers temps, ne devait-elle point l'aider à éclairer les ténèbres où il se débattait? Avait-il ignoré le désespoir qui s'était emparé d'elle après la mort de son père et le dégoût qu'elle avait eu alors de toutes les choses de la vie, même de son art? Au Conservatoire, elle avait passé comme une pauvre machine chantante, dépourvue d'âme. Et, tout à coup, elle s'était réveillée, comme sous le souffle d'une intervention divine. L'Ange de la musique était venu! Elle chante Marguerite de *Faust* et triomphe!... L'Ange de la musique!... Qui donc, qui donc se fait passer à ses yeux pour ce merveilleux génie?... Qui donc, renseigné sur la légende chère au vieux Daaé, en use à ce point que la jeune fille n'est plus entre ses mains qu'un instrument sans défense qu'il fait vibrer à son gré?

Et Raoul réfléchissait qu'une telle aventure n'était point exceptionnelle. Il se rappelait ce qui était arrivé à la princesse Belmonte, qui venait de perdre son mari et dont le désespoir était devenu de la stupeur... Depuis un mois, la princesse ne pouvait ni parler ni pleurer. Cette inertie physique et morale allait s'aggravant tous les jours et l'affaiblissement de la raison amenait peu à peu l'anéantissement de la vie. On portait tous les soirs la malade dans ses jardins; mais elle ne semblait même pas comprendre où elle se trouvait. Raff, le plus grand chanteur de l'Allemagne, qui passait à Naples, voulut visiter ces jardins, renommés pour leur beauté. Une des femmes de la princesse pria le grand artiste de chanter, sans se montrer, près du bosquet où elle se trouvait étendue. Raff y consentit et chanta un air simple que la princesse avait entendu dans la bouche de son mari aux premiers jours de leur hymen. Cet air était expressif et touchant. La mélodie, les paroles, la voix admirable de l'artiste, tout se réunit pour remuer profondément l'âme de la princesse. Les larmes lui jaillirent des yeux... elle pleura, fut sauvée et resta persuadée que son époux, ce soir-là, était descendu du ciel pour lui chanter l'air d'autrefois!

« Oui... ce soir-là!... Un soir, pensait maintenant Raoul, un unique soir... Mais cette belle imagination n'eût point tenu devant une expérience répétée... »

Elle eût bien fini par découvrir Raff, derrière son bosquet, l'idéale et dolente princesse de Belmonte, si elle y était revenue tous les soirs, pendant trois mois...

L'Ange de la musique, pendant trois mois, avait donné des leçons à Christine... Ah! c'était un professeur ponctuel!... Et maintenant, il la promenait au Bois!...

De ses doigts crispés, glissés sur sa poitrine, où battait son cœur jaloux, Raoul se déchirait la chair. Inexpérimenté, il se demandait maintenant avec terreur à quel jeu la demoiselle le conviait pour une prochaine mascarade? Et jusqu'à quel point une fille d'Opéra peut se moquer d'un bon jeune homme tout neuf à l'amour? Quelle misère!...

Ainsi la pensée de Raoul allait-elle aux extrêmes. Il ne savait plus s'il devait plaindre Christine ou la maudire et, tour à tour, il la plaignait et la maudissait. A tout hasard, cependant, il se munit d'un domino blanc.

Enfin, l'heure du rendez-vous arriva. Le visage couvert d'un loup garni d'une longue et épaisse dentelle, tout empierroté de blanc, le vicomte se trouva bien ridicule d'avoir endossé ce costume des mascarades romantiques. Un homme du monde ne se déguisait pas pour aller au bal de l'Opéra. Il eût fait sourire. Une pensée consolait le vicomte : c'était qu'on ne le reconnaîtrait certes pas! Et puis, ce costume et ce loup avaient un autre avantage : Raoul allait pouvoir se promener là-dedans « comme chez lui », tout seul, avec le désarroi de son âme et la tristesse de son cœur. Il n'aurait point besoin de feindre; il lui serait superflu de composer un masque pour son visage : il l'avait!

Ce bal était une fête exceptionnelle, donnée avant les jours gras, en l'honneur de l'anniversaire de la naissance d'un illustre dessinateur des liesses d'antan, d'un émule de Gavarni, dont le crayon avait immortalisé les « chicards » et la descente de la Courtille. Aussi devait-il avoir un aspect beaucoup plus gai, plus bruyant, plus bohème que l'ordinaire des bals masqués. De nombreux artistes s'y étaient donné rendez-vous, suivis de toute une clientèle de modèles et de rapins qui, vers minuit, commençaient de mener grand tapage.

Raoul monta le grand escalier à minuit moins cinq, ne s'attarda en aucune sorte à considérer autour de lui le spectacle des costumes multicolores s'étalant au long des degrés de marbre, dans l'un des plus somptueux décors du monde, ne se laissa entreprendre par aucun masque facétieux, ne répondit à aucune plaisanterie, et secoua la familiarité entreprenante de plusieurs couples déjà trop gais. Ayant traversé le grand foyer et échappé à une farandole qui, un moment, l'avait emprisonné, il pénétra enfin dans le salon que le billet de Christine lui avait indiqué. Là, dans ce petit espace, il y avait un monde fou; car c'était là le carrefour où se rencontraient tous ceux qui allaient souper à la Rotonde ou qui revenaient de prendre une coupe de champagne. Le tumulte y était ardent et joyeux. Raoul pensa que Christine avait, pour leur mystérieux rendez-vous, préféré cette cohue à quelque coin isolé : on y était, sous le masque, plus dissimulé.

Il s'accota à la porte et attendit. Il n'attendit

point longtemps. Un domino noir passa, qui lui
serra rapidement le bout des doigts. Il comprit
que c'était elle.

Il suivit.

« C'est vous, Christine? » demanda-t-il entre ses
dents.

Le domino se retourna vivement et leva le doigt
jusqu'à la hauteur de ses lèvres pour lui recommander sans doute de ne plus répéter son nom.

Raoul continua de suivre en silence.

Il avait peur de la perdre, après l'avoir si étrangement retrouvée. Il ne sentait plus de haine contre
elle. Il ne doutait même plus qu'elle dût « n'avoir
rien à se reprocher », si bizarre et inexplicable
qu'apparût sa conduite. Il était prêt à toutes les
mansuétudes, à tous les pardons, à toutes les lâche-
tés. Il aimait. Et, certainement, on allait lui expliquer très naturellement, tout à l'heure, la raison
d'une absence aussi singulière...

Le domino noir, de temps en temps, se retournait pour voir s'il était toujours suivi du domino
blanc.

Comme Raoul retraversait ainsi, derrière son
guide, le grand foyer du public, il ne put faire
autrement que de remarquer parmi toutes les
cohues, une cohue... parmi tous les groupes s'essayant aux plus folles extravagances, un groupe
qui se pressait autour d'un personnage dont le
déguisement, l'allure originale, l'aspect macabre faisaient sensation...

Ce personnage était vêtu tout d'écarlate avec un immense chapeau à plumes sur une tête de mort. Ah! la belle imitation de tête de mort que c'était là! Les rapins autour de lui lui faisaient un grand succès, le félicitaient... lui demandaient chez quel maître, dans quel atelier, fréquenté de Pluton, on lui avait fait, dessiné, maquillé une aussi belle tête de mort! La « Camarde » elle même avait dû poser.

L'homme à la tête de mort, au chapeau à plumes et au vêtement écarlate traînait derrière lui un immense manteau de velours rouge dont la flamme s'allongeait royalement sur le parquet; et sur ce manteau on avait brodé en lettres d'or une phrase que chacun lisait et répétait tout haut : « Ne me touchez pas! Je suis la Mort rouge qui passe!... »

Et quelqu'un voulut le toucher... mais une main de squelette, sortie d'une manche de pourpre, saisit brutalement le poignet de l'imprudent et celui-ci, ayant senti l'emprise des ossements, l'étreinte forcenée de la Mort qui semblait ne devoir plus le lâcher jamais, poussa un cri de douleur et d'épouvante. La Mort rouge lui ayant enfin rendu la liberté, il s'enfuit, comme un fou, au milieu des quolibets. C'est à ce moment que Raoul croisa le funèbre personnage qui, justement, venait de se tourner de son côté. Et il fut sur le point de laisser échapper un cri : « La tête de mort de Perros-Guirec! » Il l'avait reconnue!... Il voulut se précipiter, oubliant Christine; mais le domino noir, qui paraissait en proie, lui aussi, à un étrange émoi, lui avait pris le bras et l'entraînait... l'entraînait loin du foyer, hors de cette foule démoniaque où passait la Mort rouge...

A chaque instant, le domino noir se retournait et il lui sembla sans doute, par deux fois, apercevoir quelque chose qui l'épouvantait, car il précipita encore sa marche et celle de Raoul comme s'ils étaient poursuivis.

Ainsi, montèrent-ils deux étages. Là, les escaliers, les couloirs étaient à peu près déserts. Le domino noir poussa la porte d'une loge et fit signe au domino blanc d'y pénétrer derrière lui. Christine (car c'était bien elle, il put encore la reconnaître à sa voix), Christine ferma aussitôt sur lui la porte de la loge en lui recommandant à voix basse de rester dans la partie arrière de cette loge et de ne se point montrer. Raoul retira son masque. Christine garda le sien. Et comme le jeune homme allait prier la chanteuse de s'en défaire, il fut tout à fait étonné de la voir se pencher contre la cloison et écouter attentivement ce qui se passait à côté. Puis elle entrouvrit la porte et regarda dans le couloir en disant à voix basse : « Il doit être monté au-dessus, dans la « loge des Aveugles! »... Soudain elle s'écria : « Il redescend! »

Elle voulut refermer la porte mais Raoul s'y opposa, car il avait vu sur la marche la plus élevée de l'escalier qui montait à l'étage supérieur se poser *un pied rouge*, et puis un autre... et lentement, majestueusement, descendit tout le vêtement écarlate de la Mort rouge. Et il revit la tête de mort de Perros-Guirec.

« C'est lui! s'écria-t-il... Cette fois, il ne m'échappera pas!... »

Mais Christine avait refermé la porte dans le moment que Raoul s'élançait. Il voulut l'écarter de son chemin...

« Qui donc, lui? demanda-t-elle d'une voix toute changée... qui donc ne vous échappera pas?... »

Brutalement, Raoul essaya de vaincre la résistance de la jeune fille, mais elle le repoussait avec une force inattendue... Il comprit ou crut comprendre et devint furieux tout de suite.

« Qui donc? fit-il avec rage... Mais lui? l'homme qui se dissimule sous cette hideuse image mortuaire!... le mauvais génie du cimetière de Perros!... la Mort rouge!... Enfin, votre ami, madame... *Votre Ange de la musique!* Mais je lui arracherai son masque du visage, comme j'arracherai le mien, et nous nous regarderons, cette fois face à face, sans voile et sans mensonge, et je saurai qui vous aimez et qui vous aime! »

Il éclata d'un rire insensé, pendant que Christine, derrière son loup, faisait entendre un douloureux gémissement.

Elle étendit d'un geste tragique ses deux bras, qui mirent une barrière de chair blanche sur la porte.

« Au nom de notre amour, Raoul, vous ne pas-
serez pas!... »

Il s'arrêta. Qu'avait-elle dit?... Au nom de leur
amour?... Mais jamais, jamais encore elle ne lui
avait dit qu'elle l'aimait. Et cependant, les occa-
sions ne lui avaient pas manqué!... Elle l'avait vu
déjà assez malheureux, en larmes devant elle,
implorant une bonne parole d'espoir qui n'était
pas venue!... Elle l'avait vu malade, quasi mort de
terreur et de froid après la nuit du cimetière de
Perros? Etait-elle seulement restée à ses côtés dans
le moment qu'il avait le plus besoin de ses soins?
Non! Elle s'était enfuie!... Et elle disait qu'elle
l'aimait! Elle parlait « au nom de leur amour ».
Allons donc! Elle n'avait d'autre but que de le
retarder quelques secondes... Il fallait laisser le
temps à la Mort rouge de s'échapper... Leur amour?
Elle mentait!...

Et il le lui dit, avec un accent de haine enfantine.

« Vous mentez, madame! car vous ne m'aimez pas,
et vous ne m'avez jamais aimé! Il faut être un pauvre
malheureux petit jeune homme comme moi pour se
laisser jouer, pour se laisser berner comme je l'ai été!
Pourquoi donc par votre attitude, par la joie de
votre regard, par votre silence même, m'avoir, lors
de notre première entrevue à Perros, permis tous les
espoirs? — tous les honnêtes espoirs, madame, car je
suis un honnête homme et je vous croyais une honnête femme, quand vous n'aviez que l'intention de

vous moquer de moi! Hélas! vous vous êtes moquée
de tout le monde! Vous avez honteusement abusé du
cœur candide de votre bienfaitrice elle-même, qui
continue cependant de croire à votre sincérité
quand vous vous promenez au bal de l'Opéra, avec
la Mort rouge!... Je vous méprise!... »

Et il pleura. Elle le laissait l'injurier. Elle ne
pensait qu'à une chose : le retenir.

« Vous me demanderez un jour pardon de toutes
ces vilaines paroles, Raoul, et je vous pardonne-
rai!... »

Il secoua la tête.

« Non! non! vous m'aviez rendu fou!... quand
je pense que moi, je n'avais plus qu'un but dans
la vie : donner mon nom à une jeune fille
d'Opéra!...

— Raoul!... malheureux!...

— J'en mourrai de honte!

— Vivez, mon ami, fit la voix grave et altérée
de Christine... et adieu!

— Adieu, Christine!...

— Adieu, Raoul!... »

Le jeune homme s'avança, d'un pas chancelant.
Il osa encore un sarcasme :

« Oh! vous me permettrez bien de venir encore
vous applaudir de temps en temps.

— Je ne chanterai plus, Raoul!...

— Vraiment, ajouta-t-il avec plus d'ironie
encore... On vous crée des loisirs : mes compliments!... Mais on se reverra au Bois un de ces soirs!

— Ni au Bois, ni ailleurs, Raoul, vous ne me verrez plus...

— Pourrait-on savoir au moins à quelles ténèbres vous retournerez?... Pour quel enfer repartez-vous, mystérieuse madame?... ou pour quel paradis?...

— J'étais venue pour vous le dire... mon ami... mais je ne peux plus rien vous dire...

« ...Vous ne me croiriez pas! Vous avez perdu foi en moi, Raoul, c'est fini!... »

Elle dit ce « C'est fini! » sur un ton si désespéré que le jeune homme en tressaillit et que le remords de sa cruauté commença de lui troubler l'âme...

« Mais enfin, s'écria-t-il... Nous direz-vous ce que signifie tout ceci!... Vous êtes libre, sans entrave... Vous vous promenez dans la ville... vous revêtez un domino pour courir le bal... Pourquoi ne rentrez-vous pas chez vous?... Qu'avez-vous fait depuis quinze jours?... Qu'est-ce que c'est que cette histoire de l'Ange de la musique que vous avez racontée à la maman Valérius? quelqu'un a pu vous tromper, abuser de votre crédulité... J'en ai été moi-même le témoin à Perros... mais, maintenant vous savez à quoi vous en tenir!... Vous m'apparaissez fort sensée, Christine... Vous savez ce que vous faites!... et cependant la maman Valérius continue à vous attendre, en invoquant votre « bon génie »!... Expliquez-vous, Christine, je vous en prie!... D'autres y seraient trompés!... qu'est-ce que c'est que cette comédie?... »

Christine, simplement, ôta son masque et dit :

« C'est une tragédie! mon ami... »

Raoul vit alors son visage et ne put retenir une exclamation de surprise et d'effroi. Les fraîches couleurs d'autrefois avaient disparu. Une pâleur mortelle s'étendait sur ces traits qu'il avait connus si charmants et si doux, reflets de la grâce paisible et de la conscience sans combat. Comme ils étaient tourmentés maintenant! Le sillon de la douleur les avait impitoyablement creusés et les beaux yeux clairs de Christine, autrefois limpides comme les lacs qui servaient d'yeux à la petite Lotte, apparaissaient ce soir d'une profondeur obscure, mystérieuse et insondable, et tout cernés d'une ombre effroyablement triste.

« Mon amie! mon amie! gémit-il en tendant les bras... vous m'avez promis de me pardonner...

— Peut-être!... peut-être un jour... », fit-elle en remettant son masque et elle s'en alla, lui défendant de la suivre d'un geste qui le chassait...

Il voulut s'élancer derrière elle, mais elle se retourna et répéta avec une telle autorité souveraine son geste d'adieu qu'il n'osa plus faire un pas.

Il la regarda s'éloigner... Et puis il descendit à son tour dans la foule, ne sachant point précisément ce qu'il faisait, les tempes battantes, le cœur déchiré, et il demanda, dans la salle qu'il traversait, si l'on n'avait point vu passer la Mort rouge. On lui disait : « Qui est cette Mort rouge? » Il répondait :

« C'est un monsieur déguisé avec une tête de mort et en grand manteau rouge. » On lui dit partout qu'elle venait de passer, la Mort rouge, traînant son royal manteau, mais il ne la rencontra nulle part, et il retourna, vers deux heures du matin, dans le couloir qui, derrière la scène, conduisait à la loge de Christine Daaé.

Ses pas l'avaient conduit dans ce lieu où il avait commencé de souffrir. Il heurta à la porte. On ne lui répondit pas. Il entra comme il était entré alors qu'il cherchait partout *la voix d'homme*. La loge était déserte. Un bec de gaz brûlait, en veilleuse. Sur un petit bureau, il y avait du papier à lettres. Il pensa à écrire à Christine, mais des pas se firent entendre dans le corridor... Il n'eut que le temps de se cacher dans le boudoir qui était séparé de la loge par un simple rideau. Une main poussait la porte de la loge. C'était Christine!

Il retint sa respiration. Il voulait voir! Il voulait savoir!... Quelque chose lui disait qu'il allait assister à une partie du mystère et qu'il allait commencer à comprendre peut-être...

Christine entra, retira son masque d'un geste las et le jeta sur la table. Elle soupira, laissa tomber sa belle tête entre ses mains... A quoi pensait-elle?... A Raoul?... Non! car Raoul l'entendit murmurer : « Pauvre Erik! »

Il crut d'abord avoir mal entendu. D'abord, il était persuadé que si quelqu'un était à plaindre, c'était lui, Raoul. Quoi de plus naturel, après ce qui venait de se passer entre eux, qu'elle dît dans un soupir : « Pauvre Raoul! » Mais elle répéta en secouant la tête : « Pauvre Erik! » Qu'est-ce que cet Erik venait faire dans les soupirs de Christine et pourquoi la petite fée du Nord plaignait-elle Erik quand Raoul était si malheureux?

Christine se mit à écrire, posément, tranquillement, si pacifiquement, que Raoul, qui tremblait encore du drame qui les séparait, en fut singulièrement et fâcheusement impressionné. « Que de sang-froid! » se dit-il... Elle écrivit ainsi, remplissant deux, trois, quatre feuillets. Tout à coup, elle dressa la tête et cacha les feuillets dans son corsage... Elle semblait écouter... Raoul aussi écouta... D'où venait ce bruit bizarre, ce rythme lointain?... Un chant sourd qui semblait sortir des murailles... Oui, on eût dit que les murs chantaient!... Le chant devenait plus clair... les paroles étaient intelligibles... on distingua une voix... une très belle et très douce et très captivante voix... mais tant de douceur restait cependant mâle et ainsi pouvait-on juger que cette voix n'appartenait point à une femme... La voix s'approchait toujours... elle dépassa la muraille... elle arriva... et la voix maintenant *était dans la pièce*, devant Christine. Christine se leva et parla à la voix comme si elle eût parlé à quelqu'un qui se fût tenu à son côté.

« Me voici, Erik, dit-elle, je suis prête. C'est vous qui êtes en retard, mon ami. »

Raoul qui regardait prudemment, derrière son

rideau, n'en pouvait croire ses yeux qui ne lui montraient rien.

La physionomie de Christine s'éclaira. Un bon sourire vint se poser sur ses lèvres exsangues, un sourire comme en ont les convalescents quand ils commencent à espérer que le mal qui les a frappés ne les emportera pas.

La voix sans corps se reprit à chanter et certainement Raoul n'avait encore rien entendu au monde — comme voix unissant, dans le même temps, avec le même souffle, les extrêmes — de plus largement et héroïquement suave, de plus victorieusement insidieux, de plus délicat dans la force, de plus fort dans la délicatesse, enfin de plus irrésistiblement triomphant. Il y avait là des accents définitifs qui chantaient en maîtres et qui devaient certainement, par la seule vertu de leur audition, faire naître des accents élevés chez les mortels qui sentent, aiment et traduisent la musique. Il y avait là une source tranquille et pure d'harmonie à laquelle les fidèles pouvaient en toute sûreté dévotement boire, certains qu'ils étaient d'y boire la grâce musicienne. Et leur art, du coup, ayant touché le divin, en était transfiguré. Raoul écoutait cette voix avec fièvre et il commençait à comprendre comment Christine Daaé avait pu apparaître un soir au public stupéfait, avec des accents d'une beauté inconnue, d'une exaltation surhumaine, sans doute encore sous l'influence du mystérieux et invisible maître! Et il comprenait d'autant plus un si considérable événement en écoutant l'exceptionnelle voix que celle-ci ne chantait rien justement d'exceptionnel : avec du limon, elle avait fait de l'azur. La banalité du vers et la facilité et la presque vulgarité populaire de la mélodie n'en apparaissaient que transformées davantage en beauté par un souffle qui les soulevait et les emportait en plein ciel sur les ailes de la passion. Car cette voix angélique glorifiait un hymne païen.

Cette voix chantait « la nuit d'hyménée » de *Roméo et Juliette.*

Raoul vit Christine tendre les bras vers la voix, comme elle avait fait dans le cimetière de Perros, vers le violon invisible qui jouait *La Résurrection de Lazare...*

Rien ne pourrait rendre la passion dont la voix dit :

La destinée t'enchaîne à moi sans retour!...

Raoul en eut le cœur transpercé et, luttant contre le charme qui semblait lui ôter toute volonté et toute énergie, et presque toute lucidité dans le moment qu'il lui en fallait le plus, il parvint à tirer le rideau qui le cachait et il marcha vers Christine. Celle-ci, qui s'avançait vers le fond de la loge dont tout le pan était occupé par une grande glace qui lui renvoyait son image, ne pouvait pas le voir, car il était tout à fait derrière elle et entièrement masqué par elle.

La destinée t'enchaîne à moi sans retour!...

Christine marchait toujours vers son image et son image descendait vers elle. Les deux Christine — le corps et l'image — finirent par se toucher, se confondre, et Raoul étendit le bras pour les saisir d'un coup toutes les deux.

Mais, par une sorte de miracle éblouissant qui le fit chanceler, Raoul fut tout à coup rejeté en arrière, pendant qu'un vent glacé lui balayait le visage; il vit non plus deux, mais quatre, huit, vingt Christine, qui tournèrent autour de lui avec une telle légèreté, qui se moquaient et qui, si rapidement s'enfuyaient, que sa main n'en put toucher aucune. Enfin, tout redevint immobile et il se vit, lui, dans la glace. Mais Christine avait disparu.

Il se précipita sur la glace. Il se heurta aux murs. Personne! Et cependant la loge résonnait encore d'un rythme lointain, passionné :

La destinée t'enchaîne à moi sans retour!...

Ses mains pressèrent son front en sueur, tâtèrent sa chair éveillée, tâtonnèrent la pénombre, rendirent à la flamme du bec de gaz toute sa force. Il était sûr qu'il ne rêvait point. Il se trouvait au centre d'un jeu formidable, physique et moral.

dont il n'avait point la clef et qui peut-être allait
le broyer. Il se faisait vaguement l'effet d'un prince
aventureux qui a franchi la limite défendue d'un
conte de fées et qui ne doit plus s'étonner d'être
la proie des phénomènes magiques qu'il a inconsi-
dérément bravés et déchaînés par amour...

Par où? Par où Christine était-elle partie?...

Par où reviendrait-elle?...

Reviendrait-elle?... Hélas! ne lui avait-elle point
affirmé que tout était fini!... et la muraille ne répétait-elle point : *La destinée t'enchaîne à moi sans
retour?* A moi? A qui?

Alors, exténué, vaincu, le cerveau vague, il s'assit à la place même qu'occupait tout à l'heure
Christine. Comme elle, il laissa sa tête tomber dans
ses mains. Quand il la releva, des larmes coulaient
abondantes au long de son jeune visage, de vraies
et lourdes larmes, comme en ont les enfants jaloux,
des larmes qui pleuraient sur un malheur nullement fantastique, mais commun à tous les amants
de la terre et qu'il précisa tout haut :

« Qui est cet Erik? » dit-il.

XI

IL FAUT OUBLIER LE NOM
DE « LA VOIX D'HOMME »

LE LENDEMAIN du jour où Christine avait disparu
à ses yeux dans une espèce d'éblouissement qui le
faisait encore douter de ses sens, M. le vicomte de
Chagny se rendit aux nouvelles chez la maman
Valérius. Il tomba sur un tableau charmant.

Au chevet de la vieille dame qui, assise dans son
lit, tricotait, Christine faisait de la dentelle. Jamais
ovale plus charmant, jamais front plus pur, jamais
regard plus doux ne se penchèrent sur un ouvrage
de vierge. De fraîches couleurs étaient revenues
aux joues de la jeune fille. Le cerne bleuâtre de ses
yeux clairs avait disparu. Raoul ne reconnut plus
le visage tragique de la veille. Si le voile de la
mélancolie répandu sur ces traits adorables n'était
apparu au jeune homme comme le dernier vestige
du drame inouï où se débattait cette mystérieuse
enfant, il eût pu penser que Christine n'en était
point l'incompréhensible héroïne.

Elle se leva à son approche sans émotion appa-
rente et lui tendit la main. Mais la stupéfaction de

Raoul était telle qu'il restait là, anéanti, sans un geste, sans un mot.

« Eh bien, monsieur de Chagny, s'exclama la maman Valérius. Vous ne connaissez donc plus notre Christine? Son « bon génie » nous l'a rendue!

— Maman! interrompit la jeune fille sur un ton bref, cependant qu'une vive rougeur lui montait jusqu'aux yeux, maman, je croyais qu'il ne serait jamais plus question de cela!... Vous savez bien qu'il n'y a pas de génie de la musique!

— Ma fille, il t'a pourtant donné des leçons pendant trois mois!

— Maman, je vous ai promis de tout vous expliquer un jour prochain; je l'espère..., mais, jusqu'à ce jour-là, vous m'avez promis le silence et de ne plus m'interroger jamais!

— Si tu me promettais, toi, de ne plus me quitter! mais m'as-tu promis cela, Christine?

— Maman, tout ceci ne saurait intéresser M. de Chagny...

— C'est ce qui vous trompe, mademoiselle, interrompit le jeune homme d'une voix qu'il voulait rendre ferme et brave et qui n'était encore que tremblante; tout ce qui vous touche m'intéresse à un point que vous finirez peut-être par comprendre. Je ne vous cacherai pas que mon étonnement égale ma joie en vous retrouvant aux côtés de votre mère adoptive et que ce qui s'est passé hier entre nous, ce que vous avez pu me dire, ce que j'ai pu deviner, rien ne me faisait prévoir un aussi prompt retour.

Je serais le premier à m'en réjouir si vous ne vous obstiniez point à conserver sur tout ceci un secret qui peut vous être fatal..., et je suis votre ami depuis trop longtemps pour ne point m'inquiéter, avec Mme Valérius, d'une funeste aventure qui restera dangereuse tant que nous n'en aurons point démêlé la trame et dont vous finirez bien par être victime, Christine. »

A ces mots, la maman Valérius s'agita dans son lit.

« Qu'est-ce que cela veut dire? s'écria-t-elle... Christine est donc en danger?

— Oui, madame..., déclara courageusement Raoul, malgré les signes de Christine.

— Mon Dieu! s'exclama, haletante, la bonne et naïve vieille. Il faut tout me dire, Christine! Pourquoi me rassurais-tu? Et de quel danger s'agit-il, monsieur de Chagny?

— Un imposteur est en train d'abuser de sa bonne foi!

— L'Ange de la musique est un imposteur?

— Elle vous a dit elle-même qu'il n'y a pas d'Ange de la musique!

— Eh! qu'y a-t-il donc, au nom du Ciel? supplia l'impotente. Vous me ferez mourir!

— Il y a, madame, autour de nous, autour de vous, autour de Christine, un mystère terrestre beaucoup plus à craindre que tous les fantômes et tous les génies! »

La maman Valérius tourna vers Christine un

visage terrifié, mais celle-ci s'était déjà précipitée
vers sa mère adoptive et la serrait dans ses bras :

« Ne le crois pas! bonne maman..., ne le crois
pas », répétait-elle... et elle essayait, par ses caresses,
de la consoler, car la vieille dame poussait des soupirs à fendre l'âme.

« Alors, dis-moi que tu ne me quitteras plus! »
implora la veuve du professeur.

Christine se taisait et Raoul reprit :

« Voilà ce qu'il faut promettre, Christine... C'est
la seule chose qui puisse nous rassurer, votre mère
et moi! Nous nous engageons à ne plus vous poser
une seule question sur le passé, si vous nous promettez de rester sous notre sauvegarde à l'avenir...

— C'est un engagement que je ne vous demande
point, et c'est une promesse que je ne vous ferai
pas! prononça la jeune fille avec fierté. Je suis libre
de mes actions, monsieur de Chagny; vous n'avez
aucun droit à les contrôler et je vous prierai de
vous en dispenser désormais. Quant à ce que j'ai
fait depuis quinze jours, il n'y a qu'un homme au
monde qui aurait le droit d'exiger que je lui en
fasse le récit : mon mari! Or, je n'ai pas de mari,
et je ne me marierai jamais! »

Disant cela avec force, elle étendit la main du
côté de Raoul, comme pour rendre ses paroles plus
solennelles, et Raoul pâlit, non point seulement
à cause des paroles mêmes qu'il venait d'entendre,
mais parce qu'il venait d'apercevoir, au doigt de
Christine, un anneau d'or.

« Vous n'avez pas de mari, et, cependant, vous portez une « alliance ».

Et il voulut saisir sa main, mais, prestement, Christine la lui avait retirée.

« C'est un cadeau! » fit-elle en rougissant encore et en s'efforçant vainement de cacher son embarras.

« Christine! puisque vous n'avez point de mari, cet anneau ne peut vous avoir été donné que par celui qui espère le devenir! Pourquoi nous tromper plus avant? Pourquoi me torturer davantage? Cet anneau est une promesse! et cette promesse a été acceptée!

— C'est ce que je lui ai dit! s'exclama la vieille dame.

— Et que vous a-t-elle répondu, madame?

— Ce que j'ai voulu, s'écria Christine exaspérée. Ne trouvez-vous point, monsieur, que cet interrogatoire a trop duré?... Quant à moi... »

Raoul, très ému, craignit de lui laisser prononcer les paroles d'une rupture définitive. Il l'interrompit :

« Pardon de vous avoir parlé ainsi, mademoiselle... Vous savez bien quel honnête sentiment me fait me mêler, en ce moment, de choses qui, sans doute, ne me regardent pas! Mais laissez-moi vous dire ce que j'ai vu... et j'en ai vu plus que vous ne pensez, Christine... ou ce que j'ai cru voir, car, en vérité, c'est bien le moins qu'en une telle aventure, on doute du témoignage de ses yeux...

— Qu'avez-vous donc vu, monsieur, ou cru voir?

— J'ai vu votre extase *au son de la voix*, Christine! de la voix qui sortait du mur, ou d'une loge, ou d'un appartement à côté... oui, *votre extase!*... Et c'est cela qui, pour vous, m'épouvante!... Vous êtes sous le plus dangereux des charmes!... Et il paraît, cependant, que vous vous êtes rendu compte de l'imposture, puisque vous dites aujourd'hui qu'*il n'y a pas de génie de la musique*... Alors, Christine, pourquoi l'avez-vous suivi cette fois encore? Pourquoi vous êtes-vous levée, la figure rayonnante, comme si vous entendiez réellement les anges?... Ah! cette voix est bien dangereuse, Christine, puisque moi-même, pendant que je l'entendais, j'en étais tellement ravi, que vous êtes disparue à mes yeux sans que je puisse dire par où vous êtes passée!... Christine! Christine! au nom du Ciel, au nom de votre père qui est au ciel et qui vous a tant aimée, et qui m'a aimé, Christine, vous allez nous dire, à votre bienfaitrice et à moi, à qui appartient cette voix! Et malgré vous, nous vous sauverons!... Allons! le nom de cet homme, Christine?... De cet homme qui a eu l'audace de passer à votre doigt un anneau d'or!

— Monsieur de Chagny, déclara froidement la jeune fille, vous ne le saurez jamais!... »

Sur quoi on entendit la voix aigre de la maman Valérius qui, tout à coup, prenait le parti de Christine, en voyant avec quelle hostilité sa pupille venait de s'adresser au vicomte.

« Et si elle l'aime, monsieur le vicomte, cet homme-là, cela ne vous regarde pas encore!

— Hélas! madame, reprit humblement Raoul, qui ne put retenir ses larmes... Hélas! Je crois, en effet, que Christine l'aime... Tout me le prouve, mais ce n'est point là seulement ce qui fait mon désespoir, car ce dont je ne suis point sûr, madame, c'est que celui qui est aimé de Christine soit digne de cet amour!

— C'est à moi seule d'en juger, monsieur! » fit Christine en regardant Raoul bien en face et en lui montrant un visage en proie à une irritation souveraine.

« Quand on prend, continua Raoul, qui sentait ses forces l'abandonner, pour séduire une jeune fille, des moyens aussi romantiques...

— Il faut, n'est-ce pas, que l'homme soit misérable ou que la jeune fille soit bien sotte?

— Christine!

— Raoul, pourquoi condamnez-vous ainsi un homme que vous n'avez jamais vu, que personne ne connaît et dont vous-même vous ne savez rien?...

— Si, Christine... Si... Je sais au moins ce nom que vous prétendez me cacher pour toujours... Votre Ange de la musique, mademoiselle, s'appelle Erik!... »

Christine se trahit aussitôt. Elle devint, cette fois, blanche comme une nappe d'autel. Elle balbutia :

« Qui est-ce qui vous l'a dit?

— Vous-même!

— Comment cela?

— En le plaignant, l'autre soir, le soir du bal masqué. En arrivant dans votre loge, n'avez-vous point dit : « *Pauvre Erik!* » Eh bien, Christine, il y avait, quelque part, un pauvre Raoul qui vous a entendu.

— C'est la seconde fois que vous écoutez aux portes, monsieur de Chagny!

— Je n'étais point derrière la porte!... J'étais dans la loge!... dans votre boudoir, mademoiselle.

— Malheureux! gémit la jeune fille, qui montra toutes les marques d'un indicible effroi... Malheureux! Vous voulez donc qu'on vous tue?

— Peut-être! »

Raoul prononça ce « peut-être » avec tant d'amour et de désespoir que Christine ne put retenir un sanglot.

Elle lui prit alors les mains et le regarda avec toute la pure tendresse dont elle était capable, et le jeune homme, sous ces yeux-là, sentit que sa peine était déjà apaisée.

« Raoul, dit-elle. Il faut oublier la *voix d'homme* et ne plus vous souvenir même de son nom... et ne plus tenter jamais de pénétrer le mystère de la *voix d'homme*.

— Ce mystère est donc bien terrible?

— Il n'en est point de plus affreux sur la terre! »

Un silence sépara les jeunes gens. Raoul était accablé.

« Jurez-moi que vous ne ferez rien pour
« savoir », insista-t-elle... Jurez-moi que vous n'entrerez plus dans ma loge si je ne vous y appelle pas.

— Vous me promettez de m'y appeler quelquefois, Christine?

— Je vous le promets.

— Quand?

— Demain.

— Alors, je vous jure cela! »

Ce furent leurs derniers mots ce jour-là.

Il lui baisa les mains et s'en alla en maudissant Erik et en se promettant d'être patient.

XII

AU-DESSUS DES TRAPPES

Le lendemain, il la revit à l'Opéra. Elle avait toujours au doigt l'anneau d'or. Elle fut douce et bonne. Elle l'entretint des projets qu'il formait, de son avenir, de sa carrière.

Il lui apprit que le départ de l'expédition polaire avait été avancé et que, dans trois semaines, dans un mois au plus tard, il quitterait la France.

Elle l'engagea presque gaiement à considérer ce voyage avec joie, comme une étape de sa gloire future. Et comme il lui répondait que la gloire sans l'amour n'offrait à ses yeux aucun charme, elle le traita en enfant dont les chagrins doivent être passagers.

Il lui dit :

« Comment pouvez-vous, Christine, parler aussi légèrement de choses aussi graves? Nous ne nous reverrons peut-être jamais plus!... Je puis mourir pendant cette expédition!...

— Et moi aussi », fit-elle simplement...

Elle ne souriait plus, elle ne plaisantait plus. Elle paraissait songer à une chose nouvelle qui lui entrait pour la première fois dans l'esprit. Son regard en était illuminé.

« A quoi pensez-vous, Christine?

— Je pense que nous ne nous reverrons plus.

— Et c'est ce qui vous fait si rayonnante?

— Et que, dans un mois, il faudra nous dire adieu... pour toujours!...

— A moins, Christine, que nous nous engagions notre foi et que nous nous attendions pour toujours. »

Elle lui mit la main sur la bouche :

« Taisez-vous, Raoul!... Il ne s'agit point de cela, vous le savez bien!... Et nous ne nous marierons jamais! C'est entendu! »

Elle semblait avoir peine à contenir tout à coup une joie débordante. Elle tapa dans ses mains avec une allégresse enfantine... Raoul la regardait, inquiet, sans comprendre.

« Mais... mais... », fit-elle encore, en tendant ses deux mains au jeune homme, ou plutôt en les lui donnant, comme si, soudain, elle avait résolu de lui en faire cadeau. « Mais si nous ne pouvons nous marier, nous pouvons... nous pouvons nous fiancer!... Personne ne le saura que nous, Raoul!... Il y a eu des mariages secrets!... Il peut bien y avoir des fiançailles secrètes!... Nous sommes fiancés, mon ami, pour un mois!... Dans un mois, vous partirez, et je pourrai être heureuse, avec le souvenir de ce mois-là, toute ma vie! »

Elle était ravie de son idée... Et elle redevint grave.

« Ceci, dit-elle, *est un bonheur qui ne fera de mal à personne.* »

Raoul avait compris. Il se rua sur cette inspiration. Il voulut en faire tout de suite une réalité. Il s'inclina devant Christine avec une humilité sans pareille et dit :

« Mademoiselle, j'ai l'honneur de vous demander votre main!

— Mais vous les avez déjà toutes les deux, mon cher fiancé!... Oh! Raoul, comme nous allons être heureux!... Nous allons jouer au futur petit mari et à la future petite femme!... »

Raoul se disait : l'imprudente! d'ici un mois, j'aurai eu le temps de lui faire oublier ou de percer et de détruire « le mystère de la voix d'homme », et dans un mois Christine consentira à devenir ma femme. En attendant, jouons!

Ce fut le jeu le plus joli du monde, et auquel ils se plurent comme de purs enfants qu'ils étaient. Ah! qu'ils se dirent de merveilleuses choses! et que de serments éternels furent échangés! L'idée qu'il n'y aurait plus personne pour tenir ces serments-là le mois écoulé les laissait dans un trouble qu'il goûtaient avec d'affreuses délices, entre le rire et les larmes. Ils jouaient « au cœur » comme d'autres jouent « à la balle »; seulement, comme c'étaient bien leurs deux cœurs qu'ils se renvoyaient, il leur fallait être très, très adroits, pour le recevoir sans leur faire mal. Un jour — c'était le huitième du jeu — le cœur de Raoul eut très mal et le jeune homme arrêta la partie par ces mots extravagants : « Je ne pars plus pour le pôle Nord. »

Christine, qui, dans son innocence, n'avait pas songé à la possibilité de cela, découvrit tout à coup le danger du jeu et se le reprocha amèrement. Elle ne répondit pas un mot à Raoul et rentra à la maison.

Ceci se passait l'après-midi, dans la loge de la chanteuse où elle lui donnait tous ses rendez-vous et où ils s'amusaient à de véritables dînettes autour de trois biscuits, de deux verres de porto, et d'un bouquet de violettes.

Le soir, elle ne chantait pas. Et il ne reçut pas la lettre coutumière, bien qu'ils se fussent donné la permission de s'écrire tous les jours de ce mois-là. Le lendemain matin, il courut chez la maman Valérius, qui lui apprit que Christine était absente pour deux jours. Elle était partie la veille au soir, à cinq heures, en disant qu'elle ne serait pas de retour avant le surlendemain. Raoul était bouleversé. Il détestait la maman Valérius, qui lui faisait part d'une pareille nouvelle avec une stupéfiante tranquillité. Il essaya d'en « tirer quelque chose », mais, de toute évidence, la bonne dame ne savait rien. Elle consentit simplement à répondre aux questions affolées du jeune homme :

« C'est le secret de Christine! »

Et elle levait le doigt, disant cela avec une

onction touchante qui recommandait la discrétion et qui, en même temps, avait la prétention de rassurer.

« Ah! bien, s'exclamait méchamment Raoul, en descendant l'escalier comme un fou, ah! bien! les jeunes filles sont bien gardées avec cette maman Valérius-là!... »

Où pouvait être Christine?... Deux jours... Deux jours de moins dans leur bonheur si court! Et ceci était de sa faute!... N'était-il point entendu qu'il devait partir?... Et si sa ferme intention était de ne point partir, pourquoi avait-il parlé si tôt? Il s'accusait de maladresse et fut le plus malheureux des hommes pendant quarante-huit heures, au bout desquelles Christine réapparut.

Elle réapparut dans un triomphe. Elle retrouva enfin le succès inouï de la soirée de gala. Depuis l'aventure du « crapaud », la Carlotta n'avait pu se produire en scène. La terreur d'un nouveau « couac » habitait son cœur et lui enlevait tous ses moyens; et les lieux, témoins de son incompréhensible défaite, lui étaient devenus odieux. Elle trouva le moyen de rompre son traité. Daaé, momentanément, fut priée de tenir l'emploi vacant. Un véritable délire l'accueillit dans *la Juive*.

Le vicomte, présent à cette soirée, naturellement, fut le seul à souffrir en écoutant les mille échos de ce nouveau triomphe; car il vit que Christine avait toujours son anneau d'or. Une voix lointaine murmurait à l'oreille du jeune homme : « Ce soir, elle a encore l'anneau d'or, et ce n'est point toi qui le lui as donné. Ce soir, elle a encore donné son âme, et ce n'était pas à toi. »

Et encore la voix le poursuivait : « Si elle ne veut point te dire ce qu'elle a fait, depuis deux jours..., si elle te cache le lieu de sa retraite, il faut l'aller demander à Erik! »

Il courut sur le plateau. Il se mit sur son passage. Elle le vit, car ses yeux le cherchaient. Elle lui dit : « Vite! Vite! Venez! » Et elle l'entraîna dans la loge, sans plus se préoccuper de tous les courtisans de sa jeune gloire qui murmuraient devant sa porte fermée : « C'est un scandale! »

Raoul tomba tout de suite à ses genoux. Il lui jura qu'il partirait et la supplia de ne plus désormais retrancher une heure du bonheur idéal qu'elle lui avait promis. Elle laissa couler ses larmes. Ils s'embrassaient comme un frère et une sœur désespérés qui viennent d'être frappés par un deuil commun et qui se retrouvent pour pleurer un mort.

Soudain, elle s'arracha à la douce et timide étreinte du jeune homme, sembla écouter quelque chose que l'on ne savait pas... et, d'un geste bref, elle montra la porte à Raoul. Quand il fut sur le seuil, elle lui dit, si bas que le vicomte devina ses paroles plus qu'il ne les entendit :

« Demain, mon cher fiancé! Et soyez heureux, Raoul..., c'est pour vous que j'ai chanté ce soir!... »

Il revint donc.

Mais, hélas! ces deux jours d'absence avaient

rompu le charme de leur aimable mensonge. Ils se
regardaient, dans la loge, sans plus se rien dire,
avec leurs triste yeux. Raoul se retenait pour ne
point crier : « Je suis jaloux! Je suis jaloux! Je
suis jaloux! » Mais elle l'entendait tout de même.

Alors, elle dit : « Allons nous promener, mon
ami, l'air nous fera du bien. »

Raoul crut qu'elle allait lui proposer quelque
partie de campagne, loin de ce monument, qu'il
détestait comme une prison et dont il sentait rageusement le geôlier se promener dans les murs... le
geôlier Erik... Mais elle le conduisit sur la scène, et
le fit asseoir sur la margelle de bois d'une fontaine,
dans la paix et la fraîcheur douteuse d'un premier
décor planté pour le prochain spectacle; un autre
jour, elle erra avec lui, le tenant par la main dans
les allées abandonnées d'un jardin dont les plantes
grimpantes avaient été découpées par les mains
habiles d'un décorateur, comme si les vrais cieux,
les vraies fleurs, la vraie terre lui étaient à jamais
défendus et qu'elle fût condamnée à ne plus respirer d'autre atmosphère que celle du théâtre! Le
jeune homme hésitait à lui poser la moindre question, car, comme il lui apparaissait tout de suite
qu'elle n'y pouvait répondre, il redoutait de la faire
inutilement souffrir. De temps en temps un pompier passait, qui veillait de loin sur leur idylle
mélancolique. Parfois, elle essayait courageusement
de se tromper et de le tromper sur la beauté men-
songère de ce cadre inventé pour l'illusion des

hommes. Son imagination toujours vive le parait des plus éclatantes couleurs et telles, disait-elle, que la nature n'en pouvait fournir de comparables. Elle s'exaltait, cependant que Raoul, lentement, pressait sa main fiévreuse. Elle disait : « Voyez, Raoul, ces murailles, ces bois, ces berceaux, ces images de toile peinte, tout cela a vu les plus sublimes amours, car ici elles ont été inventées par les poètes, qui dépassent de cent coudées la taille des hommes. Dites-moi donc que notre amour se trouve bien là, mon Raoul, puisque lui aussi a été inventé, et qu'il n'est, lui aussi, hélas! qu'une illusion! »

Désolé, il ne répondait pas. Alors :

« Notre amour est trop triste sur la terre, promenons-le dans le ciel!... Voyez comme c'est facile ici! »

Et elle l'entraînait plus haut que les nuages, dans le désordre magnifique du gril, et elle se plaisait à lui donner le vertige en courant devant lui sur les ponts fragiles du cintre, parmi les milliers de cordages qui se rattachaient aux poulies, aux treuils, aux tambours, au milieu d'une véritable forêt aérienne de vergues et de mâts. S'il hésitait, elle lui disait avec une moue adorable : « Vous, un marin! »

Et puis, ils redescendaient sur la terre ferme, c'est-à-dire dans quelque corridor bien solide qui les conduisait à des rires, à des danses, à de la jeunesse grondée par une voix sévère : « Assouplissez, mesdemoiselles!... Surveillez vos pointes! »... C'est la classe des gamines, de celles qui viennent de n'avoir plus six ans ou qui vont en avoir neuf ou dix... et elles ont déjà le corsage décolleté, le tutu léger, le pantalon blanc et les bas roses, et elles travaillent, elles travaillent de tous leurs petits pieds douloureux dans l'espoir de devenir élèves des quadrilles, coryphées, petits sujets, premières danseuses, avec beaucoup de diamants autour... En attendant, Christine leur distribue des bonbons.

Un autre jour, elle le faisait entrer dans une vaste salle de son palais, toute pleine d'oripeaux, de défroques de chevaliers, de lances, d'écus et de panaches, et elle passait en revue tous les fantômes de guerriers immobiles et couverts de poussière. Elle leur adressait de bonnes paroles, leur promettant qu'ils reverraient les soirs éclatants de lumière, et les défilés en musique devant la rampe retentissante.

Elle le promena ainsi dans tout son empire, qui était factice, mais immense, s'étendant sur dix-sept étages du rez-de-chaussée jusqu'au faîte et habité par une armée de sujets. Elle passait au milieu d'eux comme une reine populaire, encourageant les travaux, s'asseyant dans les magasins, donnant de sages conseils aux ouvrières dont les mains hésitaient à tailler dans les riches étoffes qui devaient habiller des héros. Des habitants de ce pays faisaient tous les métiers. Il y avait des savetiers et des orfèvres. Tous avaient appris à l'aimer, car elle s'intéressait aux peines et aux petites manies de chacun. Elle savait des coins inconnus habités en secret par de vieux ménages.

Elle frappait à leur porte et leur présentait Raoul comme un prince charmant qui avait demandé sa main, et tous deux assis sur quelque accessoire vermoulu écoutaient les légendes de l'Opéra comme autrefois ils avaient, dans leur enfance, écouté les vieux contes bretons. Ces vieillards ne se rappelaient rien d'autre que l'Opéra. Ils habitaient là depuis des années innombrables. Les administrations disparues les y avaient oubliés; les révolutions de palais les avaient ignorés; au-dehors, l'histoire de France avait passé sans qu'ils s'en fussent aperçus, et nul ne se souvenait d'eux.

Ainsi les journées précieuses s'écoulaient et Raoul et Christine, par l'intérêt excessif qu'ils semblaient apporter aux choses extérieures, s'efforçaient malhabilement de se cacher l'un à l'autre l'unique pensée de leur cœur. Un fait certain était que Christine, qui s'était montrée jusqu'alors la plus forte, devint tout à coup nerveuse au-delà de toute expression. Dans leurs expéditions, elle se prenait à courir sans raison ou bien s'arrêtait brusquement, et sa main, devenue glacée en un instant, retenait le jeune homme. Ses yeux semblaient parfois poursuivre des ombres imaginaires. Elle criait : « Par ici », puis « par ici », puis « par ici », en riant, d'un rire haletant qui se terminait souvent par des larmes. Raoul alors voulait parler, interroger malgré ses promesses, ses engagements. Mais, avant même qu'il eût formulé une question, elle répondait fébrilement : « Rien!... je vous jure qu'il n'y a rien. »

Une fois que, sur la scène, ils passaient devant une trappe entrouverte, Raoul se pencha sur le gouffre obscur et dit : « Vous m'avez fait visiter les dessus de votre empire, Christine... mais on raconte d'étranges histoires sur les dessous... Voulez-vous que nous y descendions? » En entendant cela, elle le prit dans ses bras, comme si elle craignait de le voir disparaître dans le trou noir, et elle lui dit tout bas en tremblant : « Jamais!... Je vous défends d'aller là!... Et puis, ce n'est pas à moi!... *Tout ce qui est sous la terre lui appartient!* »

Raoul plongea ses yeux dans les siens et lui dit d'une voix rude :

« *Il* habite donc là-dessous?

— Je ne vous ai pas dit cela!... Qui est-ce qui vous a dit une chose pareille? Allons! venez! Il y a des moments, Raoul, où je me demande si vous n'êtes pas fou?... Vous entendez toujours des choses impossibles!... Venez! Venez! »

Et elle le traînait littéralement, car il voulait rester obstinément près de la trappe, et ce trou l'attirait.

La trappe tout d'un coup fut fermée, et si subitement, sans qu'ils aient même aperçu la main qui la faisait agir, qu'ils en restèrent tout étourdis.

« C'est peut-être *lui* qui était là? » finit-il par dire.

Elle haussa les épaules, mais elle ne paraissait nullement rassurée.

« Non! non! ce sont les « fermeurs de trappes ». Il faut bien que les « fermeurs de trappes » fassent quelque chose... Ils ouvrent et ils ferment les trappes sans raison... C'est comme les « fermeurs « de portes »; il faut bien qu'ils « passent le temps ».

— Et si c'était *lui*, Christine?

— Mais non! Mais non! *Il* s'est enfermé! *il* travaille.

— Ah! vraiment, *il* travaille?

— Oui, *il* ne peut pas ouvrir et fermer les trappes et travailler. Nous sommes bien tranquilles. »

Disant cela, elle frissonnait.

« A quoi donc travaille-t-*il*?

— Oh! à quelque chose de terrible!... Aussi nous sommes bien tranquilles!... Quand *il* travaille à cela, *il* ne voit rien; *il* ne mange, ni ne boit, ni ne respire... pendant des jours et des nuits... c'est un mort vivant et *il* n'a pas le temps de s'amuser avec les trappes! »

Elle frissonna encore, elle se pencha en écoutant du côté de la trappe... Raoul la laissait faire et dire. Il se tut. Il redoutait maintenant que le son de sa voix la fît soudain réfléchir, l'arrêtant dans le cours si fragile encore de ses confidences.

Elle ne l'avait pas quitté... elle le tenait toujours dans ses bras... elle soupira à son tour :

« Si c'était *lui!* »

Raoul, timide, demanda :

« Vous avez peur de *lui?* »

Elle fit :

« Mais non! mais non! »

Le jeune homme se donna, bien involontairement, l'attitude de la prendre en pitié, comme on fait avec un être impressionnable qui est encore en proie à un songe récent. Il avait l'air de dire : « Parce que vous savez, moi, je suis là! » Et son geste fut, presque involontairement, menaçant; alors, Christine le regarda avec étonnement, tel un phénomène de courage et de vertu, et elle eut l'air, dans sa pensée, de mesurer à sa juste valeur tant d'inutile et audacieuse chevalerie. Elle embrassa le pauvre Raoul comme une sœur qui le récompenserait, par un accès de tendresse, d'avoir fermé son petit poing fraternel pour la défendre contre les dangers toujours possibles de la vie.

Raoul comprit et rougit de honte. Il se trouvait aussi faible qu'elle. Il se disait : « Elle prétend qu'elle n'a pas peur, mais elle nous éloigne de la trappe en tremblant. » C'était la vérité. Le lendemain et les jours suivants, ils allèrent loger leurs curieuses et chastes amours, quasi dans les combles. bien loin des trappes. L'agitation de Christine ne faisait qu'augmenter au fur et à mesure que s'écoulaient les heures. Enfin, un après-midi, elle arriva

très en retard, la figure si pâle et les yeux si rougis
par un désespoir certain, que Raoul se résolut à
toutes les extrémités, à celle, par exemple, qu'il lui
exprima tout de go, « *de ne partir pour le pôle
Nord : que si elle lui confiait le secret de la Voix
d'homme* ».

« Taisez-vous! Au nom du Ciel, taisez-vous. S'*il*
vous entendait, malheureux Raoul! »

Et les yeux hagards de la jeune fille faisaient
autour d'eux le tour des choses.

« Je vous enlèverai à *sa* puissance, Christine, je
le jure! Et vous ne penserez même plus à *lui*, ce
qui est nécessaire.

— Est-ce possible? »

Elle se permit ce doute qui était un encouragement, en entraînant le jeune homme jusqu'au dernier étage du théâtre, « à l'altitude », là où l'on
est très loin, très loin des trappes.

« Je vous cacherai dans un coin inconnu du
monde, où *il* ne viendra pas vous cherchez. Vous
serez sauvée, et alors je partirai puisque vous avez
juré de ne pas vous marier jamais. »

Christine se jeta sur les mains de Raoul et les
lui serra avec un transport incroyable. Mais,
inquiète à nouveau, elle tournait la tête.

« Plus haut! dit-elle seulement... encore plus
haut!... » Et elle l'entraîna vers les sommets.

Il avait peine à la suivre. Ils furent bientôt sous
les toits, dans le labyrinthe des charpentes. Ils glissaient entre les arcs-boutants, les chevrons, les

jambes de force, les pans, les versants et les ram-
pants; ils couraient de poutre en poutre, comme,
dans une forêt, ils eussent couru d'arbre en arbre,
aux troncs formidables...

Et, malgré la précaution qu'elle avait de regarder
à chaque instant, derrière elle, elle ne vit point
une ombre qui la suivait comme son ombre, qui
s'arrêtait avec elle, qui repartait quand elle repartait et qui ne faisait pas plus de bruit que n'en
doit faire une ombre. Raoul, lui, ne s'aperçut de
rien, car, quand il avait Christine devant lui, rien
ne l'intéressait de ce qui se passait derrière.

XIII

LA LYRE D'APOLLON

AINSI, ils arrivèrent aux toits. Elle glissait sur eux,
légère et familière, comme une hirondelle. Leur
regard, entre les trois dômes et le fronton triangu-
laire, parcourut l'espace désert. Elle respira avec
force, au-dessus de Paris dont on découvrait toute
la vallée en travail. Elle regarda Raoul avec
confiance. Elle l'appela tout près d'elle, et côte à
côte ils marchèrent, tout là-haut, sur les rues de
zinc, dans les avenues en fonte; ils mirèrent leur
forme jumelle dans les vastes réservoirs pleins d'une
eau immobile où, dans la bonne saison, les
gamins de la danse, une vingtaine de petits garçons
plongent et apprennent à nager. L'ombre derrière
eux, toujours fidèle à leurs pas, avait surgi, s'apla-
tissant sur les toits, s'allongeant avec des mouvements d'ailes noires, aux carrefours des ruelles de
fer, tournant autour des bassins, contournant, silencieuse, les dômes; et les malheureux enfants
ne se doutèrent point de sa présence, quand ils

s'assirent enfin, confiants, sous la haute protection d'Apollon, qui dressait de son geste de bronze, sa prodigieuse lyre, au cœur d'un ciel en feu.

Un soir enflammé de printemps les entourait. Des nuages, qui venaient de recevoir du couchant leur robe légère d'or et de pourpre, passaient lentement en la laissant traîner au-dessus des jeunes gens; et Christine dit à Raoul : « Bientôt, nous irons plus loin et plus vite que les nuages, au bout du monde, et puis vous m'abandonnerez, Raoul. Mais si, le moment venu pour vous de m'enlever, je ne consentais plus à vous suivre, eh bien, Raoul, vous m'emporteriez! »

Avec quelle force, qui semblait dirigée contre elle-même, elle lui dit cela, pendant qu'elle se serrait nerveusement contre lui. Le jeune homme en fut frappé.

« Vous craignez donc de changer d'avis, Christine?

— Je ne sais pas, fit-elle en secouant bizarrement la tête. C'est un démon! »

Et elle frissonna. Elle se blottit dans ses bras avec un gémissement.

« Maintenant, j'ai peur de retourner habiter avec lui : dans la terre!

— Qu'est-ce qui vous force à y retourner, Christine?

— Si je ne retourne pas auprès de lui, il peut arriver de grands malheurs!... Mais je ne peux plus!... Je ne peux plus!... Je sais bien qu'il faut

avoir pitié des gens qui habitent « sous la terre... »
Mais celui-là est trop horrible! Et cependant, le
moment approche; je n'ai plus qu'un jour? et si
je ne viens pas, c'est lui qui viendra me chercher
avec sa voix. Il m'entraînera avec lui, chez lui,
sous la terre, et il se mettra à genoux devant moi,
avec sa tête de mort! Et il me dira qu'il m'aime!
Et il pleurera! Ah! ces larmes! Raoul! ces larmes
dans les deux trous noirs de la tête de mort. Je ne
peux plus voir couler ces larmes! »

Elle se tordit affreusement les mains, pendant
que Raoul, pris lui-même à ce désespoir conta-
gieux, la pressait contre son cœur : « Non! non!
Vous ne l'entendrez plus dire qu'il vous aime! Vous
ne verrez plus couler ses larmes! Fuyons!... Tout
de suite, Christine, fuyons! » Et déjà il voulait
l'entraîner.

Mais elle l'arrêta.

« Non, non, fit-elle, en hochant douloureusement
la tête, pas maintenant!... Ce serait trop cruel...
Laissez-le m'entendre chanter encore demain soir,
une dernière fois... et puis, nous nous en irons.
A minuit, vous viendrez me chercher dans ma loge;
à minuit exactement. A ce moment, il m'attendra
dans la salle à manger du lac... nous serons libres
et vous m'emporterez!... Même si je refuse, il faut
me jurer cela, Raoul... car je sens bien que, cette
fois, si j'y retourne, je n'en reviendrai peut-être
jamais... »

Elle ajouta :

« Vous ne pouvez pas comprendre!... »

Et elle poussa un soupir auquel il lui sembla que, derrière elle, un autre soupir avait répondu.

« Vous n'avez pas entendu? »

Elle claquait des dents.

« Non, assura Raoul, je n'ai rien entendu...

— C'est trop affreux, avoua-t-elle, de trembler tout le temps comme cela!... Et cependant, ici, nous ne courons aucun danger; nous sommes chez nous, chez moi, dans le ciel, en plein air, en plein jour. Le soleil est en flammes, et les oiseaux de nuit n'aiment pas à regarder le soleil! Je ne *l*'ai jamais vu à la lumière du jour... Ce doit être horrible!... balbutia-t-elle, en tournant vers Raoul des yeux égarés. Ah! la première fois que je *l*'ai vu!... J'ai cru qu'*il* allait mourir!

— Pourquoi? demanda Raoul, réellement effrayé du ton que prenait cette étrange et formidable confidence... pourquoi avez-vous cru qu'il allait mourir?

— Parce que je l'avais vu!!! »

.. ..

Cette fois Raoul et Christine se retournèrent en même temps.

« Il y a quelqu'un ici qui souffre! fit Raoul... peut-être un blessé... Vous avez entendu?

— Moi, je ne pourrais vous dire, avoua Christine, *même quand il n'est pas là, mes oreilles sont pleines de ses soupirs...* Cependant, si vous avez entendu... »

Ils se levèrent, regardèrent autour d'eux... Ils étaient bien tout seuls sur l'immense toit de plomb. Ils se rassirent. Raoul demanda :

« Comment l'avez-vous vu pour la première fois?

— Il y avait trois mois que je l'entendais sans le voir. La première fois que je l'ai « entendu », j'ai cru, comme vous, que cette voix adorable, qui s'était mise tout à coup à chanter *à mes côtés*, chantait dans une loge prochaine. Je sortis, et la cherchai partout; mais ma loge est très isolée, Raoul, comme vous le savez, et il me fut impossible de trouver la voix hors de ma loge, tandis qu'elle restait fidèlement dans ma loge. Et non seulement, elle chantait, mais elle me parlait, elle répondait à mes questions comme une véritable voix d'homme, avec cette différence qu'elle était belle comme la voix d'un ange. Comment expliquer un aussi incroyable phénomène? Je n'avais jamais cessé de songer à l' « Ange de la musique » que mon pauvre papa m'avait promis de m'envoyer aussitôt qu'il serait mort. J'ose vous parler d'un semblable enfantillage, Raoul, parce que vous avez connu mon père, et qu'il vous a aimé et que vous avez cru, en même temps que moi, lorsque vous étiez tout petit, à l' « Ange de la musique », et que je suis bien sûre que vous ne sourirez pas, ni que vous vous moquerez. J'avais conservé, mon ami, l'âme tendre et crédule de la petite Lotte et ce n'est point la compagnie de maman Valérius qui me l'eût ôtée. Je portai cette petite âme toute blanche entre mes mains naïves et naïvement je la tendis, je l'offris à la voix d'homme, croyant l'offrir à l'ange. La faute en fut certainement, pour un peu, à ma mère adoptive, à qui je ne cachais rien de l'inexplicable phénomène. Elle fut la première à me dire : « Ce doit être l'ange; en tout cas, « tu peux toujours le lui demander. » C'est ce que je fis et la voix d'homme me répondit qu'en effet elle était la voix d'ange que j'attendais et que mon père m'avait promise en mourant. A partir de ce moment, une grande intimité s'établit entre la voix et moi, et j'eus en elle une confiance absolue. Elle me dit qu'elle était descendue sur la terre pour me faire goûter aux joies suprêmes de l'art éternel, et elle me demanda la permission de me donner des leçons de musique, tous les jours. J'y consentis avec une ardeur fervente et ne manquai aucun des rendez-vous qu'elle me donnait, dès la première heure, dans ma loge, quand ce coin d'Opéra était tout à fait désert. Vous dire quelles furent ces leçons! Vous-même, qui avez entendu la voix, ne pouvez vous en faire une idée.

— Evidemment, non! je ne puis m'en faire une idée, affirma le jeune homme. Avec quoi vous accompagniez-vous?

— Avec une musique que j'ignore, qui était derrière le mur et qui était d'une justesse incomparable. Et puis on eût dit, mon ami, que la Voix savait exactement à quel point mon père, en mourant, m'avait laissée de mes travaux et de quelle simple méthode aussi il avait usé; et ainsi, me rappelant ou, plutôt, mon organe se rappelant toutes les leçons passées et en bénéficiant du coup, avec les présentes, je fis des progrès prodigieux et tels que, dans d'autres conditions, ils eussent demandé des années! Songez que je suis assez délicate, mon ami, et que ma voix était d'abord peu caractérisée; les cordes basses s'en trouvaient naturellement peu développées; les tons aigus étaient assez durs et le médium voilé. C'est contre tous ces défauts que mon père avait combattu et triomphé un instant; ce sont ces défauts que la Voix vainquit définitivement. Peu à peu, j'augmentai le volume des sons dans des proportions que ma faiblesse passée ne me permettait pas d'espérer : j'appris à donner à ma respiration la plus large portée. Mais surtout la Voix me confia le secret de développer les sons de poitrine dans une voix de soprano. Enfin elle enveloppa tout cela du feu sacré de l'inspiration, elle éveilla en moi une vie ardente, dévorante, sublime. La Voix avait la vertu, en se faisant entendre, de m'élever jusqu'à elle. Elle me mettait à l'unisson de son envolée superbe. L'âme de la Voix habitait ma bouche et y soufflait l'harmonie!

« Au bout de quelques semaines, je ne me reconnaissais plus quand je chantais!... J'en étais même épouvantée... j'eus peur, un instant, qu'il y eût là-dessous quelque sortilège; mais la maman Valérius me rassura. Elle me savait trop simple fille, disait-elle, pour donner prise au démon.

« Mes progrès étaient restés secrets, entre la Voix, la maman Valérius et moi, sur l'ordre même de la Voix. Chose curieuse, hors de la loge, je chantais avec ma voix de tous les jours, et personne ne s'apercevait de rien. Je faisais tout ce que voulait la Voix. Elle me disait : « Il faut attendre... « vous verrez! nous étonnerons Paris! » Et j'attendais. Je vivais dans une espèce de rêve extatique où commandait la Voix. Sur ces entrefaites, Raoul, je vous aperçus, un soir, dans la salle. Ma joie fut telle que je ne pensai même point à la cacher en rentrant dans ma loge. Pour notre malheur, la Voix y était déjà et elle vit bien, à mon air, qu'il y avait quelque chose de nouveau. Elle me demanda « ce que j'avais » et je ne vis aucun inconvénient à lui raconter notre douce histoire, ni à lui dissimuler la place que vous teniez dans mon cœur. Alors, la Voix se tut : je l'appelai, elle ne me répondit point; je la suppliai, ce fut en vain. J'eus une terreur folle qu'elle fût partie pour toujours! Plût à Dieu, mon ami!... Je rentrai chez moi, ce soir-là, dans un état désespéré. Je me jetai au cou de maman Valérius en lui disant : « Tu « sais, la Voix est partie! Elle ne reviendra « peut-être jamais plus! » Et elle fut aussi effrayée que moi et me demanda des explications. Je lui racontai tout. Elle me dit : « Parbleu! la Voix est

« jalouse! » Ceci, mon ami, me fit réfléchir que je vous aimais... »

Ici, Christine s'arrêta un instant. Elle pencha la tête sur le sein de Raoul et ils restèrent un moment silencieux, dans les bras l'un de l'autre. L'émotion qui les étreignait était telle qu'ils ne virent point, ou plutôt qu'ils ne sentirent point se déplacer, à quelques pas d'eux, l'ombre rampante de deux grandes ailes noires qui se rapprocha, au ras des toits, si près, si près d'eux, qu'elle eût pu, en se refermant sur eux, les étouffer...

« Le lendemain, reprit Christine avec un profond soupir, je revins dans ma loge toute pensive. La Voix y était. O mon ami! Elle me parla avec une grande tristesse. Elle me déclara tout net que, si je devais donner mon cœur sur la terre, elle n'avait plus, elle, la Voix, qu'à remonter au ciel. Et elle me dit cela avec un tel accent de douleur *humaine* que j'aurais dû, dès ce jour-là, me méfier et commencer à comprendre que j'avais été étrangement victime de mes sens abusés. Mais ma foi dans cette apparition de Voix, à laquelle était mêlée si intimement la pensée de mon père, était encore entière. Je ne craignais rien tant que de ne la plus entendre; d'autre part, j'avais réfléchi sur le sentiment qui me portait vers vous; j'en avais mesuré tout l'inutile danger; j'ignorais même si vous vous souveniez de moi. Quoi qu'il arrivât, votre situation dans le monde m'interdisait à jamais la pensée d'une honnête union; je jurai à

la Voix que vous n'étiez rien pour moi qu'un frère
et que vous ne seriez jamais rien d'autre et que
mon cœur était vide de tout amour terrestre... Et
voici la raison, mon ami, pour laquelle je détournais mes yeux quand, sur le plateau ou dans les
corridors, vous cherchiez à attirer mon attention,
la raison pour laquelle je ne vous reconnaissais
pas... pour laquelle je ne vous voyais pas!... Pendant ce temps, les heures de leçons, entre la Voix
et moi, se passaient dans un divin délire. Jamais
la beauté des sons ne m'avait possédée à ce point
et un jour la Voix me dit : « Va maintenant, Chris-
« tine Daaé, tu peux apporter aux hommes un
« peu de la musique du ciel! »

« Comment, ce soir-là, qui était le soir de gala,
la Carlotta ne vint-elle pas au théâtre? Comment
ai-je été appelée à la remplacer? Je ne sais; mais
je chantai... je chantai avec un transport inconnu;
j'étais légère comme si l'on m'avait donné des ailes;
je crus un instant que mon âme embrasée avait
quitté son corps!

— O Christine! fit Raoul, dont les yeux étaient
humides à ce souvenir, ce soir-là, mon cœur a vibré
à chaque accent de votre voix. J'ai vu vos larmes
couler sur vos joues pâles, et j'ai pleuré avec vous.
Comment pouviez-vous chanter, chanter en
pleurant?

— Mes forces m'abandonnèrent, dit Christine,
je fermai les yeux... Quand je les rouvris, vous étiez
à mon côté! Mais la Voix aussi y était, Raoul!...

J'eus peur pour vous, et encore, cette fois, je ne voulus point vous reconnaître et je me mis à rire quand vous m'avez rappelé que vous aviez ramassé mon écharpe dans la mer!...

« Hélas? on ne trompe pas la Voix!... Elle vous avait bien reconnu, elle!... Et la Voix était jalouse!... Les deux jours suivants, elle me fit des scènes atroces... Elle me disait : « Vous l'aimez! « si vous ne l'aimiez pas, vous ne le fuiriez pas! « C'est un ancien ami à qui vous serreriez la main, « comme à tous les autres... Si vous ne l'aimiez « pas, vous ne craindriez pas de vous trouver, dans « votre loge, seule avec lui et avec moi!... Si vous « ne l'aimiez pas, vous ne le chasseriez pas!...

« — C'est assez! fis-je à la Voix irritée; demain, « je dois aller à Perros, sur la tombe de mon père; « je prierai M. Raoul de Chagny de m'y « accompagner.

« — A votre aise, répondit-elle, mais sachez que « moi aussi je serai à Perros, car je suis partout « où vous êtes, Christine, et si vous êtes toujours « digne de moi, si vous ne m'avez pas menti, je « vous jouerai, à minuit sonnant, sur la tombe de « votre père, la *Résurrection de Lazare*, avec le « violon du mort. »

« Ainsi, je fus conduite, mon ami, à vous écrire la lettre qui vous amena à Perros. Comment ai-je pu être à ce point trompée? Comment, devant les préoccupations aussi personnelles de la Voix, ne me suis-je point doutée de quelque imposture? Hélas! je

ne me possédais plus : j'étais sa chose!... Et les
moyens dont disposait la Voix devaient facilement
abuser une enfant telle que moi!

— Mais enfin, s'écria Raoul, à ce point du récit
de Christine où elle semblait déplorer avec des
larmes la trop parfaite innocence d'un esprit bien
peu « avisé »... mais enfin vous avez bientôt su
la vérité!... Comment n'êtes-vous point sortie aussitôt de cet abominable cauchemar?

— Apprendre la vérité!... Raoul!... Sortir de ce
cauchemar!... Mais je n'y suis entrée, malheureux,
dans ce cauchemar, que du jour où j'ai connu cette
vérité!... Taisez-vous! Taisez-vous! Je ne vous ai
rien dit... et maintenant que nous allons descendre
du ciel sur la terre, plaignez-moi, Raoul!... plaignez-moi!... Un soir, soir fatal... tenez... c'était le
soir où il devait arriver tant de malheurs... le soir
où Carlotta put se croire transformée sur la scène
en un hideux crapaud et où elle se prit à pousser
des cris comme si elle avait habité toute sa vie au
bord des marais... le soir où la salle fut tout à coup
plongée dans l'obscurité, sous le coup de tonnerre
du lustre qui s'écrasait sur le parquet... Il y eut
ce soir-là des morts et des blessés, et tout le théâtre
retentissait des plus tristes clameurs.

« Ma première pensée, Raoul, dans l'éclat de la
catastrophe, fut en même temps pour vous et pour
la Voix, car vous étiez, à cette époque, les deux
égales moitiés de mon cœur. Je fus tout de suite
rassurée en ce qui vous concernait, car je vous

avais vu dans la loge de votre frère et je savais que
vous ne couriez aucun danger. Quant à la Voix,
elle m'avait annoncé qu'elle assisterait à la représentation, et j'eus peur pour elle; oui, réellement
peur, comme si elle avait été « une personne ordi-
« naire vivante qui fût capable de mourir ». Je
me disais : « Mon Dieu! le lustre a peut-être écrasé
« la Voix. » Je me trouvais alors sur la scène, et
affolée à ce point que je me disposais à courir dans
la salle chercher la Voix parmi les morts et les
blessés, quand cette idée me vint que, s'il ne lui
était rien arrivé de fâcheux, elle devait être déjà
dans ma loge, où elle aurait hâte de me rassurer.
Je ne fis qu'un bond jusqu'à ma loge. La Voix n'y
était pas. Je m'enfermai dans ma loge, et les larmes
aux yeux, je la suppliai, si elle était encore vivante,
de se manifester à moi. La Voix ne me répondit
pas, mais, tout à coup, j'entendis un long, un admirable gémissement que je connaissais bien. C'était
la plainte de Lazare, quand, à la voix de Jésus, il
commence à soulever ses paupières et à revoir la
lumière du jour. C'étaient les pleurs du violon de
mon père. Je reconnaissais le coup d'archet de
Daaé, le même, Raoul, qui nous tenait jadis immobiles sur les chemins de Perros, le même qui avait
« enchanté » la nuit du cimetière. Et puis, ce fut
encore, sur l'instrument invisible et triomphant, le
cri d'allégresse de la Vie, et la Voix, se faisant
entendre enfin, se mit à chanter la phrase domina-
trice et souveraine : « Viens! et crois en moi! Ceux

« qui croient en moi revivront! Marche! Ceux
« qui ont cru en moi ne sauraient mourir! » Je ne
saurais vous dire l'impression que je reçus de cette
musique, qui chantait la vie éternelle dans le
moment qu'à côté de nous, de pauvres malheureux,
écrasés par ce lustre fatal, rendaient l'âme... Il me
sembla qu'elle me commandait à moi aussi de
venir, de me lever, de marcher vers elle. Elle s'éloi-
gnait, je la suivis. « Viens! et crois en moi! » Je
croyais en elle, je venais... je venais, et, chose
extraordinaire, ma loge, devant mes pas, paraissait
s'allonger... s'allonger... Evidemment, il devait y
avoir là un effet de glaces... car j'avais la glace
devant moi... Et, tout à coup, je me suis trouvée
hors de ma loge, sans savoir comment. »

Raoul interrompit ici brusquement la jeune fille :
« Comment! Sans savoir comment? Christine,
Christine! Il faudrait essayer de ne plus rêver!

— Eh! pauvre ami, je ne rêvais pas! Je me trouvais hors de ma loge sans savoir comment! Vous
qui m'avez vue disparaître de ma loge, un soir,
mon ami, vous pourriez peut-être m'expliquer cela,
mais moi je ne le puis pas!... Je ne puis vous dire
qu'une chose, c'est que, me trouvant devant ma
glace, je ne l'ai plus vue tout à coup devant moi et
que je l'ai cherchée derrière... mais il n'y avait plus
de glace, plus de loge... J'étais dans un corridor
obscur... j'eus peur et je criai!...

« Tout était noir autour de moi; au loin, une
faible lueur rouge éclairait un angle de muraille,

un coin de carrefour. Je criai. Ma voix seule emplissait les murs, car le chant et les violons s'étaient tus. Et voilà que soudain, dans le noir, une main se posait sur la mienne... ou, plutôt, quelque chose d'osseux et de glacé qui m'emprisonna le poignet et ne me lâcha plus. Je criai. Un bras m'emprisonna la taille et je fus soulevée... Je me débattis un instant dans de l'horreur; mes doigts glissèrent au long des pierres humides, où ils ne s'accrochèrent point. Et puis, je ne remuai plus, j'ai cru que j'allais mourir d'épouvante. On m'emportait vers la petite lueur rouge; nous entrâmes dans cette lueur et alors je vis que j'étais entre les mains d'un homme enveloppé d'un grand manteau noir et qui avait un masque qui lui cachait tout le visage... Je tentai un effort suprême : mes membres se raidirent, ma bouche s'ouvrit encore pour hurler mon effroi, mais une main la ferma, une main que je sentis sur mes lèvres, sur ma chair... et qui sentait la mort! Je m'évanouis.

« Combien de temps restai-je sans connaissance? Je ne saurais le dire. Quand je rouvris les yeux, nous étions toujours, l'homme noir et moi, au sein des ténèbres. Une lanterne sourde, posée par terre, éclairait le jaillissement d'une fontaine. L'eau, clapotante, sortie de la muraille, disparaissait presque aussitôt sous le sol sur lequel j'étais étendue; ma tête reposait sur le genou de l'homme au manteau et au masque noir et mon silencieux compagnon me rafraîchissait les tempes avec un soin, une attention, une délicatesse qui me parurent plus horribles à supporter que la brutalité de son enlèvement de tout à l'heure. Ses mains, si légères fussent-elles, n'en sentaient pas moins la mort. Je les repoussai, mais sans force. Je demandai dans un souffle : « Qui « êtes-vous? où est la Voix? » Seul, un soupir me répondit. Tout à coup, un souffle chaud me passa sur le visage et vaguement, dans les ténèbres, à côté de la forme noire de l'homme, je distinguai une forme blanche. La forme noire me souleva et me déposa sur la forme blanche. Et aussitôt, un joyeux hennissement vint frapper mes oreilles stupéfaites et je murmurai : « César! » La bête tressaillit. Mon ami, j'étais à demi couchée sur une selle et j'avais reconnu le cheval blanc du *Prophète,* que j'avais gâté si souvent de friandises. Or, un soir, le bruit s'était répandu dans le théâtre que cette bête avait disparu, et qu'elle avait été volée par le fantôme de l'Opéra. Moi, je croyais à la Voix; je n'avais jamais cru au fantôme, et voilà cependant que je me demandai en frissonnant si je n'étais pas la prisonnière du fantôme! J'appelai, du fond du cœur, la Voix à mon secours, car jamais je ne me serais imaginé que la Voix et le fantôme étaient tout un! Vous avez entendu parler du fantôme de l'Opéra, Raoul?

— Oui, répondit le jeune homme... Mais dites-moi, Christine, que vous arriva-t-il quand vous fûtes sur le cheval blanc du *Prophète?*

— Je ne fis aucun mouvement et me laissai

conduire... Peu à peu une étrange torpeur succédait à l'état d'angoisse et de terreur où m'avait jetée cette infernale aventure. La forme noire me soutenait et je ne faisais plus rien pour lui échapper. Une paix singulière était répandue en moi et je pensais que j'étais sous l'influence bienfaisante de quelque élixir. J'avais la pleine disposition de mes sens. Mes yeux se faisaient aux ténèbres qui, du reste, s'éclairaient, çà et là, de lueurs brèves... Je jugeai que nous étions dans une étroite galerie circulaire et j'imaginai que cette galerie faisait le tour de l'Opéra, qui, sous terre, est immense. Une fois, mon ami, une seule fois, j'étais descendue dans ces dessous qui sont prodigieux, mais je m'étais arrêtée au troisième étage, n'osant pas aller plus avant dans la terre. Et, cependant, deux étages encore, où l'on aurait pu loger une ville, s'ouvraient sous mes pieds. Mais les figures qui m'étaient apparues m'avaient fait fuir. Il y a là des démons, tout noirs devant des chaudières, et ils agitent des pelles, des fourches, excitent des brasiers, allument des flammes, vous menacent, si l'on en approche, en ouvrant tout à coup sur vous la gueule rouge des fours!... Or, pendant que César, tranquillement, dans cette nuit de cauchemar, me portait sur son dos, j'aperçus tout à coup, loin, très loin, et tout petits, tout petits, comme au bout d'une lunette retournée, les démons noirs devant les brasiers rouges de leurs calorifères... Ils apparaissaient... Ils disparaissaient... Ils réapparaissaient au gré bizarre de notre marche... Enfin, ils disparurent tout à fait. La forme d'homme me soutenait toujours, et César marchait sans guide et le pied sûr... Je ne pourrais vous dire, même approximativement, combien de temps ce voyage, dans la nuit, dura; j'avais seulement l'idée que nous tournions! que nous tournions! que nous descendions suivant une inflexible spirale jusqu'au cœur même des abîmes de la terre; et encore, n'était-ce point ma tête qui tournait?... Toutefois, je ne le pense pas. Non! J'étais incroyablement lucide. César, un instant, dressa ses narines, huma l'atmosphère et accéléra un peu sa marche. Je sentis l'air humide et puis César s'arrêta. La nuit s'était éclaircie. Une lueur bleuâtre nous entourait. Je regardai où nous nous trouvions. Nous étions au bord d'un lac dont les eaux de plomb se perdaient au loin, dans le noir... mais la lumière bleue éclairait cette rive et j'y vis une petite barque, attachée à un anneau de fer, sur le quai!

« Certes, je savais que tout cela existait, et la vision de ce lac et de cette barque sous la terre n'avait rien de surnaturel. Mais songez aux conditions exceptionnelles dans lesquelles j'abordai ce rivage. Les âmes des morts ne devaient point ressentir plus d'inquiétude en abordant le Styx. Caron n'était certainement pas plus lugubre ni plus muet que la forme d'homme qui me transporta dans la barque. L'élixir avait-il épuisé son effet? la fraîcheur de ces lieux suffisait-elle à me rendre complètement à moi-même? Mais ma torpeur s'évanouissait, et je fis quelques mouvements qui dénotaient le recommencement de ma terreur. Mon sinistre compagnon dut s'en apercevoir, car, d'un geste rapide, il congédia César qui s'enfuit dans les ténèbres de la galerie et dont j'entendis les quatre fers battre les marches sonores d'un escalier, puis l'homme se jeta dans la barque qu'il délivra de son lien de fer; il s'empara des rames et rama avec force et promptitude. Ses yeux, sous le masque, ne me quittaient pas; je sentais sur moi le poids de leurs prunelles immobiles. L'eau, autour de nous, ne faisait aucun bruit. Nous glissions dans cette lueur bleuâtre que je vous ai dite et puis nous fûmes à nouveau tout à fait dans la nuit, et nous abordâmes. La barque heurta un corps dur. Et je fus encore emportée dans des bras. J'avais recouvré la force de crier. Je hurlai. Et puis, tout à coup, je me tus, assommée par la lumière. Oui, une lumière éclatante, au milieu de laquelle on m'avait déposée. Je me relevai, d'un bond. J'avais toutes mes forces. Au centre d'un salon qui ne me semblait paré, orné, meublé que de fleurs, de fleurs magnifiques et stupides à cause des rubans de soie qui les liaient à des corbeilles, comme on en vend dans les boutiques des boulevards, de fleurs trop civilisées comme celles que j'avais coutume de trouver dans ma loge après chaque « première »; au centre de cet embaumement très parisien, la forme noire d'homme au masque se tenait debout, les bras croisés... et elle parla :

« — Rassurez-vous, Christine, dit-elle; vous ne
« courez aucun danger. »

« *C'était la Voix!*

« Ma fureur égala ma stupéfaction. Je sautai sur
ce masque et voulus l'arracher, pour connaître le
visage de la Voix. La forme d'homme me dit :

« — Vous ne courez aucun danger, si vous ne
« touchez pas au masque! »

« Et m'emprisonnant doucement les poignets,
elle me fit asseoir.

« Et puis, elle se mit à genoux devant moi, et
ne dit plus rien!

« L'humilité de ce geste me redonna quelque
courage; la lumière, en précisant toute chose autour
de moi, me rendit à la réalité de la vie. Si extraordinaire qu'elle apparaissait, l'aventure s'entourait
maintenant de choses mortelles que je pouvais voir
et toucher. Les tapisseries de ces murs, ces meubles,
ces flambeaux, ces vases et jusqu'à ces fleurs dont
j'eusse pu dire presque d'où elles venaient, dans leurs
bannettes dorées, et combien elles avaient coûté,
enfermaient fatalement mon imagination dans les
limites d'un salon aussi banal que bien d'autres
qui avaient au moins cette excuse de n'être point
situés dans les dessous de l'Opéra. J'avais sans doute
affaire à quelque effroyable original qui, mystérieusement, s'était logé dans les caves, comme d'autres,
par besoin, et, avec la muette complicité de l'administration, avait trouvé un définitif abri dans les
combles de cette tour de Babel moderne, où l'on

intriguait, où l'on chantait dans toutes les langues, où l'on aimait dans tous les patois.

« Et alors la *Voix*, la *Voix* que j'avais reconnue sous le masque, lequel n'avait pas pu me la cacher, *c'était cela qui était à genoux devant moi : un homme!*

« Je ne songeai même plus à l'horrible situation où je me trouvais, je ne demandai même pas ce qu'il allait advenir de moi et quel était le dessein obscur et froidement tyrannique qui m'avait conduite dans ce salon comme on enferme un prisonnier dans une geôle, une esclave au harem. Non! non! non! je me disais : La Voix, c'est cela : un homme! et je me mis à pleurer.

« L'homme, toujours à genoux, comprit sans doute le sens de mes larmes, car il dit :

« — C'est vrai, Christine!... Je ne suis ni ange, « ni génie, ni fantôme... Je suis Erik! »

Ici encore, le récit de Christine fut interrompu. Il sembla aux jeunes gens que l'écho avait répété, derrière eux : Erik!... Quel écho?... Ils se retournèrent, et ils s'aperçurent que la nuit était venue. Raoul fit un mouvement comme pour se lever, mais Christine le retint près d'elle : « Restez! Il faut que vous sachiez tout *ici!*

— Pourquoi ici, Christine? Je crains pour vous la fraîcheur de la nuit.

— Nous ne devons craindre que les trappes, mon ami, et, ici, nous sommes au bout du monde des trappes... et je n'ai point le droit de vous voir hors du théâtre... Ce n'est pas le moment de le contrarier... N'éveillons pas ses soupçons...

— Christine! Christine! quelque chose me dit que nous avons tort d'attendre à demain soir et que nous devrions fuir tout de suite!

— Je vous dis que, s'il ne m'entend pas chanter demain soir, il en aura une peine infinie.

— Il est difficile de ne point causer de peine à Erik et de le fuir pour toujours...

— Vous avez raison, Raoul, en cela... car, certainement, de ma fuite il mourra... »

La jeune fille ajouta d'une voix sourde :

« Mais aussi la partie est égale... car nous risquons qu'il nous tue.

— Il vous aime donc bien?

— Jusqu'au crime!

— Mais sa demeure n'est pas introuvable... On peut l'y aller chercher. Du moment qu'Erik n'est pas un fantôme, on peut lui parler et même le forcer à répondre! »

Christine secoua la tête :

« Non! non! On ne peut rien contre Erik!... On ne peut que fuir!

— Et comment, pouvant fuir, êtes-vous retournée près de lui?

— Parce qu'il le fallait... Et vous comprendrez cela quand vous saurez comment je suis sortie de chez lui...

— Ah! je le hais bien!... s'écria Raoul... et vous, Christine, dites-moi... j'ai besoin que vous me disiez cela pour écouter avec plus de calme la suite de cette extraordinaire histoire d'amour... et vous, le haïssez-vous?

— Non! fit Christine simplement.

— Eh! pourquoi tant de paroles!... Vous l'aimez certainement! Votre peur, vos terreurs, tout cela c'est encore de l'amour et du plus délicieux! Celui que l'on ne s'avoue pas, expliqua Raoul avec amertume. Celui qui vous donne, quand on y songe, le frisson... Pensez donc, un homme qui habite un palais sous la terre! »

Et il ricana...

« Vous voulez donc que j'y retourne! interrompit brutalement la jeune fille... Prenez garde, Raoul, je vous l'ai dit : je n'en reviendrais plus! »

Il y eut un silence effrayant entre eux trois... les deux qui parlaient et l'ombre qui écoutait, derrière...

« Avant de vous répondre, fit enfin Raoul d'une voix lente, je désirerais savoir quel sentiment *il* vous inspire, puisque vous ne le haïssez pas.

— De l'horreur! » dit-elle... Et elle jeta ces mots avec une telle force, qu'ils couvrirent les soupirs de la nuit.

« C'est ce qu'il y a de terrible, reprit-elle, dans une fièvre croissante... Je l'ai en horreur et je ne le déteste pas. Comment le haïr, Raoul? Voyez Erik à mes pieds, dans la demeure du lac, sous la terre. Il s'accuse, il se maudit, il implore mon pardon!...

« Il avoue son imposture. Il m'aime! Il met à

mes pieds un immense et tragique amour!... Il m'a
volée par amour!... Il m'a enfermée avec lui, dans
la terre, par amour... mais il me respecte, mais il
rampe, mais il gémit, mais il pleure!... Et quand je
me lève, Raoul, quand je lui dis que je ne puis que
le mépriser s'il ne me rend pas sur-le-champ cette
liberté, qu'il m'a prise, chose incroyable... il me
l'offre... je n'ai qu'à partir... Il est prêt à me montrer le mystérieux chemin; ... seulement... seulement
il s'est levé, lui aussi, et je suis bien obligée de me
souvenir que, s'il n'est ni fantôme, ni ange, ni génie,
il est toujours la Voix, car il chante!...

« Et je l'écoute..., et je reste!

« Ce soir-là, nous n'échangeâmes plus une parole...
Il avait saisi une harpe et il commença de me
chanter, lui, voix d'homme, voix d'ange, la romance
de Desdémone. Le souvenir que j'en avais de
l'avoir chantée moi-même me rendait honteuse.
Mon ami, il y a une vertu dans la musique qui fait
que rien n'existe plus du monde extérieur en
dehors de ces sons qui vous viennent frapper le
cœur. Mon extravagante aventure fut oubliée. Seule
revivait la voix et je la suivais enivrée dans son
voyage harmonieux; je faisais partie du troupeau
d'Orphée! Elle me promena dans la douleur, et
dans la joie, dans le martyre, dans le désespoir,
dans l'allégresse, dans la mort et dans les triom-
phants hyménées... J'écoutais... Elle chantait... Elle
me chanta des morceaux inconnus... et me fit
entendre une musique nouvelle qui me causa une

étrange impression de douceur, de langueur, de repos... une musique qui, après avoir soulevé mon âme, l'apaisa peu à peu, et la conduisit jusqu'au seuil du rêve. Je m'endormis.

« Quand je me réveillai, j'étais seule, sur une chaise longue, dans une petite chambre toute simple, garnie d'un lit banal en acajou, aux murs tendus de toile de Jouy, et éclairée par une lampe posée sur le marbre d'une vieille commode « Louis-Philippe ». Quel était ce décor nouveau?... Je me passai la main sur le front, comme pour chasser un mauvais songe... Hélas! je ne fus pas longtemps à m'apercevoir que je n'avais pas rêvé! J'étais prisonnière et je ne pouvais sortir de ma chambre que pour entrer dans une salle de bains des plus confortables; eau chaude et eau froide à volonté. En revenant dans ma chambre, j'aperçus sur ma commode un billet à l'encre rouge qui me renseigna tout à fait sur ma triste situation et que, si cela avait été encore nécessaire, eût enlevé tous mes doutes sur la réalité des événements : « Ma chère « Christine, disait le papier, soyez tout à fait ras- « surée sur votre sort. Vous n'avez point au monde « de meilleur, ni de plus respectueux ami que moi. « Vous êtes seule, en ce moment, dans cette « demeure qui vous appartient. Je sors pour courir « les magasins et vous rapporter tout le linge dont « vous pouvez avoir besoin. »

« — Décidément! m'écriai-je, je suis tombée « entre les mains d'un fou! Que vais-je devenir?

« Et combien de temps ce misérable pense-t-il donc
« me tenir enfermée dans sa prison souterraine? »

« Je courus dans mon petit appartement comme
une insensée, cherchant toujours une issue que je
ne trouvai point. Je m'accusais amèrement de ma
stupide superstition et je pris un plaisir affreux
à railler la parfaite innocence avec laquelle j'avais
accueilli, à travers les murs, la Voix du génie de
la musique... Quand on était aussi sotte, il fallait
s'attendre aux plus inouïes catastrophes et on les
avait méritées toutes! J'avais envie de me frapper
et je me mis à rire de moi et à pleurer sur moi,
en même temps. C'est dans cet état qu'Erik me
trouva.

« Après avoir frappé trois petits coups secs dans
le mur, il entra tranquillement par une porte que
je n'avais pas su découvrir et qu'il laissa ouverte.
Il était chargé de cartons et de paquets et il les
déposa sans hâte sur mon lit, pendant que je
l'abreuvais d'outrages et que je le sommais d'enlever ce masque, s'il avait la prétention d'y dissimuler un visage d'honnête homme.

« Il me répondit avec une grande sérénité :

« — Vous ne verrez jamais le visage d'Erik. »

« Et il me fit reproche que je n'avais encore point
fait ma toilette à cette heure du jour; — il daigna m'instruire qu'il était deux heures de l'après-
midi. Il me laissait une demi-heure pour y procéder, — disant cela, il prenait soin de remonter
ma montre et de la mettre à l'heure. — Après quoi,

il m'invitait à passer dans la salle à manger, où un
excellent déjeuner, m'annonça-t-il, nous attendait.
J'avais grand faim, je lui jetai la porte au nez et
entrai dans le cabinet de toilette. Je pris un bain
après avoir placé près de moi une magnifique paire
de ciseaux avec laquelle j'étais bien décidée à me
donner la mort, si Erik, après s'être conduit comme
un fou, cessait de se conduire comme un honnête
homme. La fraîcheur de l'eau me fit le plus grand
bien et, quand je réapparus devant Erik, j'avais
pris la sage résolution de ne le point heurter ni
froisser en quoi que ce fût, de le flatter au besoin
pour en obtenir une prompte liberté. Ce fut lui,
le premier, qui me parla de ses projets sur moi, et
me les précisa, pour me rassurer, disait-il. Il se
plaisait trop en ma compagnie pour s'en priver
sur-le-champ comme il y avait un moment consenti
la veille, devant l'expression indignée de mon
effroi. Je devais comprendre maintenant, que je
n'avais point lieu d'être épouvantée de le voir à
mes côtés. Il m'aimait, mais il ne me le dirait qu'autant que je le lui permettrais et le reste du temps
se passerait en musique.

« — Qu'entendez-vous par le reste du temps? »
lui demandai-je.

Il me répondit avec fermeté :

« — Cinq jours.

« — Et après, je serai libre?

« — Vous serez libre, Christine, car, ces cinq
« jours-là écoulés, vous aurez appris à ne plus me

« craindre; et alors vous reviendrez voir, de temps
« en temps, le pauvre Erik!... »

« Le ton dont il prononça ces derniers mots me
remua profondément. Il me sembla y découvrir un
si réel, un si pitoyable désespoir que je levai sur le
masque un visage attendri. Je ne pouvais voir les
yeux derrière le masque et ceci n'était point pour
diminuer l'étrange sentiment de malaise que l'on
avait à interroger ce mystérieux carré de soie noire;
mais sous l'étoffe, à l'extrémité de la barbe du
masque, apparurent une, deux, trois, quatre larmes.

« Silencieusement, il me désigna une place en
face de lui, à un petit guéridon qui occupait le
centre de la pièce où, la veille, il m'avait joué de
la harpe, et je m'assis, très troublée. Je mangeai
cependant de bon appétit quelques écrevisses, une
aile de poulet arrosée d'un peu de vin de Tokay
qu'il avait apporté lui-même, me disait-il, des caves
de Kœnisgberg, fréquentées autrefois par Falstaff.
Quant à lui, il ne mangeait pas, il ne buvait pas.
Je lui demandai quelle était sa nationalité, et si ce
nom d'Erik ne décelait pas une origine scandinave.
Il me répondit qu'il n'avait ni nom, ni patrie, et
qu'il avait pris le nom d'Erik *par hasard*. Je lui
demandai pourquoi, puisqu'il m'aimait, il n'avait
point trouvé d'autre moyen de me le faire savoir
que de m'entraîner avec lui et de m'enfermer dans
la terre!

« — C'est bien difficile, dis-je, de se faire aimer
dans un tombeau.

« — On a, répondit-il, sur un ton singulier, les
« rendez-vous » qu'on peut. »

« Puis il se leva et me tendit les doigts, car il
voulait, disait-il, me faire les honneurs de son appartement, mais je retirai vivement ma main de la
sienne en poussant un cri. Ce que j'avais touché
là était à la fois moite et osseux, et je me rappelai que ses mains sentaient la mort.

« — Oh! pardon », gémit-il.

« Et il ouvrit devant moi une porte.

« — Voici ma chambre, fit-il. Elle est assez
« curieuse à visiter... si vous voulez la voir? »

« Je n'hésitai pas. Ses manières, ses paroles, tout
son air me disaient d'avoir confiance... et puis, je
sentais qu'il ne fallait pas avoir peur.

« J'entrai. Il me sembla que je pénétrais dans
une chambre mortuaire. Les murs en étaient tout
tendus de noir, mais à la place des larmes blanches
qui complètent à l'ordinaire ce funèbre ornement,
on voyait sur une énorme portée de musique, les
notes répétées du *Dies iræ*. Au milieu de cette
chambre, il y avait un dais où pendaient des rideaux
de brocatelle rouge et, sous ce dais, un cercueil
ouvert.

« A cette vue, je reculai.

« — C'est là-dedans que je dors, fit Erik. Il faut
« s'habituer à tout dans la vie, même à l'éter-
« nité. »

« Je détournai la tête, tant j'avais reçu une
sinistre impression de ce spectacle. Mes yeux ren-

contrèrent alors le clavier d'un orgue qui tenait tout un pan de la muraille. Sur le pupitre était un cahier, tout barbouillé de notes rouges. Je demandai la permission de le regarder et je lus à la première page : *Don Juan triomphant.*

« — Oui, me dit-il, je compose quelquefois. Voilà « vingt ans que j'ai commencé ce travail. Quand « il sera fini, je l'emporterai avec moi dans ce « cercueil et je ne me réveillerai plus.

« — Il faut y travailler le moins souvent pos-« sible, fis-je.

« — J'y travaille quelquefois quinze jours et « quinze nuits de suite, pendant lesquels je ne « vis que de musique, et puis je me repose des « années.

« — Voulez-vous me jouer quelque chose de « votre *Don Juan triomphant*? » demandai-je, croyant lui faire plaisir et en surmontant la répugnance que j'avais à rester dans cette chambre de la mort.

« — Ne me demandez jamais cela, répondit-il « d'une voix sombre. Ce *Don Juan*-là n'a pas été « écrit sur les paroles d'un Lorenzo d'Aponte, ins-« piré par le vin, les petites amours et le vice, fina-« lement châtié de Dieu. Je vous jouerai Mozart « si vous voulez, qui fera couler vos belles larmes « et vous inspirera d'honnêtes réflexions. Mais, mon « *Don Juan,* à moi, brûle, Christine, et, cependant, « il n'est point foudroyé par le feu du ciel!... »

« Là-dessus, nous rentrâmes dans le salon que

nous venions de quitter. Je remarquai que nulle
part, dans cet appartement, il n'y avait de glaces.
J'allais en faire la réflexion, mais Erik venait de
s'asseoir au piano. Il me disait :

« — Voyez-vous, Christine, il y a une musique
« si terrible qu'elle consume tous ceux qui l'ap-
« prochent. Vous n'en êtes pas encore à cette
« musique-là, heureusement, car vous perdriez vos
« fraîches couleurs et l'on ne vous reconnaîtrait
« plus à votre retour à Paris. Chantons l'Opéra,
« Christine Daaé. »

« Il me dit :

« — Chantons l'Opéra, Christine Daaé », comme
s'il me jetait une injure.

« Mais je n'eus pas le temps de m'appesantir
sur l'air qu'il avait donné à ses paroles. Nous com-
mençâmes tout de suite le duo d'*Othello,* et déjà la
catastrophe était sur nos têtes. Cette fois, il m'avait
laissé le rôle de Desdémone, que je chantai avec un
désespoir, un effroi réels auxquels je n'avais jamais
atteint jusqu'à ce jour. Le voisinage d'un pareil
partenaire, au lieu de m'annihiler, m'inspirait une
terreur magnifique. Les événements dont j'étais la
victime me rapprochaient singulièrement de la pensée du poète et je trouvai des accents dont le musicien eût été ébloui. Quant à lui, sa voix était ton-
nante, son âme vindicative se portait sur chaque
son, et en augmentait terriblement la puissance.
L'amour, la jalousie, la haine, éclataient autour
de nous en cris déchirants. Le masque noir d'Erik

me faisait songer au masque naturel du More de Venise. Il était Othello lui-même. Je crus qu'il allait me frapper, que j'allais tomber sous ses coups; ... et cependant, je ne faisais aucun mouvement pour le fuir, pour éviter sa fureur comme la timide Desdémone. Au contraire, je me rapprochai de lui, attirée, fascinée, trouvant des charmes à la mort au centre d'une pareille passion; mais, avant de mourir, je voulus connaître, pour en emporter l'image sublime dans mon dernier regard, ces traits inconnus que devait transfigurer le feu de l'art éternel. Je voulus voir le *visage* de la *Voix* et, instinctivement, par un geste dont je ne fus point la maîtresse, car je ne me possédais plus, mes doigts rapides arrachèrent le masque...

« Oh! horreur!... horreur!... horreur!... »

Christine s'arrêta, à cette vision qu'elle semblait encore écarter de ses deux mains tremblantes, cependant que les échos de la nuit, comme ils avaient répété le nom d'Erik, répétaient trois fois la clameur : « Horreur! horreur! horreur! » Raoul et Christine, plus étroitement unis encore par la terreur du récit, levèrent les yeux vers les étoiles qui brillaient dans un ciel paisible et pur.

Raoul dit :

« C'est étrange, Christine, comme cette nuit si douce et si calme est pleine de gémissements. On dirait qu'elle se lamente avec nous! »

Elle lui répond :

« Maintenant que vous allez connaître le secret,

vos oreilles, comme les miennes, vont être pleines de lamentations. »

Elle emprisonne les mains protectrices de Raoul dans les siennes et, secouée d'un long frémissement, elle continue :

« Oh! oui, vivrais-je cent ans, j'entendrais toujours la clameur surhumaine qu'il poussa, le cri de sa douleur et de sa rage infernales, pendant que la chose apparaissait à mes yeux immenses d'horreur, comme ma bouche qui ne se refermait pas et qui cependant ne criait plus.

« Oh! Raoul, la chose! comment ne plus voir la chose! si mes oreilles sont à jamais pleines de ses cris, mes yeux sont à jamais hantés de son visage! Quelle image! Comment ne plus la voir et comment vous la faire voir?... Raoul, vous avez vu les têtes de mort quand elles ont été desséchées par les siècles et peut-être, si vous n'avez pas été victime d'un affreux cauchemar, avez-vous vu sa tête de mort à lui, dans la nuit de Perros. Encore avez-vous vu se promener, au dernier bal masqué, « la Mort rouge »! Mais toutes ces têtes de mort-là étaient immobiles, et leur muette horreur ne vivait pas! Mais imaginez, si vous le pouvez, le masque de la Mort se mettant à vivre tout à coup pour exprimer avec les quatre trous noirs de ses yeux, de son nez et de sa bouche la colère à son dernier degré, la fureur souveraine d'un démon, *et pas de regard dans les trous des yeux*, car, comme je l'ai su plus tard, on n'aperçoit jamais ses yeux de braise que dans la nuit profonde... Je devais être, collée contre le mur, l'image même de l'Epouvante comme il était celle de la Hideur.

« Alors, il approcha de moi le grincement affreux de ses dents sans lèvres et, pendant que je tombais sur mes genoux, il me siffla haineusement des choses insensées, des mots sans suite, des malédictions, du délire... Est-ce que je sais!... Est-ce que je sais?...

« Penché sur moi : « — Regarde, s'écriait-il. Tu « as voulu voir! Vois! Repais tes yeux, soûle ton « âme de ma laideur maudite! Regarde le visage « d'Erik! Maintenant, tu connais le visage de la « Voix! Cela ne te suffisait pas, dis, de m'entendre? « Tu as voulu savoir comment j'étais fait. Vous « êtes si curieuses, vous autres, les femmes! »

« Et il se prenait à rire en répétant : « Vous « êtes si curieuses, vous autres, les femmes!... » d'un rire grondant, rauque, écumant, formidable... Il disait encore des choses comme celles-ci :

« — Es-tu satisfaite? Je suis beau, hein?... Quand « une femme m'a vu, comme toi, elle est à moi. « Elle m'aime pour toujours! Moi, je suis un type « dans le genre de Don Juan. »

« Et, se dressant de toute sa taille, le poing sur la hanche, dandinant sur ses épaules la chose hideuse qui était sa tête, il tonnait :

« — Regarde-moi! *Je suis Don Juan triom-phant!* »

« Et comme je détournais la tête en demandant grâce, il me la ramena à lui, ma tête, brutalement, par mes cheveux, dans lesquels ses doigts de mort étaient entrés.

— Assez! Assez! interrompit Raoul! je le tuerai! je le tuerai! Au nom du Ciel, Christine, dis-moi où se trouve la *salle à manger du lac!* Il faut que je le tue!

— Eh! tais-toi donc, Raoul, si tu veux savoir!

—Ah! oui, je veux savoir comment et pourquoi tu y retournais! C'est cela, le secret, Christine, prends garde! il n'y en a pas d'autre! Mais, de toute façon, je le tuerai!

— Oh! mon Raoul! écoute donc! puisque tu veux savoir, écoute! Il me traînait par les cheveux, et alors... et alors... Oh! cela est plus horrible encore!

— Eh bien, dis, maintenant!... s'exclama Raoul, farouche. Dis vite!

— Alors, il me siffla : « Quoi? je te fais peur? « C'est possible!... Tu crois peut-être que j'ai encore « un masque, hein? et que ça... ça! ma tête, c'est « un masque? Eh bien, mais! se prit-il à hurler. « Arrache-le comme l'autre! Allons! allons! encore! « encore! je le veux! Tes mains! Tes mains!... Donne « tes mains... si elles ne te suffisent pas, je te prê- « terai les miennes... et nous nous y mettrons à « deux pour arracher le masque. » Je me roulai à ses pieds, mais il me saisit les mains, Raoul... et il les enfonça dans l'horreur de sa face... Avec mes ongles, il se laboura les chairs, ses horribles chairs mortes!

« — Apprends! apprends! clamait-il au fond de

« sa gorge qui soufflait comme une forge... apprends
« que je suis fait entièrement avec de la mort!...
« de la tête aux pieds!... et que c'est un cadavre
« qui t'aime, qui t'adore et qui ne te quittera plus
« jamais! jamais!... Je vais faire agrandir le cer-
« cueil, Christine, pour plus tard, quand nous
« serons au bout de nos amours!... Tiens! je ne ris
« plus, tu vois, je pleure... je pleure sur toi, Chris-
« tine, qui m'as arraché le masque, et qui, à cause
« de cela, ne pourras plus me quitter jamais!... Tant
« que tu pouvais me croire beau, Christine, tu pou-
« vais revenir!... je sais que tu serais revenue... mais
« maintenant que tu connais ma hideur, tu t'en-
« fuirais pour toujours... Je te garde!!! Aussi, pour-
« quoi as-tu voulu me voir? Insensée! folle Chris-
« tine, qui as voulu me voir!... quand mon père,
« lui, ne m'a jamais vu, et quand ma mère, pour
« ne plus me voir, m'a fait cadeau en pleurant, de
« mon premier masque! »

« Il m'avait enfin lâchée et il se traînait maintenant sur le parquet avec des hoquets affreux. Et
puis, comme un reptile, il rampa, se traîna hors
de la pièce, pénétra dans sa chambre, dont la porte
se referma, et je restai seule, livrée à mon horreur
et à mes réflexions, mais débarrassée de la vision
de la chose. Un prodigieux silence, le silence de la
tombe, avait succédé à cette tempête et je pus
réfléchir aux conséquences terribles du geste qui
avait arraché le masque. Les dernières paroles du
Monstre m'avaient suffisamment renseignée. Je

m'étais moi-même emprisonnée pour toujours et ma
curiosité allait être la cause de tous mes malheurs.
Il m'avait suffisamment avertie... Il m'avait répété
que je ne courais aucun danger tant que je ne tou-
cherais pas au masque, et j'y avais touché. Je mau-
dis mon imprudence, mais je constatai en frissonnant que le raisonnement du monstre était logique.
Oui, je serais revenue si je n'avais pas vu son
visage... Déjà il m'avait suffisamment touchée, inté-
ressée, apitoyée même par ses larmes masquées,
pour que je ne restasse point insensible à sa prière.
Enfin je n'étais pas une ingrate, et son impossibi-
lité ne pouvait me faire oublier qu'il était la Voix
et qu'il m'avait réchauffée de son génie. Je serais
revenue! Et maintenant, sortie de ces catacombes,
je ne reviendrais certes pas! On ne revient pas s'enfermer dans un tombeau avec un cadavre qui vous
aime!

« A certaines façons forcenées qu'il avait eues,
pendant la scène, de me regarder ou plutôt d'approcher de moi les deux trous noirs de son regard
invisible, j'avais pu mesurer la sauvagerie de sa
passion. Pour ne m'avoir point prise dans ses bras,
alors que je ne pouvais lui offrir aucune résistance,
il avait fallu que ce monstre fût doublé d'un ange
et peut-être, après tout, l'était-il un peu, l'Ange de
la musique, et peut-être l'eût-il été tout à fait si
Dieu l'avait vêtu de beauté au lieu de l'habiller
de pourriture!

« Déjà, égarée à la pensée du sort qui m'était

réservé, en proie à la terreur de voir se rouvrir la porte de la chambre au cercueil, et de revoir la figure du monstre sans masque, je m'étais glissée dans mon propre appartement et je m'étais emparée des ciseaux, qui pouvaient mettre un terme à mon épouvantable destinée... quand les sons de l'orgue se firent entendre...

« C'est alors, mon ami, que je commençai de comprendre les paroles d'Erik sur ce qu'il appelait, avec un mépris qui m'avait stupéfié : la musique d'opéra. Ce que j'entendais n'avait plus rien à faire avec ce qui m'avait charmée jusqu'à ce jour. Son *Don Juan triomphant* (car il ne faisait point de doute pour moi qu'il ne se fût rué à son chef-d'œuvre pour oublier l'horreur de la minute présente), son *Don Juan triomphant* ne me parut d'abord qu'un long, affreux et magnifique sanglot où le pauvre Erik avait mis toute sa misère maudite.

« Je revoyais le cahier aux notes rouges et j'imaginais facilement que cette musique avait été écrite avec du sang. Elle me promenait dans tout le détail du martyre; elle me faisait entrer dans tous les coins de l'abîme, l'abîme habité par *l'homme laid;* elle me montrait Erik heurtant atrocement sa pauvre hideuse tête aux parois funèbres de cet enfer, et y fuyant, pour ne les point épouvanter, les regards des hommes. J'assistai, anéantie, pantelante, pitoyable et vaincue à l'éclosion de ces accords gigantesques où était divinisée la *Douleur*

et puis les sons qui montaient de l'abîme se grou-
pèrent tout à coup en un vol prodigieux et menaçant, leur troupe tournoyante sembla escalader le
ciel comme l'aigle monte au soleil, et une telle
symphonie triomphale parut embraser le monde
que je compris que l'œuvre était enfin accomplie
et que la Laideur, soulevée sur les ailes de l'Amour,
avait osé regarder en face la Beauté! J'étais comme
ivre; la porte qui me séparait d'Erik céda sous mes
efforts. Il s'était levé en m'entendant, *mais il n'osa
se retourner.*

« — Erik, m'écriai-je, montrez-moi votre visage,
« sans terreur. Je vous jure que vous êtes le plus
« douloureux et le plus sublime des hommes, et si
« Christine Daaé frissonne désormais en vous regar-
« dant, c'est qu'elle songera à la splendeur de votre
« génie! »

« Alors Erik se retourna, car il me crut, et moi
aussi, hélas!... j'avais foi en moi... Il leva vers le
Destin ses mains déchaînées, et tomba à mes genoux
avec des mots d'amour...

« ... Avec des mots d'amour dans sa bouche de
mort... et la musique s'était tue...

« Il embrassait le bas de ma robe; il ne vit point
que je fermais les yeux.

« Que vous dirai-je encore, mon ami? Vous
connaissez maintenant le drame... Pendant quinze
jours, il se renouvela... quinze jours pendant lesquels je lui mentis. Mon mensonge fut aussi affreux
que le monstre qui me l'inspirait, et à ce prix j'ai

pu acquérir ma liberté. Je brûlai son masque. Et je fis si bien que, même lorsqu'il ne chantait plus, il osait quêter un de mes regards, comme un chien timide qui rôde autour de son maître. Il était ainsi, autour de moi, comme un esclave fidèle, et m'entourait de mille soins. Peu à peu, je lui inspirai une telle confiance, qu'il osa me promener aux rives du *Lac Averne* et me conduire en barque sur ses eaux de plomb; dans les derniers jours de ma captivité, il me faisait, de nuit, franchir des grilles qui ferment les souterrains de la rue Scribe. Là, un équipage nous attendait, et nous emportait vers les solitudes du Bois.

« La nuit où nous vous rencontrâmes faillit m'être tragique, car il a une jalousie terrible de vous, que je n'ai combattue qu'en lui affirmant votre prochain départ... Enfin, après quinze jours de cette abominable captivité où je fus tour à tour brûlée de pitié, d'enthousiasme, de désespoir et d'horreur, il me crut quand je lui dis : *je reviendrai!*

— Et vous êtes revenue, Christine, gémit Raoul.

— C'est vrai, ami, et je dois dire que ce ne sont point les épouvantables menaces dont il accompagna ma mise en liberté qui m'aidèrent à tenir ma parole; mais le sanglot déchirant qu'il poussa sur le seuil de son tombeau!

« Oui, ce sanglot-là, répéta Christine, en secouant douloureusement la tête, m'enchaîna au malheureux plus que je ne le supposai moi-même dans le moment des adieux. Pauvre Erik! Pauvre Erik!

— Christine, fit Raoul en se levant, vous dites que vous m'aimez, mais quelques heures à peine s'étaient écoulées, depuis que vous aviez recouvré votre liberté, que déjà vous retourniez auprès d'Erik!... Rappelez-vous le bal masqué!

— Les choses étaient entendues ainsi... rappelez-vous aussi que ces quelques heures-là je les ai passées avec vous, Raoul... pour notre grand péril à tous les deux...

— Pendant ces quelques heures-là, j'ai douté que vous m'aimiez.

— En doutez-vous encore, Raoul?... Apprenez alors que chacun de mes voyages auprès d'Erik a augmenté mon horreur pour lui, car chacun de ces voyages, au lieu de l'apaiser comme je l'espérais, l'a rendu fou d'amour!... et j'ai peur! et j'ai peur!... j'ai peur!...

— Vous avez peur... mais m'aimez-vous?... Si Erik était beau, m'aimeriez-vous, Christine?

— Malheureux! pourquoi tenter le destin?... Pourquoi me demander des choses que je cache au fond de ma conscience comme on cache le péché? »

Elle se leva à son tour, entoura la tête du jeune homme de ses beaux bras tremblants et lui dit :

« O mon fiancé d'un jour, si je ne vous aimais pas, je ne vous donnerais pas mes lèvres. Pour la première et la dernière fois, les voici. »

Il les prit, mais la nuit qui les entourait eut un tel déchirement, qu'ils s'enfuirent comme à l'ap-

proche d'une tempête, et leurs yeux, où habitait
l'épouvante d'Erik, leur montra, avant qu'ils ne
disparussent dans la forêt des combles, tout là-haut,
au-dessus d'eux, un immense oiseau de nuit qui
les regardait de ses yeux de braise, et qui semblait
accroché aux cordes de la lyre d'Apollon!

XIV

UN COUP DE MAITRE
DE L'AMATEUR DE TRAPPES

Raoul et Christine coururent, coururent. Maintenant, ils fuyaient le toit où il y avait les yeux de
braise que l'on n'aperçoit que dans la nuit profonde; et ils ne s'arrêtèrent qu'au huitième étage
en descendant vers la terre. Ce soir-là il n'y avait
pas représentation, et les couloirs de l'Opéra étaient
déserts.

Soudain une silhouette bizarre se dressa devant
les jeunes gens, leur barrant le chemin :

« Non! pas par ici! »

Et la silhouette leur indiqua un autre couloir
par lequel ils devaient gagner les coulisses.

Raoul voulait s'arrêter, demander des explications.

« Allez! allez vite!... commanda cette forme
vague, dissimulée dans une sorte de houppelande et
coiffée d'un bonnet pointu.

Christine entraînait déjà Raoul, le forçait à courir encore :

« Mais qui est-ce? Mais qui est-ce, celui-là? »
demandait le jeune homme.

Et Christine répondait :

« C'est *Le Persan!*...

— Qu'est-ce qu'il fait là...

— On n'en sait rien!... Il est toujours dans
l'Opéra!

— Ce que vous me faites faire là est lâche, Christine, dit Raoul, qui était fort ému. Vous me faites
fuir, c'est la première fois de ma vie.

— Bah! répondit Christine, qui commençait à
se calmer, je crois bien que nous avons fui l'ombre
de notre imagination!

— Si vraiment nous avons aperçu Erik j'aurais
dû le clouer sur la lyre d'Apollon, comme on cloue
la chouette sur les murs de nos fermes bretonnes,
et il n'en n'aurait plus été question.

— Mon bon Raoul, il vous aurait fallu monter
d'abord jusqu'à la lyre d'Apollon; ce n'est pas une
ascension facile.

— Les yeux de braise y étaient bien.

— Eh! vous voilà maintenant comme moi, prêt
à le voir partout, mais on réfléchit après et l'on se
dit : ce que j'ai pris pour les yeux de braise
n'étaient sans doute que les clous d'or de deux
étoiles qui regardaient la ville à travers les cordes
de la lyre. »

Et Christine descendit encore un étage. Raoul
suivait. Il dit :

« Puisque vous êtes tout à fait décidée à partir,

Christine, je vous assure encore qu'il vaudrait mieux fuir tout de suite. Pourquoi attendre demain? Il nous a peut-être entendus ce soir!...

— Mais non! mais non! Il travaille, je vous le répète, à son *Don Juan triomphant*, et il ne s'occupe pas de nous.

— Vous en êtes si peu sûre que vous ne cessez de regarder derrière vous.

— Allons dans ma loge.

— Prenons plutôt rendez-vous hors de l'Opéra.

— Jamais, jusqu'à la minute de notre fuite! Cela nous porterait malheur de ne point tenir ma parole. Je lui ai promis de ne nous voir qu'ici.

— C'est encore heureux pour moi qu'il vous ait encore permis cela. Savez-vous, fit amèrement Raoul, que vous avez été tout à fait audacieuse en nous permettant le jeu des fiançailles.

— Mais, mon cher, il est au courant. Il m'a dit : « J'ai confiance en vous, Christine. M. Raoul de « Chagny est amoureux de vous et doit partir. « Avant de partir, qu'il soit aussi malheureux que « moi!... »

— Et qu'est-ce que cela signifie, s'il vous plaît?

— C'est moi qui devrais vous le demander, mon ami. On est donc malheureux, quand on aime?

— Oui, Christine, quand on aime et quand on n'est point sûr d'être aimé.

— C'est pour Erik que vous dites cela?

— Pour Erik et pour moi », fit le jeune homme en secouant la tête d'un air pensif et désolé.

Ils arrivèrent à la loge de Christine.

« Comment vous croyez-vous plus en sûreté dans cette loge que dans le théâtre? demanda Raoul. Puisque vous l'entendiez à travers les murs, il peut nous entendre.

— Non! Il m'a donné sa parole de n'être plus derrière les murs de ma loge et je crois à la parole d'Erik. Ma loge et ma chambre, dans l'*appartement du lac,* sont à moi, exclusivement à moi, et sacrées pour lui.

— Comment avez-vous pu quitter cette loge pour être transportée dans le couloir obscur, Christine? Si nous essayions de répéter vos gestes, voulez-vous?

— C'est dangereux, mon ami, car la glace pourrait encore m'emporter et, au lieu de fuir, je serais obligée d'aller au bout du passage secret qui conduit aux rives du lac et là d'appeler Erik.

— Il vous entendrait?

— Partout où j'appellerai Erik, partout Erik m'entendra... C'est lui qui me l'a dit, c'est un très curieux génie. Il ne faut pas croire, Raoul, que c'est simplement un homme qui s'est amusé à habiter sous la terre. Il fait des choses qu'aucun autre homme ne pourrait faire; il sait des choses que le monde vivant ignore.

— Prenez garde, Christine, vous allez en refaire un fantôme.

— Non ce n'est pas un fantôme; c'est un homme du ciel et de la terre, voilà tout.

— Un homme du ciel et de la terre... voilà tout!...

Comme vous en parlez!... Et vous êtes décidée toujours à le fuir?

— Oui, demain.

— Voulez-vous que je vous dise pourquoi je voudrais vous voir fuir ce soir?

— Dites, mon ami.

— Parce que, demain, vous ne serez plus décidée à rien du tout!

— Alors, Raoul, vous m'emporterez malgré moi!... n'est-ce pas entendu?

— Ici donc, demain soir! à minuit je serai dans votre loge, fit le jeune homme d'un air sombre; quoi qu'il arrive, je tiendrai ma promesse. Vous dites qu'après avoir assisté à la représentation, il doit aller vous attendre dans *la salle à manger du lac*?

— C'est en effet là qu'il m'a donné rendez-vous.

— Et comment deviez-vous vous rendre chez lui, Christine, si vous ne savez pas sortir de votre loge « par la glace »?

— Mais en me rendant directement sur le bord du lac.

— A travers tous les dessous? Par les escaliers et les couloirs où passent les machinistes et les gens de service? Comment auriez-vous conservé le secret d'une pareille démarche? Tout le monde aurait suivi Christine Daaé et elle serait arrivée avec une foule sur les bords du lac. »

Christine sortit d'un coffret une énorme clef et la montra à Raoul.

« Qu'est ceci? fit celui-ci.

— C'est la clef de la grille du souterrain de la rue Scribe.

— Je comprends, Christine. Il conduit directement au lac. Donnez-moi cette clef, voulez-vous?

— Jamais! répondit-elle avec énergie. Ce serait une trahison! »

Soudain, Raoul vit Christine changer de couleur. Une pâleur mortelle se répandit sur ses traits.

« Oh! mon Dieu! s'écria-t-elle... Erik! Erik! ayez pitié de moi!

— Taisez-vous! ordonna le jeune homme... Ne m'avez-vous pas dit qu'il pouvait vous entendre? »

Mais l'attitude de la chanteuse devenait de plus en plus inexplicable. Elle se glissait les doigts les uns sur les autres, en répétant d'un air égaré :

« Oh! mon Dieu! Oh! mon Dieu!

— Mais, qu'y a-t-il? qu'y a-t-il? implora Raoul.

— L'anneau.

— Quoi l'anneau? Je vous en prie, Christine, revenez à vous!

— L'anneau d'or qu'il m'avait donné.

— Ah? c'est Erik qui vous avait donné l'anneau d'or!

— Vous le savez bien, Raoul! Mais ce que vous ne savez pas, c'est ce qu'il m'a dit en me le donnant : « Je vous rends votre liberté, Christine, « mais c'est à la condition que cet anneau sera « toujours à votre doigt. Tant que vous le gar-

« derez, vous serez préservée de tout danger et
« Erik restera votre ami. Mais si vous vous en
« séparez jamais, malheur à vous, Christine, car
« Erik se vengera!... » Mon ami, mon ami! L'anneau n'est plus à mon doigt!... malheur sur nous! »

C'est en vain qu'ils cherchèrent l'anneau autour
d'eux. Ils ne le retrouvèrent point. La jeune fille
ne se calmait pas.

« C'est pendant que je vous ai accordé ce baiser, là-haut, sous la lyre d'Apollon, tenta-t-elle
d'expliquer en tremblant; l'anneau aura glissé de
mon doigt et aura glissé sur la ville! Comment le
retrouver maintenant? Et de quel malheur, Raoul,
sommes-nous menacés! Ah! fuir! fuir!

— Fuir tout de suite », insista une fois encore
Raoul.

Elle hésita. Il crut qu'elle allait dire oui... Et
puis ses claires prunelles se troublèrent et elle dit :
« Non! demain! »

Et elle le quitta précipitamment, dans un désarroi complet, continuant à se glisser les doigts les
uns sur les autres, sans doute dans l'espérance que
l'anneau allait réapparaître comme cela.

Quant à Raoul, il rentra chez lui, très préoccupé
de tout ce qu'il avait entendu.

« Si je ne la sauve point des mains de ce charlatan, dit-il tout haut dans sa chambre, en se couchant, elle est perdue; mais je la sauverai! »

Il éteignit sa lampe, et il éprouva, dans les ténèbres, le besoin d'injurier Erik. Il cria par trois fois

à haute voix : « Charlatan!... Charlatan!... Charlatan!... »

Mais, tout à coup, il se leva sur un coude; une sueur froide lui coula aux tempes. Deux yeux, brûlants comme des brasiers, venaient de s'allumer au pied de son lit. Ils le regardaient fixement, terriblement, dans la nuit noire.

Raoul était brave, et cependant il tremblait. Il avança la main, tâtonnante, hésitante, incertaine, sur la table de nuit. Ayant trouvé la boîte d'allumettes, il fit de la lumière. Les yeux disparurent.

Il pensa, nullement rassuré :

« Elle m'a dit que *ses* yeux ne se voyaient que dans l'obscurité. Ses yeux ont disparu avec la lumière, mais *lui*, il est peut-être encore là. »

Et il se leva, chercha, fit prudemment le tour des choses. Il regarda sous son lit, comme un enfant. Alors, il se trouva ridicule. Il dit tout haut :

« Que croire? Que ne pas croire avec un pareil conte de fées? Où finit le réel, où commence le fantastique? Qu'a-t-elle vu? Qu'a-t-elle cru voir? »

Il ajouta, frémissant :

« Et moi-même, qu'ai-je vu? Ai-je bien vu les yeux de braise tout à l'heure? N'ont-ils brillé que dans mon imagination? Voilà que je ne suis plus sûr de rien! Et je ne prêterais point serment sur ces yeux-là. »

Il se recoucha. De nouveau, il fit l'obscurité.

Les yeux réapparurent.

« Oh! » soupira Raoul.

Dressé sur son séant, il les fixait à son tour aussi bravement qu'il pouvait. Après un silence qu'il occupa à ressaisir tout son courage, il cria tout à coup :

« Est-ce toi, Erik? Homme! génie ou fantôme! Est-ce toi? »

Il réfléchit :

« Si c'est lui... il est sur le balcon! »

Alors il courut, en chemise, à un petit meuble dans lequel il saisit à tâtons un revolver. Armé, il ouvrit la porte-fenêtre. La nuit était alors extrêmement fraîche. Raoul ne prit que le temps de jeter un coup d'œil sur le balcon desert et il rentra, refermant la porte. Il se recoucha en frissonnant, le revolver sur la table de nuit, à sa portée.

Une fois encore il souffla la bougie.

Les yeux étaient toujours là, au bout du lit. Etaient-ils entre le lit et la glace de la fenêtre, ou derrière la glace de la fenêtre, c'est-à-dire sur le balcon?

Voilà ce que Raoul voulait savoir. Il voulait savoir aussi si ces yeux-là appartenaient à un être humain... il voulait tout savoir...

Alors, patiemment, froidement, *sans déranger la nuit* qui l'entourait, le jeune homme prit son revolver et visa.

Il visa les deux étoiles d'or qui le regardaient toujours avec un si singulier éclat immobile.

Il visa un peu au-dessus des deux étoiles. Certes! si ces étoiles étaient des yeux, et si au-dessus de ces yeux, il y avait un front, et si Raoul n'était point trop maladroit...

La détonation roula avec un fracas terrible dans la paix de la maison endormie... Et pendant que, dans les corridors, des pas se précipitaient, Raoul, sur son séant, le bras tendu, prêt à tirer encore, regardait...

Les deux étoiles, cette fois, avaient disparu.

De la lumière, des gens, le comte Philippe, affreusement anxieux.

« Qu'y a-t-il, Raoul?

— Il y a, que je crois bien que j'ai rêvé, répondit le jeune homme. J'ai tiré sur deux étoiles qui m'empêchaient de dormir.

— Tu divagues?... Tu es souffrant!... je t'en prie, Raoul, que s'est-il passé?... et le comte s'empara du revolver.

— Non, non, je ne divague pas!... du reste, nous allons bien savoir... »

Il se releva, passa une robe de chambre, chaussa ses pantoufles, prit des mains d'un domestique une lumière, et ouvrant la porte-fenêtre, retourna sur le balcon.

Le comte avait constaté que la fenêtre avait été traversée d'une balle à hauteur d'homme. Raoul était penché sur le balcon avec sa bougie...

« Oh! oh! fit-il... du sang... du sang!... Ici... là... encore du sang! Tant mieux!... Un fantôme qui saigne... c'est moins dangereux! ricana-t-il.

— Raoul! Raoul! Raoul! »

Le comte le secouait comme s'il eût voulu faire sortir un somnambule de son dangereux sommeil.

« Mais, mon frère, je ne dors pas! protesta Raoul impatienté. Vous pouvez voir ce sang comme tout le monde. J'avais cru rêver et tirer sur deux étoiles. C'étaient les yeux d'Erik et voici son sang!... »

Il ajouta, subitement inquiet :

« Après tout, j'ai peut-être eu tort de tirer, et Christine est bien capable de ne me le point pardonner!... Tout ceci ne serait point arrivé si j'avais eu la précaution de laisser retomber les rideaux de la fenêtre en me couchant.

— Raoul! es-tu devenu subitement fou? Réveille-toi!

— Encore! Vous feriez mieux, mon frère, de m'aider à chercher Erik... car, enfin, un fantôme qui saigne, ça doit pouvoir se retrouver... »

Le valet de chambre du comte dit :

« C'est vrai, monsieur, qu'il y a du sang sur le balcon. »

Un domestique apporta une lampe à la lueur de laquelle on put examiner toutes choses. La trace du sang suivait la rampe du balcon et allait rejoindre une gouttière et la trace de sang remontait le long de la gouttière.

« Mon ami, dit le comte Philippe, tu as tiré sur un chat.

— Le malheur! fit Raoul avec un nouveau ricanement, qui sonna douloureusement aux oreilles du comte, c'est que c'est bien possible. Avec Erik, on ne sait jamais. Est-ce Erik? Est-ce le chat? Est-ce le fantôme? Est-ce de la chair ou de l'ombre? Non! non! Avec Erik, on ne sait jamais! »

Raoul commençait à tenir cette sorte de propos bizarres qui répondaient si intimement et si logiquement aux préoccupations de son esprit et qui faisaient si bien suite aux confidences étranges, à la fois réelles et d'apparences surnaturelles, de Christine Daaé; et ces propos ne contribuèrent point peu à persuader à beaucoup que le cerveau du jeune homme était dérangé. Le comte lui-même y fut pris et plus tard le juge d'instruction, sur le rapport du commissaire de police, n'eut point de peine à conclure.

« Qui est Erik? demanda le comte en pressant la main de son frère.

— C'est mon rival! et s'il n'est pas mort, tant pis! »

D'un geste, il chassa les domestiques.

La porte de la chambre se referma sur les deux Chagny. Mais les gens ne s'éloignèrent point si vite que le valet de chambre du comte n'entendît Raoul prononcer distinctement et avec force :

« Ce soir! j'enlèverai Christine Daaé. »

Cette phrase fut répétée par la suite au juge d'instruction Faure. Mais on ne sut jamais exactement ce qui se dit entre les deux frères pendant cette entrevue.

Les domestiques racontèrent que ce n'était point

cette nuit-là la première querelle qui les faisait
s'enfermer.

A travers les murs on entendait des cris, et il
était toujours question d'une comédienne qui s'appelait Christine Daaé.

Au déjeuner — au petit déjeuner du matin, que
le comte prenait dans son cabinet de travail, Philippe donna l'ordre que l'on allât prier son frère
de le venir rejoindre. Raoul arriva, sombre et muet.
La scène fut très courte.

Le comte : — Lis ceci!
*Philippe tend à son frère un journal :
« l'Epoque ». Du doigt, il lui désigne l'écho
suivant.*
Le vicomte, du bout des lèvres, lisant :

« Une grande nouvelle au faubourg : il y a promesse de mariage entre Mlle Christine Daaé,
artiste lyrique, et M. le vicomte Raoul de Chagny.
S'il faut en croire les potins de coulisses, le comte
Philippe aurait juré que pour la première fois les
Chagny ne tiendraient point leur promesse.
Comme l'amour, à l'Opéra plus qu'ailleurs, est
tout-puissant, on se demande de quels moyens peut
bien disposer le comte Philippe pour empêcher le
vicomte, son frère, de conduire à l'autel la *Marguerite nouvelle*. On dit que les deux frères
s'adorent, mais le comte s'abuse étrangement s'il
espère que l'amour fraternel le cédera à l'amour
tout court! »

Le comte (triste). — Tu vois, Raoul, tu nous rends ridicules!... Cette petite t'a complètement tourné la tête avec ses histoires de revenant.

(Le vicomte avait donc rapporté le récit de Christine à son frère.)

Le vicomte. — Adieu, mon frère!

Le comte. — C'est bien entendu? Tu pars ce soir? *(Le vicomte ne répond pas.)*... avec elle?... Tu ne feras pas une pareille bêtise? *(Silence du vicomte.)* Je saurai bien t'en empêcher!

Le vicomte. — Adieu, mon frère!

(Il s'en va.)

Cette scène a été racontée au juge d'instruction par le comte lui-même, qui ne devait plus revoir son frère Raoul que le soir même, à l'Opéra, quelques minutes avant la disparition de Christine.

Toute la journée en effet fut consacrée par Raoul aux préparatifs d'enlèvement.

Les chevaux, la voiture, le cocher, les provisions, les bagages, l'argent nécessaire, l'itinéraire, — on ne devait pas prendre le chemin de fer pour dérouter le fantôme, — tout cela l'occupa jusqu'à neuf heures du soir.

A neuf heures, une sorte de berline dont les rideaux étaient tirés sur les portières hermétiquement closes vint prendre la file du côté de la Rotonde. Elle était attelée à deux vigoureux chevaux et conduite par un cocher dont il était difficile de distinguer la figure, tant celle-ci était

emmitouflée dans les longs plis d'un cache-nez.
Devant cette berline se trouvaient trois voitures.
L'instruction établit plus tard que c'étaient les
coupés de la Carlotta, revenue soudain à Paris, de
la Sorelli, et en tête, du comte Philippe de Chagny. De la berline, nul ne descendit. Le cocher
resta sur son siège. Les trois autres cochers étaient
restés également sur le leur.

Une ombre, enveloppée d'un grand manteau
noir, et coiffée d'un chapeau de feutre mou noir,
passa sur le trottoir entre la Rotonde et les équi-
pages. Elle semblait considérer plus attentivement
la berline. Elle s'approcha des chevaux, puis du
cocher, puis l'ombre s'éloigna sans avoir prononcé
un mot. L'instruction crut plus tard que cette ombre
était celle du vicomte Raoul de Chagny; quant à
moi, je ne le crois pas, attendu que ce soir-là
comme les autres soirs, le vicomte de Chagny avait
un chapeau haute-forme, qu'on a, du reste,
retrouvé. Je pense plutôt que cette ombre était
celle du fantôme qui était au courant de tout
comme on va le voir tout de suite.

On jouait *Faust*, comme par hasard. La salle
était des plus brillantes. Le faubourg était magni-
fiquement représenté. A cette époque, les abonnés
ne cédaient point, ne louaient ni ne sous-louaient,
ni ne partageaient leurs loges avec la finance ou
le commerce ou l'étranger. Aujourd'hui, dans la
loge du marquis un tel qui conserve toujours ce
titre : loge du marquis un tel, puisque le marquis

en est, de par contrat, titulaire, dans cette loge, disons-nous, se prélasse tel marchand de porc salé et sa famille, — ce qui est le droit du marchand de porc puisqu'il paie la loge du marquis. — Autrefois, ces mœurs étaient à peu près inconnues. Les loges d'Opéra étaient des salons où l'on était à peu près sûr de rencontrer ou de voir des gens du monde qui, quelquefois, aimaient la musique.

Toute cette belle compagnie se connaissait, sans pour cela se fréquenter nécessairement. Mais on mettait tous les noms sur les visages et la physionomie du comte de Chagny n'était ignorée de personne.

L'écho paru le matin dans l'*Epoque* avait dû déjà produire son petit effet, car tous les yeux étaient tournés vers la loge où le comte Philippe, d'apparence fort indifférente et de mine insouciante, se trouvait tout seul. L'élément féminin de cette éclatante assemblée paraissait singulièrement intrigué et l'absence du vicomte donnait lieu à cent chuchotements derrière les éventails. Christine Daaé fut accueillie assez froidement. Ce public spécial ne lui pardonnait point d'avoir regardé si haut.

La diva se rendit compte de la mauvaise disposition d'une partie de la salle, et en fut troublée.

Les habitués, qui se prétendaient au courant des amours du vicomte, ne se privèrent pas de sourire à certains passages du rôle de Marguerite. C'est ainsi qu'ils se retournèrent ostensiblement vers la loge de Philippe de Chagny quand Christine chanta la phrase : « Je voudrais bien savoir quel était ce jeune homme, si c'est un grand seigneur et comment il se nomme. »

Le menton appuyé sur sa main, le comte ne semblait point prendre garde à ces manifestations. Il fixait la scène; mais la regardait-il? Il paraissait loin de tout...

De plus en plus, Christine perdait toute assurance. Elle tremblait. Elle allait à une catastrophe... Carolus Fonta se demanda si elle n'était pas souffrante, si elle pourrait tenir en scène jusqu'à la fin de l'acte qui était celui du jardin. Dans la salle, on se rappelait le malheur arrivé, à la fin de cet acte, à la Carlotta, et le « couac » historique qui avait momentanément suspendu sa carrière à Paris.

Justement, la Carlotta fit alors son entrée dans une loge de face, entrée sensationnelle. La pauvre Christine leva les yeux vers ce nouveau sujet d'émoi. Elle reconnut sa rivale. Elle crut la voir ricaner. Ceci la sauva. Elle oublia tout, pour une fois de plus, triompher.

A partir de ce moment, elle chanta de toute son âme. Elle essaya de surpasser tout ce qu'elle avait fait jusqu'alors et elle y parvint. Au dernier acte, quand elle commença d'invoquer les anges et de se soulever de terre, elle entraîna dans une nouvelle envolée toute la salle frémissante, et chacun put croire qu'il avait des ailes.

A cet appel surhumain, au centre de l'amphi-théâtre, un homme s'était levé et restait debout, face à l'actrice, comme si d'un même mouvement il quittait la terre... C'était Raoul.

> Anges purs! Anges radieux!
> Anges purs! Anges radieux!

Et Christine, les bras tendus, la gorge embrasée, enveloppée dans la gloire de sa chevelure dénouée sur ses épaules nues, jetait la clameur divine :

> Portez mon âme au sein des cieux!

.. ..

C'est alors que, tout à coup, une brusque obscu-rité se fit sur le théâtre. Cela fut si rapide que les spectateurs eurent à peine le temps de pousser un cri de stupeur, car la lumière éclaira la scène à nouveau.

... Mais Christine Daaé n'y était plus!... Qu'était-elle devenue?... Quel était ce miracle?... Chacun se regardait sans comprendre et l'émotion fut tout de suite à son comble. L'émoi n'était pas moindre sur le plateau et dans la salle. Des cou-lisses on se précipitait vers l'endroit où, à l'instant même, Christine chantait. Le spectacle était inter-rompu au milieu du plus grand désordre.

Où donc? où donc était passée Christine? Quel sortilège l'avait ravie à des milliers de spectateurs enthousiastes et dans les bras mêmes de Carolus Fonta? En vérité, on pouvait se demander si, exauçant sa prière enflammée, les anges ne l'avaient point réellement emportée « au sein des cieux » corps et âme?...

Raoul, toujours debout à l'amphithéâtre, avait poussé un cri. Le comte Philippe s'était dressé dans sa loge. On regardait la scène, on regardait le comte, on regardait Raoul, et l'on se demandait si ce curieux événement n'avait point affaire avec l'écho paru le matin même dans un journal. Mais Raoul quitta hâtivement sa place, le comte disparut de sa loge, et, pendant que l'on baissait le rideau, les abonnés se précipitèrent vers l'entrée des coulisses. Le public attendait une annonce dans un brouhaha indescriptible. Tout le monde parlait à la fois. Chacun prétendait expliquer comment les choses s'étaient passées. Les uns disaient : « Elle est tombé dans une trappe »; les autres : « Elle a été enlevée dans les frises; la malheureuse est peut-être victime d'un nouveau truc inauguré par la nouvelle direction »; d'autres encore : « C'est un guet-apens. La coïncidence de la disparition et de l'obscurité le prouve suffisamment. »

Enfin le rideau se leva lentement, et Carolus Fonta s'avançant jusqu'au pupitre du chef d'orchestre, annonça d'une voix grave et triste :

« Mesdames et messieurs, un événement inouï et qui nous laisse dans une profonde inquiétude vient de se produire. Notre camarade, Christine Daaé, a disparu sous nos yeux sans que l'on puisse savoir comment! »

XV

SINGULIÈRE ATTITUDE
D'UNE ÉPINGLE DE NOURRICE

Sur le plateau, c'est une cohue sans nom. Artistes, machinistes, danseuses, marcheuses, figurants, choristes, abonnés, tout le monde interroge, crie, se bouscule. — « Qu'est-elle devenue? » — « Elle s'est fait enlever! » — « C'est le vicomte de Chagny qui l'a emportée! » — « Non, c'est le comte! » — « Ah! voilà Carlotta! c'est Carlotta qui a fait le coup! » — « Non! c'est le fantôme! »

Et quelques-uns rient, surtout depuis que l'exament attentif des trappes et planchers a fait repousser l'idée d'un accident.

Dans cette foule bruyante, on remarque un groupe de trois personnages qui s'entretiennent à voix basse avec des gestes désespérés. C'est Gabriel, le maître de chant; Mercier, l'administrateur, et le secrétaire Rémy. Ils se sont retirés dans l'angle d'un tambour qui fait communiquer la scène avec le large couloir du foyer de la danse. Là, derrière d'énormes accessoires, ils parlementent :

« J'ai frappé! Ils n'ont pas répondu! Ils ne sont peut-être plus dans le bureau. En tout cas, il est impossible de le savoir, car ils ont emporté les clefs. »

Ainsi s'exprime le secrétaire Rémy et il n'est point douteux qu'il ne désigne par ces paroles MM. les directeurs. Ceux-ci ont donné l'ordre au dernier entracte de ne venir les déranger sous aucun prétexte. « Ils n'y sont pour personne. »

« Tout de même, s'exclame Gabriel... on n'enlève pas une chanteuse, en pleine scène, tous les jours!...

— Leur avez-vous crié cela? interroge Mercier.

— J'y retourne », fait Rémy, et, courant, il disparaît.

Là-dessus, le régisseur arrive.

« Eh bien, monsieur Mercier, venez-vous? Que faites-vous ici tous les deux? On a besoin de vous, monsieur l'administrateur.

— Je ne veux rien faire ni rien savoir avant l'arrivée du commissaire, déclare Mercier. J'ai envoyé chercher Mifroid. Nous verrons quand il sera là!

— Et moi je vous dis qu'il faut descendre tout de suite au jeu d'orgue.

— Pas avant l'arrivée du commissaire...

— Moi, j'y suis déjà descendu au jeu d'orgue.

— Ah! et qu'est-ce que vous avez vu?

— Eh bien, je n'ai vu personne! Entendez-vous bien, personne!

— Qu'est-ce que vous voulez que j'y fasse?

— Evidemment, réplique le régisseur, qui se passe avec frénésie les mains dans une toison rebelle. Evidemment! Mais peut-être que s'il y avait quelqu'un au jeu d'orgue, ce quelqu'un pourrait nous expliquer comment l'obscurité a été faite tout à coup sur la scène. Or, Mauclair n'est nulle part, comprenez-vous? »

Mauclair était le chef d'éclairage qui dispensait à volonté sur la scène de l'Opéra, le jour et la nuit.

« Mauclair n'est nulle part, répète Mercier ébranlé. Eh bien, et ses aides?

— Ni Mauclair ni ses aides! Personne à l'éclairage, je vous dis! Vous pensez bien, hurle le régisseur, que cette petite ne s'est pas enlevée toute seule! Il y avait là « un coup monté » qu'il faut savoir... Et les directeurs qui ne sont pas là?... J'ai défendu qu'on descende à l'éclairage, j'ai mis un pompier devant la niche du jeu d'orgue! J'ai pas bien fait?

— Si, si, vous avez bien fait... Et maintenant attendons le commissaire. »

Le régisseur s'éloigne en haussant les épaules, rageur, mâchant des injures à l'adresse de ces « poules mouillées » qui restent tranquillement blotties dans un coin quand tout le théâtre est « sens dessus dessous ».

Tranquilles, Gabriel et Mercier ne l'étaient guère. Seulement, ils avaient reçu une consigne qui les paralysait. On ne devait déranger les directeurs pour aucune raison au monde. Rémy avait enfreint cette consigne et cela ne lui avait point réussi.

Justement, le voici qui revient de sa nouvelle expédition. Sa mine est curieusement effarée.

« Eh bien, vous leur avez parlé? » interroge Mercier.

Rémy répond :

« Moncharmin a fini par m'ouvrir la porte. Les yeux lui sortaient de la tête. J'ai cru qu'il allait me frapper. Je n'ai pas pu placer un mot, et savez-vous ce qu'il m'a crié : « Avez-vous une épingle « de nourrice? — Non. — Eh bien, fichez-moi la « paix!... » Je veux lui répliquer qu'il se passe au théâtre un événement inouï... Il clame : « Une « épingle de nourrice? Donnez-moi tout de suite « une épingle de nourrice! » Un garçon de bureau qui l'avait entendu — il criait comme un sourd — accourt avec une épingle de nourrice, la lui donne et aussitôt, Moncharmin me ferme la porte au nez! Et voilà!

— Et vous n'avez pas pu lui dire : Christine Daaé...

— Eh! j'aurais voulu vous y voir!... Il écumait... Il ne pensait qu'à son épingle de nourrice... Je crois que, si on ne la lui avait pas apportée sur-le-champ, il serait tombé d'une attaque! Certainement, tout ceci n'est pas naturel et nos directeurs sont en train de devenir fous!... »

M. le secrétaire Rémy n'est pas content. Il le fait voir

« Ça ne peut pas durer comme ça! Je n'ai pas l'habitude d'être traité de la sorte! »

Tout à coup Gabriel souffle :

« C'est encore un coup de *F. de l'O.* »

Rémy ricane. Mercier soupire, semble prêt à lâcher une confidence... mais ayant regardé Gabriel qui lui fait signe de se taire, il reste muet.

Cependant, Mercier, qui sent sa responsabilité grandir au fur et à mesure que les minutes s'écoulent et que les directeurs ne se montrent pas, n'y tient plus :

« Eh! je cours moi-même les relancer », décide-t-il.

Gabriel, subitement très sombre et très grave, l'arrête.

« Pensez à ce que vous faites, Mercier! S'ils restent dans leur bureau, c'est que, peut-être, c'est nécessaire! F. de l'O. a plus d'un tour dans son sac! »

Mais Mercier secoue la tête.

« Tant pis! J'y vais! Si on m'avait écouté, il y aurait beau temps qu'on aurait tout dit à la police! »

Et il part.

« *Tout* quoi? demande aussitôt Rémy. Qu'est-ce qu'on aurait dit à la police? Ah! vous vous taisez, Gabriel!... Vous aussi, vous êtes dans la confidence! Eh bien, vous ne feriez pas mal de m'y mettre si vous voulez que je ne crie point que vous devenez tous fous!... Oui, fous, en vérité! »

Gabriel roule des yeux stupides et affecte de ne rien comprendre à cette « sortie » inconvenante de M. le secrétaire particulier.

« Quelle confidence? murmure-t-il. Je ne sais ce que vous voulez dire. »

Rémy s'exaspère.

« Ce soir Richard et Moncharmin, ici même, dans les entractes, avaient des gestes d'aliénés.

— Je n'ai pas remarqué, grogne Gabriel, très ennuyé.

— Vous êtes le seul!... Est-ce que vous croyez que je ne les ai pas vus!... Et que M. Parabise, le directeur du Crédit Central, ne s'est aperçu de rien?... Et que M. l'ambassadeur de la Borderie a les yeux dans sa poche?... Mais, monsieur le maître de chant, tous les abonnés se les montraient du doigt, nos directeurs!

— Qu'est-ce qu'ils ont donc fait, nos directeurs? demande Gabriel de son air le plus niais.

— Ce qu'ils ont fait? Mais vous le savez mieux que personne ce qu'ils ont fait!... Vous étiez là!... Et vous les observiez, vous et Mercier!... Et vous étiez les seuls à ne pas rire...

— Je ne comprends pas! »

Très froid, très « renfermé », Gabriel étend les bras et les laisse retomber, geste qui signifie évidemment qu'il se désintéresse de la question... Rémy continue.

« Qu'est-ce que c'est que cette nouvelle manie?... *Ils ne veulent plus qu'on les approche, maintenant?*

— Comment? *Ils ne veulent plus qu'on les approche?*

— *Ils ne veulent plus qu'on les touche?*

— Vraiment, vous avez remarqué *qu'ils ne veulent pas qu'on les touche?* Voilà qui est certainement bizarre!

— Vous l'accordez! Ce n'est pas trop tôt! *Et ils marchent à reculons!*

— A reculons! Vous avez remarqué que nos directeurs *marchent à reculons!* Je croyais qu'il n'y avait que les écrevisses qui marchaient à reculons.

— Ne riez pas, Gabriel! Ne riez pas!

— Je ne ris pas, proteste Gabriel, qui se manifeste sérieux « comme un pape ».

— Pourriez-vous m'expliquer, je vous prie, Gabriel, vous qui êtes l'ami intime de la direction, pourquoi à l'entracte du « jardin », devant le foyer, alors que je m'avançais la main tendue vers M. Richard, j'ai entendu M. Moncharmin me dire précipitamment à voix basse : « Eloignez-vous! « Eloignez-vous! Surtout ne touchez pas à M. le « directeur?... » Suis-je un pestiféré?

— Incroyable!

— Et quelques instants plus tard, quand M. l'ambassadeur de La Borderie s'est dirigé à son tour vers M. Richard, n'avez-vous pas vu M. Moncharmin se jeter entre eux et ne l'avez-vous pas entendu s'écrier : « Monsieur l'ambassadeur, je « vous en conjure, ne touchez pas à M. le « directeur! »

— Effarant!... Et qu'est-ce que faisait Richard pendant ce temps-là?

— Ce qu'il faisait? Vous l'avez bien vu! Il faisait demi-tour, *saluait devant lui, alors qu'il n'y avait personne devant lui!* et se retirait « à *reculons* ».

— A reculons?

— Et Moncharmin, derrière Richard, avait fait, lui aussi, demi-tour, c'est-à-dire qu'il avait accompli derrière Richard un rapide demi-cercle, et lui aussi se retirait « à *reculons* »!... Et ils s'en sont allés comme *ça* jusqu'à l'escalier de l'administration, à reculons!... à reculons!... Enfin! s'ils ne sont pas fous, m'expliquerez-vous ce que ça veut dire?

— Ils répétaient peut-être, indique Gabriel, sans conviction, une figure de ballet! »

M. le secrétaire Rémy se sent outragé par une aussi vulgaire plaisanterie dans un moment aussi dramatique. Ses yeux se froncent, ses lèvres se pincent. Il se penche à l'oreille de Gabriel.

« Ne faites pas le malin, Gabriel. Il se passe des choses ici dont Mercier et vous pourriez prendre votre part de responsabilité.

— Quoi donc? interroge Gabriel.

— Christine Daaé n'est point la seule qui ait disparu tout à coup, ce soir.

— Ah! bah!

— Il n'y a pas de « ah! bah! ». Pourriez-vous me dire pourquoi, lorsque la mère Giry est descendue tout à l'heure au foyer, Mercier l'a prise par la main et l'a emmenée dare-dare avec lui?

— Tiens! fait Gabriel, je n'ai pas remarqué.

— Vous l'avez si bien remarqué, Gabriel, que vous avez suivi Mercier et la mère Giry, jusqu'au bureau de Mercier. Depuis ce moment, on vous a vus, vous et Mercier, mais on n'a plus revu la mère Giry...

— Croyez-vous donc que nous l'avons mangée?

— Non! mais vous l'avez enfermée à double tour dans le bureau, et, quand on passe près de la porte du bureau, savez-vous ce qu'on entend? On entend ces mots : « Ah! les bandits! Ah! les bandits! »

A ce moment de cette singulière conversation arrive Mercier, tout essoufflé.

« Voilà! fait-il d'une voix morne... C'est plus fort que tout... Je leur ai crié : « C'est très grave! « Ouvrez! C'est moi, Mercier. » J'ai entendu des pas. La porte s'est ouverte et Moncharmin est apparu. Il était très pâle. Il me demanda : « Qu'est-ce que vous voulez? » Je lui ai répondu : « On a enlevé Christine Daaé. » Savez-vous ce qu'il m'a répondu? « Tant mieux pour elle! » Et il a refermé la porte en me déposant ceci dans la main. »

Mercier ouvre la main; Rémy et Gabriel regardent.

« L'épingle de nourrice! s'écrie Rémy.

— Etrange! Etrange! » prononce tout bas Gabriel qui ne peut se retenir de frissonner.

Soudain une voix les fait se retourner tous les trois.

« Pardon, messieurs, pourriez-vous me dire où est Christine Daaé? »

Malgré la gravité des circonstances, une telle question les eût sans doute fait éclater de rire s'ils n'avaient aperçu une figure si douloureuse qu'ils en eurent pitié tout de suite C'était le vicomte Raoul de·Chagny.

XVI

« CHRISTINE! CHRISTINE! »

La première pensée de Raoul, après la disparition
fantastique de Christine Daaé, avait été pour accuser Erik. Il ne doutait plus du pouvoir quasi surnaturel de l'Ange de la musique, dans ce domaine
de l'Opéra, où celui-ci avait diaboliquement établi
son empire.

Et Raoul s'était rué sur la scène, dans une folie
de désespoir et d'amour. « Christine! Christine! »
gémissait-il, éperdu, l'appelant comme elle devait
l'appeler du fond de ce gouffre obscur où le
monstre l'avait emportée comme une proie, toute
frémissante encore de son exaltation divine, toute
vêtue du blanc linceul dans lequel elle s'offrait
déjà aux anges du paradis!

« Christine! Christine! » répétait Raoul... et il
lui semblait entendre les cris de la jeune fille à travers ces planches fragiles qui le séparaient d'elle!
Il se penchait, il écoutait!... il errait sur le plateau
comme un insensé. Ah! descendre! descendre! des-

cendre! dans ce puits de ténèbres dont toutes les issues lui sont fermées!

Ah! cet obstacle fragile qui glisse à l'ordinaire si facilement sur lui-même pour laisser apercevoir le gouffre où tout son désir tend... ces planches que son pas fait craquer et qui sonnent sous son poids le prodigieux vide des « dessous »... ces planches sont plus qu'immobiles ce soir : elles paraissent immuables... Elles se donnent des airs solides de n'avoir jamais remué... et voilà que les escaliers qui permettent de descendre sous la scène sont interdits à tout le monde!...

« Christine! Christine!... » On le repousse en riant... On se moque de lui... On croit qu'il a la cervelle dérangée, le pauvre fiancé!...

Dans quelle course forcenée, parmi les couloirs de nuit et de mystère connus de lui seul, Erik a-t-il entraîné la pure enfant jusqu'à ce repaire affreux de la chambre Louis-Philippe, dont la porte s'ouvre sur ce lac d'Enfer?... « Christine! Christine! Tu ne réponds pas! Es-tu seulement encore vivante, Christine? N'as-tu point exhalé ton dernier souffle dans une minute de surhumaine horreur, sous l'haleine embrasée du monstre? »

D'affreuses pensées traversent comme de foudroyants éclairs le cerveau congestionné de Raoul.

Evidemment, Erik a dû surprendre leur secret, savoir qu'il était trahi par Christine! Quelle vengeance va être la sienne!

Que n'oserait l'Ange de la musique, précipité

du haut de son orgueil? Christine entre les bras tout-puissants du monstre est perdue!

Et Raoul pense encore aux étoiles d'or qui sont venues la nuit dernière errer sur son balcon, que ne les a-t-il foudroyées de son arme impuissante!

Certes! il y a des yeux extraordinaires d'homme qui se dilatent dans les ténèbres et brillent comme des étoiles ou comme les yeux des chats. (Certains hommes albinos, qui paraissent avoir des yeux de lapin le jour ont des yeux de chat la nuit, chacun sait cela!)

Oui, oui, c'était bien sur Erik que Raoul avait tiré! Que ne l'avait-il tué? Le monstre s'était enfui par la gouttière comme les chats ou les forçats qui — chacun sait encore cela — escaladeraient le ciel à pic, avec l'appui d'une gouttière.

Sans doute Erik méditait alors quelque entreprise décisive contre le jeune homme, mais il avait été blessé, et il s'était sauvé pour se retourner contre la pauvre Christine.

Ainsi pense cruellement le pauvre Raoul en courant à la loge de la chanteuse...

« Christine!... Christine!... » Des larmes amères brûlent les paupières du jeune homme qui aperçoit épars sur les meubles les vêtements destinés à vêtir sa belle fiancée à l'heure de leur fuite!... Ah! que n'a-t-elle voulu partir plus tôt! Pourquoi avoir tant tardé?... Pourquoi avoir joué avec la catastrophe menaçante?... avec le cœur du monstre?... Pourquoi avoir voulu, pitié suprême!

jeter en pâture dernière à cette âme de démon, ce chant céleste...

> Anges purs! Anges radieux!
> Portez mon âme au sein des cieux!...

Raoul dont la gorge roule des sanglots, des serments et des injures, tâte de ses paumes malhabiles la grande glace qui s'est ouverte un soir devant lui pour laisser Christine descendre au ténébreux séjour. Il appuie, il presse, il tâtonne... mais la glace, il paraît, n'obéit qu'à Erik... Peut-être les gestes sont-ils inutiles avec une glace pareille?... Peut-être suffirait-il de prononcer certains mots?... Quand il était tout petit enfant on lui racontait qu'il y avait des objets qui obéissaient ainsi à la parole!

Tout à coup, Raoul se rappelle... « une grille donnant sur la rue Scribe... Un souterrain montant directement du Lac à la rue Scribe... » Oui, Christine lui a bien parlé de cela!... Et après avoir constaté, hélas! que la lourde clef n'est plus dans le coffret, il n'en court pas moins à la rue Scribe.

Le voilà dehors, il promène ses mains tremblantes sur les pierres cyclopéennes, il cherche des issues... il rencontre des barreaux... sont-ce ceux-là?... ou ceux-là?... ou encore n'est-ce point ce soupirail?... Il plonge des regards impuissants entre les barreaux... quelle nuit profonde là-dedans!... Il écoute!... Quel silence!... Il tourne autour du monu-

ment!... Ah! voici de vastes barreaux! des grilles
prodigieuses!... C'est la porte de la cour de l'administration!

... Raoul court chez la concierge : « Pardon,
madame, vous ne pourriez pas m'indiquer une porte
grillée, oui une porte faite de barreaux, de barreaux... de fer... qui donne sur la rue Scribe... et
qui conduit au Lac! Vous savez bien, le Lac? Oui,
le Lac, quoi! Le lac qui est sous la terre... sous la
terre de l'Opéra.

— Monsieur, je sais bien qu'il y a un lac sous
l'Opéra, mais je ne sais quelle porte y conduit...
je n'y suis jamais allée!...

— Et la rue Scribe, madame? La rue Scribe?
Y êtes-vous jamais allée dans la rue Scribe? »

Elle rit! Elle éclate de rire! Raoul s'enfuit en
mugissant, il bondit, grimpe des escaliers, en descend d'autres, traverse toute l'administration, se
retrouve dans la lumière du « plateau ».

Il s'arrête, son cœur bat à se rompre dans sa
poitrine haletante : si on avait retrouvé Christine
Daaé? Voici un groupe : il interroge :

« Pardon, messieurs, vous n'avez pas vu Christine Daaé? »

Et l'on rit.

A la même minute, le plateau gronde d'une
rumeur nouvelle, et, dans une foule d'habits noirs
qui l'entourent de force mouvements de bras expli-
catifs, apparaît un homme qui, lui, semble fort
calme et montre une mine aimable, toute rose

et toute joufflue, encadrée de cheveux frisés, éclairée par deux yeux bleus d'une sérénité merveilleuse. L'administrateur Mercier désigne le nouvel arrivant au vicomte de Chagny en lui disant :

« Voici l'homme, monsieur, à qui il faudra désormais poser votre question. Je vous présente monsieur le commissaire de police Mifroid.

— Ah! monsieur le vicomte de Chagny! Enchanté de vous voir, monsieur, fait le commissaire. Si vous voulez prendre la peine de me suivre... Et maintenant où sont les directeurs?... où sont les directeurs?... »

Comme l'admistrateur se tait, le secrétaire Rémy prend sur lui d'apprendre à M. le commissaire que MM. les directeurs sont enfermés dans leur bureau et qu'ils ne connaissent encore rien de l'événement.

« Est-il possible!... Allons à leur bureau! »

Et M. Mifroid, suivi d'un cortège toujours grossissant, se dirige vers l'administration. Mercier profite de la cohue pour glisser une clef dans la main de Gabriel :

« Tout cela tourne mal, lui murmure-t-il... Va donc donner de l'air à la mère Giry... »

Et Gabriel s'éloigne.

Bientôt on est arrivé devant la porte directoriale C'est en vain que Mercier fait entendre ses objurgations, la porte ne s'ouvre pas.

« Ouvrez au nom de la loi! » commande la voix claire et un peu inquiète de M. Mifroid.

Enfin la porte s'ouvre. On se précipite dans les bureaux, sur les pas du commissaire.

Raoul est le dernier à entrer. Comme il se dispose à suivre le groupe dans l'appartement, une main se pose sur son épaule et il entend ces mots prononcés à son oreille :

« *Les secrets d'Erik ne regardent personne!* »

Il se retourne en étouffant un cri. La main qui s'était posée sur son épaule est maintenant sur les lèvres d'un personnage au teint d'ébène, aux yeux de jade et coiffé d'un bonnet d'astrakan... Le Persan!

L'inconnu prolonge le geste qui recommande la discrétion, et dans le moment que le vicomte, stupéfait, va lui demander la raison de sa mystérieuse intervention, il salue et disparaît.

XVII

RÉVÉLATIONS ÉTONNANTES DE Mme GIRY,
RELATIVES A SES RELATIONS PERSONNELLES
AVEC LE FANTÔME DE L'OPÉRA

Avant de suivre M. le commissaire de police
Mifroid chez MM. les directeurs, le lecteur me
permettra de l'entretenir de certains événements
extraordinaires qui venaient de se dérouler dans
ce bureau où le secrétaire Rémy et l'administrateur Mercier avaient en vain tenté de pénétrer, et
où MM. Richard et Moncharmin s'étaient si hermétiquement enfermés dans un dessein que le lecteur ignore encore, mais qu'il est de mon devoir
historique, — je veux dire de mon devoir d'histo-
rien, — de ne point lui celer plus longtemps.

J'ai eu l'occasion de dire combien l'humeur de
MM. les directeurs s'était désagréablement modi-
fiée depuis quelque temps, et j'ai fait entendre que
cette transformation n'avait pas dû avoir pour
unique cause la chute du lustre dans les conditions
que l'on sait.

Apprenons donc au lecteur, — malgré tout le
désir qu'auraient MM. les directeurs qu'un tel évé-

nement restât à jamais caché — que le Fantôme
était arrivé à toucher tranquillement ses premiers
vingt mille francs! Ah! il y avait eu des pleurs et
des grincements de dents! La chose cependant,
s'était faite le plus simplement du monde :

Un matin MM. les directeurs avaient trouvé une
enveloppe toute préparée sur leur bureau. Cette
enveloppe portait comme suscription : *A Monsieur
F. de l'O.* (personnelle) et était accompagnée d'un
petit mot de F. de l'O. lui-même : « Le moment
d'exécuter les clauses du cahier des charges est
venu : vous glisserez vingt billets de mille francs
dans cette enveloppe que vous cachetterez de votre
propre cachet et vous la remettrez à Mme Giry
qui fera le nécessaire. »

MM. les directeurs ne se le firent pas dire deux
fois; sans perdre de temps à se demander encore
comment ces missions diaboliques pouvaient parvenir dans un cabinet qu'ils prenaient grand soin
de fermer à clef, ils trouvaient l'occasion bonne
de mettre la main sur le mystérieux maître chanteur. Et après avoir tout raconté sous le sceau du
plus grand secret à Gabriel et à Mercier ils mirent
les vingt mille francs dans l'enveloppe et confièrent
celle-ci sans demander d'explications à Mme Giry,
réintégrée dans ses fonctions. L'ouvreuse ne mar-
qua aucun étonnement. Je n'ai point besoin de
dire si elle fut surveillée! Du reste, elle se rendit
immédiatement dans la loge du fantôme et déposa
la précieuse enveloppe sur la tablette de l'appuie-

main. Les deux directeurs, ainsi que Gabriel et Mercier étaient cachés de telle sorte que cette enveloppe ne fût point par eux perdue de vue une seconde pendant tout le cours de la représentation et même après, car, comme l'enveloppe n'avait pas bougé, ceux qui la surveillaient ne bougèrent pas davantage et le théâtre se vida et Mme Giry s'en alla cependant que MM. les directeurs, Gabriel et Mercier étaient toujours là. Enfin ils se lassèrent et l'on ouvrit l'enveloppe après avoir constaté que les cachets n'en avaient point été rompus.

A première vue, Richard et Moncharmin jugèrent que les billets étaient toujours là. mais à la seconde vue ils s'aperçurent que ce n'étaient plus les mêmes. Les vingt vrais billets étaient partis et avaient été remplacés par vingt billets de la « Sainte Farce »! Ce fut de la rage et puis aussi de l'effroi!

« C'est plus fort que chez Robert Houdin! s'écria Gabriel.

— Oui, répliqua Richard, et ça coûte plus cher! »

Moncharmin voulait qu'on courût chercher le commissaire; Richard s'y opposa. Il avait sans doute son plan, il dit : « Ne soyons pas ridicules! tout Paris rirait. F. de l'O. a gagné la première manche, nous remporterons la seconde. » Il pensait évidemment à la mensualité suivante.

Tout de même ils avaient été si parfaitement joués. qu'ils ne purent, pendant les semaines qui suivirent. surmonter un certain accablement. Et c'était, ma foi, bien compréhensible. Si le commissaire ne fut point appelé dès lors, c'est qu'il ne faut pas oublier que MM. les directeurs gardaient tout au fond d'eux-mêmes, la pensée qu'une aussi bizarre aventure pouvait n'être qu'une haïssable plaisanterie montée, sans doute, par leurs prédécesseurs et dont il convenait de ne rien divulguer avant d'en connaître « le fin mot ». Cette pensée, d'autre part, se troublait par instants chez Moncharmin d'un soupçon qui lui venait relativement à Richard lui-même, lequel avait quelquefois des imaginations burlesques. Et c'est ainsi que, prêts à toutes les éventualités, ils attendirent les événements en surveillant et en faisant surveiller la mère Giry à laquelle Richard voulut qu'on ne parlât de rien. « Si elle est complice, disait-il, il y a beau temps que les billets sont loin. Mais, pour moi, ce n'est qu'une imbécile!

— Il y a beaucoup d'imbéciles dans cette affaire! avait répliqué Moncharmin songeur.

— Est-ce qu'on pouvait se douter?... gémit Richard, mais n'aie pas peur... la prochaine fois toutes mes précautions seront prises... »

Et c'est ainsi que la prochaine fois était arrivée... cela tombait le jour même qui devait voir la disparition de Christine Daaé.

Le matin, une missive du Fantôme qui leur rappelait l'échéance. « Faites comme la dernière fois, enseignait aimablement F. de l'O. *Ça s'est très bien passé*. Remettez l'enveloppe, dans laquelle vous aurez glissé les vingt mille francs, à cette excellente Mme Giry. »

Et la note était accompagnée de l'enveloppe coutumière. Il n'y avait plus qu'à la remplir.

Cette opération devait être accomplie le soir même, une demi-heure avant le spectacle. C'est donc une demi-heure environ avant que le rideau se lève sur cette trop fameuse représentation de *Faust* que nous pénétrons dans l'antre directorial.

Richard montre l'enveloppe à Moncharmin, puis il compte devant lui les vingt mille francs et les glisse dans l'enveloppe, mais sans fermer celle-ci.

« Et maintenant, dit-il, appelle-moi la mère Giry. »

On alla chercher la vieille. Elle entra en faisant une belle révérence. La dame avait toujours sa robe de taffetas noir dont la teinte tournait à la rouille et au lilas, et son chapeau aux plumes couleur de suie. Elle semblait de belle humeur. Elle dit tout de suite :

« Bonsoir, messieurs! C'est sans doute encore pour l'enveloppe?

— Oui, madame Giry, dit Richard avec une grande amabilité... C'est pour l'enveloppe... Et pour autre chose aussi.

— A votre service, monsieur le directeur : A votre service!... Et quelle est cette autre chose, je vous prie?

— D'abord, madame Giry, j'aurais une petite question à vous poser.

— Faites, monsieur le directeur, Mame Giry est là pour vous répondre.

— Vous êtes toujours bien avec le fantôme?

— On ne peut mieux, monsieur le directeur, on ne peut mieux.

— Ah! vous nous en voyez enchantés... Dites donc, madame Giry, prononça Richard en prenant le ton d'une importante confidence... Entre nous, on peut bien vous le dire... Vous n'êtes pas une bête.

— Mais, monsieur le directeur!... s'exclama l'ouvreuse, en arrêtant le balancement aimable des deux plumes noires de son chapeau couleur de suie, je vous prie de croire que ça n'a jamais fait de doute pour personne!

— Nous sommes d'accord et nous allons nous entendre. L'histoire du fantôme est une bonne blague, n'est-ce pas?... Eh bien, toujours entre nous... elle a assez duré. »

Mme Giry regarda les directeurs comme s'ils lui avaient parlé chinois. Elle s'approcha du bureau de Richard et fit, assez inquiète :

« Qu'est-ce que vous voulez dire?... Je ne vous comprends pas!

— Ah! vous nous comprenez très bien. En tout cas, il faut nous comprendre... Et, d'abord, vous allez nous dire comment il s'appelle.

— Qui donc?

— Celui dont vous êtes la complice, Mame Giry!

— Je suis la complice du fantôme? Moi?... La complice de quoi?

— Vous faites tout ce qu'il veut.

— Oh!... il n'est pas bien encombrant, vous savez.

— Et il vous donne toujours des pourboires!

— Je ne me plains pas!

— Combien vous donne-t-il pour lui porter cette enveloppe?

— Dix francs.

— Mazette! Ce n'est pas cher!

— Pourquoi donc?

— Je vous dirai cela tout à l'heure, Mame Giry. En ce moment, nous voudrions savoir pour quelle raison... extraordinaire... vous vous êtes donnée corps et âme à ce fantôme-là plutôt qu'à un autre... Ça n'est pas pour cent sous ou dix francs qu'on peut avoir l'amitié et le dévouement de Mame Giry.

— Ça, c'est vrai!... Et ma foi, cette raison-là, je peux vous la dire, monsieur le directeur! Certainement il n'y a pas de déshonneur à ça!... au contraire.

— Nous n'en doutons pas, Mame Giry.

— Eh bien, voilà... le fantôme n'aime pas que je raconte ses histoires.

— Ah! ah! ricana Richard.

— Mais, celle-là, elle ne regarde que moi!... reprit la vieille... donc, c'était dans la loge n° 5... un soir, j'y trouve une lettre pour moi... une espèce de note écrite à l'encre rouge... C'te note-là, monsieur le directeur, j'aurais pas besoin de vous la lire... je la sais par cœur... et je ne l'oublierai jamais même si je vivais cent ans!... »

Et Mme Giry, toute droite, récite la lettre avec une éloquence touchante :

« Madame. — 1825, Mlle Ménétrier, coryphée, est devenue marquise de Cussy. — 1832, Mlle Marie Taglioni, danseuse, est faite comtesse Gilbert des Voisins. — 1846, la Sota, danseuse, épouse un frère du roi d'Espagne. — 1847, Lola Montès, danseuse, épouse morganatiquement le roi Louis de Bavière et est créée comtesse de Landsfeld. — 1848, Mlle Maria, danseuse, devient baronne d'Herme-ville. — 1870, Thérèse Hessler, danseuse, épouse Don Fernando, frère du roi de Portugal... »

Richard et Moncharmin écoutent la vieille, qui, au fur et à mesure qu'elle avance dans la curieuse énumération de ces glorieux hyménées, s'anime, se redresse, prend de l'audace, et finalement, inspirée comme une sibylle sur son trépied, lance d'une voix éclatante d'orgueil la dernière phrase de la lettre prophétique : « *1885, Meg Giry, impératrice!* »

Epuisée par cet effort suprême, l'ouvreuse retombe sur sa chaise en disant : « Messieurs, ceci était signé : « *Le Fantôme de l'Opéra!* » J'avais déjà entendu parler du fantôme, mais je n'y croyais qu'à moitié. Du jour où il m'a annoncé que ma petite Meg, la chair de ma chair, le fruit de mes entrailles, serait impératrice, j'y ai cru tout à fait. »

En vérité, en vérité, il n'était point besoin de

considérer longuement la physionomie exaltée de
Mame Giry pour comprendre ce qu'on avait pu
obtenir de cette belle intelligence avec ces deux
mots : « Fantôme et impératrice. »

Mais qui donc tenait les ficelles de cet extravagant mannequin?... Qui?

« Vous ne l'avez jamais vu, il vous parle, et vous
croyez tout ce qu'il vous dit? demanda Moncharmin.

— Oui; d'abord, c'est à lui que je dois que ma
petite Meg est passée coryphée. J'avais dit au fantôme : « Pour qu'elle soit impératrice en 1885, vous
« n'avez pas de temps à perdre, il faut qu'elle soit
« coryphée tout de suite. » Il m'a répondu : « C'est
« entendu. » Et il n'a eu qu'un mot à dire à
M. Poligny, c'était fait...

— Vous voyez bien que M. Poligny l'a vu!

— Pas plus que moi, mais il l'a entendu! Le
fantôme lui a dit un mot à l'oreille, vous savez bien!
le soir où il est sorti si pâle de la loge n° 5. »

Moncharmin pousse un soupir.

« Quelle histoire! gémit-il.

— Ah! répond Mame Giry, j'ai toujours cru
qu'il y avait des secrets entre le Fantôme et M. Poligny. Tout ce que le Fantôme demandait à M. Poligny, M. Poligny l'accordait... M. Poligny n'avait rien
à refuser au Fantôme.

— Tu entends, Richard, Poligny n'avait rien à
refuser au Fantôme.

— Oui, oui, j'entends bien! déclara Richard.

M. Poligny est un ami du Fantôme! et, comme
Mme Giry est une amie de M. Poligny, nous y voilà
bien, ajouta-t-il sur un ton fort rude. Mais M. Poligny ne me préoccupe pas, moi... La seule personne dont le sort m'intéresse vraiment, je ne le
dissimule point, c'est Mme Giry!... Madame Giry,
vous savez ce qu'il y a dans cette enveloppe?

— Mon Dieu, non! fit-elle.

— Eh bien, regardez! »

Mme Giry glisse dans l'enveloppe un regard
trouble, mais qui retrouve aussitôt son éclat.

« Des billets de mille francs! s'écrie-t-elle.

— Oui, madame Giry!... oui, des billets de
mille!... Et vous le saviez bien!

— Moi, monsieur le directeur... Moi! je vous
jure...

— Ne jurez pas, madame Giry!... Et maintenant, je vais vous dire cette autre chose pour
laquelle je vous ai fait venir... Madame Giry, je
vais vous faire arrêter. »

Les deux plumes noires du chapeau couleur de
suie, qui affectaient à l'ordinaire la forme de deux
points d'interrogation, se muèrent aussitôt en
point d'exclamation; quant au chapeau lui-même,
il oscilla, menaçant sur son chignon en tempête.
La surprise, l'indignation, la protestation et l'effroi
se traduisirent encore chez la mère de la petite
Meg par une sorte de pirouette extravagante « jeté
glissade » de la vertu offensée qui l'apporta d'un
bond jusque sous le nez de M. le directeur,

lequel ne put se retenir de reculer son fauteuil.

« Me faire arrêter! »

La bouche qui disait cela sembla devoir cracher à la figure de M. Richard les trois dents dont elle disposait encore.

M. Richard fut héroïque. Il ne recula plus. Son index menaçant désignait déjà aux magistrats absents l'ouvreuse de la loge n° 5.

« Je vais vous faire arrêter, madame Giry, comme une voleuse!

— Répète! »

Et Mme Giry gifla à tour de bras M. le directeur Richard avant que M. le directeur Moncharmin n'eût eu le temps de s'interposer. Riposte vengeresse! Ce ne fut point la main desséchée de la colérique vieille qui vint s'abattre sur la joue directoriale, mais l'enveloppe elle-même, cause de tout le scandale, l'enveloppe magique qui s'entrouvrit du coup pour laisser échapper les billets qui s'envolèrent dans un tournoiement fantastique de papillons géants.

Les deux directeurs poussèrent un cri, et une même pensée les jeta tous les deux à genoux, ramassant fébrilement et compulsant en hâte les précieuses paperasses.

« *Ils sont toujours vrais?* Moncharmin.

— *Ils sont toujours vrais?* Richard.

— Ils sont toujours vrais!!! »

Au-dessus d'eux, les trois dents de Mme Giry se heurtent dans une mêlée retentissante, pleine de hideuses interjections. Mais on ne perçoit tout à fait bien que ce « leitmotiv » :

« Moi, une voleuse!... Une voleuse, moi? »

Elle étouffe.

Elle s'écrie :

« J'en suis ravagée! »

Et, tout à coup, elle rebondit sous le nez de Richard.

« En tout cas, glapit-elle, vous, monsieur Richard, *vous devez le savoir mieux que moi où sont passés les vingt mille francs!*

— Moi? interroge Richard stupéfait. Et comment le saurais-je? »

Aussitôt, Moncharmin, sévère et inquiet, veut que la bonne femme s'explique.

« Que signifie ceci? interroge-t-il. Et pourquoi, madame Giry, prétendez-vous que M. Richard doit savoir *mieux que vous* où sont passés les vingt mille francs? »

Quant à Richard, qui se sent rougir sous le regard de Moncharmin, il a pris la main de Mame Giry et la lui secoue avec violence. Sa voix imite le tonnerre. Elle gronde, elle roule... elle foudroie...

« Pourquoi saurais-je mieux que vous où sont passés les vingt mille francs? Pourquoi?

— Parce qu'ils sont passés dans votre poche!... », souffle la vieille en le regardant maintenant comme si elle apercevait le diable.

C'est au tour de M. Richard d'être foudroyé,

d'abord par cette réplique inattendue, ensuite par le regard de plus en plus soupçonneux de Moncharmin. Du coup, il perd sa force dont il aurait besoin dans ce moment difficile pour repousser une aussi méprisable accusation.

Ainsi les plus innocents, surpris dans la paix de leur cœur, apparaissent-ils tout à coup, à cause que le coup qui les frappe les fait pâlir, ou rougir, ou chanceler, ou se redresser, ou s'abîmer, ou protester, ou ne rien dire quand il faudrait parler, ou parler quand il ne faudrait rien dire, ou rester secs alors qu'il faudrait s'éponger, ou suer alors qu'il faudrait rester secs, apparaissent-ils tout à coup, dis-je, coupables.

Moncharmin a arrêté l'élan vengeur avec lequel Richard qui était innocent allait se précipiter sur Mme Giry et il s'empresse, encourageant, d'interroger celle-ci... avec douceur.

« Comment avez-vous pu soupçonner mon collaborateur Richard de mettre vingt mille francs dans sa poche?

— Je n'ai jamais dit cela! déclare Mame Giry, attendu que c'était moi-même en personne, qui mettais les vingt mille francs dans la poche de M. Richard. »

Et elle ajouta à mi-voix :

« Tant pis! Ça y est!... Que le Fantôme me pardonne! »

Et comme Richard se reprend à hurler, Moncharmin avec autorité lui ordonne de se taire :

« Pardon! Pardon! Pardon! Laisse cette femme s'expliquer! Laisse-moi l'interroger. »

Et il ajoute :

« Il est vraiment étrange que tu le prennes sur un ton pareil!... Nous touchons au moment où tout ce mystère va s'éclaircir! Tu es furieux! Tu as tort... Moi, je m'amuse beaucoup. »

Mame Giry, martyre, relève sa tête où rayonne la foi en sa propre innocence.

« Vous me dites qu'il y avait vingt mille francs dans l'enveloppe que je mettais dans la poche de M. Richard, mais, moi je le répète, je n'en savais rien... Ni M. Richard non plus, du reste!

— Ah! ah! fit Richard, en affectant tout à coup un air de bravoure qui déplut à Moncharmin. Je n'en savais rien non plus! Vous mettiez vingt mille francs dans ma poche et je n'en savais rien! J'en suis fort aise, madame Giry.

— Oui, acquiesça la terrible dame... c'est vrai!... Nous n'en savions rien ni l'un ni l'autre!... Mais vous, vous avez bien dû finir par vous en apercevoir. »

Richard dévorerait certainement Mme Giry si Moncharmin n'était pas là! Mais Moncharmin la protège. Il précipite l'interrogatoire.

« Quelle sorte d'enveloppe mettiez-vous donc dans la poche de M. Richard? Ce n'était point celle que nous vous donnions, celle que vous portiez, devant nous, dans la loge n° 5, et cependant, celle-là seule contenait les vingt mille francs.

— Pardon! C'était bien celle que me donnait M. le directeur que je glissais dans la poche de monsieur le directeur, explique la mère Giry. Quant à celle que je déposais dans la loge du fantôme, c'était une autre enveloppe exactement pareille, et que j'avais, toute préparée, dans ma manche, et qui m'était donnée par le fantôme! »

Ce disant, Mame Giry sort de sa manche une enveloppe toute préparée et identique avec sa suscription à celle qui contient les vingt mille francs. MM. les directeurs s'en emparent. Ils l'examinent, ils constatent que des cachets cachetés de leur propre cachet directorial, la ferment. Ils l'ouvrent... Elle contient vingt billets de la Sainte Farce, comme ceux qui les ont tant stupéfiés un mois auparavant.

« Comme c'est simple! fait Richard.

— Comme c'est simple! répète plus solennel que jamais Moncharmin.

— Les tours les plus illustres, répond Richard, ont toujours été les plus simples. Il suffit d'un compère...

— Ou d'une commère! » ajoute de sa voix blanche, Moncharmin.

Et il continue, les yeux fixés sur Mme Giry, comme s'il voulait l'hypnotiser :

« C'était bien le fantôme qui vous faisait parvenir cette enveloppe, et c'était bien lui qui vous disait de la substituer à celle que nous vous remettions? C'était bien lui qui vous disait de mettre cette dernière dans la poche de M. Richard?

— Oh! c'était bien lui!

— Alors, pourriez-vous nous montrer, madame, un échantillon de vos petits talents?... Voici l'enveloppe. Faites comme si nous ne savions rien.

— A votre service, messieurs! »

La mère Giry a repris l'enveloppe chargée de ses vingt billets et se dirige vers la porte. Elle s'apprête à sortir.

Les deux directeurs sont déjà sur elle.

« Ah! non! Ah! non! On ne nous « la fait plus »! Nous en avons assez! Nous n'allons pas recommencer!

— Pardon, messieurs, s'excuse la vieille, pardon... Vous me dites de faire comme si vous ne saviez rien!... Eh bien, si vous ne saviez rien, je m'en irais avec votre enveloppe!

— Et alors, comment la glisseriez-vous dans ma poche? » argumente Richard que Moncharmin ne quitte pas de l'œil gauche, cependant que son œil droit est fort occupé par Mme Giry, — position difficile pour le regard; mais Moncharmin est décidé à tout pour découvrir la vérité.

« Je dois la glisser dans votre poche au moment où vous vous y attendez le moins, monsieur le directeur. Vous savez que je viens toujours, dans le courant de la soirée, faire un petit tour dans les coulisses, et souvent j'accompagne, comme c'est mon droit de mère, ma fille au foyer de la danse; je lui porte ses chaussons, au moment du divertissement, et même son petit arrosoir... Bref, je vas et je viens à mon aise... Messieurs les abonnés s'en viennent aussi... Vous aussi, monsieur le directeur... Il y a du monde... Je passe derrière vous, et, je glisse l'enveloppe dans la poche de derrière de votre habit... Ça n'est pas sorcier!

— Ça n'est pas sorcier, gronde Richard en roulant des yeux de Jupiter tonnant, ça n'est pas sorcier! Mais je vous prends en flagrant délit de mensonge, vieille sorcière! »

L'insulte frappe moins l'honorable dame que le coup que l'on veut porter à sa bonne foi. Elle se redresse, hirsute, les trois dents dehors.

« A cause?

— A cause que ce soir-là je l'ai passé dans la salle à surveiller la loge n° 5 et la fausse enveloppe que vous y aviez déposée. Je ne suis pas descendu au foyer de la danse une seconde...

— Aussi, monsieur le directeur, ce n'est point ce soir-là que je vous ai remis l'enveloppe!... Mais à la représentation suivante... Tenez, c'était le soir où M. le sous-secrétaire d'Etat aux Beaux-Arts... »

A ces mots, M. Richard arrête brusquement Mme Giry...

« Eh! c'est vrai, dit-il, songeur, je me rappelle... je me rappelle maintenant! M. le sous-secrétaire d'Etat est venu dans les coulisses. Il m'a fait demander. Je suis descendu un instant au foyer de la danse. J'étais sur les marches du foyer... M. le sous-secrétaire d'Etat et son chef de cabinet étaient dans le foyer même... Tout à coup je me suis retourné..

C'était vous qui passiez derrière moi... madame Giry... Il me semblait que vous m'aviez frôlé... Il n'y avait que vous derrière moi... Oh! je vous vois encore... je vous vois encore!

— Eh bien, oui, c'est ça, monsieur le directeur! c'est bien ça! Je venais de terminer ma petite affaire dans votre poche! Cette poche-là, monsieur le directeur est bien commode! »

Et Mme Giry joint une fois de plus le geste à la parole. Elle passe derrière M. Richard et si prestement, que Moncharmin lui-même, qui regarde de ses deux yeux, cette fois, en reste impressionné, elle dépose l'enveloppe dans la poche de l'une des basques de l'habit de M. le directeur.

« Evidemment! s'exclame Richard, un peu pâle... C'est très fort de la part de F. de l'O. Le problème, pour lui, se posait ainsi : supprimer tout intermédiaire dangereux entre celui qui donne les vingt mille francs et celui qui les prend! Il ne pouvait mieux trouver que de venir me les prendre dans ma poche sans que je m'en aperçoive, puisque je ne savais même pas qu'ils s'y trouvaient... C'est admirable?

— Oh! admirable! sans doute, surenchérit Moncharmin... seulement, tu oublies, Richard, que j'ai donné dix mille francs sur ces vingt mille et qu'on n'a rien mis dans ma poche, à moi! »

XVIII

SUITE DE LA CURIEUSE ATTITUDE
D'UNE ÉPINGLE DE NOURRICE

La dernière phrase de Moncharmin exprimait d'une façon trop évidente le soupçon dans lequel il tenait désormais son collaborateur pour qu'il n'en résultât point sur-le-champ une explication orageuse, au bout de laquelle il fut entendu que Richard allait se plier à toutes les volontés de Moncharmin, dans le but de l'aider à découvrir le misérable qui se jouait d'eux.

Ainsi arrivons-nous à « l'entracte du jardin » pendant lequel M. le secrétaire Rémy, à qui rien n'échappe, a si curieusement observé l'étrange conduite de ses directeurs, et dès lors rien ne nous sera plus facile que de trouver une raison à des attitudes aussi exceptionnellement baroques et surtout si peu conformes à l'idée que l'on doit se faire de la dignité directoriale.

La conduite de Richard et Moncharmin était toute tracée par la révélation qui venait de leur être faite : 1° Richard devait répéter exactement, ce soir-là, les gestes qu'il avait accomplis lors de

la disparition des premiers vingt mille francs;
2° Moncharmin ne devait pas perdre de vue une
seconde la poche de derrière de Richard dans
laquelle Mme Giry aurait glissé les seconds vingt
mille.

A la place exacte où il s'était trouvé lorsqu'il
saluait M. le sous-secrétaire d'Etat aux Beaux-Arts,
vint se placer M. Richard avec, à quelques pas de
là, dans son dos, M. Moncharmin.

Mme Giry passe, frôle M. Richard, se débarrasse
des vingt mille dans la poche de la basque de son
directeur et disparaît...

Ou plutôt on la fait disparaître. Exécutant l'ordre
que Moncharmin lui a donné quelques instants
auparavant, avant la reconstitution de la scène,
Mercier va enfermer la brave dame dans le bureau
de l'administration. Ainsi, il sera impossible à la
vieille de communiquer avec son fantôme. Et elle
se laissa faire, car Mame Giry n'est plus qu'une
pauvre figure déplumée, effarée d'épouvante,
ouvrant des yeux de volaille ahurie sous une crête
en désordre, entendant déjà dans le corridor sonore
le bruit des pas du commissaire dont elle est menacée, et poussant des soupirs à fendre les colonnes
du grand escalier.

Pendant ce temps, M. Richard se courbe, fait la
révérence, salue, marche à reculons comme s'il avait
devant lui ce haut et tout-puissant fonctionnaire
qu'est M. le sous-secrétaire d'Etat aux Beaux-Arts.

Seulement, si de pareilles marques de politesse

n'eussent soulevé aucun étonnement dans le cas où devant M. le directeur se fût trouvé M. le sous-secrétaire d'Etat, elles causèrent aux spectateurs de cette scène si naturelle, mais si inexplicable, une stupéfaction bien compréhensible alors que devant M. le directeur il n'y avait personne.

M. Richard saluait dans le vide... se courbait devant le néant... et reculait — marchait à reculons — devant rien...

... Enfin, à quelques pas de là, M. Moncharmin faisait la même chose que lui.

... Et repoussant M. Rémy, suppliait M. l'ambassadeur de La Borderie et M. le directeur du Crédit central de ne point « toucher à M. le directeur ».

Moncharmin, qui avait son idée, ne tenait point à ce que, tout à l'heure, Richard vînt lui dire, les vingt mille francs disparus : « C'est peut-être M. l'ambassadeur ou M. le directeur du Crédit central, ou même M. le secrétaire Rémy. »

D'autant plus que, lors de la première scène de l'aveu même de Richard, Richard n'avait, après avoir été frôlé par Mme Giry, rencontré personne dans cette partie du théâtre... Pourquoi donc, je vous le demande, puisqu'on devait exactement répéter les mêmes gestes, rencontrerait-il quelqu'un aujourd'hui?

Ayant d'abord marché à reculons pour saluer, Richard continua de marcher de cette façon par prudence... jusqu'au couloir de l'administration...

Ainsi, il était toujours surveillé par-derrière par Moncharmin et lui-même surveillait « ses approches » par-devant.

Encore une fois, cette façon toute nouvelle de se promener dans les coulisses qu'avaient adoptée MM. les directeurs de l'Académie nationale de musique ne devait évidemment point passer inaperçue.

On la remarqua.

Heureusement pour MM. Richard et Moncharmin qu'au moment de cette tant curieuse scène, les « petits rats » se trouvaient à peu près tous dans les greniers.

Car MM. les directeurs auraient eu du succès auprès des jeunes filles.

... Mais ils ne pensaient qu'à leurs vingt mille francs. ·

Arrivé dans le couloir mi-obscur de l'administration, Richard dit à voix basse à Moncharmin :

« Je suis sûr que personne ne m'a touché... maintenant, tu vas te tenir assez loïn de moi et me surveiller dans l'ombre jusqu'à la porte de mon cabinet... il ne faut donner l'éveil à personne et nous verrons bien ce qui va se passer. »

Mais Moncharmin réplique :

« Non, Richard! Non!... Marche devant... je marche *immédiatement* derrière! Je ne te quitte pas d'un pas!

— Mais, s'écrie Richard, jamais comme cela on ne pourra nous voler nos vingt mille francs!

— Je l'espère bien! déclare Moncharmin.

— Alors, ce que nous faisons est absurde!

— Nous faisons exactement ce que nous avons fait la dernière fois... La dernière fois, je t'ai rejoint à ta sortie du plateau, au coin de ce couloir... et je t'ai suivi *dans le dos*.

— C'est pourtant exact! » soupire Richard en secouant la tête et en obéissant passivement à Moncharmin.

Deux minutes plus tard les deux directeurs s'enfermaient dans le cabinet directorial.

Ce fut Moncharmin lui-même qui mit la clef dans sa poche.

« Nous sommes restés ainsi enfermés tous deux la dernière fois, fit-il, jusqu'au moment où tu as quitté l'Opéra pour rentrer chez toi.

— C'est vrai! Et personne n'est venu nous déranger?

— Personne.

— Alors, interrogea Richard qui s'efforçait de rassembler ses souvenirs, alors j'aurai été sûrement volé dans le trajet de l'Opéra à mon domicile...

— Non! fit sur un ton plus sec que jamais Moncharmin... non... ça n'est pas possible... C'est moi qui t'ai reconduit chez toi dans ma voiture. Les vingt mille francs *ont disparu chez toi,* cela ne fait plus pour moi l'ombre d'un doute. »

C'était là l'idée qu'avait maintenant Moncharmin.

« Cela est incroyable! protesta Richard... je suis

sûr de mes domestiques!... et si l'un d'eux avait fait ce coup-là, il aurait disparu depuis. »

Moncharmin haussa les épaules, semblant dire qu'il n'entrait pas dans ces détails.

Sur quoi Richard commence à trouver que Moncharmin le prend avec lui sur un ton bien insupportable.

« Moncharmin, en voilà assez!

— Richard, en voilà trop!

— Tu oses me soupçonner?

— Oui, d'une déplorable plaisanterie!

— On ne plaisante pas avec vingt mille francs!

— C'est bien mon avis! déclare Moncharmin, déployant un journal dans la lecture duquel il se plonge avec ostentation.

— Qu'est-ce que tu vas faire? demande Richard. Tu vas lire le journal maintenant!

— Oui, Richard, jusqu'à l'heure où je te reconduirai chez toi.

— Comme la dernière fois?

— Comme la dernière fois. »

Richard arrache le journal des mains de Moncharmin. Moncharmin se dresse, plus irrité que jamais. Il trouve devant lui un Richard exaspéré qui lui dit, en se croisant les bras sur la poitrine, — geste d'insolent défi depuis le commencement du monde :

« Voilà, fait Richard, je pense à ceci. *Je pense à ce que je pourrais penser*, si, comme la dernière fois, après avoir passé la soirée en tête-à-tête avec

toi, tu me reconduisais chez moi, et si, au moment
de nous quitter, je constatais que les vingt mille
francs avaient disparu de la poche de mon habit...
comme la dernière fois.

— Et que pourrais-tu penser? s'exclama Moncharmin cramoisi.

— Je pourrais penser que, puisque tu ne m'as
pas quitté d'une semelle, et que, selon ton désir,
tu as été le seul à approcher de moi comme la
dernière fois, je pourrais penser que si ces vingt
mille francs ne sont plus dans ma poche, ils ont
bien des chances d'être dans la tienne! »

Moncharmin bondit sous l'hypothèse.

« *Oh!* s'écria-t-il, *une épingle de nourrice!*

— Que veux-tu faire d'un épingle de nourrice?

— T'attacher!... Une épingle de nourrice!... une
épingle de nourrice!

— Tu veux m'attacher avec une épingle de nourrice?

— Oui, t'attacher avec les vingt mille francs!...
Comme cela, que ce soit ici, ou dans le trajet d'ici
à ton domicile ou chez toi, tu sentiras bien la main
qui tirera ta poche... et tu verras si c'est la mienne,
Richard!... Ah! c'est toi qui me soupçonnes maintenant... Une épingle de nourrice! »

Et c'est dans ce moment que Moncharmin ouvrit
la porte du couloir en criant :

« Une épingle de nourrice! qui me donnera une
épingle de nourrice? »

Et nous savons aussi comment, dans le même

instant, le secrétaire Rémy, qui n'avait pas d'épingle de nourrice, fut reçu par le directeur Moncharmin, cependant qu'un garçon de bureau procurait à celui-ci l'épingle tant désirée.

Et voici ce qu'il advint :

Moncharmin, après avoir refermé la porte, s'agenouilla dans le dos de Richard.

« J'espère, dit-il, que les vingt mille francs sont toujours là?

— Moi aussi, fit Richard.

— Les vrais? demanda Moncharmin, qui était bien décidé cette fois à ne pas se laisser « rouler ».

— Regarde! Moi je ne veux pas les toucher », déclara Richard.

Moncharmin retira l'enveloppe de la poche de Richard et en tira les billets en tremblant car, cette fois, pour pouvoir constater fréquemment la présence des billets, ils n'avaient ni cacheté l'enveloppe ni même collé celle-ci. Il se rassura en constatant qu'ils étaient tous là, fort authentiques. Il les réunit dans la poche de la basque et les épingla avec grand soin.

Après quoi il s'assit derrière la basque qu'il ne quitta plus du regard, pendant que Richard, assis à son bureau, ne faisait pas un mouvement.

« Un peu de patience, Richard, commanda Moncharmin, nous n'en avons plus que pour quelques minutes... La pendule va bientôt sonner les douze coups de minuit. C'est aux douze coups de minuit que la dernière fois nous sommes partis.

— Oh! j'aurai toute la patience qu'il faudra! »

L'heure passait, lente, lourde, mystérieuse, étouffante. Richard essaya de rire.

« Je finirai par croire, fit-il, à la toute-puissance du fantôme. Et en ce moment, particulièrement, ne trouves-tu pas qu'il y a dans l'atmosphère de cette pièce un je ne sais quoi qui inquiète, qui indispose, qui effraie?

— C'est vrai, avoua Moncharmin, qui était réellement impressionné.

— Le fantôme! reprit Richard à voix basse et comme s'il craignait d'être entendu par d'invisibles oreilles... le fantôme! Si tout de même c'était un fantôme qui frappait naguère sur cette table les trois coups secs que nous avons fort bien entendus... qui y dépose les enveloppes magiques... qui parle dans la loge n° 5... qui tue Joseph Buquet... qui décroche le lustre... et qui nous vole! car enfin! car enfin! car enfin! Il n'y a que toi ici et moi!... et si les billets disparaissent sans que nous y soyons pour rien, ni toi, ni moi... il va bien falloir croire au fantôme... au fantôme... »

A ce moment, la pendule, sur la cheminée, fit entendre son déclenchement et le premier coup de minuit sonna.

Les deux directeurs frissonnèrent. Une angoisse les étreignait dont ils n'eussent pu dire la cause et qu'ils essayaient en vain de combattre. La sueur coulait sur leurs fronts. Et le douzième coup résonna singulièrement à leurs oreilles.

Quand la pendule se fut tue, ils poussèrent un soupir et se levèrent.

« Je crois que nous pouvons nous en aller, fit Moncharmin.

— Je le crois, obtempéra Richard.

— Avant de partir, tu permets que je regarde dans ta poche?

— Mais comment donc! Moncharmin! il le faut!

— Eh bien? demanda Richard à Moncharmin, qui tâtait.

— Eh bien, je sens toujours l'épingle.

— Evidemment, comme tu le disais fort bien, on ne peut plus nous voler sans que je m'en aperçoive. »

Mais Moncharmin, dont les mains étaient toujours occupées autour de la poche, hurla :

« *Je sens toujours l'épingle, mais je ne sens plus les billets.*

— Non! ne plaisante pas, Moncharmin!... Ça n'est pas le moment.

— Mais, tâte toi-même. »

D'un geste, Richard s'est défait de son habit. Les deux directeurs s'arrachent la poche!... *La poche est vide.*

Le plus curieux est que l'épingle est restée piquée à la même place.

Richard et Moncharmin pâlissaient. Il n'y avait plus à douter du sortilège.

« Le fantôme », murmure Moncharmin.

Mais Richard bondit soudain sur son collègue.

« Il n'y a que toi qui as touché à ma poche!... Rends-moi mes vingt mille francs!... Rends-moi mes vingt mille francs!...

— Sur mon âme, soupire Moncharmin qui semble prêt à se pâmer... je te jure que je ne les ai pas... »

Et comme on frappait encore à la porte, il alla l'ouvrir marchant d'un pas quasi automatique, semblant à peine reconnaître l'administrateur Mercier, échangeant avec lui des propos quelconques, ne comprenant rien à ce que l'autre lui disait; et déposant, d'un geste inconscient, dans la main de ce fidèle serviteur complètement ahuri, l'épingle de nourrice qui ne pouvait plus lui servir de rien..

XIX

LE COMMISSAIRE DE POLICE, LE VICOMTE
ET LE PERSAN

La première parole de M. le commissaire de police,
en pénétrant dans le bureau directorial, fut pour
demander des nouvelles de la chanteuse.

« Christine Daaé n'est pas ici? »

Il était suivi, comme je l'ai dit, d'une foule
compacte.

« Christine Daaé? Non, répondit Richard,
pourquoi? »

Quant à Moncharmin, il n'a plus la force de
prononcer un mot... Son état d'esprit est beaucoup
plus grave que celui de Richard, car Richard peut
encore soupçonner Moncharmin, mais Moncharmin, lui, se trouve en face du grand mystère... celui
qui fait frissonner l'humanité depuis sa naissance :
l'Inconnu.

Richard reprit. car la foule autour des directeurs
et du commissaire observait un impressionnant
silence :

« Pourquoi me demandez-vous, monsieur le commissaire, si Christine Daaé n'est pas ici?

— Parce qu'il faut qu'on la retrouve, messieurs les directeurs de l'Académie nationale de musique, déclare solennellement M. le commissaire de police.

— Comment! il faut qu'on la retrouve! Elle a donc disparu?

— En pleine représentation!

— En pleine représentation! C'est extraordinaire!

— N'est-ce pas? Et, ce qui est tout aussi extraordinaire que cette disparition, c'est que ce soit moi qui vous l'apprenne!

— En effet... », acquiesce Richard, qui se prend la tête dans les mains et murmure : « Quelle est cette nouvelle histoire? Oh! décidément, il y a de quoi donner sa démission!... »

Et il s'arrache quelques poils de sa moustache sans même s'en apercevoir :

« Alors, fait-il comme en un rêve..., elle a disparu en pleine représentation.

— Oui, elle a été enlevée à l'acte de la prison, dans le moment où elle invoquait l'aide du Ciel, mais je doute qu'elle ait été enlevée par les anges.

— Et moi j'en suis sûr! »

Tout le monde se retourne. Un jeune homme, pâle et tremblant d'émotion, répète :

« J'en suis sûr !

— Vous êtes sûr de quoi? interroge Mifroid.

— Que Christine Daaé a été enlevée par un

ange, monsieur le commissaire, et je pourrais vous dire son nom...

— Ah! ah! monsieur le vicomte de Chagny, vous prétendez que Mlle Christine Daaé a été enlevée par un ange, par un ange de l'Opéra, sans doute? »

Raoul regarde autour de lui. Evidemment, il cherche quelqu'un. A cette minute où il lui semble si nécessaire d'appeler à l'aide de sa fiancée le secours de la police, il ne serait pas fâché de revoir ce mystérieux inconnu qui, tout à l'heure, lui recommandait la discrétion. Mais il ne le découvre nulle part. Allons! il faut qu'il parle!... Il ne saurait toutefois s'expliquer devant cette foule qui le dévisage avec une curiosité indiscrète.

« Oui, monsieur, par un ange de l'Opéra, répondit-il à M. Mifroid, et je vous dirai où il habite quand nous serons seuls...

— Vous avez raison, monsieur. »

Et le commissaire de police, faisant asseoir Raoul près de lui, met tout le monde à la porte, excepté naturellement les directeurs, qui, cependant, n'eussent point protesté, tant ils paraissaient au-dessus de toutes les contingences.

Alors Raoul se décide :

« Monsieur le commissaire, cet ange s'appelle Erik, il habite l'Opéra et c'est *l'Ange de la musique!*

— *L'Ange de la musique!* En vérité!! Voilà qui est fort curieux!... *L'Ange de la musique!* »

Et, tourné vers les directeurs, M. le commissaire de police Mifroid demande :

« Messieurs, avez-vous cet ange-là chez vous? »

MM. Richard et Moncharmin secouèrent la tête sans même sourire.

« Oh! fit le vicomte, ces messieurs ont bien entendu parler du Fantôme de l'Opéra. Eh bien, je puis leur affirmer que le Fantôme de l'Opéra et l'Ange de la musique, c'est la même chose. Et son vrai nom est Erik. »

M. Mifroid s'était levé et regardait Raoul avec attention.

« Pardon, monsieur, est-ce que vous avez l'intention de vous moquer de la justice?

— Moi! » protesta Raoul, qui pensa douloureusement : « Encore un qui ne va pas vouloir m'entendre. »

« Alors, qu'est-ce que vous me chantez avec votre Fantôme de l'Opéra?

— Je dis que ces messieurs en ont entendu parler.

— Messieurs, il paraît que vous connaissez le Fantôme de l'Opéra? »

Richard se leva, les derniers poils de sa moustache dans la main.

« Non! monsieur le commissaire, non, nous ne le connaissons pas! mais nous voudrions bien le connaître! car, pas plus tard que ce soir, il nous a volé vingt mille francs!... »

Et Richard tourna vers Moncharmin un regard terrible qui semblait dire : « Rends-moi les vingt mille francs ou je dis tout. » Moncharmin le comprit si bien qu'il fit un geste éperdu : « Ah! dis tout! dis tout!... »

Quant à Mifroid, il regardait tour à tour les directeurs et Raoul et se demandait s'il ne s'était point égaré dans un asile d'aliénés. Il se passa la main dans les cheveux :

« Un fantôme, dit-il, qui, le même soir, enlève une chanteuse et vole vingt mille francs, est un fantôme bien occupé! Si vous le voulez bien, nous allons sérier les questions. La chanteuse d'abord, les vingt mille francs ensuite! Voyons, monsieur de Chagny, tâchons de parler sérieusement. Vous croyez que Mlle Christine Daaé a été enlevée par un individu nommé Erik. Vous le connaissez donc, cet individu? Vous l'avez vu?

— Oui, monsieur le commissaire.

— Où cela?

— Dans un cimetière. »

M. Mifroid sursauta, se reprit à contempler Raoul et dit :

« Evidemment!... c'est ordinairement là que l'on rencontre les fantômes. Et que faisiez-vous dans ce cimetière?

— Monsieur, dit Raoul, je me rends très bien compte de la bizarrerie de mes réponses et de l'effet qu'elles produisent sur vous. Mais je vous supplie de croire que j'ai toute ma raison. Il y va du salut de la personne qui m'est la plus chère au monde avec mon frère bien-aimé Philippe. Je voudrais vous convaincre en quelques mots, car l'heure presse et les minutes sont précieuses. Malheureusement, si je ne vous raconte point la plus étrange histoire qui soit, par le commencement, vous ne me croirez point. Je vais vous dire, monsieur le commissaire, tout ce que je sais sur le Fantôme de l'Opéra. Hélas! monsieur le commissaire, je ne sais pas grand-chose...

— Dites toujours! Dites toujours! » s'exclamèrent Richard et Moncharmin subitement très inté-ressés; malheureusement pour l'espoir qu'ils avaient conçu un instant d'apprendre quelque .détail sus-ceptible de les mettre sur la trace de leur mystifi-cateur, ils durent bientôt se rendre à cette triste évi-dence que M. Raoul de Chagny avait complète-ment perdu la tête. Toute cette histoire de Perros-Guirec, de têtes de mort, de violon enchanté, ne pouvait avoir pris naissance que dans la cervelle détraquée d'un amoureux.

Il était visible, du reste, que M. le commissaire Mifroid partageait de plus en plus cette manière de voir, et certainement le magistrat eût mis fin à ces propos désordonnés, dont nous avons donné un aperçu dans la première partie de ce récit, si les circonstances, elles-mêmes, ne s'étaient chargées de les interrompre.

La porte venait de s'ouvrir et un individu sin-gulièrement vêtu d'une vaste redingote noire et coiffé d'un chapeau haut de forme à la fois râpé et luisant, qui lui entrait jusqu'aux deux oreilles, fit son entrée. Il courut au commissaire et lui parla à voix basse. C'était quelque agent de la Sûreté sans doute qui venait rendre compte d'une mission pressée.

Pendant ce colloque, M. Mifroid ne quittait point Raoul des yeux.

Et enfin, s'adressant à lui, il dit :

« Monsieur, c'est assez parlé du fantôme. Nous allons parler un peu de vous, si vous n'y voyez aucun inconvénient; vous deviez enlever ce soir Mlle Christine Daaé?

— Oui, monsieur le commissaire.

— A la sortie du théâtre?

— Oui, monsieur le commissaire.

— Toutes vos dispositions étaient prises pour cela?

— Oui, monsieur le commissaire.

— La voiture qui vous a amené devait vous emporter tous les deux. Le cocher était prévenu... son itinéraire était tracé à l'avance... Mieux! Il devait trouver à chaque étape des chevaux tout frais...

— C'est vrai, monsieur le commissaire.

— Et cependant, votre voiture est toujours là, attendant vos ordres, du côté de la Rotonde, n'est-ce pas?

— Oui, monsieur le commissaire.

— Saviez-vous qu'il y avait, à côté de la vôtre, trois autres voitures?

— Je n'y ai point prêté la moindre attention...

— C'étaient celles de Mlle Sorelli, laquelle

n'avait point trouvé de place dans la cour de l'administration; de la Carlotta et de votre frère, M. le comte de Chagny...

— C'est possible...

— Ce qui est certain, en revanche... c'est que, si votre propre équipage, celui de la Sorelli et celui de la Carlotta sont toujours à leur place, au long du trottoir de la Rotonde... celui de M. le comte de Chagny ne s'y trouve plus...

— Ceci n'a rien à voir, monsieur le commissaire...

— Pardon! M. le comte n'était-il pas opposé à votre mariage avec Mlle Daaé?

— Ceci ne saurait regarder que la famille.

— Vous m'avez répondu... il y était opposé... et c'est pourquoi vous enleviez Christine Daaé, loin des entreprises possibles de monsieur votre frère... Eh bien, monsieur de Chagny, permettez-moi de vous apprendre que votre frère a été plus prompt que vous!... C'est lui qui a enlevé Christine Daaé!

— Oh! gémit Raoul, en portant la main à son cœur, ce n'est pas possible... Vous êtes sûr de cela?

— Aussitôt après la disparition de l'artiste qui a été organisée avec des complicités qui nous resteront à établir, il s'est jeté dans sa voiture qui a fourni une course furibonde à travers Paris.

— A travers Paris? râla le pauvre Raoul... Qu'entendez-vous par à travers Paris?

— Et hors de Paris...

— Hors de Paris... quelle route?

— La route de Bruxelles. »

Un cri rauque s'échappe de la bouche du malheureux jeune homme.

« Oh! s'écrie-t-il, je jure bien que je les rattraperai. »

Et, en deux bonds, il fut hors du bureau.

« Et ramenez-nous-la, crie joyeusement le commissaire... Hein? Voilà un tuyau qui vaut bien celui de l'Ange de la musique! »

Sur quoi M. Mifroid se retourne sur son auditoire stupéfait et lui administre ce petit cours de police honnête mais nullement puéril :

« Je ne sais point du tout si c'est réellement M. le comte de Chagny qui a enlevé Christine Daaé... mais j'ai besoin de le savoir et je ne crois point qu'à cette heure nul mieux que le vicomte son frère ne désire me renseigner... En ce moment, il court, il vole! Il est mon principal auxiliaire! Tel est, messieurs, l'art que l'on croit si compliqué, de la police, et qui apparaît cependant si simple dès que l'on a découvert qu'il doit consister à faire faire cette police surtout par des gens qui n'en sont pas! »

Mais monsieur le commissaire de police Mifroid n'eût peut-être pas été si content de lui-même, s'il avait su que la course de son rapide messager avait été arrêtée dès l'entrée de celui-ci dans le premier corridor, vide cependant de la foule des curieux que l'on avait dispersée. Le corridor paraissait désert.

Cependant Raoul s'était vu barrer le chemin par une grande ombre.

« Où allez-vous si vite, monsieur de Chagny? » avait demandé l'ombre.

Raoul, impatienté, avait levé la tête et reconnu le bonnet d'astrakan de tout à l'heure. Il s'arrêta.

« C'est encore vous! s'écria-t-il d'une voix fébrile, vous qui connaissez les secrets d'Erik et qui ne voulez pas que j'en parle. Et qui donc êtes-vous?

— Vous le savez bien!... Je suis le Persan! » fit l'ombre.

XX

LE VICOMTE ET LE PERSAN

RAOUL se rappela alors que son frère, un soir de spectacle, lui avait montré ce vague personnage dont on ignorait tout, une fois qu'on avait dit de lui qu'il était un Persan, et qu'il habitait un vieux petit appartement dans la rue de Rivoli.

L'homme au teint d'ébène, aux yeux de jade, au bonnet d'astrakan, se pencha sur Raoul.

« J'espère, monsieur de Chagny, que vous n'avez point trahi le secret d'Erik?

— Et pourquoi donc aurais-je hésité à trahir ce monstre, monsieur? repartit Raoul avec hauteur, en essayant de se délivrer de l'importun. Est-il donc votre ami?

— J'espère que vous n'avez rien dit d'Erik, monsieur, parce que le secret d'Erik est celui de Christine Daaé! Et que parler de l'un, c'est parler de l'autre!

— Oh! monsieur! fit Raoul de plus en plus impatient, vous paraissez au courant de bien des choses qui m'intéressent, et cependant je n'ai pas le temps de vous entendre!

— Encore une fois, monsieur de Chagny, où allez-vous si vite?

— Ne le devinez-vous pas? Au secours de Christine Daaé...

— Alors, monsieur, restez ici!... car Christine Daaé est ici!...

— Avec Erik?

— Avec Erik!

— Comment le savez-vous?

— J'étais à la représentation, et il n'y a qu'un Erik au monde pour machiner un pareil enlèvement!... Oh! fit-il avec un profond soupir, j'ai reconnu la main du monstre!...

— Vous le connaissez donc? »

Le Persan ne répondit pas, mais Raoul entendit un nouveau soupir.

« Monsieur! dit Raoul, j'ignore quelles sont vos intentions... mais pouvez-vous quelque chose pour moi?... je veux dire pour Christine Daaé?

— Je le crois, monsieur de Chagny, et voilà pourquoi je vous ai abordé.

— Que pouvez-vous?

— Essayer de vous conduire auprès d'elle... et auprès de lui!

— Monsieur! c'est une entreprise que j'ai déjà vainement tentée ce soir... mais si vous me rendez un service pareil, ma vie vous appartient!... Monsieur, encore un mot : le commissaire de police

vient de m'apprendre que Christine Daaé avait été
enlevée par mon frère, le comte Philippe...

— Oh! monsieur de Chagny, moi je n'en crois
rien...

— Cela n'est pas possible, n'est-ce pas?

— Je ne sais pas si cela est possible, mais il y a
façon d'enlever et M. le comte Philippe, que je
sache, *n'a jamais travaillé dans la féerie.*

— Vos arguments sont frappants, monsieur, et
je ne suis qu'un fou!... Oh! monsieur! courons!
courons! Je m'en remets entièrement à vous!...
Comment ne vous croirais-je pas quand nul autre
que vous ne me croit? Quand vous êtes le seul à
ne pas sourire quand on prononce le nom d'Erik! »

Disant cela, le jeune homme, dont les mains brûlaient de fièvre, avait, dans un geste spontané, pris
les mains du Persan. Elles étaient glacées.

« Silence! fit le Persan en s'arrêtant et en écoutant les bruits lointains du théâtre et les moindres
craquements qui se produisaient dans les murs et
dans les couloirs voisins. Ne prononçons plus ce
mot-là ici. Disons : *Il;* nous aurons moins de
chances d'attirer son attention...

— Vous le croyez donc bien près de nous?

— Tout est possible, monsieur... s'il n'est pas,
en ce moment, avec sa victime, *dans la demeure du
Lac.*

— Ah! vous aussi, vous connaissez cette demeure?

— ...S'il n'est pas dans cette demeure, il peut
être dans ce mur, dans ce plancher, dans ce pla-

fond! Que sais-je?... L'œil dans cette serrure!... L'oreille dans cette poutre!... » Et le Persan, en le priant d'assourdir le bruit de ses pas, entraîna Raoul dans des couloirs que le jeune homme n'avait jamais vus, même au temps où Christine le promenait dans ce labyrinthe.

« Pourvu, fit le Persan, pourvu que Darius soit arrivé!

— Qui est-ce, Darius? interrogea encore le jeune homme en courant.

— Darius! c'est mon domestique... »

Ils étaient en ce moment au centre d'une véritable place déserte, pièce immense qu'éclairait mal un lumignon. Le Persan arrêta Raoul et, tout bas, si bas que Raoul avait peine à l'entendre, il lui demanda :

« Qu'est-ce que vous avez dit au commissaire?

— Je lui ai dit que le voleur de Christine Daaé était l'Ange de la musique, dit le Fantôme de l'Opéra, et que son véritable nom était...

— Pshutt!... Et le commissaire vous a cru?

— Non.

— Il n'a point attaché à ce que vous disiez quelque importance?

— Aucune!

— Il vous a pris un peu pour un fou?

— Oui.

— Tant mieux! » soupira le Persan.

Et la course recommença.

Après avoir monté et descendu plusieurs escaliers inconnus de Raoul, les deux hommes se trouvèrent en face d'une porte que le Persan ouvrit
avec un petit passe-partout qu'il tira d'une poche
de son gilet. Le Persan, comme Raoul, était naturellement en habit. Seulement, si Raoul avait un
chapeau haute forme, le Persan avait un bonnet
d'astrakan, ainsi que je l'ai déjà fait remarquer.
C'était un accroc au code d'élégance qui régissait
les coulisses où le chapeau haute forme est exigé,
mais il est entendu qu'en France on permet tout
aux étrangers : la casquette de voyage aux Anglais,
le bonnet d'astrakan aux Persans.

« Monsieur, dit le Persan, votre chapeau haute
forme va vous gêner pour l'expédition que nous
projetons... Vous feriez bien de le laisser dans la
loge...

— Quelle loge? demanda Raoul.

— Mais celle de Christine Daaé! »

Et le Persan, ayant fait passer Raoul par la porte
qu'il venait d'ouvrir, lui montra, en face, la loge
de l'actrice.

Raoul ignorait qu'on pût venir chez Christine
par un autre chemin que celui qu'il suivait ordinairement. Il se trouvait alors à l'extrémité du couloir qu'il avait l'habitude de parcourir en entier
avant de frapper à la porte de la loge.

« Oh! monsieur, vous connaissez bien l'Opéra!

— Moins bien que *lui!* » fit modestement le Persan.

Et il poussa le jeune homme dans la loge de Christine.

Elle était telle que Raoul l'avait laissée quelques instants auparavant.

Le Persan, après avoir refermé la porte, se dirigea vers le panneau très mince qui séparait la loge d'un vaste cabinet de débarras qui y faisait suite. Il écouta, puis, fortement, toussa.

Aussitôt on entendit remuer dans le cabinet de débarras et, quelques secondes plus tard, on frappait à la porte de la loge.

« Entre! » dit le Persan.

Un homme entra, coiffé lui aussi d'un bonnet d'astrakan et vêtu d'une longue houppelande.

Il salua et tira de sous son manteau une boîte richement ciselée. Il la déposa sur la table de toilette, resalua et se dirigea vers la porte.

« Personne ne t'a vu entrer, Darius?

— Non, maître.

— Que personne ne te voie sortir. »

Le domestique risqua un coup d'œil dans le corridor, et, prestement, disparut.

« Monsieur, fit Raoul, je pense à une chose, c'est qu'on peut très bien nous surprendre ici, et cela évidemment nous gênerait. Le commissaire ne saurait tarder à venir perquisitionner dans cette loge.

— Bah! ce n'est pas le commissaire qu'il faut craindre. »

Le Persan avait ouvert la boîte. Il s'y trouvait

une paire de longs pistolets, d'un dessin et d'un ornement magnifiques.

« Aussitôt après l'enlèvement de Christine Daaé, j'ai fait prévenir mon domestique d'avoir à m'apporter ces armes, monsieur. Je les connais depuis longtemps, il n'en est point de plus sûres.

— Vous voulez vous battre en duel? » interrogea le jeune homme, surpris de l'arrivée de cet arsenal.

« C'est bien, en effet, à un duel que nous allons, monsieur, répondit l'autre en examinant l'amorce de ses pistolets. Et quel duel! »

Sur quoi il tendit un pistolet à Raoul et lui dit encore :

« Dans ce duel, nous serons deux contre un : mais soyez prêt à tout, monsieur, car je ne vous cache pas que nous allons avoir affaire au plus terrible adversaire qu'il soit possible d'imaginer. Mais vous aimez Christine Daaé, n'est-ce pas?

— Si je l'aime, monsieur! Mais vous, qui ne l'aimez pas, m'expliquerez-vous pourquoi je vous trouve prêt à risquer votre vie pour elle!... Vous haïssez certainement Erik!

— Non, monsieur, dit tristement le Persan, je ne le hais pas. Si je le haïssais, il y a longtemps qu'il ne ferait plus de mal.

— Il vous a fait du mal à vous?...

— Le mal qu'il m'a fait à moi, je le lui ai pardonné.

— C'est tout à fait extraordinaire, reprit le jeune homme, de vous entendre parler de cet homme! Vous le traitez de monstre, vous parlez de ses crimes, il vous a fait du mal et je retrouve chez vous cette pitié inouïe qui me désespérait chez Christine elle-même!... »

Le Persan ne répondit pas. Il était allé prendre un tabouret et l'avait apporté contre le mur opposé à la grande glace qui tenait tout le pan d'en face. Puis il était monté sur le tabouret et, le nez sur le papier dont le mur était tapissé, il semblait chercher quelque chose.

« Eh bien, monsieur! fit Raoul, qui bouillait d'impatience. Je vous attends. Allons!

— Allons où? demanda l'autre sans détourner la tête.

— Mais au-devant du monstre! Descendons! Ne m'avez-vous point dit que vous en aviez le moyen?

— Je le cherche. »

Et le nez du Persan se promena encore tout le long de la muraille.

« Ah! fit tout à coup l'homme au bonnet, c'est là! » Et son doigt, au-dessus de sa tête, appuya sur un coin du dessin du papier.

Puis il se retourna et se jeta à bas du tabouret.

« Dans une demi-minute, dit-il, nous serons *sur son chemin!* »

Et, traversant toute la loge, il alla tâter la grande glace.

« Non! Elle ne cède pas encore... murmura-t-il.

— Oh! nous allons sortir par la glace, fit Raoul!... Comme Christine!...

— Vous saviez donc que Christine Daaé était sortie par cette glace?

— Devant moi, monsieur!... J'étais caché là sous le rideau du cabinet de toilette et je l'ai vue disparaître, non point par la glace, mais dans la glace!

— Et qu'est-ce que vous avez fait?

— J'ai cru, monsieur, à une aberration de mes sens! à la folie! à un rêve!

— A quelque nouvelle fantaisie du fantôme, ricana le Persan... Ah! monsieur de Chagny, continua-t-il en tenant toujours sa main sur la glace... plût au Ciel que nous eussions affaire à un fantôme! Nous pourrions laisser dans leur boîte notre paire de pistolets!... Déposez votre chapeau, je vous prie... là... et maintenant refermez votre habit le plus que vous pourrez sur votre plastron... comme moi... rabaissez les revers... relevez le col... nous devons nous faire aussi invisibles que possible... »

Il ajouta encore, après un court silence, et en pesant sur la glace :

« Le déclenchement du contrepoids, quand on agit sur le ressort à l'intérieur de la loge, est un peu lent à produire son effet. Il n'en est point de même quand on est derrière le mur et qu'on peut agir directement sur le contrepoids. Alors, la glace tourne, instantanément, et est emportée avec une rapidité folle...

— Quel contrepoids? demanda Raoul.

— Eh bien, mais, celui qui fait se soulever tout ce pan de mur sur son pivot! Vous pensez bien qu'il ne se déplace pas tout seul, par enchantement! »

Et le Persan, attirant d'une main Raoul, tout contre lui, appuyait toujours de l'autre (de celle qui tenait le pistolet) contre la glace.

« Vous allez voir, tout à l'heure, si vous y faites bien attention, la glace se soulever de quelques millimètres et puis se déplacer de quelques autres millimètres de gauche à droite. Elle sera alors sur un pivot, et elle tournera. On ne saura jamais ce qu'on peut faire avec un contrepoids! Un enfant peut, de son petit doigt, faire tourner une maison... quand un pan de mur, si lourd soit-il, est amené par le contrepoids sur son pivot, bien en équilibre, il ne pèse pas plus qu'une toupie sur sa pointe.

— Ça ne tourne pas! fit Raoul, impatient.

— Eh! attendez donc! Vous avez le temps de vous impatienter, monsieur! La mécanique, évidemment, est rouillée ou le ressort ne marche plus. »

Le front du Persan devint soucieux.

« Et puis, dit-il, il peut y avoir autre chose.

— Quoi donc, monsieur!

— Il a peut-être tout simplement coupé la corde du contrepoids et immobilisé tout le système...

— Pourquoi? Il ignore que nous allons descendre par là?

— Il s'en doute peut-être, car il n'ignore pas que je connais le système.

— C'est lui qui vous l'a montré?

— Non! j'ai cherché derrière lui, et derrière ses disparitions mystérieuses, et j'ai trouvé. Oh! c'est le système le plus simple des portes secrètes! c'est une mécanique vieille comme les palais sacrés de Thèbes aux cent portes, comme la salle du trône d'Ecbatane, comme la salle du trépied à Delphes.

— Ça ne tourne pas!... Et Christine, monsieur!... Christine!... »

Le Persan dit froidement :

« Nous ferons tout ce qu'il est humainement possible de faire!... mais il peut, lui, nous arrêter dès les premiers pas!

— Il est donc le maître de ces murs?

— Il commande aux murs, aux portes, aux trappes. Chez nous, on l'appelait d'un nom qui signifie : l'*amateur de trappes*.

— C'est bien ainsi que Christine m'en avait parlé... avec le même mystère et en lui accordant la même redoutable puissance?... Mais tout ceci me paraît bien extraordinaire!... Pourquoi ces murs lui obéissent-ils, à lui seul? Il ne les a pas construits?

— Si, monsieur! »

Et comme Raoul le regardait, interloqué, le Persan lui fit signe de se taire, puis son geste lui montra la glace... Ce fut comme un tremblant reflet. Leur double image se troubla comme dans une onde frissonnante, et puis tout redevint immobile.

« Vous voyez bien, monsieur, que ça ne tourne pas! Prenons un autre chemin!

— Ce soir, il n'y en a pas d'autres! déclara le

Persan, d'une voix singulièrement lugubre... Et maintenant, attention! et tenez-vous prêt à tirer! »

Il dressa lui-même son pistolet en face de la glace. Raoul imita son geste. Le Persan attira de son bras resté libre le jeune homme jusque sur sa poitrine, et soudain la glace tourna dans un éblouissement, un croisement de feux aveuglant; elle tourna, telle l'une de ces portes roulantes à compartiments qui s'ouvrent maintenant sur les salles publiques... elle tourna, emportant Raoul et le Persan dans son mouvement irrésistible et les jetant brusquement de la pleine lumière à la plus profonde obscurité.

XXI

DANS LES DESSOUS DE L'OPÉRA

« La main haute, prête à tirer! » répéta hâtive
ment le compagnon de Raoul.

Derrière eux, le mur, continuant à faire un tour
complet sur lui-même, s'était refermé.

Les deux hommes restèrent quelques instants
immobiles, retenant leur respiration.

Dans ces ténèbres régnait un silence que rien
ne venait troubler.

Enfin, le Persan se décida à faire un mouvement,
et Raoul l'entendit qui glissait à genoux, cherchant
quelque chose dans la nuit, de ses mains tâton-
nantes.

Soudain, devant le jeune homme, les ténèbres
s'éclairèrent prudemment au feu d'une petite lanterne sourde, et Raoul eut un recul instinctif
comme pour échapper à l'investigation d'un secret
ennemi. Mais il comprit aussitôt que ce feu appartenait au Persan, dont il suivait tous les gestes. Le
petit disque rouge se promenait sur les parois, en
haut, en bas, tout autour d'eux, méticuleusement.

Ces parois étaient formées, à droite d'un mur, à gauche d'une cloison en planches, au-dessus et au-dessous des planchers. Et Raoul se disait que Christine avait passé par là le jour où elle avait suivi la voix de l'*Ange de la musique*. Ce devait être là le chemin accoutumé d'Erik quand il venait à travers les murs surprendre la bonne foi et intriguer l'innocence de Christine. Et Raoul qui se rappelait les propos du Persan, pensa que ce chemin avait été mystérieusement établi par les soins du Fantôme lui-même. Or, il devait apprendre plus tard qu'Erik avait trouvé là, tout préparé pour lui, un corridor secret dont longtemps il était resté le seul à connaître l'existence. Ce corridor avait été créé lors de la Commune de Paris pour permettre aux geôliers de conduire directement leurs prisonniers aux cachots que l'on avait construits dans les caves, car les fédérés avaient occupé le bâtiment aussitôt après le 18 mars et en avaient fait tout en haut un point de départ pour les mongolfières chargées d'aller porter dans les départements leurs proclamations incendiaires, et, tout en bas, une prison d'Etat.

Le Persan s'était mis à genoux et avait déposé par terre sa lanterne. Il semblait occupé à une rapide besogne dans le plancher et, tout à coup, il voila sa lumière.

Alors Raoul entendit un léger déclic et aperçut dans le plancher du corridor un carré lumineux très pâle. C'était comme si une fenêtre venait de s'ouvrir sur les dessous encore éclairés de l'Opéra.

Raoul ne voyait plus le Persan, mais il le sentit soudain à son côté et il entendit son souffle.

« Suivez-moi, et faites tout ce que je ferai. »

Raoul fut dirigé vers la lucarne lumineuse. Alors, il vit le Persan qui s'agenouillait encore et qui, se suspendant par les mains à la lucarne, se laissait glisser dans les dessous. Le Persan tenait alors son pistolet entre les dents.

Chose curieuse, le vicomte avait pleinement confiance dans le Persan. Malgré qu'il ignorât tout de lui, et que la plupart de ses propos n'eussent fait qu'augmenter l'obscurité de cette aventure, il n'hésitait point à croire que, dans cette heure décisive, le Persan était avec lui contre Erik. Son émotion lui avait paru sincère quand il lui avait parlé du « monstre »; l'intérêt qu'il lui avait montré ne lui semblait point suspect. Enfin, si le Persan avait nourri quelque sinistre projet contre Raoul, il n'eût pas armé celui-ci de ses propres mains. Et puis, pour tout dire, ne fallait-il point arriver, coûte que coûte, auprès de Christine? Raoul n'avait pas le choix des moyens. S'il avait hésité, même avec des doutes sur les intentions du Persan, le jeune homme se fût considéré comme le dernier des lâches.

Raoul, à son tour, s'agenouilla et se suspendit à la trappe, des deux mains. « Lâchez tout! » entendit-il, et il tomba dans les bras du Persan qui lui ordonna aussitôt de se jeter à plat ventre, referma au-dessus de leurs têtes la trappe, sans que Raoul pût voir par quel stratagème, et vint se coucher au côté du vicomte. Celui-ci voulut lui poser une question, mais la main du Persan s'appuya sur sa bouche et aussitôt il entendit une voix qu'il reconnut pour être celle du commissaire de police qui tout à l'heure l'avait interrogé.

Raoul et le Persan se trouvaient alors tous deux derrière un cloisonnement qui les dissimulait parfaitement. Près de là, un étroit escalier montait à une petite pièce, dans laquelle le commissaire devait se promener en posant des questions, car on entendait le bruit de ses pas en même temps que celui de sa voix.

La lumière qui entourait les objets était bien faible, mais, en sortant de cette obscurité épaisse qui régnait dans le couloir secret du haut, Raoul n'eut point de peine à distinguer la forme des choses.

Et il ne put retenir une sourde exclamation, car il y avait là trois cadavres.

Le premier était étendu sur l'étroit palier du petit escalier qui montait jusqu'à la porte derrière laquelle on entendait le commissaire ; les deux autres avaient roulé au bas de cet escalier, les bras en croix. Raoul, en passant ses doigts à travers le cloisonnement qui le cachait, eût pu toucher la main de l'un de ces malheureux.

« Silence! » fit encore le Persan dans un souffle.

Lui aussi avait vu les corps étendus et il eut un mot pour tout expliquer :

« *Lui!* »

La voix du commissaire se faisait alors entendre avec plus d'éclat. Il réclamait des explications sur le système d'éclairage, que le régisseur lui donnait. Le commissaire devait donc se trouver dans le « jeu d'orgue » ou dans ses dépendances. Contrairement à ce que l'on pourrait croire, surtout quand il s'agit d'un théâtre d'opéra, le « jeu d'orgue » n'est nullement destiné à faire de la musique.

A cette époque, l'électricité n'était employée que pour certains effets scéniques très restreints et pour les sonneries. L'immense bâtiment et la scène elle-même étaient encore éclairés au gaz et c'était toujours avec le gaz hydrogène qu'on réglait et modifiait l'éclairage d'un décor, et cela au moyen d'un appareil spécial auquel la multiplicité de ses tuyaux a fait donner le nom de « *jeu d'orgue* ».

Une niche était réservée à côté du trou du souffleur, au chef d'éclairage qui, de là, donnait ses ordres à ses employés et en surveillait l'exécution. C'est dans cette niche que, à toutes les représentations, se tenait Mauclair.

Or, Mauclair n'était point dans sa niche et ses employés n'étaient point à leur place.

« Mauclair! Mauclair! »

La voix du régisseur résonnait maintenant dans les dessous comme dans un tambour. Mais Mauclair ne répondait pas.

Nous avons dit qu'une porte ouvrait sur un petit escalier qui montait du deuxième dessous. Le commissaire la poussa, mais elle résista : « Tiens! Tiens!

fit-il... Voyez donc, monsieur le régisseur, je ne peux pas ouvrir cette porte.. est-elle toujours aussi difficile? »

Le régisseur, d'un vigoureux coup d'épaule, poussa la porte. Il s'aperçut qu'il poussait en même temps un corps humain et ne put retenir une exclamation : ce corps, il le reconnut tout de suite :

« Mauclair! »

Tous les personnages qui avaient suivi le commissaire dans cette visite au jeu d'orgue s'avancèrent, inquiets.

« Le malheureux! Il est mort », gémit le régisseur.

Mais M. le commissaire Mifroid, que rien ne surprend, était déjà penché sur ce grand corps.

« Non, fit-il, il est ivre mort! ça n'est pas la même chose.

— Ce serait la première fois, déclara le régisseur.

— Alors, on lui a fait prendre un narcotique... C'est bien possible. »

Mifroid se releva, descendit encore quelques marches et s'écria :

« Regardez! »

A la lueur d'un petit fanal rouge, au bas de l'escalier, deux autres corps étaient étendus. Le régisseur reconnut les aides de Mauclair... Mifroid descendit, les ausculta.

« Ils dorment profondément, dit-il. Très curieuse affaire! Nous ne pouvons plus douter de l'interven-

tion d'un inconnu dans le service de l'éclairage... et
cet inconnu travaillait évidemment pour le ravis-
seur!... Mais quelle drôle d'idée de ravir une artiste
en scène!... C'est jouer la difficulté, cela, ou je ne
m'y connais pas! Qu'on aille me chercher le médecin du théâtre. »

Et M. Mifroid répéta :

« Curieuse! très curieuse affaire! »

Puis il se tourna vers l'intérieur de la petite
pièce, s'adressant à des personnes que, de l'endroit
où ils se trouvaient, ni Raoul ni le Persan ne pouvaient apercevoir.

« Que dites-vous de tout ceci, messieurs? demanda-t-il. Il n'y a que vous qui ne donnez point votre
avis. Vous devez bien avoir cependant une petite
opinion... »

Alors, au-dessus du palier, Raoul et le Persan
virent s'avancer les deux figures effarées de MM. les
directeurs, — on ne voyait que leurs figures au-
dessus du palier — et ils entendirent la voix émue
de Moncharmin :

« Il se passe ici, monsieur le commissaire, des
choses que nous ne pouvons nous expliquer. »

Et les deux figures disparurent.

« Merci du renseignement, messieurs », fit
Mifroid, goguenard.

Mais le régisseur, dont le menton reposait alors
dans le creux de la main droite, ce qui est le geste
de la réflexion profonde, dit :

« Ce n'est point la première fois que Mauclair

s'endort au théâtre. Je me rappelle l'avoir trouvé un soir, ronflant dans sa petite niche, à côté de sa tabatière.

— Il y a longtemps de cela? » demanda M. Mifroid, en essuyant avec un soin méticuleux les verres de son lorgnon, car, M. le commissaire était myope, ainsi qu'il arrive aux plus beaux yeux du monde.

« Mon Dieu!... fit le régisseur... non, il n'y a pas bien longtemps... Tenez!... C'était le soir... Ma foi oui... c'était le soir où la Carlotta, vous savez bien, monsieur le commissaire, a lancé son fameux couac!...

— Vraiment, le soir où la Carlotta a lancé son fameux couac? »

Et M. Mifroid ayant remis sur son nez le binocle aux glaces transparentes, fixa attentivement le régisseur, comme s'il voulait pénétrer sa pensée.

« Mauclair prise donc?... demanda-t-il d'un ton négligent.

— Mais oui, monsieur le commissaire... Tenez, voici justement sur cette planchette sa tabatière... Oh! c'est un grand priseur.

— Et moi aussi! » fit M. Mifroid, et il mit la tabatière dans sa poche.

Raoul et le Persan assistèrent, sans que nul soupçonnât leur présence, au transport des trois corps que des machinistes vinrent enlever. Le commissaire les suivit et tout le monde derrière lui, remonta. On entendit, quelques instants encore, leurs pas qui résonnaient sur le plateau.

Quand ils furent seuls, le Persan fit signe à Raoul de se soulever. Celui-ci obéit; mais comme, en même temps, il n'avait point replacé la main haute devant les yeux, prête à tirer, ainsi que le Persan ne manquait pas de le faire, celui-ci lui recommanda de prendre à nouveau cette position et de ne point s'en départir, quoi qu'il arrivât.

« Mais cela fatigue la main inutilement! murmura Raoul, et si je tire, je ne serai plus sûr de moi!

— Changez votre arme de main, alors! concéda le Persan.

— Je ne sais pas tirer de la main gauche! »

A quoi le Persan répondit par cette déclaration bizarre, qui n'était point faite évidemment pour éclaircir la situation dans le cerveau bouleversé du jeune homme :

« *Il ne s'agit point de tirer de la main gauche ou de la main droite; il s'agit d'avoir l'une de vos mains placée comme si elle allait faire jouer la gâchette d'un pistolet, le bras étant à demi replié; quant au pistolet en lui-même, après tout, vous pouvez le mettre dans votre poche.* »

Et il ajouta :

« Que ceci soit entendu, ou je ne réponds plus de rien! C'est une question de vie ou de mort. Maintenant, silence et suivez-moi! »

Ils se trouvaient alors dans le deuxième dessous; Raoul ne faisait qu'entrevoir à la lueur de quelques lumignons immobiles, çà et là, dans leurs prisons de verre, une infime partie de cet abîme extravagant, sublime et enfantin, amusant comme une boîte de Guignol, effrayant comme un gouffre, que sont les dessous de la scène à l'Opéra.

Ils sont formidables et au nombre de cinq. Ils reproduisent tous les plans de la scène, ses trappes et ses trappillons. Les costières seules y sont remplacées par des rails. Des charpentes transversales supportent trappes et trappillons. Des poteaux, reposant sur des dés de fonte ou de pierre, de sablières ou « chapeaux de forme », forment des séries de fermes qui permettent de laisser un libre passage aux « gloires » et autres combinaisons ou trucs. On donne à ces appareils une certaine stabilité en les reliant au moyen de crochets de fer et suivant les besoins du moment. Les treuils, les tambours, les contrepoids sont généreusement distribués dans les dessous. Ils servent à manœuvrer les grands décors, à opérer les changements à vue, à provoquer la disparition subite des personnages de féerie. C'est des dessous, ont dit MM. X., Y., Z., qui ont consacré à l'œuvre de Garnier une étude si intéressante, c'est des dessous qu'on transforme les cacochymes en beaux cavaliers, les sorcières hideuses en fées radieuses de jeunesse. Satan vient des dessous, de même qu'il s'y enfonce. Les lumières de l'enfer s'en échappent, les chœurs des démons y prennent place.

... Et les fantômes s'y promènent comme chez eux...

Raoul suivait le Persan, obéissant à la lettre à ses recommandations, n'essayant point de comprendre les gestes qu'il lui ordonnait... se disant qu'il n'avait plus d'espoir qu'en lui.

... Qu'eût-il fait sans son compagnon dans cet effarant dédale?

N'eût-il point été arrêté à chaque pas, par l'entrecroisement prodigieux des poutres et des cordages? Ne se serait-il point pris, à ne pouvoir s'en dépêtrer, dans cette toile d'araignée gigantesque?

Et s'il avait pu passer à travers ce réseau de fils et de contrepoids sans cesse renaissant devant lui, ne courait-il point le risque de tomber dans l'un de ces trous qui s'ouvraient par instants sous ses pas et dont l'œil n'apercevait point le fond de ténèbres!

... Ils descendaient... Ils descendaient encore...

Maintenant, ils étaient dans le troisième dessous.

Et leur marche était toujours éclairée par quelque lumignon lointain...

Plus l'on descendait et plus le Persan semblait prendre de précautions... Il ne cessait de se retourner vers Raoul et de lui recommander de se tenir comme il le fallait, en lui montrant la façon dont il tenait lui-même son poing, maintenant désarmé, mais toujours prêt à tirer comme s'il avait eu un pistolet.

Tout à coup une voix retentissante les cloua sur place. Quelqu'un, au-dessus d'eux, hurlait.

« Sur le plateau tous les « fermeurs de portes »! Le commissaire de police les demande. »

... On entendit des pas, et des ombres glissèrent dans l'ombre. Le Persan avait attiré Raoul derrière un portant.. Ils virent passer près d'eux, au-dessus d'eux, des vieillards courbés par les ans et le fardeau ancien des décors d'opéra. Certains pouvaient à peine se traîner...; d'autres, par habitude, l'échine basse et les mains en avant, cherchaient des portes à fermer.

Car c'étaient les fermeurs de portes... Les anciens machinistes épuisés et dont une charitable direction avait eu pitié. Elle les avait faits fermeurs de portes dans les dessous, dans les dessus. Ils allaient et venaient sans cesse du haut en bas de la scène pour fermer les portes — et ils étaient aussi appelés en ce temps-là, car depuis, je crois bien qu'ils sont tous morts : « les chasseurs de courants d'air. »

Les courants d'air, d'où qu'ils viennent, sont très mauvais pour la voix (1).

Le Persan et Raoul se félicitèrent en *a parte* de cet incident qui les débarrassait de témoins gênants, car quelques-uns des fermeurs de portes, n'ayant plus rien à faire et n'ayant guère de domicile, restaient par paresse ou par besoin, à l'Opéra, où ils passaient la nuit. On pouvait se heurter à eux, les réveiller, s'attirer une demande d'explications. L'enquête de M. Mifroid gardait momentanément nos deux compagnons de ces mauvaises rencontres.

(1) M. Pedro Gailhard m'a raconté lui-même qu'il avait encore créé des postes de fermeurs de portes pour de vieux machinistes, qu'il ne voulait pas lui-même mettre à la porte.

Mais ils ne furent point longtemps à jouir de leur solitude... D'autres ombres, maintenant, descendaient le même chemin par où les « fermeurs de portes » avaient monté. Ces ombres avaient chacune devant elle une petite lanterne... qu'elles agitaient fort, la portant en haut, en bas, examinant tout autour d'elles et semblant, de toute évidence, chercher quelque chose ou quelqu'un.

« Diable! murmura le Persan... je ne sais pas ce qu'ils cherchent, mais ils pourraient bien nous trouver... fuyons!... vite!... La main en garde, monsieur, toujours prête à tirer!... Ployons le bras, davantage, là!... la main à hauteur de l'œil, comme si vous vous battiez en duel et que vous attendiez le commandant de « feu!... » Laissez donc votre pistolet dans votre poche!... Vite, descendons! (Il entraînait Raoul dans le quatrième dessous)... à hauteur de l'œil question de vie ou de mort!... Là, par ici, cet escalier! (ils arrivaient au cinquième dessous)... Ah! quel duel, monsieur, quel duel!... »

Le Persan étant arrivé en bas du cinquième dessous, souffla... Il paraissait jouir d'un peu plus de sécurité qu'il n'en avait montré tout à l'heure quand tous deux s'étaient arrêtés au troisième, mais cependant il ne se départait pas de l'attitude de la main!...

Raoul eut le temps de s'étonner une fois de plus — sans, du reste, faire aucune nouvelle observation, aucune! car en vérité, ce n'était pas le moment — de s'étonner, dis-je, en silence, de cette extraordinaire conception de la défense personnelle qui consistait à garder son pistolet dans sa poche pendant que la main restait toute prête à s'en servir comme si le pistolet était encore dans la main, à hauteur de l'œil; position d'attente du commandant de « feu! » dans le duel de cette époque.

Et, à ce propos Raoul croyait pouvoir penser encore ceci : « Je me rappelle fort bien qu'il m'a dit : « Ce sont des pistolets dont je suis sûr. »

D'où il lui semblait logique de tirer cette conclusion interrogative : « Qu'est-ce que ça peut bien lui faire d'être sûr d'un pistolet dont il trouve inutile de se servir? »

Mais le Persan l'arrêta dans ses vagues essais de cogitation. Lui faisant signe de se tenir en place, il remonta de quelques degrés l'escalier qu'ils venaient de quitter. Puis rapidement, il revint auprès de Raoul.

« Nous sommes stupides, lui souffla-t-il, nous allons être bientôt débarrassés des ombres aux lanternes... Ce sont les pompiers qui font leur ronde (1). »

Les deux hommes restèrent alors sur la défensive pendant au moins cinq longues minutes, puis le Persan entraîna à nouveau Raoul vers l'escalier

---

(1) A cette époque, les pompiers avaient encore mission, en dehors des représentations, de veiller à la sécurité de l'Opéra; mais ce service, depuis, a été supprimé. Comme j'en demandais la raison à M. Pedro Gailhard, il me répondit que « c'était parce qu'on avait craint que dans leur inexpérience parfaite des dessous du théâtre, *ils n'y missent le feu* ».

qu'ils venaient de descendre; mais, tout à coup, son geste lui ordonna à nouveau l'immobilité.

... Devant eux, la nuit remuait.

« A plat ventre! » souffla le Persan.

Les deux hommes s'allongèrent sur le sol.

Il n'était que temps.

... Une ombre qui ne portait cette fois aucune lanterne, ... une ombre simplement dans l'ombre passait.

Elle passa près d'eux à les toucher.

Ils sentirent, sur leurs visages, le souffle chaud de son manteau...

Car ils purent suffisamment la distinguer pour voir que l'ombre avait un manteau qui l'enveloppait de la tête aux pieds. Sur la tête, un chapeau de feutre mou.

... Elle s'éloigna, rasant les murs du pied et quelquefois, donnant, dans les coins, des coups de pied aux murs.

« Ouf! fit le Persan... nous l'avons échappé belle... Cette ombre me connaît et m'a déjà ramené deux fois dans le bureau directorial.

— C'est quelqu'un de la police du théâtre? demanda Raoul.

— C'est quelqu'un de bien pis! répondit sans autre explication le Persan (1).

(1) L'auteur, pas plus que le Persan, ne donnera d'autre explication sur cette apparition d'ombre-là. Alors que tout dans cette histoire historique sera normalement au cours d'événements quelquefois apparemment anormaux, expliqué, l'auteur ne fera point comprendre expressément au lecteur ce que le Persan a

— Ce n'est pas... *lui?*

— *Lui?*... s'il n'arrive pas par-derrière, nous verrons toujours les yeux d'or!... C'est un peu notre force dans la nuit. Mais il peut arriver par-derrière... à pas de loup... et nous sommes morts si nous ne tenons pas toujours nos mains comme si elles allaient tirer, à hauteur de l'œil, par-devant! »

Le Persan n'avait pas fini de formuler à nouveau cette « ligne d'attitude » que, devant les deux hommes, une figure fantastique apparut.

... Une figure tout entière... un visage; non point seulement deux yeux d'or.

... Mais tout un visage lumineux... toute une figure en feu!

Oui, une figure en feu qui s'avançait à hauteur d'homme, *mais sans corps!*

Cette figure dégageait du feu.

Elle paraissait, dans la nuit, comme une flamme à forme de figure d'homme.

« Oh! fit le Persan dans ses dents, c'est la première fois que je la vois!... Le lieutenant de pompiers n'était pas fou! Il l'avait bien vue, lui!... Qu'est-ce que c'est que cette flamme-là? Ce n'est

---

voulu dire par ces mots : C'est quelqu'un de bien pis! (que quelqu'un de la police du théâtre). Le lecteur devra le deviner, car l'auteur a promis à l'ex-directeur de l'Opéra, M. Pedro Gailhard, de lui garder le secret sur la personnalité extrêmement intéressante et utile de l'ombre errante au manteau qui, tout en se condamnant à vivre dans les dessous du théâtre, a rendu de si prodigieux services à ceux qui, les soirs de gala, par exemple, osent se risquer *dans les dessus*. Je parle ici de services d'Etat, et je ne puis en dire plus long, ma parole.

pas *lui!* mais c'est peut-être *lui* qui nous l'envoie!...
Attention!... Attention!... Votre main à hauteur de
l'œil, au nom du Ciel!... à hauteur de l'œil! »

La figure en feu, qui paraissait une figure d'enfer — de démon embrasé — s'avançait toujours à
hauteur d'homme, sans corps, au-devant des deux
hommes effarés...

« *Il* nous envoie peut-être cette figure-là par-
devant, pour mieux nous surprendre par-derrière...
ou sur les côtés... on ne sait jamais avec lui!... Je
connais beaucoup de ses trucs!... mais celui-là!...
celui-là... je ne le connais pas encore!... Fuyons!...
par prudence!... n'est-ce pas?... par prudence!... la
main à hauteur de l'œil. »

Et ils s'enfuirent, tous les deux, tout au long
du long corridor souterrain qui s'ouvrait devant
eux.

Au bout de quelques secondes de cette course,
qui leur parut de longues, longues minutes, ils
s'arrêtèrent.

« Pourtant, dit le Persan, *il* vient rarement par
ici! Ce côté-ci ne le regarde pas!... Ce côté-ci ne
conduit pas au Lac ni à la demeure du Lac!... Mais
il sait peut-être que nous sommes *à ses trousses!*...
bien que je lui aie promis de le laisser tranquille
désormais et de ne plus m'occuper de ses histoires. »

Ce disant, il tourna la tête, et Raoul aussi tourna
la tête.

Or, ils aperçurent encore la tête en feu derrière
leurs deux têtes. Elle les avait suivis... Et elle avait

dû courir aussi et peut-être plus vite qu'eux, car il leur parut qu'elle s'était rapprochée.

En même temps, ils commencèrent à distinguer un certain bruit dont il leur était impossible de deviner la nature; ils se rendirent simplement compte que ce bruit semblait se déplacer et se rapprocher avec la flamme-figure-d'homme. C'étaient des grincements ou plutôt crissements, comme si des milliers d'ongles se fussent éraillés au tableau noir, bruit effroyablement insupportable qui est encore produit quelquefois par une petite pierre à l'intérieur du bâton de craie qui vient grincer contre le tableau noir.

Ils reculèrent encore, mais la figure-flamme avançait, avançait toujours, gagnant sur eux. On pouvait voir très bien ses traits maintenant. Les yeux étaient tout ronds et fixes, le nez un peu de travers et la bouche grande avec une lèvre inférieure en demi-cercle, pendante; à peu près comme les yeux, le nez et la lèvre de la lune, quand la lune est toute rouge, couleur de sang.

Comment cette lune rouge glissait-elle dans les ténèbres, à hauteur d'homme sans point d'appui, sans corps pour la supporter, du moins apparemment? Et comment allait-elle si vite, tout droit, avec ses yeux fixes, si fixes? Et tout ce grincement, craquement, crissement qu'elle traînait avec elle, d'où venait-il?

A un moment, le Persan et Raoul ne purent plus reculer et ils s'aplatirent contre la muraille, ne sachant ce qu'il allait advenir d'eux à cause de cette figure incompréhensible de feu et surtout, maintenant, du bruit plus intense, plus grouillant, plus vivant, très « nombreux », car certainement ce bruit était fait de centaines de petits bruits qui remuaient dans les ténèbres, sous la tête-flamme.

Elle avance, la tête-flamme... la voilà! avec son bruit!... la voilà à hauteur!...

Et les deux compagnons, aplatis contre la muraille, sentent leurs cheveux se dresser d'horreur sur leurs têtes, car ils savent maintenant d'où viennent les mille bruits. Ils viennent en troupe, roulés dans l'ombre par d'innombrables petits flots pressés, plus rapides que les flots qui trottent sur le sable, à la marée montante, des petits flots de nuit qui moutonnent sous la lune, sous la lune-tête-flamme.

Et les petits flots leur passent dans les jambes, leur montent dans les jambes, irrésistiblement. Alors, Raoul et le Persan ne peuvent plus retenir leurs cris d'horreur, d'épouvante et de douleur.

Ils ne peuvent plus, non plus, continuer de tenir leurs mains à hauteur de l'œil, — tenue du duel au pistolet à cette époque, avant le commandement de : « Feu! » — Leurs mains descendent à leurs jambes pour repousser les petits îlots luisants, et qui roulent des petites choses aiguës, des flots qui sont pleins de pattes, et d'ongles, et de griffes, et de dents.

Oui, oui, Raoul et le Persan sont prêts à s'éva-

nouir comme le lieutenant de pompiers Papin.
Mais la tête-feu s'est retournée vers eux à leur hur-
lement. Et elle leur parle :

« Ne bougez pas! Ne bougez pas!... Surtout, ne
me suivez pas!... C'est moi le tueur de rats!... Laissez-moi passer avec mes rats!... »

Et brusquement, la tête-feu disparaît, évanouie
dans les ténèbres, cependant que devant elle le couloir, au loin s'éclaire, simple résultat de la
manœuvre que le tueur de rats vient de faire subir
à sa lanterne sourde. Tout à l'heure, pour ne point
effaroucher les rats devant lui, il avait tourné sa
lanterne sourde sur lui-même, illuminant sa propre
tête; maintenant, pour hâter sa fuite, il éclaire
l'espace noir devant elle... Alors il bondit, entraînant avec lui tous les flots de rats, grimpants, cris-
sants, tous les mille bruits...

Le Persan et Raoul, libérés, respirent, quoique
tremblants encore.

« J'aurais dû me rappeler qu'Erik m'avait parlé
du tueur de rats, fit le Persan, mais il ne m'avait
pas dit qu'il se présentait sous cet aspect... et c'est
bizarre que je ne l'aie jamais rencontré (1).

---

(1) L'ancien directeur de l'Opéra, M. Pedro Gailhard, m'a conté
un jour au cap d'Ail, chez Mme Pierre Wolff, toute l'immense
déprédation souterraine due au ravage des rats, jusqu'au jour où
l'administration traita, pour un prix assez élevé du reste, avec
un individu qui se faisait fort de supprimer le fléau en venant
faire un tour dans les caves tous les quinze jours.
Depuis, il n'y a plus de rats à l'Opéra, que ceux qui sont admis
au foyer de la danse. M. Gailhard pensait que cet homme avait
découvert un parfum secret qui attirait à lui les rats comme le
« coq-levent » dont certains pêcheurs se garnissent les jambes

« Ah! j'ai bien cru que c'était encore là l'un des tours du monstre!... soupira-t-il... Mais non, il ne vient jamais dans ces parages!

— Nous sommes donc bien loin du lac? interrogea Raoul. Quand donc arriverons-nous, monsieur?... Allons au lac! Allons au lac!... Quand nous serons au lac nous appellerons, nous secouerons les murs, nous crierons!... Christine nous entendra!... Et *Lui* aussi nous entendra!... Et puisque vous le connaissez, nous lui parlerons!

— Enfant! fit le Persan... Nous n'entrerons jamais dans la demeure du Lac par le lac!

— Pourquoi cela?

— Parce que c'est là qu'il a accumulé toute sa défense... Moi-même je n'ai jamais pu aborder sur l'autre rive!... sur la rive de la maison!... Il faut traverser le lac d'abord... et il est bien gardé!... Je crains que plus d'un de ceux — anciens machinistes, vieux fermeurs de portes, — que l'on n'a jamais revus, n'aient simplement tenté de traverser le lac... C'est terrible... J'ai failli moi-même y rester... Si le monstre ne m'avait reconnu à temps!... Un conseil, monsieur, n'approchez jamais du lac... Et surtout, bouchez-vous les oreilles si vous entendez

---

attire le poisson. Il les entraînait, sur ses pas, dans quelque caveau, où les rats, enivrés, se laissaient noyer. Nous avons vu l'épouvante que l'apparition de cette figure avait déjà causée au lieutenant de pompiers, épouvante qui était allée jusqu'à l'évanouissement — conversation avec M. Gailhard — et, pour moi, il ne fait point de doute que la tête-flamme rencontrée par ce pompier soit la même qui mit dans un si cruel émoi le Persan et le vicomte de Chagny (papiers du Persan).

chanter *la Voix sous l'eau,* la voix de la Sirène.

— Mais alors, reprit Raoul dans un transport de fièvre, d'impatience et de rage, que faisons-nous ici?... Si vous ne pouvez rien pour Christine, laissez-moi au moins mourir pour elle. »

Le Persan essaya de calmer le jeune homme.

« Nous n'avons qu'un moyen de sauver Christine Daaé, croyez-moi, c'est de pénétrer dans cette demeure sans que le monstre s'en aperçoive.

— Nous pouvons espérer cela, monsieur?

— Eh! si je n'avais pas cet espoir-là, je ne serais pas venu vous chercher!

— Et par où peut-on entrer dans la demeure du Lac, sans passer par le lac?

— Par le troisième dessous, d'où nous avons été si malencontreusement chassés... monsieur, et où nous allons retourner de ce pas... Je vais vous dire, monsieur, fit le Persan, la voix soudain altérée... je vais vous dire l'endroit exact... Cela se trouve entre une ferme et un décor abandonné du *Roi de Lahore,* exactement, exactement à l'endroit où est mort Joseph Buquet...

— Ah! ce chef machiniste que l'on a trouvé pendu?

— Oui, monsieur, ajouta sur un singulier ton le Persan, et dont on n'a pu retrouver la corde!... Allons! du courage... et en route!... et remettez votre main en garde, monsieur... Mais où sommes-nous donc? »

Le Persan dut allumer à nouveau sa lanterne

sourde. Il en dirigea le jet lumineux sur deux vastes corridors qui se croisaient à angle droit et dont les voûtes se perdaient à l'infini.

« Nous devons être, dit-il, dans la partie réservée plus particulièrement au service des eaux... Je n'aperçois aucun feu venant des calorifères. »

Il précéda Raoul, cherchant son chemin, s'arrêtant brusquement quand il redoutait le passage de quelque *hydraulicien,* puis ils eurent à se garer de la lueur d'une sorte de forge souterraine que l'on finissait d'éteindre et devant laquelle Raoul reconnut les démons entr'aperçus par Christine lors de son premier voyage au jour de sa première captivité.

Ainsi, ils revenaient peu à peu jusque sous les prodigieux dessous de la scène.

Ils devaient être alors tout au fond de la *cuve,* à une très grande profondeur, si l'on songe que l'on a creusé la terre *à quinze mètres au-dessous des couches d'eau* qui existaient dans toute cette partie de la capitale; et l'on dut épuiser toute l'eau... On en retira tant que, pour se faire une idée de la masse d'eau expulsée par les pompes, il faudrait se représenter en surface la cour du Louvre et en hauteur une fois et demie les tours de Notre-Dame. Tout de même, il fallut garder un lac.

A ce moment, le Persan toucha une paroi et dit :

« Si je ne me trompe, voici un mur qui pourrait bien appartenir à la demeure du Lac! »

Il frappait alors contre une paroi de la cuve. Et peut-être n'est-il point inutile que le lecteur sache comment avaient été construits le fond et les parois de la cuve.

Afin d'éviter que les eaux qui entourent la construction ne restassent en contact immédiat avec les murs soutenant tout l'établissement de la machinerie théâtrale dont l'ensemble de charpentes, de menuiserie, de serrurerie, de toiles peintes à la détrempe doit être tout spécialement préservé de l'humidité, *l'architecte s'est vu dans la nécessité d'établir partout une double enveloppe.*

Le travail de cette double enveloppe demanda toute une année. C'est contre le mur de la première enveloppe intérieure que frappait le Persan en parlant à Raoul de la demeure du Lac. Pour quelqu'un qui eût connu l'architecture du monument, le geste du Persan semblait indiquer que *la mystérieuse maison d'Erik avait été construite dans la double enveloppe,* formée d'un gros mur construit en batardeau, puis par un mur de briques, une énorme couche de ciment et un autre mur de plusieurs mètres d'épaisseur.

Aux paroles du Persan, Raoul s'était jeté contre la paroi, et avidement avait écouté.

... Mais il n'entendit rien... rien que des pas lointains qui résonnaient sur le plancher dans les parties hautes du théâtre.

Le Persan avait à nouveau éteint sa lanterne.

« Attention! fit-il... gare à la main! et maintenant

silence! car nous allons essayer encore de pénétrer chez lui. »

Et il l'entraîna jusqu'au petit escalier que tout à l'heure ils avaient descendu.

... Ils remontèrent, s'arrêtant à chaque marche, épiant l'ombre et le silence...

Ainsi se retrouvèrent-ils au troisième dessous...

Le Persan fit alors signe à Raoul de se mettre à genoux, et c'est ainsi, en se traînant sur les genoux et sur une main — l'autre main étant toujours dans la position indiquée — qu'ils arrivèrent contre la paroi du fond.

Contre cette paroi, il y avait une vaste toile abandonnée du décor du *Roi de Lahore.*

... Et, tout près de ce décor, un portant...

Entre ce décor et ce portant, il y avait tout juste la place d'un corps.

... Un corps, qu'un jour on avait trouvé pendu... le corps de Joseph Buquet.

Le Persan, toujours sur ses genoux, s'était arrêté. Il écoutait.

Un moment, il sembla hésiter et regarda Raoul, puis ses yeux se fixèrent au-dessus, vers le deuxième dessous, qui leur envoyait la faible lueur d'une lanterne, dans l'intervalle de deux planches.

Evidemment, cette lueur gênait le Persan.

Enfin, il hocha la tête et se décida.

Il se glissa entre le portant et le décor du *Roi de Lahore.*

Raoul était sur ses talons.

La main libre du Persan tâtait la paroi. Raoul le vit un instant appuyer fortement sur la paroi comme il avait appuyé sur le mur de la loge de Christine...

... Et une pierre bascula...

Il y avait maintenant un trou dans la paroi...

Le Persan sortit cette fois son pistolet de sa poche et indiqua à Raoul qu'il devait l'imiter. Il arma le pistolet.

Et résolument, toujours à genoux il s'engagea dans le trou que la pierre, en basculant, avait fait dans le mur.

Raoul, qui avait voulu passer le premier, dut se contenter de le suivre.

Ce trou était fort étroit. Le Persan s'arrêta presque tout de suite. Raoul l'entendait tâter la pierre autour de lui. Et puis, il sortit encore sa lanterne sourde et se pencha en avant, examina quelque chose sous lui et éteignit aussitôt la lanterne. Raoul l'entendit qui lui disait dans un souffle :

« Il va falloir nous laisser tomber de quelques mètres, sans bruit; défaites vos bottines. »

Le Persan procédait déjà lui-même à cette opération. Il passa ses chaussures à Raoul.

« Déposez-les, fit-il, au-delà du mur... Nous les retrouverons en sortant (1). »

_____

(1) On n'a jamais retrouvé ces deux paires de bottines qui avaient été déposées, d'après les papiers du Persan, juste entre le portant et le décor du *Roi de Lahore*, à l'endroit où l'on avait trouvé Joseph Buquet pendu. Elles ont dû être prises par quelque machiniste ou « fermeur de portes ».

Sur ce, le Persan avança un peu. Puis, il se retourna tout à fait, toujours à genoux et se trouva ainsi tête à tête avec Raoul. Il lui dit :

« Je vais me suspendre par les mains à l'extrémité de la pierre et me laisser tomber *dans sa maison*. Ensuite, vous ferez exactement comme moi. N'ayez crainte : je vous recevrai dans mes bras. »

Le Persan fit comme il le disait; et, au-dessous de lui, Raoul entendit bientôt un bruit sourd qui était produit évidemment par la chute du Persan. Le jeune homme tressaillit dans la crainte que ce bruit ne révélât leur présence.

Cependant, plus que ce bruit, l'absence de tout autre bruit était pour Raoul un affreux sujet d'angoisse. Comment! d'après le Persan, ils venaient de pénétrer dans les murs mêmes de la demeure du Lac, et l'on n'entendait point Christine!... Pas un cri!... Pas un appel!... Pas un gémissement!... Grands dieux! arriveraient-ils trop tard?...

Raclant, de ses genoux, la muraille, s'accrochant à la pierre de ses doigts nerveux, Raoul, à son tour, se laissa tomber.

Et aussitôt il sentit une étreinte.

« C'est moi! fit le Persan, silence! »

Et ils restèrent immobiles, écoutant...

Jamais, autour d'eux, la nuit n'avait été plus opaque...

Jamais le silence plus pesant ni plus terrible...

Raoul s'enfonçait les ongles dans les lèvres pour

ne pas hurler : « Christine! C'est moi!... Réponds-moi si tu n'es pas morte, Christine? »

Enfin, le jeu de la lanterne sourde recommença. Le Persan en dirigea les rayons au-dessus de leurs têtes, contre la muraille, cherchant le trou par lequel ils étaient venus et ne le trouvant plus...

« Oh! fit-il... la pierre s'est refermée d'elle-même. »

Et le jet lumineux de la lanterne descendit le long du mur, puis jusqu'au parquet.

Le Persan se baissa et ramassa quelque chose, une sorte de fil qu'il examina une seconde et rejeta avec horreur.

« *Le fil du Pendjab!* murmura-t-il.

— Qu'est-ce? demanda Raoul.

— Ça, répondit le Persan en frissonnant, ça pour-rait bien être la corde du pendu que l'on a tant cherchée!... »

Et, subitement pris d'une anxiété nouvelle, il promena le petit disque rouge de sa lanterne sur les murs... Ainsi il éclaira, événement bizarre, un tronc d'arbre qui semblait encore tout vivant avec ses feuilles... et les branches de cet arbre montaient tout le long de la muraille et allaient se perdre dans le plafond.

A cause de la petitesse du disque lumineux, il était difficile d'abord de se rendre compte des choses... on voyait un coin de branches... et puis une feuille... et une autre... et à côté, on ne voyait rien du tout... rien que le jet lumineux qui semblait se refléter lui-même... Raoul glissa sa main sur ce rien du tout, sur ce reflet...

« Tiens! fit-il... le mur, c'est une glace!

— Oui! une glace! » dit le Persan, sur le ton de l'émotion la plus profonde. Et il ajouta, en passant sa main qui tenait le pistolet sur son front en sueur :

« Nous sommes tombés dans la chambre des sup-plices! »

XXII

INTÉRESSANTES ET INSTRUCTIVES TRIBULATIONS D'UN PERSAN DANS LES DESSOUS DE L'OPÉRA

Récit du Persan

Le Persan a raconté lui-même, comment il avait vainement tenté, jusqu'à cette nuit-là, de pénétrer dans la demeure du Lac par le lac; comment il avait découvert l'entrée du troisième dessous, et comment, finalement, le vicomte de Chagny et lui se trouvèrent aux prises avec l'infernale imagination du fantôme dans la *chambre des supplices*. Voici le récit écrit qu'il nous a laissé (dans des conditions qui seront précisées plus tard) et auquel je n'ai pas changé un mot. Je le donne tel quel, parce que je n'ai pas cru devoir passer sous silence les aventures personnelles du daroga autour de la maison du Lac, avant qu'il n'y tombât de compagnie avec Raoul. Si, pendant quelques instants, ce début fort intéressant semble un peu nous éloigner de la chambre des supplices, ce n'est que pour mieux nous y amener tout de suite, après vous avoir expliqué des choses fort importantes et certaines attitudes et manières de faire du Persan, qui ont pu paraître bien extraordinaires.

C'était la première fois que je pénétrais dans la maison du Lac, écrit le Persan. En vain avais-je prié *l'amateur de trappes* — c'est ainsi que, chez nous, en Perse, on appelait Erik — de m'en ouvrir les mystérieuses portes. Il s'y était toujours refusé. Moi qui étais payé pour connaître beaucoup de ses secrets et de ses trucs, j'avais en vain essayé, par ruse, de forcer la consigne. Depuis que j'avais retrouvé Erik à l'Opéra, où il semblait avoir élu domicile, souvent, je l'avais épié, tantôt dans les couloirs du dessus, tantôt dans ceux du dessous, tantôt sur la rive même du Lac, alors qu'il se croyait seul, qu'il montait dans la petite barque et qu'il abordait directement au mur d'en face. Mais l'ombre qui l'entourait était toujours trop opaque pour me permettre de voir à quel endroit exact il faisait jouer sa porte dans le mur. La curiosité, et aussi une idée redoutable qui m'était venue en réfléchissant à quelques propos que le monstre m'avait tenus, me poussèrent, un jour que je me croyais seul à mon tour, à me jeter dans la petite barque et à la diriger vers cette partie du mur où j'avais vu disparaître Erik. C'est alors que j'avais eu affaire à la Sirène qui gardait les abords

de ces lieux, et dont le charme avait failli m'être
fatal, dans les conditions précises que voici. Je
n'avais pas plus tôt quitté la rive, que le silence
parmi lesquel je naviguais fut insensiblement troublé par une sorte de souffle chantant qui m'entoura. C'était à la fois une respiration et une
musique; cela montait doucement des eaux du lac
et j'en étais enveloppé sans que je pusse découvrir
par quel artifice. Cela me suivait, se déplaçait avec
moi, et cela était si suave, que cela ne me faisait
pas peur. Au contraire, dans le désir de me rapprocher de la source de cette douce et captivante
harmonie, je me penchai, au-dessus de ma petite
barque, vers les eaux, car il ne faisait point de doute
pour moi que ce chant venait des eaux elles-mêmes.
J'étais déjà au milieu du lac et il n'y avait personne d'autre dans la barque que moi; la voix, —
car c'était bien maintenant distinctement une voix,
— était à côté de moi, sur les eaux. Je me penchai...
Je me penchai encore... Le lac était d'un calme parfait et le rayon de lune qui, après avoir passé par
le soupirail de la rue Scribe, venait l'éclairer, ne
me montra absolument rien sur sa surface lisse et
noire comme de l'encre. Je me secouai un peu les
oreilles dans le dessein de me débarrasser d'un bourdonnement possible, mais je dus me rendre à cette
évidence qu'il n'y a point de bourdonnement
d'oreilles aussi harmonieux que le souffle chantant
qui me suivait et qui, maintenant, m'attirait.

Si j'avais été un esprit superstitieux ou facilement accessible aux faibles, je n'aurais point manqué de penser que j'avais affaire à quelque sirène chargée de troubler le voyageur assez hardi pour voyager sur les eaux de la maison du Lac, mais, Dieu merci! je suis d'un pays où l'on aime trop le fantastique pour ne point le connaître à fond et je l'avais moi-même trop étudié jadis : avec les trucs les plus simples, quelqu'un qui connaît son métier peut faire travailler la pauvre imagination humaine.

Je ne doutai donc point que je me trouvais aux prises avec une nouvelle invention d'Erik, mais encore une fois cette invention était si parfaite que, en me penchant au-dessus de la petite barque, j'étais moins poussé par le désir d'en découvrir la supercherie que de jouir de son charme.

Et je me penchai, je me penchai... à chavirer.

Tout à coup, deux bras monstrueux sortirent du sein des eaux et m'agrippèrent le cou, m'entraînant dans le gouffre avec une force irrésistible. J'étais certainement perdu si je n'avais eu le temps de jeter un cri auquel Erik me reconnut.

Car c'était lui, et au lieu de me noyer comme il en avait eu certainement l'intention, il nagea et me déposa doucement sur la rive.

« Vois comme tu es imprudent, me dit-il en se dressant devant moi tout ruisselant de cette eau d'enfer. Pourquoi tenter d'entrer dans ma demeure! Je ne t'ai pas invité. Je ne veux ni de toi, ni de personne au monde! Ne m'as-tu sauvé la vie que

pour me la rendre insupportable? Si grand que soit
le service rendu, Erik finira peut-être par l'oublier
et tu sais que rien ne peut retenir Erik, pas même
Erik lui-même. »

Il parlait, mais maintenant je n'avais d'autre
désir que de connaître ce que j'appelais déjà *le
truc de la sirène*. Il voulut bien contenter ma curiosité, car Erik, qui est un vrai monstre — pour moi,
c'est ainsi que je le juge, ayant eu, hélas! en Perse,
l'occasion de le voir à l'œuvre — est encore par certains côtés un véritable enfant présomptueux et
vaniteux, et il n'aime rien tant, après avoir étonné
son monde, que de prouver toute l'ingéniosité vraiment miraculeuse de son esprit.

Il se mit à rire et me montra une longue tige de
roseau.

« C'est bête comme chou! me dit-il, mais c'est
bien commode pour respirer et pour chanter dans
l'eau! C'est un truc que j'ai appris aux pirates du
Tonkin, qui peuvent ainsi rester cachés des heures
entières au fond des rivières (1). »

Je lui parlai sévèrement.

« C'est un truc qui a failli me tuer! fis-je... et il
a été peut-être fatal à d'autres! »

Il ne me répondit pas, mais il se leva devant moi
avec cet air de menace enfantine que je lui connais
bien.

(1) Un rapport administratif, venu du Tonkin et arrivé à Paris
fin juillet 1900, raconte comment le célèbre chef de bande le
De Tham, traqué avec ses pirates par nos soldats, put leur
échapper, ainsi que tous les siens, grâce au jeu des roseaux.

Je ne m'en « laissai pas imposer ». Je lui dis très net :

« Tu sais ce que tu m'as promis, Erik! plus de crimes!

— Est-ce que vraiment, demanda-t-il en prenant un air aimable, j'ai commis des crimes?

— Malheureux!... m'écriai-je... Tu as donc oublié *les heures roses de Mazenderan?*

— Oui, répondit-il, triste tout à coup, j'aime mieux les avoir oubliées, mais j'ai bien fait rire la petite sultane.

— Tout cela, déclarai-je, c'est du passé... mais il y a le présent... et tu me dois compte du présent, puisque, si je l'avais voulu, il n'existerait pas pour toi!... Souviens-toi de cela, Erik : je t'ai sauvé la vie! »

Et je profitai du tour qu'avait pris la conversation pour lui parler d'une chose qui, depuis quelque temps, me revenait souvent à l'esprit.

« Erik, demandai-je... Erik, jure-moi...

— Quoi? fit-il, tu sais bien que je ne tiens pas mes serments. Les serments sont faits pour attraper les nigauds.

— Dis-moi... Tu peux bien me dire ça, à moi?

— Eh bien?

— Eh bien!... Le lustre... le lustre? Erik...

— Quoi, le lustre?

— Tu sais bien ce que je veux dire?

— Ah! ricana-t-il, ça, le lustre... je veux bien te

le dire!... *Le lustre, ça n'est pas moi!*... Il était très
usé, le lustre... »

Quand il riait, Erik était plus effrayant encore.
Il sauta dans la barque en ricanant d'une façon
si sinistre que je ne pus m'empêcher de trembler.

« Très usé, cher *Daroga* (1)! Très usé, le lustre...
Il est tombé tout seul... Il a fait boum! Et maintenant, un conseil, Daroga, va te sécher, si tu ne
veux pas attraper un rhume de cerveau!... et ne
remonte jamais dans ma barque... et surtout n'essaie pas d'entrer dans ma maison... je ne suis pas
toujours là... Daroga! Et j'aurais du chagrin à te
dédier *ma messe des morts!* »

Ce disant et ricanant, il était debout à l'arrière
de sa barque et godillait avec un balancement de
singe. Il avait bien l'air alors du fatal rocher, avec
ses yeux d'or en plus. Et puis, je ne vis bientôt
plus que ses yeux et enfin il disparut dans la nuit
du lac.

C'est à partir de ce jour que je renonçai à pénétrer dans sa demeure par le lac! Evidemment, cette
entrée-là était trop bien gardée, surtout depuis qu'il
savait que je la connaissais. Mais je pensais bien
qu'il devait s'en trouver une autre, car plus d'une
fois j'avais vu disparaître Erik dans le troisième
dessous, alors que je le surveillais et sans que je
pusse imaginer comment. Je ne saurais trop le répéter, depuis que j'avais retrouvé Erik, installé à

.(1) Daroga, en Perse, commandant général de la police du
gouvernement.

l'Opéra, je vivais dans une perpétuelle terreur de
ses horribles fantaisies, non point en ce qui pouvait me concerner, certes, mais je redoutais tout de
lui pour les autres (1). Et quand il arrivait
quelque accident, quelque événement fatal, je ne
manquais point de me dire : « C'est peut-être
Erik!... » comme d'autres disaient autour de moi :
« C'est le Fantôme!... » Que de fois n'ai-je point
entendu prononcer cette phrase par des gens qui
souriaient! Les malheureux! s'ils avaient su que ce
fantôme existait en chair et en os et était autrement terrible que l'ombre vaine qu'ils évoquaient,
je jure bien qu'ils eussent cessé de se moquer!...
S'ils avaient su seulement ce dont Erik était capable,
surtout dans un champ de manœuvre comme
l'Opéra!... Et s'ils avaient connu le fin fond de ma
pensée redoutable!...

Pour moi, je ne vivais plus!... Bien qu'Erik m'eût
annoncé fort solennellement qu'il avait bien changé
et qu'il était devenu le plus vertueux des hommes,
depuis qu'il était aimé pour lui-même, phrase qui
me laissa sur le coup affreusement perplexe, je ne
pouvais m'empêcher de frémir en songeant au

(1) Ici le Persan aurait pu avouer que le sort d'Erik l'intéressait
également pour lui-même, car il n'ignorait point que si le gouvernement de Téhéran eût appris qu'Erik était encore vivant,
c'en était fait de la modeste pension de l'ancien *Daroga*. Il est
juste, du reste, d'ajouter que le Persan avait un cœur noble et
généreux et nous ne doutons point que les catastrophes qu'il
redoutait pour les autres n'aient occupé fortement son esprit. Sa
conduite, du reste, dans toute cette affaire, le prouve suffisamment et est au-dessus de tout éloge.

monstre. Son horrible, unique et repoussante laideur le mettait au ban de l'humanité, et il m'était apparu bien souvent qu'il ne se croyait plus, par cela même, aucun devoir vis-à-vis de la race humaine. La façon dont il m'avait parlé de ses amours n'avait fait qu'augmenter mes transes, car je prévoyais dans cet événement auquel il avait fait allusion sur un ton de hâblerie que je lui connaissais, le cause de drames nouveaux et plus affreux que tout le reste. Je savais jusqu'à quel degré de sublime et de désastreux désespoir pouvait aller la douleur d'Erik, et les propos qu'il m'avait tenus — vaguement annonciateurs de la plus horrible catastrophe — ne cessaient point d'habiter ma pensée redoutable.

D'autre part, j'avais découvert le bizarre commerce moral qui s'était établi entre le monstre et Christine Daaé. Caché dans la chambre de débarras qui fait suite à la loge de la jeune diva, j'avais assisté à des séances admirables de musique, qui plongeaient évidemment Christine dans une merveilleuse extase, mais tout de même je n'eusse point pensé que la voix d'Erik — qui était retentissante comme le tonnerre ou douce comme celle des anges, à volonté — pût faire oublier sa laideur. Je compris tout quand je découvris que Christine ne l'avait pas encore vu! J'eus l'occasion de pénétrer dans la loge et, me souvenant des leçons qu'autrefois il m'avait données, je n'eus point de peine à trouver le truc qui faisait pivoter le mur qui sup-

portait la glace, et je constatai par quel truchement de briques creuses, de briques porte-voix, il se
faisait entendre de Christine comme s'il avait été à
ses côtés. Par là aussi je découvris le chemin qui
conduit à la fontaine et au cachot — au cachot des
communards — et aussi la trappe qui devait permettre à Erik de s'introduire directement dans les
dessous de la scène.

Quelques jours plus tard, quelle ne fut pas ma
stupéfaction d'apprendre, de mes propres yeux et
de mes propres oreilles qu'Erik et Christine Daaé
se voyaient, et de surprendre le monstre, penché
sur la petite fontaine qui pleure, dans le chemin
des communards (tout au bout, sous la terre) et en
train de rafraîchir le front de Christine Daaé évanouie. Un cheval blanc, le cheval du *Prophète*, qui
avait disparu des écuries des dessous de l'Opéra, se
tenait tranquillement auprès d'eux. Je me montrai.
Ce fut terrible. Je vis des étincelles partir de deux
yeux d'or et je fus, avant que j'aie pu dire un
mot, frappé, en plein front, d'un coup qui m'étour-
dit. Quand je revins à moi, Erik, Christine et le
cheval blanc avaient disparu. Je ne doutais point
que la malheureuse ne fût prisonnière dans la
demeure du Lac. Sans hésitation, je résolus de
retourner sur la rive, malgré le danger certain d'une
pareille entreprise. Pendant vingt-quatre heures je
guettai, caché près de la berge noire, l'apparition
du monstre, car je pensais bien qu'il devait sortir,
forcé qu'il était d'aller faire ses provisions. Et à

ce propos, je dois dire que, quand il sortait dans
Paris ou qu'il osait se montrer en public, il mettait à la place de son horrible trou de nez, un nez
de carton-pâte garni d'une moustache, ce qui ne
lui enlevait point tout à fait son air macabre,
puisque, lorsqu'il passait, on disait derrière lui :
« Tiens, voilà le père Trompe-la-Mort qui passe »,
mais ce qui le rendait à peu près — je dis à peu
près — supportable à voir.

J'étais donc à le guetter sur la rive du lac, — du
lac Averne, comme il avait appelé, plusieurs fois,
devant moi, en ricanant, son lac — et fatigué de
ma longue patience, je me disais encore : Il est
passé par une autre porte, celle du « troisième
dessous », quand j'entendis un petit clapotis dans
le noir, je vis les deux yeux d'or briller comme
des fanaux, et bientôt la barque abordait. Erik
sautait sur le rivage et venait à moi.

« Voilà vingt-quatre heures que tu es là, me
dit-il; tu me gênes! je t'annonce que tout cela finira
très mal! Et c'est bien toi qui l'auras voulu! car
ma patience est prodigieuse pour toi!... Tu crois me
suivre, immense niais, — (textuel) — et c'est moi
qui te suis, et je sais tout ce que tu sais de moi,
ici. Je t'ai épargné hier, dans *mon chemin des
communards;* mais je te le dis, en vérité, que je ne
t'y revoie plus! Tout cela est bien imprudent, ma
parole! et je me demande si tu sais encore ce que
parler veut dire! »

Il était si fort en colère que je n'eus garde, dans

l'instant, de l'interrompre. Après avoir soufflé comme un phoque, il précisa son horrible pensée — qui correspondait à ma pensée redoutable.

« Oui, il faut savoir une fois pour toutes — une fois pour toutes, c'est dit — ce que parler veut dire! Je te dis qu'avec tes imprudences — car tu t'es fait déjà arrêter deux fois par l'ombre au chapeau de feutre, qui ne savait pas ce que tu faisais dans les dessous et qui t'a conduit aux directeurs, lesquels t'ont pris pour un fantasque Persan amateur de trucs de féerie et de coulisses de théâtre (j'étais là... oui, j'étais là dans le bureau; tu sais bien que je suis partout) — je te dis donc qu'avec tes imprudences, on finira par se demander ce que tu cherches ici... et on finira par savoir que tu cherches Erik... et on voudra, comme toi, chercher Erik... et on découvrira la maison du Lac... Alors, tant pis, mon vieux! tant pis!... Je ne réponds plus de rien! »

Il souffla encore comme un phoque.

« De rien!... Si les secrets d'Erik ne restent pas les secrets d'Erik, tant pis pour *beaucoup de ceux de la race humaine!* C'est tout ce que j'avais à te dire et, à moins que tu ne sois un immense niais — (textuel) — cela devrait te suffire; à moins que tu ne saches ce que parler veut dire!... »

Il s'était assis sur la partie arrière de sa barque et tapait le bois de la petite embarcation avec ses talons, en attendant ce que j'avais à lui répondre; je lui dis simplement ·

« Ce n'est pas Erik que je viens chercher ici!...

— Et qui donc?

— Tu le sais bien : c'est Christine Daaé! »

Il me répliqua :

« J'ai bien le droit de lui donner rendez-vous chez moi. Je suis aimé pour moi-même.

— Ce n'est pas vrai, fis-je; tu l'as enlevée et tu la retiens prisonnière!

— Ecoute, me dit-il, me promets-tu de ne plus t'occuper de mes affaires si je te prouve que je suis aimé pour moi-même?

— Oui, je te le promets, répondis-je sans hésitation, car je pensais bien que pour un tel monstre, telle preuve était impossible à faire.

— Eh bien, voilà! c'est tout à fait simple!... Christine Daaé sortira d'ici comme il lui plaira et y reviendra!... Oui, y reviendra! parce que cela lui plaira... y reviendra d'elle-même, parce qu'elle m'aime pour moi-même!...

— Oh! je doute qu'elle revienne!... Mais c'est ton devoir de la laisser partir.

— Mon devoir, immense niais! (textuel). — C'est ma volonté... ma volonté de la laisser partir, et elle reviendra... car elle m'aime!... Tout cela, je te dis, finira par un mariage... un mariage à la Madeleine, immense niais! (textuel). Me crois-tu, à la fin? Quand je te dis que ma messe de mariage est déjà écrite... tu verras ce *Kyrie*... »

Il tapota encore ses talons sur le bois de la

barque, dans une espèce de rythme qu'il accompagnait à mi-voix en chantant : *Kyrie!... Kyrie!... Kyrie Eleïson!...* Tu verras, tu verras cette messe!

« Ecoute, conclus-je, je te croirai si je vois Christine Daaé sortir de la maison du Lac et y revenir librement!

— Et tu ne t'occuperas plus de mes affaires? Eh bien, tu verras cela ce soir... Viens au bal masqué. Christine et moi irons y faire un petit tour... Tu iras ensuite te cacher dans la chambre de débarras et tu verras que Christine, qui aura regagné sa loge, ne demandera pas mieux que de reprendre le chemin des communards.

— C'est entendu! »

Si je voyais cela, en effet, je n'aurais qu'à m'incliner, car une très belle personne a toujours le droit d'aimer le plus horrible monstre, surtout quand, comme celui-ci, il a la séduction de la musique et quand cette personne est justement une très distinguée cantatrice.

« Et maintenant, va-t'en! car il faut que je parte pour aller faire mon marché!... »

Je m'en allai donc, toujours inquiet du côté de Christine Daaé, mais ayant surtout, au fond de moi-même, une pensée redoutable, depuis qu'il l'avait réveillée si formidablement à propos de mes imprudences.

Je me disais : « Comment tout cela va-t-il finir? » Et, bien que je fusse assez fataliste de tempérament, je ne pouvais me défaire d'une indéfinissable angoisse à cause de l'incroyable responsabilité que j'avais prise un jour, en laissant vivre le monstre qui menaçait aujourd'hui *beaucoup de ceux de la race humaine.*

A mon prodigieux étonnement, les choses se passèrent comme il me l'avait annoncé. Christine Daaé sortit de la maison du Lac et y revint plusieurs fois sans qu'apparemment elle y fût forcée. Mon esprit voulut alors se détacher de cet amoureux mystère, mais il était fort difficile, surtout pour moi — à cause de la redoutable pensée — de ne point songer à Erik. Toutefois, résigné à une extrême prudence, je ne commis point la faute de retourner sur les bords du lac ni de reprendre le chemin des communards. Mais la hantise de la porte secrète du troisième dessous me poursuivant, je me rendis plus d'une fois directement dans cet endroit que je savais désert le plus souvent dans la journée. J'y faisais des stations interminables en me tournant les pouces et caché par un décor du *Roi de Lahore,* qu'on avait laissé là, je ne sais pas pourquoi, car on ne jouait pas souvent le *Roi de Lahore.* Tant de patience devait être récompensée. Un jour, je vis venir à moi, sur ses genoux, le monstre. J'étais certain qu'il ne me voyait pas. Il passa entre le décor qui se trouvait là et un portant, alla jusqu'à la muraille et agit, à un endroit que je précisai de loin, sur un ressort qui fit basculer une pierre, lui ouvrant un passage. Il disparut par ce passage et la pierre se referma derrière lui. J'avais le secret du monstre, secret qui pouvait, à mon heure, me livrer la demeure du Lac.

Pour m'en assurer, j'attendis au moins une demi-heure et fis, à mon tour, jouer le ressort. Tout se passa comme pour Erik. Mais je n'eus garde de pénétrer moi-même dans le trou, sachant Erik chez lui. D'autre part, l'idée que je pouvais être surpris ici par Erik me rappela soudain la mort de Joseph Buquet et, ne voulant point compromettre une pareille découverte, qui pouvait être utile à beaucoup de monde, *à beaucoup de ceux de la race humaine,* je quittai les dessous du théâtre, après avoir soigneusement remis la pierre en place, suivant un système qui n'avait point varié depuis la Perse.

Vous pensez bien que j'étais toujours très intéressé par l'intrigue d'Erik et de Christine Daaé, non point que j'obéisse en la circonstance à une maladive curiosité, mais bien à cause, comme je l'ai déjà dit, de cette pensée redoutable qui ne me quittait pas : « Si, pensais-je, Erik découvre qu'il n'est pas aimé pour lui-même, nous pouvons nous attendre à tout. » Et, ne cessant d'errer — prudemment — dans l'Opéra, j'appris bientôt la vérité sur les tristes amours du monstre. Il occupait l'esprit de Christine par la terreur, mais le cœur de la douce enfant appartenait tout entier au vicomte Raoul de Chagny. Pendant que ceux-ci jouaient tous deux, comme deux innocents fiancés, dans les dessus de l'Opéra — fuyant le monstre — ils ne se

doutaient pas que quelqu'un veillait sur eux. J'étais
décidé à tout : à tuer le monstre s'il le fallait et à
donner des explications ensuite à la justice. Mais
Erik ne se montra pas — et je n'en étais pas plus
rassuré pour cela.

Il faut que je dise tout mon calcul. Je croyais
que le monstre, chassé de sa demeure par la
jalousie, me permettrait ainsi de pénétrer sans
péril dans la maison du Lac, par le passage du
troisième dessous. J'avais tout intérêt, pour
tout le monde, à savoir exactement ce qu'il pouvait bien y avoir là-dedans! Un jour, fatigué
d'attendre une occasion, je fis jouer la pierre
et aussitôt j'entendis une musique formidable; le
monstre travaillait, toutes portes ouvertes chez lui,
à son *Don Juan triomphant*. Je savais que c'était
là l'œuvre de sa vie. Je n'avais garde de bouger et
je restai prudemment dans mon trou obscur. Il s'arrêta un moment de jouer et se prit à marcher à
travers sa demeure, comme un fou. Et il dit tout
haut, d'une voix retentissante : « Il faut que tout
cela soit fini *avant!* Bien fini! » Cette parole n'était
pas encore pour me rassurer et, comme la musique
reprenait, je fermai la pierre tout doucement. Or,
malgré cette pierre fermée, j'entendais encore un
vague chant lointain, lointain, qui montait du fond
de la terre, comme j'avais entendu le chant de la
sirène monter du fond des eaux. Et je me rappelai les paroles de quelques machinistes dont on
avait souri au moment de la mort de Joseph Bu-

quet : « Il y avait autour du corps du pendu comme un bruit qui ressemblait au chant des morts. »

Le jour de l'enlèvement de Christine Daaé, je n'arrivai au théâtre qu'assez tard dans la soirée et tremblant d'apprendre de mauvaises nouvelles. J'avais passé une journée atroce, car je n'avais cessé, depuis la lecture d'un journal du matin annonçant le mariage de Christine et du vicomte de Chagny, de me demander si, après tout, *je ne ferais pas mieux de dénoncer le monstre.* Mais la raison me revint et je restai persuadé qu'une telle attitude ne pouvait que précipiter la catastrophe possible.

Quand ma voiture me déposa devant l'Opéra, je regardai ce monument comme si j'étais étonné, en vérité, *de le voir encore debout!*

Mais je suis, comme tout bon Oriental, un peu fataliste et j'entrai, *m'attendant à tout!*

L'enlèvement de Christine Daaé à l'acte de la prison, qui surprit naturellement tout le monde, me trouva préparé. C'était sûr qu'Erik l'avait escamotée, comme le roi des prestidigitateurs qu'il est, en vérité. Et je pensai bien que cette fois c'était la fin pour Christine *et peut-être pour tout le monde.*

Si bien qu'un moment je me demandai si je n'allais pas conseiller à tous ces gens, qui s'attardaient au théâtre, de se sauver. Mais encore je fus arrêté dans cette pensée de dénonciation, par la certitude où j'étais que l'on me prendrait pour

un fou. Enfin, je n ignorais pas que si, par exemple.
je criais pour faire sortir tous ces gens : « Au feu! »
je pouvais être la cause d'une catastrophe, étouf
fements dans la fuite, piétinements, luttes sauvages.
— pire que la catastrophe elle-même.

Toutefois, je me résolus à agir sans plus tarder,
personnellement. Le moment me semblait, du reste,
propice. J'avais beaucoup de chances pour qu'Erik
ne songeât, à cette heure, qu'à sa captive. Il fallait
en profiter pour pénétrer dans sa demeure par le
troisième dessous et je pensai, pour cette entreprise,
à m'adjoindre ce pauvre petit désespéré de vicomte,
qui, au premier mot, accepta avec une confiance
en moi qui me toucha profondément; j'avais
envoyé chercher mes pistolets par mon domestique.
Darius nous rejoignit avec la boîte dans la loge de
Christine. Je donnai un pistolet au vicomte et lui
conseillai d'être prêt à tirer comme moi-même, car,
après tout, Erik pouvait nous attendre derrière le
mur. Nous devions passer par le chemin des communards et par la trappe.

Le petit vicomte m'avait demandé, en apercevant mes pistolets, si nous allions nous battre en
duel? Certes! et je dis : Quel duel! Mais je n'eus
le temps, bien entendu, de rien lui expliquer. Le
petit vicomte est brave, mais tout de même il ignorait à peu près tout de son adversaire! Et c'était
tant mieux!

Qu'est-ce qu'un duel avec le plus terrible des
bretteurs à côté d'un combat avec le plus génial

des prestidigitateurs? Moi-même, je me faisais difficilement à cette pensée que j'allais entrer en lutte avec un homme qui n'est visible au fond que lorsqu'il le veut et qui, en revanche, voit tout autour de lui, quand toute chose pour vous reste obscure!... Avec un homme dont la science bizarre, la subtilité, l'imagination et l'adresse lui permettent de disposer de toutes les forces naturelles, combinées pour créer à vos yeux ou à vos oreilles l'illusion qui vous perd!... Et cela, dans les dessous de l'Opéra, c'est-à-dire au pays même de la fantasmagorie! Peut-on imaginer cela sans frémir? Peut-on seulement avoir une idée de ce qui pourrait arriver aux yeux ou aux oreilles d'un habitant de l'Opéra, si on avait enfermé dans l'Opéra — dans ses cinq dessous et ses vingt-cinq dessus — un Robert-Houdin féroce et « rigolo », tantôt qui se moque et tantôt qui hait! tantôt qui vide les poches et tantôt qui tue!... Pensez-vous à cela : « Combattre l'amateur de trappes? » — Mon Dieu! en a-t-il fabriqué chez nous, dans tous nos palais, de ces étonnantes trappes pivotantes qui sont les meilleures des trappes! — Combattre l'amateur de trappes au pays des trappes!...

Si mon espoir était qu'il n'avait point quitté Christine Daaé dans cette demeure du Lac où il avait dû la transporter, une fois encore, évanouie, ma terreur était qu'il fût déjà quelque part autour de nous, préparant le *lacet du Pendjab*.

Nul mieux que lui ne sait lancer le lacet du Pendjab et il est le prince des étrangleurs comme

il est le roi des prestidigitateurs. Quand il avait
fini de faire rire la petite sultane, au temps *des
Heures Roses de Mazenderan,* celle-ci demandait
elle-même à ce qu'il s'amusât à la faire frissonner.
Et il n'avait rien trouvé de mieux que le jeu du
lacet du Pendjab. Erik qui avait séjourné dans
l'Inde, en était revenu avec une adresse incroyable
à étrangler. Il se faisait enfermer dans une cour où
l'on amenait un guerrier, — le plus souvent un
condamné à mort — armé d'une longue pique et
d'une large épée. Erik, lui, n'avait que son lacet,
et c'était toujours dans le moment que le guerrier croyait abattre Erik d'un coup formidable, que
l'on entendait le lacet siffler. D'un coup de poignet,
Erik avait serré le mince lasso au col de son
ennemi, et il le traînait aussitôt devant la petite
sultane et ses femmes qui regardaient à une fenêtre
et applaudissaient. La petite sultane apprit, elle
aussi, à lancer le lacet du Pendjab et tua ainsi
plusieurs de ses femmes et même de ses amies en
visite. Mais je préfère quitter ce sujet terrible
des Heures Roses de Mazenderan. Si j'en ai parlé,
c'est que je dus, étant arrivé avec le vicomte de
Chagny dans les dessous de l'Opéra, mettre en
garde mon compagnon contre une possibilité toujours menaçante autour de nous, d'étranglement.
Certes! une fois dans les dessous, mes pistolets ne
pouvaient plus nous servir à rien, car j'étais bien
sûr que du moment qu'il ne s'était point opposé
du premier coup à notre entrée dans le chemin des

communards, Erik ne se laisserait plus voir. Mais il pouvait toujours nous étrangler. Je n'eus point le temps d'expliquer tout cela au vicomte et même je ne sais si, ayant disposé de ce temps, j'en aurais usé pour lui raconter qu'il y avait quelque part, dans l'ombre, un lacet du Pendjab prêt à siffler. C'était bien inutile de compliquer la situation et je me bornai à conseiller à M. de Chagny de tenir toujours sa main à hauteur de l'œil, le bras replié dans la position du tireur au pistolet qui attend le commandement de « feu ». Dans cette position, il est impossible, même au plus adroit étrangleur, de lancer utilement le lacet du Pendjab. En même temps que le cou, il vous prend le bras ou la main et ainsi ce lacet, que l'on peut facilement délacer, devient inoffensif.

Après avoir évité le commissaire de police et quelques fermeurs de portes, puis les pompiers, et rencontré pour la première fois le tueur de rats et passé inaperçu aux yeux de l'homme au chapeau de feutre, le vicomte et moi nous parvînmes sans encombre dans le troisième dessous, entre le portant et le décor du *Roi de Lahore*. Je fis jouer la pierre et nous sautâmes dans la demeure qu'Erik s'était construite dans la double enveloppe des murs de fondation de l'Opéra (*et cela, le plus tranquillement du monde, puisque Erik a été un des premiers entrepreneurs de maçonnerie de Philippe Garnier, l'architecte de l'Opéra, et qu'il avait continué à travailler, mystérieusement, tout seul, quand les travaux étaient officiellement suspendus, pendant la guerre, le siège de Paris et la Commune).*

Je connaissais assez mon Erik pour caresser la présomption d'arriver à découvrir tous les trucs qu'il avait pu se fabriquer pendant tout ce temps-là : aussi n'étais-je nullement rassuré en sautant dans sa maison. Je savais ce qu'il avait fait de certain palais de Mazenderan. De la plus honnête construction du monde, il avait bientôt fait la maison du diable, où l'on ne pouvait plus prononcer une parole sans qu'elle fût espionnée ou rapportée par l'écho. Que de drames de famille! que de tragédies sanglantes le monstre traînait derrière lui avec ses trappes! Sans compter que l'on ne pouvait jamais, dans les palais qu'il avait « truqués », savoir exactement où l'on se trouvait. Il avait des inventions étonnantes. Certainement, la plus curieuse, la plus horrible et la plus dangereuse de toutes était *la chambre des supplices*. A moins des cas exceptionnels où la petite sultane s'amusait à faire souffrir le bourgeois, on n'y laissait guère entrer que les condamnés à mort. C'était, à mon avis, la plus atroce imagination des *heures roses de Mazenderan.* Aussi, quand le visiteur qui était entré dans la *chambre des supplices* en « avait assez », il lui était toujours permis d'en finir avec un lacet du Pendjab qu'on laissait à sa disposition au pied de l'arbre de fer!

Or, quel ne fut pas mon émoi, aussitôt après

avoir pénétré dans la demeure du monstre, en m'apercevant que la pièce dans laquelle nous venions de sauter, M. le vicomte de Chagny et moi, était justement la reconstitution exacte de la chambre des supplices des *heures roses de Mazenderan*.

A nos pieds, je trouvai le lacet du Pendjab que j'avais tant redouté toute la soirée. J'étais convaincu que ce fil avait déjà servi pour Joseph Buquet. Le chef machiniste avait dû, comme moi, surprendre certain soir Erik au moment où il faisait jouer la pierre du troisième dessous. Curieux, il avait à son tour tenté le passage avant que la pierre ne se refermât et il était tombé dans la chambre des supplices, et il n'en était sorti que pendu. J'imaginai très bien Erik traînant le corps dont il voulait se débarrasser jusqu'au décor du *Roi de Lahore* et l'y suspendant, pour faire un exemple ou pour grossir *la terreur superstitieuse qui devait l'aider à garder les abords de la caverne!*

Mais, après réflexion, Erik revenait chercher le lacet du Pendjab, qui est très singulièrement fait de boyaux de chat et qui aurait pu exciter la curiosité d'un juge d'instruction. Ainsi s'expliquait la disparition de la corde de pendu.

Et voilà que je le découvrais à nos pieds, le lacet, dans la chambre des supplices!... Je ne suis point pusillanime, mais une sueur froide m'inonda le visage.

La lanterne dont je promenais le petit disque

rouge sur les parois de la trop fameuse chambre, tremblait dans ma main.

M. de Chagny s'en aperçut et me dit :

« Que se passe-t-il donc, monsieur? »

Je lui fis signe violemment de se taire, car je pouvais avoir encore cette suprême espérance que nous étions dans la chambre des supplices, sans que le monstre en sût rien!

Et même, cette espérance-là n'était point le salut car je pouvais encore très bien m'imaginer que, du côté du troisième dessous, la chambre des supplices était chargée de garder la *demeure du Lac,* et, cela peut-être, automatiquement.

Oui, les supplices allaient peut-être commencer *automatiquement.*

Qui aurait pu dire quels gestes de nous ils attendaient pour cela?

Je recommandai l'immobilité la plus absolue à mon compagnon.

Un écrasant silence pesait sur nous.

Et ma lanterne rouge continuait à faire le tour de la chambre des supplices... je la reconnaissais... je la reconnaissais...

XXIII

Suite du récit du Persan.

Nous étions au centre d'une petite salle de forme parfaitement hexagonale... dont les six pans de murs étaient intérieurement garnis de glaces... du haut en bas... Dans les coins, on distinguait très bien les « rajoutis » de glace... les petits secteurs destinés à tourner sur leurs tambours... oui, oui, je les reconnais... et je reconnais l'arbre de fer dans un coin, au fond de l'un de ces petits secteurs... l'arbre de fer, avec sa branche de fer... pour les pendus

J'avais saisi le bras de mon compagnon. Le vicomte de Chagny était tout frémissant, tout prêt à crier à sa fiancée le secours qu'il lui apportait... Je redoutais qu'il ne pût se contenir.

Tout à coup, nous entendîmes du bruit à notre gauche.

Ce fut d'abord comme une porte qui s'ouvrait et se refermait, dans la pièce à côté puis il y eut un sourd gémissement. Je retins plus fortement encore le bras de M. de Chagny, puis nous entendîmes distinctement ces mots :

« C'est à prendre ou à laisser! La *messe de mariage* ou la *messe des morts.* »

Je reconnus la voix du monstre.

Il y eut encore un gémissement.

A la suite de quoi, un long silence.

J'étais persuadé, maintenant, que le monstre ignorait notre présence dans sa demeure, car s'il en eût été autrement, il se serait bien arrangé pour que nous ne l'entendions point. Il lui eût suffi pour cela de fermer hermétiquement la petite fenêtre invisible par laquelle les amateurs de supplices regardent dans la chambre des supplices.

Et puis, j'étais sûr que s'*il* avait connu notre présence, les supplices eussent commencé tout de suite.

Nous avions donc, dès lors, un gros avantage sur Erik : nous étions à ses côtés et il n'en savait rien.

L'important était de ne le lui point faire savoir, et je ne redoutais rien tant que l'impulsion du vicomte de Chagny qui voulait se ruer à travers les murs pour rejoindre Christine Daaé, dont nous croyions entendre, par intervalles, le gémissement.

« La messe des morts, ce n'est point gai! reprit la voix d'Erik, tandis que la messe de mariage, parlez-moi de cela! c'est magnifique! Il faut prendre une résolution et savoir ce que l'on veut! Moi, il m'est impossible de continuer à vivre comme ça, au fond de la terre, dans un trou, comme une taupe! *Don Juan triomphant* est terminé, maintenant je veux vivre comme tout le monde. Je veux avoir une femme comme tout le monde et nous irons nous promener le dimanche. J'ai inventé un masque qui me fait la figure de n'importe qui. On ne se retournera même pas. Tu seras la plus heureuse des femmes. Et nous chanterons pour nous tout seuls, à en mourir. Tu pleures! Tu as peur de moi! Je ne suis pourtant pas méchant au fond! Aime-moi et tu verras! *Il ne m'a manqué que d'être aimé pour être bon!* Si tu m'aimais, je serais doux comme un agneau et tu ferais de moi ce que tu voudrais. »

Bientôt le gémissement qui accompagnait cette sorte de litanie d'amour, grandit, grandit. Je n'ai jamais rien entendu de plus désespéré et M. de Chagny et moi reconnûmes que cette effrayante lamentation appartenait à Erik lui-même. Quant à Christine, elle devait, quelque part, peut-être de l'autre côté du mur que nous avions devant nous, se tenir, muette d'horreur, n'ayant plus la force de crier, avec le monstre à ses genoux.

Cette lamentation était sonore et grondante et râlante comme la plainte d'un océan. Par trois fois Erik sortit cette plainte du rocher de sa gorge.

« Tu ne m'aimes pas! Tu ne m'aimes pas! Tu ne m'aimes pas! »

Et puis, il s'adoucit :

« Pourquoi pleures-tu? Tu sais bien que tu me fais de la peine. »

Un silence.

Chaque silence pour nous était un espoir. Nous nous disions : « Il a peut-être quitté Christine derrière le mur. »

Nous ne pensions qu'à la possibilité d'avertir Christine Daaé de notre présence sans que le monstre se doutât de rien.

Nous ne pouvions sortir maintenant de la chambre des supplices que si Christine nous en ouvrait la porte; et c'est à cette condition première que nous pouvions lui porter secours, car nous ignorions même où la porte pouvait se trouver autour de nous.

Tout à coup, le silence d'à côté fut troublé par le bruit d'une sonnerie électrique.

Il y eut un bondissement de l'autre côté du mur et la voix de tonnerre d'Erik :

« On sonne! donnez-vous donc la peine d'entrer! »

Un ricanement lugubre.

« Qui est-ce qui vient encore nous déranger? Attends-moi un peu ici... *je m'en vais aller dire à la sirène d'ouvrir.* »

Et des pas s'éloignèrent, une porte se ferma. Je n'eus point le temps de songer à l'horreur nouvelle qui se préparait; j'oubliai que le monstre ne sortait que pour un crime nouveau peut-être; je ne compris qu'une chose : Christine seule était derrière le mur!

Le vicomte de Chagny l'appelait déjà.

« Christine! Christine! »

Du moment que nous entendions ce qui se disait dans la pièce à côté, il n'y avait aucune raison pour que mon compagnon ne fût pas entendu à son tour. Et, cependant, le vicomte dut répéter plusieurs fois son appel.

Enfin une faible voix parvint jusqu'à nous.

« Je rêve, disait-elle.

— Christine! Christine! c'est moi, Raoul. »

Silence.

« Mais répondez-moi, Christine!... si vous êtes seule, au nom du Ciel, répondez-moi. »

Alors la voix de Christine murmura le nom de Raoul.

« Oui! Oui! C'est moi! Ce n'est pas un rêve!... Christine, ayez confiance!... Nous sommes là pour vous sauver... mais pas une imprudence!... Quand vous entendrez le monstre, avertissez-nous.

— Raoul!... Raoul! »

Elle se fit répéter plusieurs fois qu'elle ne rêvait pas et que Raoul de Chagny avait pu venir jusqu'à elle, conduit par un compagnon dévoué qui connaissait le secret de la demeure d'Erik.

Mais aussitôt à la trop rapide joie que nous lui apportions succéda une terreur plus grande. Elle voulait que Raoul s'éloignât sur-le-champ. Elle tremblait qu'Erik ne découvrît sa cachette, car, en ce cas, il n'eût pas hésité à tuer le jeune homme. Elle nous apprit en quelques mots précipités qu'Erik était devenu tout à fait fou d'amour et qu'il était décidé *à tuer tout le monde et lui-même avec le monde,* si elle ne consentait pas à devenir sa femme devant le maire et le curé, le curé de la Madeleine. Il lui avait donné jusqu'au lendemain soir onze heures pour réfléchir. C'était le dernier délai. Il lui faudrait alors choisir, comme il disait, entre la messe de mariage et la messe des morts!

Et Erik avait prononcé cette phrase que Christine n'avait pas tout à fait comprise : « Oui ou non; si c'est non, tout le monde est mort et *enterré!* »

Mais, moi, je comprenais tout à fait cette phrase, car elle répondit d'une façon terrible à ma pensée redoutable.

« Pourriez-vous nous dire où est Erik? » demandai-je.

Elle répondit qu'il devait être sorti de la demeure.

« Pourriez-vous vous en assurer?

— Non!... Je suis attachée... je ne puis faire un mouvement. »

En apprenant cela, M. de Chagny et moi ne pûmes retenir un cri de rage. Notre salut, à tous les trois, dépendait de la liberté de mouvements de la jeune fille.

« Oh! la délivrer! Arriver jusqu'à elle!

— Mais où êtes-vous donc? demandait encore Christine... Il n'y a que deux portes dans ma chambre : la chambre Louis-Philippe, dont je vous ai parlé, Raoul!... une porte par où entre et sort

Erik, et une autre qu'il n'a jamais ouverte devant moi et qu'il m'a défendu de franchir jamais, parce qu'elle est, dit-il, la plus dangereuse des portes... la porte des supplices!...

— Christine, nous sommes derrière cette porte-là!...

— Vous êtes dans la chambre des supplices?

— Oui, mais nous ne voyons pas la porte.

— Ah! si je pouvais seulement me traîner jusque-là!... Je frapperais contre la porte et vous verriez bien l'endroit où est la porte.

— C'est une porte avec une serrure? demandai-je.

— Oui, avec une serrure. »

Je pensai : Elle s'ouvre de l'autre côté avec une clef, comme toutes les portes, mais de notre côté à nous, elle s'ouvre avec le ressort et le contrepoids, et cela ne va pas être facile à découvrir.

« Mademoiselle! fis-je, il faut absolument que vous nous ouvriez cette porte.

— Mais comment? » répondit la voix éplorée de la malheureuse... Nous entendîmes un corps qui se froissait, qui essayait de toute évidence de se libérer des liens qui l'emprisonnaient...

« Nous ne nous en tirerons qu'avec la ruse, dis-je. Il faut avoir la clef de cette porte...

— Je sais où elle est, répondit Christine qui paraissait épuisée par l'effort qu'elle venait de faire... Mais je suis bien attachée!... Le misérable!... »

Et il y eut un sanglot.

« Où est la clef? demandai-je, en ordonnant à
M. de Chagny de se taire et de me laisser conduire
l'affaire car nous n'avions pas un moment à perdre.

— Dans la chambre, à côté de l'orgue, avec une
autre petite clef en bronze à laquelle il m'a
défendu de toucher également. Elles sont toutes
deux dans un petit sac en cuir qu'il appelle :
Le petit sac de la vie et de la mort... Raoul!
Raoul!... fuyez!... tout ici est mystérieux et terrible... et Erik va devenir tout à fait fou... Et vous
êtes dans la chambre des supplices!... Allez-vous-en
par où vous êtes venus! Cette chambre-là doit avoir
des raisons pour s'appeler d'un nom pareil!

— Christine! fit le jeune homme, nous sortirons
d'ici ensemble ou nous mourrons ensemble!

— Il ne tient qu'à nous de sortir d'ici tous sains
et saufs, soufflai-je, mais il faut garder notre sang-
froid. Pourquoi vous a-t-il attachée, mademoiselle?
Vous ne pouvez pourtant pas vous sauver de chez
lui! Il le sait bien!

— J'ai voulu me tuer! Le monstre, ce soir, après
m'avoir transportée ici évanouie, à demi chloro-
formée, s'était absenté. Il était, paraît-il, — c'est
lui qui me l'a dit, — *chez son banquier!...* Quand
il est revenu, il m'a trouvée la figure en sang...
j'avais voulu me tuer! je m'étais heurté le front
contre les murs.

— Christine! gémit Raoul, et il se prit à
sangloter.

— Alors, il m'a attachée... je n'ai le droit de mourir que demain soir à onze heures!... »

Toute cette conversation à travers le mur était beaucoup plus « hachée » et beaucoup plus prudente que je ne pourrais en donner l'impression en la transcrivant ici. Souvent nous nous arrêtions au milieu d'une phrase, parce qu'il nous avait semblé entendre un craquement, un pas, un remuement insolite... Elle nous disait : « Non! Non! ce n'est pas lui!... Il est sorti! Il est bien sorti! J'ai reconnu le bruit que fait, en se refermant, le mur du lac.

— Mademoiselle! déclarai-je, c'est le monstre lui-même qui vous a attachée... c'est lui qui vous détachera... Il ne s'agit que de jouer la comédie qu'il faut pour cela!... N'oubliez pas qu'il vous aime!

— Malheureuse, entendîmes-nous, comment ferais-je pour l'oublier jamais!

— Souvenez-vous-en pour lui sourire... suppliez-le... dites-lui que ces liens vous blessent. »

Mais Christine Daaé nous fit :

« Chut!... J'entends quelque chose dans le mur du lac!... C'est lui!... Allez-vous-en!... Allez-vous-en!... Allez-vous-en!...

— Nous ne nous en irions pas, même si nous le voulions! affirmai-je de façon à impressionner la jeune fille. Nous ne pouvons plus partir! Et nous sommes dans la chambre des supplices!

— Silence! » souffla encore Christine.

Nous nous tûmes tous les trois.

Des pas lourds se traînaient lentement derrière

le mur, puis s'arrêtaient et refaisaient à nouveau gémir le parquet.

Puis il y eut un soupir formidable suivi d'un cri d'horreur de Christine et nous entendîmes la voix d'Erik.

« Je te demande pardon de te montrer un visage pareil! je suis dans un bel état, n'est-ce pas? C'est de la faute de l'*autre!* Pourquoi a-t-il sonné? Est-ce que je demande à ceux qui passent l'heure qu'il est? Il ne demandera plus l'heure à personne. C'est de la faute de la sirène... »

Encore un soupir, plus profond, plus formidable, venant du fin fond de l'abîme d'une âme.

« Pourquoi as-tu crié, Christine?

— Parce que je souffre, Erik.

— J'ai cru que je t'avais fait peur...

— Erik, desserrez mes liens... ne suis-je pas votre prisonnière?

— Tu voudras encore mourir...

— Vous m'avez donné jusqu'à demain soir, onze heures, Erik... »

Les pas se traînent encore sur le plancher.

« Après tout, puisque nous devons mourir ensemble... et que je suis aussi pressé que toi... oui, moi aussi, j'en ai assez de cette vie-là, tu comprends!... Attends, ne bouge pas, je vais te délivrer... Tu n'as qu'un mot à dire : *non!* et ce sera fini tout de suite, *pour tout le monde*... Tu as raison... tu as raison! Pourquoi attendre jusqu'à demain soir onze heures? Ah! oui, parce que ça aurait été plus beau!... j'ai toujours eu la maladie du décorum... du grandiose... c'est enfantin!... Il ne faut songer qu'à soi dans la vie!... à sa propre mort... le reste est du superflu... *Tu regardes comme je suis mouillé?...* Ah! ma chérie, c'est que j'ai eu tort de sortir... Il fait un temps à ne pas mettre un chien dehors!... A part ça, Christine, je crois bien que j'ai des hallucinations... Tu sais, celui qui sonnait tout à l'heure chez la sirène, — va-t'en voir au fond du lac s'il sonne — eh bien, il ressemblait... Là, tourne-toi... es-tu contente? Te voilà délivrée... Mon Dieu! tes poignets, Christine! je leur ai fait mal, dis?... Cela seul mérite la mort... A propos de mort, *il faut que je lui chante sa messe!* »

En entendant ces terribles propos, je ne pus m'empêcher d'avoir un affreux pressentiment... Moi aussi, j'avais sonné une fois à la porte du monstre... et sans le savoir, certes!... j'avais dû mettre en marche quelque courant avertisseur... Et je me souvenais des deux bras sortis des eaux noires comme de l'encre... Quel était encore le malheureux égaré sur ces rives?

La pensée de ce malheureux-là m'empêchait presque de me réjouir du stratagème de Christine, et, cependant, le vicomte de Chagny murmurait à mon oreille ce mot magique : délivrée!... Qui donc? Qui donc était *l'autre?* Celui pour qui nous entendions en ce moment la messe des morts?

Ah! le chant sublime et furieux! Toute la mai-

son du Lac en grondait... toutes les entrailles de la
terre en frissonnaient... Nous avions mis nos oreilles
contre le mur de glace pour mieux entendre
le jeu de Christine Daaé, le jeu qu'elle jouait
pour notre délivrance mais nous n'entendions plus
rien que le jeu de la messe des morts. Cela était
plutôt une messe de damnés... Cela faisait, au fond
de la terre, une ronde de démons.

Je me rappelle que le *Dies iræ* qu'*il* chanta nous
enveloppa comme d'un orage. Oui, nous avions de
la foudre autour de nous et des éclairs... Certes! je
l'avais entendu chanter autrefois... *Il* allait même
jusqu'à faire chanter les gueules de pierre de mes
taureaux androcéphales, sur les murs du palais de
Mazenderan... Mais chanter comme ça, jamais!
jamais! Il chantait comme le dieu du tonnerre...

Tout à coup, la voix et l'orgue s'arrêtèrent si
brusquement que M. de Chagny et moi reculâmes
derrière le mur, tant nous fûmes saisis... Et la voix
subitement changée, transformée, grinça distinctement toutes ces syllabes métalliques :

« *Qu'est-ce que tu as fait de mon sac?* »

XXIV

(Suite du récit du Persan)

LA voix répéta avec fureur :

« Qu'est-ce que tu as fait de mon sac? »

Christine Daaé ne devait pas trembler plus que
nous.

« C'était pour me prendre mon sac que tu voulais que je te délivre, dis?... »

On entendit des pas précipités, la course de
Christine qui revenait dans la chambre Louis-Philippe, comme pour chercher un abri devant notre
mur.

« Pourquoi fuis-tu? disait la voix rageuse qui
avait suivi... Veux-tu bien me rendre mon sac! Tu
ne sais donc pas que c'est le sac de la vie et de la
mort?

— Ecoutez-moi, Erik, soupira la jeune femme...

puisque désormais il est entendu que nous devons vivre ensemble... qu'est-ce que ça vous fait?... Tout ce qui est à vous m'appartient!... »

Cela était dit d'une façon si tremblante que cela faisait pitié. La malheureuse devait employer ce qui lui restait d'énergie à surmonter sa terreur... Mais ce n'était point avec d'aussi enfantines super- cheries, dites en claquant des dents, qu'on pou- vait surprendre le monstre.

« Vous savez bien qu'il n'y a là-dedans que deux clefs... Qu'est-ce que vous voulez faire? demanda- t-il.

— Je voudrais, fit-elle, visiter cette chambre que je ne connais pas et que vous m'avez toujours cachée... C'est une curiosité de femme! ajouta-t-elle, sur un ton qui voulait se faire enjoué et qui ne dut réussir qu'à augmenter la méfiance d'Erik tant il sonnait faux...

— Je n'aime pas les femmes curieuses! répliqua Erik, et vous devriez vous méfier depuis l'histoire de Barbe-Bleue... Allons! rendez-moi mon sac!... rendez-moi mon sac!... Veux-tu laisser la clef!... Petite curieuse! »

Et il ricana pendant que Christine poussait un cri de douleur... Erik venait de lui reprendre le sac.

C'est à ce moment que le vicomte, ne pouvant plus se retenir, jeta un cri de rage et d'impuissance, que je parvins bien difficilement à étouffer sur ses lèvres...

« Ah mais! fit le monstre... Qu'est-ce que c'est que ça?... Tu n'as pas entendu. Christine?

— Non! non! répondait la malheureuse; je n'ai rien entendu!

— Il me semblait qu'on avait jeté un cri!

— Un cri!... Est-ce que vous devenez fou, Erik?... Qui voulez-vous donc qui crie, au fond de cette demeure?... C'est moi qui ai crié, parce que vous me faisiez mal!... Moi, je n'ai rien entendu!...

— Comme tu me dis cela!... Tu trembles!... Te voilà bien émue!... Tu mens!... On a crié! on a crié!... Il y a quelqu'un dans la chambre des supplices!... Ah! je comprends maintenant!...

— Il n'y a personne, Erik!...

— Je comprends!...

— Personne!...

— Ton fiancé... peut-être!...

— Eh! je n'ai pas de fiancé!... Vous le savez bien!... »

Encore un ricanement mauvais.

« Du reste, c'est si facile de le savoir... Ma petite Christine, mon amour... on n'a pas besoin d'ouvrir la porte pour voir ce qui se passe dans la chambre des supplices... Veux-tu voir? veux-tu voir?... Tiens!... S'il y a quelqu'un... s'il y a vraiment quelqu'un, tu vas voir s'illuminer tout là-haut, près du plafond, la fenêtre invisible... Il suffit d'en tirer le rideau noir et puis d'éteindre ici... Là, c'est fait... Éteignons! Tu n'as pas peur de la nuit, en compagnie de ton petit mari!... »

Alors, on entendit la voix agonisante de Christine.

« Non!... J'ai peur!... Je vous dis que j'ai peur dans la nuit!... Cette chambre ne m'intéresse plus du tout!... C'est vous qui me faites tout le temps peur, comme à une enfant, avec cette chambre des supplices!... Alors, j'ai été curieuse, c'est vrai!... Mais elle ne m'intéresse plus du tout... du tout!... »

Et ce que je craignais par-dessus tout, commença *automatiquement*... Nous fûmes, tout à coup, inondés de lumière!... Oui, derrière notre mur, ce fut comme un embrasement. Le vicomte de Chagny, qui ne s'y attendait pas, en fut tellement surpris qu'il en chancela. Et la voix de colère éclata à côté.

« Je te disais qu'il y avait quelqu'un!... Là vois-tu maintenant, la fenêtre?... la fenêtre lumineuse!... Tout là-haut!.. Celui qui est derrière ce mur ne la voit pas, lui!... Mais, toi, tu vas monter sur l'échelle double. Elle est là pour cela!... Tu m'as demandé souvent à quoi elle servait... Eh bien, te voilà renseignée maintenant!... Elle sert à regarder par la fenêtre de la chambre des supplices... petite curieuse!...

— Quels supplices?... quels supplices y a-t-il là-dedans?... Erik! Erik! dites-moi que vous voulez me faire peur!... Dites-le-moi, si vous m'aimez, Erik!... N'est-ce pas qu'il n'y a pas de supplices? Ce sont des histoires pour les enfants!...

— Allez voir, ma chérie, à la petite fenêtre!... »

Je ne sais si le vicomte, à côté de moi, entendait maintenant la voix défaillante de la jeune femme, tant il était occupé du spectacle inouï qui venait de surgir à son regard éperdu... Quant à moi qui avais vu ce spectacle-là déjà trop souvent, par la petite fenêtre des *Heures roses de Mazenderan,* je n'étais occupé que de ce qui se disait à côté, y cherchant une raison d'agir, une résolution à prendre.

« Allez voir, allez voir à la petite fenêtre!... Vous me direz!... Vous me direz après *comment il a le nez fait!* »

Nous entendîmes rouler l'échelle que l'on appliqua contre le mur...

« Montez donc!... Non!... Non, je vais monter... moi, ma chérie!...

— Eh bien, oui... je vais voir... laissez-moi!

— Ah! ma petite chérie!... Ma petite chérie!... que vous êtes mignonne... Bien gentil à vous de m'épargner cette peine à mon âge!... Vous me direz comment il a le nez fait!... Si les gens se doutaient du bonheur qu'il y a à avoir un nez... un nez bien à soi... jamais ils ne viendraient se promener dans la chambre des supplices!... »

A ce moment, nous entendîmes distinctement au-dessus de nos têtes, ces mots :

« *Mon ami, il n'y a personne!...*

— Personne?... Vous êtes sûre qu'il n'y a personne?...

— Ma foi, non... il n'y a personne...

— Eh bien, tant mieux!... Qu'avez-vous, Christine?... Eh bien, quoi! Vous n'allez pas vous trouver mal!... Puisqu'il n'y a personne!... Là!... descendez!... là!... Remettez-vous! puisqu'il n'y a personne... *Mais comment trouvez-vous le paysage?...*

— Oh! très bien!...

— Allons! ça va mieux!... N'est-ce pas, ça va mieux!... Tant mieux, ça va mieux!... Pas d'émotion!... Et quelle drôle de maison, n'est-ce pas, où l'on peut voir des paysages pareils?...

— Oui, on se croirait au Musée Grévin!... Mais, dites donc, Erik... il n'y a pas de supplices là-dedans!... Savez-vous que vous m'avez fait une peur!...

— Pourquoi, puisqu'il n'y a personne!...

— C'est vous qui avez fait cette chambre-là, Erik?... Savez-vous que c'est très beau! Décidément, vous êtes un grand artiste, Erik...

— Oui, un grand artiste « dans mon genre ».

— Mais, dites-moi, Erik, pourquoi avez-vous appelé cette chambre la chambre des supplices?...

— Oh! c'est bien simple. D'abord, qu'est-ce que vous avez vu?

— J'ai vu une forêt!...

— Et qu'est-ce qu'il y a dans une forêt?

— Des arbres!...

— Et qu'est-ce qu'il y a dans un arbre?

— Des oiseaux...

— Tu as vu des oiseaux...

— Non, je n'ai pas vu d'oiseaux.

— Alors, qu'as-tu vu? cherche!... Tu as vu des branches! Et qu'est-ce qu'il y a dans une branche? dit la voix terrible... *Il y a un gibet!* Voilà pourquoi j'appelle ma forêt la chambre des supplices!... Tu vois, ce n'est qu'une façon de parler! Tout cela est pour rire!.... Moi, je ne m'exprime jamais comme les autres!... Je ne fais rien comme les autres!... Mais j'en suis bien fatigué!... bien fatigué!... J'en ai assez, vois-tu, d'avoir une forêt dans ma maison, et une chambre des supplices!... Et d'être logé comme un charlatan au fond d'une boîte à double fond!... J'en ai assez! j'en ai assez!... Je veux avoir un appartement tranquille, avec des portes et des fenêtres ordinaires et une honnête femme dedans, comme tout le monde!... Tu devrais comprendre cela, Christine, et je ne devrais pas avoir besoin de te le répéter à tout bout de champ!... Une femme comme tout le monde!... Une femme que j'aimerais, que je promènerais, le dimanche, et que je ferais rire toute la semaine! Ah! tu ne t'ennuierais pas avec moi! J'ai plus d'un tour dans mon sac, sans compter les tours de cartes!... Tiens! veux-tu que je te fasse des tours de cartes? Cela nous fera toujours passer quelques minutes, en attendant demain soir, onze heures!... Ma petite Christine!... Ma petite Christine!... Tu m'écoutes?... Tu ne me repousses plus!... dis? Tu m'aimes!... Non, tu ne m'aimes pas!... Mais ça ne fait rien! tu m'aimeras! Autrefois, tu ne pouvais pas regarder mon masque à cause que tu savais ce qu'il y a derrière... Et maintenant tu veux bien le regarder et tu oublies ce qu'il y a derrière, et tu veux bien ne plus me repousser!... On s'habitue à tout, quand on veut bien... quand on a la bonne volonté!... Que de jeunes gens qui ne s'aimaient pas avant le mariage se sont adorés après! Ah! je ne sais plus ce que je dis... Mais tu t'amuserais bien avec moi!... Il n'y en a pas un comme moi, par exemple, ça, je le jure devant le bon Dieu qui nous mariera — si tu es raisonnable — il n'y en a pas un comme moi pour faire le ventriloque! Je suis le premier ventriloque du monde!... Tu ris!... Tu ne me crois peut-être pas!... Ecoute! »

Le misérable (qui était, en effet, le premier ventriloque du monde) étourdissait la petite (je m'en rendais parfaitement compte) pour détourner son attention de la chambre des supplices!... Calcul stupide!... Christine ne pensait qu'à nous!... Elle répéta à plusieurs reprises, sur le ton le plus doux qu'elle put trouver et de la plus ardente supplication :

« Eteignez la petite fenêtre!... Erik! éteignez donc la petite fenêtre!... »

Car elle pensait bien que cette lumière, soudain apparue à la petite fenêtre, et dont le monstre avait parlé d'une façon si menaçante, avait sa raison terrible d'être... Une seule chose devait momentanément la tranquilliser, c'est qu'elle nous avait vus tous deux, derrière le mur, au centre du magnifique embrasement, debout et bien portants!... Mais elle eût été plus rassurée, certes!... si la lumière s'était éteinte...

L'autre avait déjà commencé à faire le ventriloque. Il disait :

« Tiens, je soulève un peu mon masque! Oh! un peu seulement... Tu vois mes lèvres? Ce que j'ai de lèvres? Elles ne remuent pas!... Ma bouche est fermée... mon espèce de bouche... et cependant tu entends ma voix!... Je parle avec mon ventre... c'est tout naturel... on appelle ça être ventriloque!... C'est bien connu : écoute ma voix... où veux-tu qu'elle aille? Dans ton oreille gauche? dans ton oreille droite?... dans la table?... dans les petits coffrets d'ébène de la cheminée?... Ah! cela t'étonne... Ma voix est dans les petits coffrets de la cheminée! La veux-tu lointaine?... La veux-tu prochaine?... Retentissante?... Aiguë?... Nasillarde?... Ma voix se promène partout!... partout!... Ecoute, ma chérie... dans le petit coffret de droite de la cheminée, et écoute ce qu'elle dit : *Faut-il tourner le scorpion?...* Et maintenant, crac! écoute encore ce qu'elle dit dans le petit coffret de gauche : *Faut-il tourner la sauterelle?...* Et maintenant, crac! La voici dans le petit sac en cuir... Qu'est-ce qu'elle dit? « Je suis « le petit *sac de la vie et de la mort!* » Et maintenant, crac!... la voici dans la gorge de la Carlotta, au fond de la gorge dorée, de la gorge de cristal de la Carlotta, ma parole!... Qu'est-ce qu'elle dit? Elle dit : « C'est moi, monsieur crapaud! c'est « moi qui chante : *J'écoute cette voix solitaire...*

« *couac!... qui chante dans mon couac!...* » Et maintenant, crac, elle est arrivée sur une chaise de la
loge du fantôme... et elle dit : « Madame Carlotta
« chante ce soir *à décrocher le lustre!...* » Et maintenant, crac!... Ah! ah! ah! ah!... où est la voix
d'Erik?... Ecoute, Christine, ma chérie!... Ecoute...
Elle est derrière la porte de la chambre des supplices!... Ecoute-moi!... C'est moi qui suis dans la
chambre des supplices!... Et qu'est-ce que je dis?
Je dis : « Malheur à ceux qui ont le bonheur
« d'avoir un nez, un vrai nez à eux et qui viennent
« se promener dans la chambre des supplices!...
« Ah! ah! ah! »

Maudite voix du formidable ventriloque! Elle
était partout, partout!... Elle passait par la petite
fenêtre invisible... à travers les murs... elle courait
autour de nous... entre nous... Erik était là!... Il
nous parlait!... Nous fîmes un geste comme pour
nous jeter sur lui.... mais, déjà, plus rapide, plus
insaisissable que la voix sonore de l'écho, la voix
d'Erik avait rebondi derrière le mur!...

Bientôt, nous ne pûmes plus rien entendre du
tout, car voici ce qui se passa :

La voix de Christine :

« Erik! Erik!... Vous me fatiguez avec votre
voix... Taisez-vous, Erik!... Ne trouvez-vous pas qu'il
fait chaud ici?...

— Oh! Oui! répond la voix d'Erik, la chaleur
devient insupportable!... »

Et encore la voix râlante d'angoisse de Christine :

« Qu'est-ce que c'est que ça!... Le mur est tout chaud!... Le mur est brûlant!...

— Je vais vous dire, Christine, ma chérie, c'est à cause de « la forêt d'à côté!... ».

— Eh bien,... que voulez-vous dire!... la forêt?...

— *Vous n'avez donc pas vu que c'était une forêt du Congo?* »

Et le rire du monstre s'éleva si terrible que nous ne distinguions plus les clameurs suppliantes de Christine!... Le vicomte de Chagny criait et frappait contre les murs comme un fou... Je ne pouvais plus le retenir... Mais on n'entendait que le rire du monstre... et le monstre lui-même ne dut entendre que son rire... Et puis il y eut le bruit d'une rapide lutte, d'un corps qui tombe sur le plancher et que l'on traîne... et l'éclat d'une porte fermée à toute volée... et puis, plus rien, plus rien autour de nous que le silence embrasé de midi... au cœur d'une forêt d'Afrique!...

·· ·· ·· ·· ·· ·· ·· ·· ·· ·· ·· ·· ·· ·· ·· ·· ··

XXV

« TONNEAUX! TONNEAUX!
AVEZ-VOUS DES TONNEAUX A VENDRE? »

(Suite du récit du Persan.)

J'AI DIT que cette chambre dans laquelle nous nous trouvions, M. le vicomte de Chagny et moi, était régulièrement hexagonale et garnie entièrement de glaces. On a vu depuis, notamment, dans certaines expositions, de ces sortes de chambres absolument disposées ainsi et appelées : « maison des mirages » ou « palais des illusions ». Mais l'invention en revient entièrement à Erik, qui construisit, sous mes yeux, la première salle de ce genre lors des *Heures roses de Mazenderan.* Il suffisait de disposer dans les coins quelque motif décoratif, comme une colonne, par exemple, pour avoir instantanément un palais aux mille colonnes, car, par l'effet des glaces, la salle réelle s'augmentait de six salles hexagonales dont chacune se multipliait à l'infini. Jadis, pour amuser « la petite sultane »,

il avait ainsi disposé un décor qui devenait le
« temple innombrable »; mais la petite sultane se
fatigua vite d'une aussi enfantine illusion, et alors
Erik transforma son invention en chambre des supplices. Au lieu du motif architectural posé dans les
coins, il mit au premier tableau un arbre de fer.
Pourquoi, cet arbre, qui imitait parfaitement la
vie, avec ses feuilles peintes, était-il en fer? Parce
qu'il devait être assez solide pour résister à toutes
les attaques du « patient » que l'on enfermait
dans la chambre des supplices. Nous verrons comment, par deux fois, le décor ainsi obtenu se trans-
formait instantanément en deux autres décors
successifs, grâce à la rotation automatique des tambours qui se trouvaient dans les coins et qui avaient
été divisés par tiers, épousant les angles des glaces
et supportant chacun un motif décoratif qui apparaissait tour à tour.

Les murs de cette étrange salle n'offraient aucune
prise au patient, puisque, en dehors du motif décoratif d'une solidité à toute épreuve, ils étaient
uniquement garnis de glaces et de glaces assez
épaisses pour qu'elles n'eussent rien à redouter de
la rage du misérable que l'on jetait là, du reste, les
mains et les pieds nus.

Aucun meuble. Le plafond était lumineux. Un
système ingénieux de chauffage électrique qui a été
imité depuis, permettait d'augmenter la tempéra-
ture des murs à volonté et de donner ainsi à la salle
l'atmosphère souhaitée...

Je m'attache à énumérer tous les détails précis d'une invention toute naturelle donnant cette illusion surnaturelle, avec quelques branches peintes, d'une forêt équatoriale embrasée par le soleil de midi, pour que nul ne puisse mettre en doute la tranquillité actuelle de mon cerveau, pour que nul n'ait le droit de dire : « Cet homme est devenu fou » ou « cet homme ment », ou « cet homme nous prend pour des imbéciles (1) ».

Si j'avais simplement raconté les choses ainsi : « Etant descendus au fond d'une cave, nous rencontrâmes une forêt équatoriale embrasée par le soleil de midi », j'aurais obtenu un bel effet d'étonnement stupide, mais je ne cherche aucun effet, mon but étant, en écrivant ces lignes, de raconter ce qui nous est exactement arrivé à M. le vicomte de Chagny et à moi au cours d'une aventure terrible qui, un moment, a occupé la justice de ce pays.

Je reprends maintenant les faits où je les ai laissés.

Quand le plafond s'éclaira et, qu'autour de nous, la forêt s'illumina, la stupéfaction du vicomte dépassa tout ce que l'on peut imaginer. L'apparition de cette forêt impénétrable dont les troncs et les branches innombrables nous enlaçaient *jusqu'à l'infini*, le plongea dans une consternation

(1) A l'époque où écrivait le Persan, on comprend très bien qu'il ait pris tant de précautions contre l'esprit d'incrédulité ; aujourd'hui où tout le monde a pu voir de ces sortes de salles, elles seraient superflues.

effrayante. Il se passa les mains sur le front comme pour en chasser une vision de rêve et ses yeux clignotèrent comme des yeux qui ont peine, au réveil, à reprendre connaissance de la réalité des choses. Un instant, il en oublia *d'écouter!*

J'ai dit que l'apparition de la forêt ne me surprit point. Aussi écoutai-je ce qui se passait dans la salle d'à côté pour nous deux. Enfin, mon attention était spécialement attirée moins par le décor, dont ma pensée se débarrassait, que par la glace elle-même qui le produisait. Cette glace, par endroits, *était brisée.*

Oui, elle avait des éraflures; on était parvenu à « l'étoiler », malgré sa solidité et cela me prouvait, à n'en pouvoir douter, que la chambre des supplices dans laquelle nous nous trouvions, *avait déjà servi!*

Un malheureux, dont les pieds et les mains étaient moins nus que les condamnés des *Heures Roses de Mazenderan* était certainement tombé dans cette « Illusion mortelle », et, fou de rage, avait heurté ces miroirs qui, malgré leurs blessures légères, n'en avaient pas moins continué à refléter son agonie! Et la branche de l'arbre où il avait terminé son supplice était disposée de telle sorte qu'avant de mourir, il avait pu voir gigoter avec lui — consolation suprême — mille pendus!

Oui! oui! Joseph Buquet avait passé par là!...

Allions-nous mourir comme lui?

Je ne le pensais pas, car je savais que nous avions

quelques heures devant nous et que je pourrais les
employer plus utilement que Joseph Buquet n'avait
été capable de le faire.

N'avais-je pas une connaissance approfondie de
la plupart des « trucs » d'Erik? C'était le cas ou
jamais de m'en servir.

D'abord, je ne songeai plus du tout à revenir
par le passage qui nous avait conduits dans cette
chambre maudite, je ne m'occupai point de la possibilité de refaire jouer la pierre intérieure qui fer-
mait ce passage. La raison en était simple : je
n'en avais pas le moyen!... Nous avions sauté de
trop haut dans la chambre des supplices et aucun
meuble ne nous permettait désormais d'atteindre
à ce passage, pas même la branche de l'arbre de
fer, pas même les épaules de l'un de nous en guise
de marchepied.

Il n'y avait plus qu'une issue possible, celle
qui ouvrait sur la chambre Louis-Philippe, et dans
laquelle se trouvaient Erik et Christine Daaé. Mais
si cette issue était à l'état ordinaire de porte du
côté de Christine, elle était absolument invisible
pour nous... Il fallait donc tenter de l'ouvrir sans
même savoir où elle prenait sa place, ce qui n'était
point une besogne ordinaire.

Quand je fus bien sûr qu'il n'y avait plus aucun
espoir pour nous, du côté de Christine Daaé, quand
j'eus entendu le monstre entraîner ou plutôt traîner la malheureuse jeune fille hors de la chambre
Louis-Philippe *pour qu'elle ne dérangeât point*

notre supplice, je résolus de me mettre tout de suite à la besogne, c'est-à-dire à la recherche du truc de la porte.

Mais d'abord il me fallut calmer M. de Chagny, qui déjà se promenait dans la clairière comme un halluciné, en poussant des clameurs incohérentes. Les bribes de la conversation qu'il avait pu su - prendre, malgré son émoi, entre Christine et le monstre, n'avaient point peu contribué à le mettre hors de lui; si vous ajoutez à cela le coup de la forêt magique et l'ardente chaleur qui commençait à faire ruisseler la sueur sur ses tempes, vous n'aurez point de peine à comprendre que l'humeur de M. de Chagny commençait à subir une certaine exaltation. Malgré toutes mes recommandations, mon compagnon ne montrait plus aucune prudence.

Il allait et venait sans raison, se précipitant vers un espace inexistant, croyant entrer dans une allée qui le conduisait à l'horizon et se heurtant le front, après quelques pas, au reflet même de son illusion de forêt!

Ce faisant, il criait : Christine! Christine!... et il agitait son pistolet, appelant encore de toutes ses forces le monstre, défiant en un duel à mort l'Ange de la Musique, et il injuriait également sa forêt illusoire. C'était le supplice qui produisait son effet sur un esprit non prévenu. J'essayai autant que possible de le combattre, en raisonnant le plus tranquillement du monde ce pauvre vicomte : en

lui faisant toucher du doigt les glaces et l'arbre
de fer, les branches sur les tambours et en lui expli-
quant, d'après les lois de l'optique, toute l'image-
rie lumineuse dont nous étions enveloppés et dont
nous ne pouvions, comme de vulgaires ignorants,
être les victimes!

« Nous sommes dans une chambre, une petite
chambre, voilà ce qu'il faut vous répéter sans cesse...
et nous sortirons de cette chambre quand nous
en aurons trouvé la porte. Eh bien, cherchons-la! »

Et je lui promis que, s'il me laissait faire, sans
m'étourdir de ses cris et de ses promenades de fou,
j'aurais trouvé le truc de la porte avant une heure.

Alors, il s'allongea sur le parquet, comme on fait
dans les bois, et déclara qu'il attendrait que j'eusse
trouvé la porte de la forêt, puisqu'il n'avait rien
de mieux à faire! Et il crut devoir ajouter que de
l'endroit où il se trouvait, « la vue était splen-
dide ». (Le supplice, malgré tout ce que j'avais pu
dire, agissait.)

Quant à moi, *oubliant la forêt,* j'entrepris un
panneau de glaces et me mis à le tâter en tous
sens, *y cherchant le point faible,* sur lequel il fallait appuyer pour faire tourner les portes suivant
le système des portes et trappes pivotantes d'Erik.
Quelquefois ce point faible pouvait être une simple
tache sur la glace, grosse comme un petit pois, et
sous laquelle se trouvait le ressort à faire jouer. Je
cherchai! Je cherchai! Je tâtai si haut que mes
mains pouvaient atteindre. Erik était à peu près

de la même taille que moi et je pensais qu'il n'avait point disposé le ressort plus haut qu'il ne fallait pour sa taille — ce n'était du reste qu'une hypothèse, mais mon seul espoir. — J'avais décidé de faire ainsi, sans faiblesse, et minutieusement le tour des six panneaux de glaces et ensuite d'examiner également fort attentivement le parquet.

En même temps que je tâtais les panneaux avec le plus grand soin, je m'efforçais de ne point perdre une minute car la chaleur me gagnait de plus en plus et nous cuisions littéralement dans cette forêt enflammée.

Je travaillais ainsi depuis une demi-heure et j'en avais déjà fini avec trois panneaux quand notre mauvais sort voulut que je me retournasse à une sourde exclamation poussée par le vicomte.

« J'étouffe! disait-il... Toutes ces glaces se renvoient une chaleur infernale!... Est-ce que vous allez bientôt trouver votre ressort?... Pour peu que vous tardiez, nous allons rôtir ici! »

Je ne fus point mécontent de l'entendre parler ainsi. Il n'avait pas dit un mot de la forêt et j'espérai que la raison de mon compagnon pourrait lutter assez longtemps encore contre le supplice. Mais il ajouta :

« Ce qui me console, c'est que le monstre a donné jusqu'à demain soir onze heures à Christine : si nous ne pouvons sortir de là et lui porter secours, au moins nous serons morts avant elle! La messe d'Erik pourra servir pour tout le monde! »

Et il aspira une bouffée d'air chaud qui le fit presque défaillir...

Comme je n'avais point les mêmes désespérées raisons que M. le vicomte de Chagny pour accepter le trépas, je me retournai, après quelques paroles d'encouragement, vers mon panneau, mais j'avais eu tort, en parlant de faire quelques pas; si bien que dans l'enchevêtrement inouï de la forêt illusoire, je ne retrouvai plus, à coup sûr, mon panneau! Je me voyais obligé de tout recommencer, au hasard... Aussi je ne pus m'empêcher de manifester ma déconvenue et le vicomte comprit que tout était à refaire. Cela lui donna un nouveau coup.

« Nous ne sortirons jamais de cette forêt! » gémit-il.

Et son désespoir ne fit plus que grandir. Et, en grandissant, son désespoir lui faisait de plus en plus oublier qu'il n'avait affaire qu'à des glaces et de plus en plus croire qu'il était aux prises avec une forêt véritable.

Moi, je m'étais remis à chercher... à tâter... La fièvre, à mon tour, me gagnait... car je ne trouvais rien... absolument rien... Dans la chambre à côté c'était toujours le même silence. Nous étions bien perdus dans la forêt... sans issue... sans boussole... sans guide... sans rien. Oh! je savais ce qui nous attendait si personne ne venait à notre secours... ou si je ne trouvais pas le ressort... Mais j'avais beau chercher le ressort, je ne trouvais que des branches... d'admirables belles branches qui se dressaient toutes droites devant moi ou s'arrondissaient précieusement au-dessus de ma tête... Mais elles ne donnaient point d'ombre! C'était assez naturel, du reste, puisque nous étions dans une forêt équatoriale avec le soleil juste au-dessus de nos têtes... une forêt du Congo...

A plusieurs reprises, M. de Chagny et moi, nous avions retiré et remis notre habit, trouvant tantôt qu'il nous donnait plus de chaleur et tantôt qu'il nous garantissait, au contraire, de cette chaleur.

Moi, je résistais encore moralement, mais M. de Chagny me parut tout à fait « parti ». Il prétendait qu'il y avait bien trois jours et trois nuits qu'il marchait sans s'arrêter dans cette forêt, à la recherche de Christine Daaé. De temps en temps, il croyait l'apercevoir derrière un tronc d'arbre ou glissant à travers les branches, et il l'appelait avec des mots suppliants qui me faisaient venir les larmes aux yeux. « Christine! Christine! disait-il, pourquoi me fuis-tu? ne m'aimes-tu pas?... Ne sommes-nous pas fiancés?... Christine, arrête-toi!... Tu vois bien que je suis épuisé!... Christine, aie pitié!... Je vais mourir dans la forêt... loin de toi!... »

« Oh! j'ai soif! » dit-il enfin avec un accent délirant.

Moi aussi j'avais soif... j'avais la gorge en feu...

Et cependant, accroupi maintenant sur le parquet, cela ne m'empêchait pas de chercher . cher-

cher... chercher le ressort de la porte invisible...
d'autant plus que le séjour dans la forêt devenait
dangereux à l'approche du soir... Déjà l'ombre de
la nuit commençait à nous envelopper... cela était
venu très vite, comme tombe la nuit dans les pays
équatoriaux... subitement, avec à peine de crépuscule...

Or la nuit dans les forêts de l'équateur est toujours dangereuse, surtout lorsque, comme nous,
on n'a pas de quoi allumer du feu pour éloigner
les bêtes féroces. J'avais bien tenté, délaissant un
instant la recherche de mon ressort, de briser des
branches que j'aurais allumées avec ma lanterne
sourde, mais je m'étais heurté, moi aussi, aux
fameuses glaces, et cela m'avait rappelé à temps que
nous n'avions affaire qu'à des images de branches...

Avec le jour, la chaleur n'était pas partie, au
contraire... Il faisait maintenant encore plus chaud
sous la lueur bleue de la lune. Je recommandai au
vicomte de tenir nos armes prêtes à faire feu et
de ne point s'écarter du lieu de notre campement.
cependant que je cherchais toujours mon ressort.

Tout à coup le rugissement du lion se fit
entendre, à quelques pas. Nous en eûmes les
oreilles déchirées.

« Oh! fit le vicomte à voix basse, il n'est pas
loin!... Vous ne le voyez pas?... là... à travers les
arbres! dans ce fourré... S'il rugit encore, je tire!... »

Et le rugissement recommença, plus formidable.
Et le vicomte tira, mais je ne pense pas qu'il attei-

gnit le lion; seulement, il cassa une glace; je le constatai le lendemain matin à l'aurore. Pendant la nuit, nous avions dû faire un bon chemin, car nous nous trouvâmes soudain au bord du désert, d'un immense désert de sable, de pierres et de rochers. Ce n'était vraiment point la peine de sortir de la forêt pour tomber dans le désert. De guerre lasse, je m'étais étendu à côté du vicomte, personnellement fatigué de chercher des ressorts que je ne trouvais pas.

J'étais tout à fait étonné (et je le dis au vicomte) que nous n'ayons point fait d'autres mauvaises rencontres, pendant la nuit. Ordinairement, après le lion, il y avait le léopard, et puis quelquefois le bourdonnement de la mouche tsé-tsé. C'étaient là des effets très faciles à obtenir, et j'expliquai à M. de Chagny, pendant que nous nous reposions avant de traverser le désert, qu'Erik obtenait le rugissement du lion avec un long tambourin, terminé par une peau d'âne à une seule de ses extrémités. Sur cette peau est bandée une corde à boyau attachée par son centre à une autre corde du même genre qui traverse le tambour dans toute sa hauteur. Erik n'a alors qu'à frotter cette corde avec un gant enduit de colophane et, par la façon dont il frotte, il imite à s'y méprendre la voix du lion ou du léopard, ou même le bourdonnement de la mouche tsé-tsé.

Cette idée qu'Erik pouvait être dans la chambre, à côté, avec ses trucs, me jeta soudain dans la résolution d'entrer en pourparlers avec lui, car, évidemment, il fallait renoncer à l'idée de le surprendre. Et maintenant, il devait savoir à quoi s'en tenir sur les habitants de la chambre des supplices. Je l'appelai : Erik! Erik!... Je criai le plus fort que je pus à travers le désert, mais nul ne répondit à ma voix... Partout autour de nous, le silence et l'immensité nue de ce désert *pétré*... Qu'allions-nous devenir au milieu de cette affreuse solitude?...

Littéralement, nous commencions à mourir de chaleur, de faim et de soif... de soif surtout... Enfin, je vis M. de Chagny se soulever sur son coude et me désigner un point de l'horizon... Il venait de découvrir l'oasis!...

Oui, tout là-bas, là-bas, le désert faisait place à l'oasis... une oasis avec de l'eau... de l'eau limpide comme une glace... de l'eau qui reflétait l'arbre de fer!... Ah ça... c'était le tableau du *mirage*... je le reconnus tout de suite... le plus terrible... Aucun n'avait pu y résister... aucun... Je m'efforçais de retenir toute ma raison... *et de ne pas espérer l'eau*... parce que je savais que si l'on espérait l'eau, l'eau qui reflétait l'arbre de fer et que si, après avoir espéré l'eau, on se heurtait à la glace, il n'y avait plus qu'une chose à faire : se pendre à l'arbre de fer!...

Aussi, je criai à M. de Chagny : « C'est le mirage!... c'est le mirage!... ne croyez pas à l'eau!... c'est encore le truc de la glace!... » Alors il m'envoya, comme on dit, carrément promener, avec mon truc de la glace, mes ressorts, mes portes tournantes et mon palais des mirages!... Il affirma, rageur, que j'étais fou ou aveugle pour imaginer que toute cette eau qui coulait là-bas, entre de si beaux innombrables arbres, n'était point de la vraie eau!... Et le désert était vrai! Et la forêt aussi!... Ce n'était pas à lui qu'il fallait « en faire accroire »... il avait assez voyagé... et dans tous les pays...

Et il se traîna, disant :

« De l'eau! De l'eau!... »

Et il avait la bouche ouverte comme s'il buvait...

Et moi aussi, j'avais la bouche ouverte comme si je buvais...

Car non seulement nous la voyions, l'eau, mais encore *nous l'entendions!*... Nous l'entendions couler... clapoter!... Comprenez-vous ce mot *clapoter?*... *C'est un mot que l'on entend avec la langue!*... La langue se tire hors de la bouche pour mieux l'écouter!...

Enfin, supplice plus intolérable que tout, nous entendîmes la pluie et il ne pleuvait pas! Cela, c'était l'invention démoniaque... Oh! je savais très bien aussi comment Erik l'obtenait! Il remplissait de petites pierres une boîte très étroite et très longue, coupée par intervalles de vannes de bois et de métal. Les petites pierres, en tombant, rencontraient ces vannes et ricochaient de l'une à l'autre, et il s'ensuivait des sons saccadés qui rappelaient à s'y tromper le grésillement d'une pluie d'orage.

... Aussi, il fallait voir comme nous tirions la

langue, M. de Chagny et moi, en nous traînant vers
la rive clapotante... *nos yeux et nos oreilles étaient
pleins d'eau, mais notre langue restait sèche comme
de la corne!...*

Arrivé à la glace, M. de Chagny la lécha... et
moi aussi... je léchai la glace...

Elle était ardente!...

Alors nous roulâmes par terre, avec un râle désespéré. M. de Chagny approcha de sa tempe le dernier pistolet qui était resté chargé et moi je regardai, à mes pieds, le lacet du Pendjab.

Je savais pourquoi, dans ce troisième décor, était
revenu l'arbre de fer!...

L'arbre de fer m'attendait!...

Mais comme je regardais le lacet du Pendjab, je
vis une chose qui me fit tressaillir si violemment
que M. de Chagny en fut arrêté dans son mouvement de suicide. Déjà, il murmurait : « Adieu,
Christine!... »

Je lui avais pris le bras. Et puis je lui pris le
pistolet... et puis je me traînai à genoux jusqu'à ce
que j'avais vu.

Je venais de découvrir auprès du lacet du Pendjab, dans la rainure du parquet, un clou à tête
noire dont je n'ignorais pas l'usage...

Enfin! je l'avais trouvé le ressort!... le ressort qui
allait faire jouer la porte!... qui allait nous donner la liberté!... qui allait nous livrer Erik.

Je tâtai le clou... Je montrai à M. de Chagny

une figure rayonnante!... Le clou à tête noire cédait sous ma pression...

Et alors...

... Et alors ce ne fut point une porte qui s'ouvrit dans le mur, mais une trappe qui se déclencha dans le plancher.

Aussitôt, de ce trou noir, de l'air frais nous arriva. Nous nous penchâmes sur ce carré d'ombre comme sur une source limpide. Le menton dans l'ombre fraîche, nous la buvions.

Et nous nous courbions de plus en plus au-dessus de la trappe. Que pouvait-il bien y avoir dans ce trou, dans cette cave qui venait d'ouvrir mystérieusement sa porte dans le plancher?...

Il y avait peut-être, là-dedans, de l'eau?...

De l'eau pour boire...

J'allongeai le bras dans les ténèbres et je rencontrai une pierre, et puis une autre... un escalier... un noir escalier qui descendait à la cave.

Le vicomte était déjà prêt à se jeter dans le trou!...

Là-dedans, même si on ne trouvait point d'eau, on pourrait échapper à l'étreinte rayonnante de ces abominables miroirs.

Mais j'arrêtai le vicomte, car je craignais un nouveau tour du monstre et, ma lanterne sourde allumée, je descendis le premier...

L'escalier plongeait dans les ténèbres les plus profondes et tournait sur lui-même. Ah! l'adorable fraîcheur de l'escalier et des ténèbres!...

Cette fraîcheur devait moins venir du système de ventilation établi nécessairement par Erik que de la fraîcheur même de la terre qui devait être toute saturée d'eau au niveau où nous nous trouvions... Et puis, le lac ne devait pas être loin!...

Nous fûmes bientôt au bas de l'escalier... Nos yeux commençaient à se faire à l'ombre, à distinguer autour de nous, des formes... des formes rondes... sur lesquelles je dirigeai le jet lumineux de ma lanterne...

Des tonneaux!...

Nous étions dans la cave d'Erik!

C'est là qu'il devait enfermer son vin et peut-être son eau potable...

Je savais qu'Erik était très amateur de bons crus...

Ah! il y avait là de quoi boire!...

M. de Chagny caressait les formes rondes et répétait inlassablement :

« Des tonneaux! des tonneaux!... Que de tonneaux!... »

En fait, il y en avait une certaine quantité alignée fort symétriquement sur deux files entre lesquelles nous nous trouvions...

C'étaient des petits tonneaux et j'imaginai qu'Erik les avait choisis de cette taille pour la facilité du transport dans la maison du Lac!...

Nous les examinions les uns après les autres cherchant si l'un d'entre eux n'avait point quelque chantepleure nous indiquant par cela même qu'on y aurait puisé de temps à autre.

Mais tous les tonneaux étaient fort hermétiquement clos.

Alors, après en avoir soulevé un à demi pour constater qu'il était plein, nous nous mîmes à genoux et avec la lame d'un petit couteau que j'avais sur moi, je me mis en mesure de faire sauter la « bonde ».

A ce moment, il me sembla entendre, comme venant de très loin, une sorte de chant monotone dont le rythme m'était connu, car je l'avais entendu très souvent dans les rues de Paris :

« Tonneaux!... Tonneaux!... Avez-vous des tonneaux... à vendre?... »

Ma main en fut immobilisée sur la bonde... M. de Chagny aussi avait entendu. Il me dit :

« C'est drôle!... on dirait que c'est le tonneau qui chante!... »

Le chant reprit plus lointainement...

« Tonneaux!... Tonneaux!... Avez-vous des tonneaux à vendre?... »

« Oh! oh! je vous jure, fit le vicomte, que le chant s'éloigne *dans* le tonneau!... »

Nous nous relevâmes et allâmes regarder derrière le tonneau...

« C'est dedans! faisait M. de Chagny; c'est dedans!... »

Mais nous n'entendions plus rien... et nous en fûmes réduits à accuser le mauvais état, le trouble réel de nos sens...

Et nous revînmes à la bonde. M. de Chagny

mit ses deux mains réunies dessous et d'un dernier effort, je fis sauter la bonde.

« Qu'est-ce que c'est que ça? s'écria tout de suite le vicomte... Ce n'est pas de l'eau! »

Le vicomte avait approché ses deux mains pleines de ma lanterne... Je me penchai sur les mains du vicomte... et, aussitôt, je rejetai ma lanterne si brusquement loin de nous qu'elle se brisa et s'éteignit... et se perdit pour nous...

Ce que je venais de voir dans les mains de M. de Chagny... c'était de la poudre!

XXVI

FAUT-IL TOURNER LE SCORPION?
FAUT-IL TOURNER LA SAUTERELLE?

(Fin du récit du Persan)

Ainsi, en descendant au fond du caveau, j'avais touché le fin fond de ma pensée redoutable! Le misérable ne m'avait point trompé avec ses vagues menaces à l'adresse de beaucoup de ceux de la race humaine! Hors de l'humanité, il s'était bâti loin des hommes un repaire de bête souterraine, bien résolu à tout faire sauter avec lui dans une éclatante catastrophe si ceux du dessus de la terre venaient le traquer dans l'antre où il avait réfugié sa monstrueuse laideur.

La découverte que nous venions de faire nous jeta dans un émoi qui nous fit oublier toutes nos peines passées, toutes nos souffrances présentes... Notre exceptionnelle situation, alors même que tout à l'heure nous nous étions trouvés sur le bord même du suicide, ne nous était pas encore appa-

rue avec plus de précise épouvante. Nous comprenions maintenant tout ce qu'avait voulu dire et
tout ce qu'avait dit le monstre à Christine Daaé
et tout ce que signifiait l'abominable phrase : « *Oui
ou non!... Si c'est non, tout le monde est mort et
enterré!...* » Oui, enterré sous les débris de ce qui
avait été le grand Opéra de Paris!... Pouvait-on
imaginer plus effroyable crime pour quitter le
monde dans une apothéose d'horreur? Préparée
pour la tranquillité de sa retraite, la catastrophe
allait servir à venger les amours du plus horrible
monstre qui se fût encore promené sous les cieux!...
« Demain soir, à onze heures, dernier délai!... » Ah!
il avait bien choisi son heure!... Il y aurait beaucoup de monde à la fête!... beaucoup de ceux de
la race humaine... là-haut... dans les dessus flam-
boyants de la maison de musique!... Quel plus beau
cortège pourrait-il rêver pour mourir?... Il allait
descendre dans la tombe avec les plus belles épaules
du monde, parées de tous les bijoux... Demain soir,
onze heures!... Nous devions sauter en pleine représentation... si Christine Daaé disait : Non!... Demain
soir, onze heures!... Et comment Christine Daaé
ne dirait-elle point : Non? Est-ce qu'elle ne préfé-
rait pas se marier avec la mort même qu'avec ce
cadavre vivant? Est-ce qu'elle n'ignorait pas que de
son refus dépendait le sort foudroyant de beaucoup
de ceux de la race humaine?... Demain soir, onze
heures!...

Et, en nous traînant dans les ténèbres, en fuyant

la poudre, en essayant de retrouver les marches de
pierre... car tout là-haut, au-dessus de nos têtes...
la trappe qui conduit dans la chambre des miroirs,
à son tour s'est éteinte... nous nous répétons :
Demain soir, onze heures!...

... Enfin, je retrouve l'escalier... mais tout à coup,
je me redresse tout droit sur la première marche,
car une pensée terrible m'embrase soudain le cerveau :

« *Quelle heure est-il?* »

Ah! quelle heure est-il? quelle heure!... car enfin
demain soir, onze heures, c'est peut-être aujour-
d'hui, c'est peut-être tout de suite!... qui pourrait
nous dire l'heure qu'il est!... Il me semble que
nous sommes enfermés dans cet enfer depuis des
jours et des jours... depuis des années... depuis le
commencement du monde... Tout cela va peut-être
sauter à l'instant!... Ah! un bruit!... un craquement!... Avez-vous entendu, monsieur?... Là!... là,
dans ce coin... grands dieux!... comme un bruit de
mécanique!... Encore!... Ah! de la lumière!... c'est
peut-être la mécanique qui va tout faire sauter!...
je vous dis : un craquement... vous êtes donc sourd?

M. de Chagny et moi, nous nous mettons à crier
comme des fous... la peur nous talonne... nous gra-
vissons l'escalier en roulant sur les marches... La
trappe est peut-être fermée là-haut! C'est peut-être
cette porte fermée qui fait tout ce noir... Ah! sortir du noir! sortir du noir!... Retrouver la clarté
mortelle de la chambre des Miroirs!...

... Mais nous sommes arrivés en haut de l'escalier... non, la trappe n'est pas fermée, mais il fait aussi noir maintenant dans la chambre des miroirs que dans la cave que nous quittons!... Nous sortons tout à fait de la cave... nous nous traînons sur le plancher de la chambre des supplices... le plancher qui nous sépare de cette poudrière... quelle heure est-il?... Nous crions, nous appelons!... M. de Chagny clame, de toutes ses forces renaissantes : « Christine!... Christine!... » Et moi, j'appelle Erik!... je lui rappelle que je lui ai sauvé la vie!... Mais rien ne nous répond!... rien que notre propre désespoir... que notre propre folie... quelle heure est-il?... « Demain soir, onze heures!... » Nous discutons... nous nous efforçons de mesurer le temps que nous avons passé ici... mais nous sommes incapables de raisonner... Si on pouvait voir seulement le cadran d'une montre, avec des aiguilles qui marchent!... Ma montre est arrêtée depuis longtemps... mais celle de M. de Chagny marche encore... Il me dit qu'il l'a remontée en procédant à sa toilette de soirée, avant de venir à l'Opéra... Nous essayons de tirer de ce fait quelque conclusion qui nous laisse espérer que nous n'en sommes pas encore arrivés à la minute fatale...

... La moindre sorte de bruit qui nous vient par la trappe que j'ai en vain essayé de refermer, nous rejette dans la plus atroce angoisse... Quelle heure est-il?... Nous n'avons plus une allumette sur nous... Et cependant il faudrait savoir... M. de Chagny imagine de briser le verre de sa montre et de tâter les deux aiguilles... Un silence pendant lequel il tâte, il interroge les aiguilles du bout des doigts. L'anneau de la montre lui sert de point de repère!... Il estime à l'écartement des aiguilles qu'il peut être justement onze heures...

Mais les onze heures qui nous font tressaillir, sont peut-être passées, n'est-ce pas?... Il est peut-être onze heures et dix minutes... et nous aurions au moins encore douze heures devant nous.

Et, tout à coup, je crie :

« Silence! »

Il m'a semblé entendre des pas dans la demeure à côté.

Je ne me suis pas trompé! j'entends un bruit de portes, suivi de pas précipités. On frappe contre le mur. La voix de Christine Daaé :

« Raoul! Raoul! »

Ah! nous crions tous à la fois, maintenant, de l'un et de l'autre côté du mur. Christine sanglote, elle ne savait point si elle retrouverait M. de Chagny vivant!... Le monstre a été terrible, paraît-il... Il n'a fait que délirer en attendant qu'elle voulût bien prononcer le « oui » qu'elle lui refusait... Et cependant, elle lui promettait ce « oui » s'il voulait bien la conduire dans la chambre des supplices!... Mais il s'y était obstinément opposé, avec des menaces atroces à l'adresse de tous ceux de la race humaine... Enfin, après des heures et des heures de cet enfer, il venait de sortir à l'instant... la laissant seule pour réfléchir une dernière fois...

... Des heures et des heures!...

« Quelle heure est-il? Quelle heure est-il, Christine?...

— Il est onze heures!... onze heures moins cinq minutes!...

— Mais quelles onze heures?...

— Les onze heures qui doivent décider de la vie ou de la mort!... Il vient de me le répéter en partant, reprend la voix râlante de Christine... Il est épouvantable!... Il délire et il a arraché son masque et ses yeux d'or lancent des flammes! Et il ne fait que rire!... Il m'a dit en riant, comme un démon ivre : « Cinq minutes! Je te laisse seule à cause « de ta pudeur bien connue!... Je ne veux pas que « tu rougisses devant moi quand tu me diras « « oui », comme les timides fiancées!... Que diable! « on sait son monde! » Je vous ai dit qu'il était comme un démon ivre!... « Tiens! (et il a puisé « dans le petit sac de la vie et de la mort) Tiens! « m'a-t-il dit, voilà la petite clef de bronze qui « ouvre les coffrets d'ébène qui sont sur la chemi-« née de la chambre Louis-Philippe... Dans l'un « de ces coffrets, tu trouveras un scorpion et dans « l'autre une sauterelle, des animaux très bien imi-« tés en bronze du Japon; ce sont des animaux qui « disent oui et non! C'est-à-dire que tu n'auras qu'à « tourner le scorpion sur son pivot, dans la posi-« tion contraire à celle où tu l'auras trouvé... cela « signifiera à mes yeux, quand je rentrerai dans

« la chambre Louis-Philippe, dans la chambre des
« fiançailles : *oui!*... La sauterelle, elle, si tu la
« tournes, voudra dire : *non!* à mes yeux, quand
« je rentrerai dans la chambre Louis-Philippe,
« dans la chambre de la mort!... » Et il riait comme
un démon ivre! Moi, je ne faisais que lui réclamer
à genoux la clef de la chambre des supplices, lui
promettant d'être à jamais sa femme s'il m'accordait cela... Mais il m'a dit qu'on n'aurait plus
besoin jamais de cette clef et qu'il allait la jeter
au fond du lac!... Et puis, en riant comme un
démon ivre, il m'a laissée en me disant qu'il ne
reviendrait que dans cinq minutes, à cause qu'il
savait tout ce que l'on doit, quand on est un galant
homme, à la pudeur des femmes!... Ah! oui, encore
il m'a crié : « La sauterelle!... Prends garde à la
« sauterelle!... Ça ne tourne pas seulement une sau-
« terelle, ça saute!... ça saute!... *ça saute joliment
bien!...* »

J'essaie ici de reproduire avec des phrases, des
mots entrecoupés, des exclamations, le sens des
paroles délirantes de Christine!... Car, elle aussi,
pendant ces vingt-quatre heures, avait dû toucher
le fond de la douleur humaine... et peut-être
avait-elle souffert plus que nous!... A chaque instant,
Christine s'interrompait et nous interrompait pour
s'écrier : « Raoul! souffres-tu?... » Et elle tâtait
les murs, qui étaient froids maintenant, et elle
demandait pour quelle raison ils avaient été si
chauds!... Et les cinq minutes s'écoulèrent et, dans

ma pauvre cervelle, grattaient de toutes leurs pattes le scorpion et la sauterelle!...

J'avais cependant conservé assez de lucidité pour comprendre que si l'on tournait la sauterelle, la sauterelle sautait... et avec elle beaucoup de ceux de la race humaine! Point de doute que la sauterelle commandait quelque courant électrique destiné à faire sauter la poudrière!... Hâtivement, M. de Chagny, qui semblait maintenant, depuis qu'il avait réentendu la voix de Christine, avoir recouvré toute sa force morale, expliquait à la jeune fille dans quelle situation formidable nous nous trouvions, nous et tout l'Opéra... *Il fallait tourner le scorpion,* tout de suite...

Ce scorpion, qui répondait au *oui* tant souhaité par Erik, devait être quelque chose qui empêcherait peut-être la catastrophe de se produire.

« Va!... va donc, Christine, ma femme adorée!... » commanda Raoul.

Il y eut un silence.

« Christine, m'écriai-je, où êtes-vous?

— Auprès du scorpion!

— N'y touchez pas! »

L'idée m'était venue — car je connaissais mon Erik — que le monstre avait encore trompé la jeune femme. C'était peut-être le scorpion qui allait tout faire sauter. Car, enfin, pourquoi n'était-il pas là, lui? Il y avait beau temps maintenant que les cinq minutes étaient écoulées... et il n'était pas revenu... Et il s'était sans doute mis à l'abri!... Et il attendait peut-être l'explosion formidable... Il n'attendait plus que ça!... Il ne pouvait pas espérer, en vérité, que Christine consentirait jamais à être sa proie volontaire!... Pourquoi n'était-il pas revenu?... Ne touchez pas au scorpion!...

« Lui!... s'écria Christine. Je l'entends!... Le voilà!... »

· ·

Il arrivait, en effet. Nous entendîmes ses pas qui se rapprochaient de la chambre Louis-Philippe. Il avait rejoint Christine. Il n'avait pas prononcé un mot...

Alors, j'élevai la voix :

« Erik! c'est moi! Me reconnais-tu? »

A cet appel, il répondit aussitôt sur un ton extraordinairement pacifique :

« *Vous n'êtes donc pas morts là-dedans?*... Eh bien, tâchez de vous tenir tranquilles. »

Je voulus l'interrompre, mais il me dit si froidement, que j'en restai glacé derrière mon mur : « Plus un mot, *daroga*, ou je fais tout sauter! »

Et aussitôt il ajouta :

« L'honneur doit en revenir à mademoiselle!... Mademoiselle n'a pas touché au scorpion (comme il parlait posément!), mademoiselle n'a pas touché à la sauterelle (avec quel effrayant sang-froid!), mais il n'est pas trop tard pour bien faire. Tenez, j'ouvre sans clef, moi, car je suis l'amateur de trappes, et j'ouvre et ferme tout ce que je veux, comme je veux... J'ouvre les petits coffrets d'ébène : regardez-y, mademoiselle, dans les petits coffrets d'ébène... les jolies petites bêtes... Sont-elles assez bien imitées... et comme elles paraissent inoffensives... Mais l'habit ne fait pas le moine! (Tout ceci d'une voix blanche, uniforme...) Si l'on tourne la sauterelle, nous sautons tous, mademoiselle... Il y a sous nos pieds assez de poudre pour faire sauter un quartier de Paris... si l'on tourne le scorpion, toute cette poudre est noyée!... Mademoiselle, à l'occasion de nos noces, vous allez faire un bien joli cadeau à quelques centaines de Parisiens qui applaudissent en ce moment un bien pauvre chef-d'œuvre de Meyerbeer... Vous allez leur faire cadeau de la vie... car vous allez, mademoiselle, de vos jolies mains — quelle voix lasse cette voix — vous allez tourner le scorpion!... Et gai, gai, nous nous marierons! »

Un silence, et puis :

« Si, dans deux minutes, mademoiselle, vous n'avez pas tourné le scorpion — j'ai une montre, ajouta la voix d'Erik, une montre qui marche joliment bien... — moi, je tourne la sauterelle... et la sauterelle, *ça saute joliment bien!*... »

Le silence reprit plus effrayant à lui tout seul que tous les autres effrayants silences. Je savais que lorsque Erik avait pris cette voix pacifique, et tranquille, et lasse, c'est qu'il était à bout de tout, capable du plus titanesque forfait ou du plus forcené dévouement et qu'une syllabe déplaisante à son oreille pourrait déchaîner l'ouragan. M. de

Chagny, lui, avait compris qu'il n'y avait plus qu'à prier, et, à genoux, il priait... Quant à moi, mon sang battait si fort que je dus saisir mon cœur dans ma main, de grand-peur qu'il n'éclatât... C'est que nous pressentions trop horriblement ce qui se passait en ces secondes suprêmes dans la pensée affolée de Christine Daaé... c'est que nous comprenions son hésitation à tourner le scorpion... Encore une fois, si c'était le scorpion qui allait tout faire sauter!... Si Erik avait résolu de nous engloutir tous avec lui!

Enfin, la voix d'Erik, douce cette fois, d'une douceur angélique...

« Les deux minutes sont écoulées... adieu, mademoiselle!... saute, sauterelle!...

— Erik, s'écria Christine, qui avait dû se précipiter sur la main du monstre, me jures-tu, monstre, me jures-tu sur ton infernal amour, que c'est le scorpion qu'il faut tourner...

— Oui, pour sauter à nos noces...

— Ah! tu vois bien! nous allons sauter!

— A nos noces, innocente enfant!... Le scorpion ouvre le bal!... Mais en voilà assez!... Tu ne veux pas du scorpion? A moi la sauterelle!

— Erik!...

— Assez!... »

J'avais joint mes cris à ceux de Christine. M. de Chagny, toujours à genoux, continuait à prier...

« Erik! J'ai tourné le scorpion!!... »

.. ..

Ah! la seconde que nous avons vécue là!

A attendre!

A attendre que nous ne soyons plus rien que des miettes, au milieu du tonnerre et des ruines...

... A sentir craquer sous nos pieds, dans le gouffre ouvert... des choses... des choses qui pouvaient être le commencement de l'apothéose d'horreur... car, par la trappe ouverte dans les ténèbres, gueule noire dans la nuit noire, un sifflement inquiétant — comme le premier bruit d'une fusée — venait...

... D'abord tout mince... et puis plus épais... puis très fort...

Mais écoutez! écoutez! et retenez des deux mains votre cœur prêt à sauter avec beaucoup de ceux de la race humaine.

Ce n'est point là le sifflement du feu.

Ne dirait-on point une fusée d'eau?...

A la trappe! à la trappe!

Ecoutez! écoutez!

Cela fait maintenant glouglou... glouglou...

A la trappe!... à la trappe!... à la trappe!...

Quelle fraîcheur!

A la fraîche! à la fraîche! Toute notre soif qui était partie quand était venue l'épouvante, revient plus forte avec le bruit de l'eau.

L'eau! l'eau! l'eau qui monte!...

Qui monte dans la cave, par-dessus les tonneaux, tous les tonneaux de poudre (tonneaux! tonneaux!... avez-vous des tonneaux à vendre?) l'eau!... l'eau vers laquelle nous descendons avec des gorges embrasées... l'eau qui monte jusqu'à nos mentons, jusqu'à nos bouches...

Et nous buvons... Au fond de la cave, nous buvons, à même la cave...

Et nous remontons, dans la nuit noire, l'escalier, marche à marche, l'escalier que nous avions descendu au-devant de l'eau et que nous remontons avec l'eau.

Vraiment, voilà bien de la poudre perdue et bien noyée! à grande eau!... C'est de la belle besogne! On ne regarde pas à l'eau, dans la demeure du Lac! Si ça continue, tout le lac va entrer dans la cave...

Car, en vérité, on ne sait plus maintenant où elle va s'arrêter...

Nous voici sortis de la cave et l'eau monte toujours...

Et l'eau aussi sort de la cave, s'épand sur le plancher... Si cela continue, toute la demeure du Lac va en être inondée. Le plancher de la chambre des miroirs est lui-même un vrai petit lac dans lequel nos pieds barbotent. C'est assez d'eau comme cela! Il faut qu'Erik ferme le robinet : Erik! Erik! Il y a assez d'eau pour la poudre! Tourne le robinet! Ferme le scorpion!

Mais Erik ne répond pas... On n'entend plus rien que l'eau qui monte... nous en avons maintenant jusqu'à mi-jambe!...

« Christine! Christine! l'eau monte! monte jusqu'à nos genoux », crie M. de Chagny.

Mais Christine ne répond pas... on n'entend plus rien que l'eau qui monte.

Rien! rien! dans la chambre à côté... Plus personne! personne pour tourner le robinet! personne pour fermer le scorpion!

Nous sommes tout seuls, dans le noir, avec l'eau noire qui nous étreint, qui grimpe, qui nous glace! Erik! Erik! Christine! Christine!

Maintenant, nous avons perdu pied et nous tournons dans l'eau, emportés dans un mouvement de rotation irrésistible, car l'eau tourne avec nous et nous nous heurtons aux miroirs noirs qui nous repoussent... et nos gorges soulevées au-dessus du tourbillon hurlent...

Est-ce que nous allons mourir ici? noyés dans la chambre des supplices?... Je n'ai jamais vu ça! Erik, au temps des *Heures Roses de Mazenderan,* ne m'a jamais montré cela par la petite fenêtre invisible!... Erik! Erik! Je t'ai sauvé la vie! Souviens-toi!... Tu étais condamné!... Tu allais mourir!... Je t'ai ouvert les portes de la vie!... Erik!...

Ah! nous tournons dans l'eau comme des épaves!...

Mais j'ai saisi tout à coup de mes mains égarées le tronc de l'arbre de fer!... et j'appelle M. de Chagny... et nous voilà tous les deux suspendus à la branche de l'arbre de fer...

Et l'eau monte toujours!

Ah! ah! rappelez-vous! Combien y a-t-il d'espace entre la branche de l'arbre de fer et le plafond en coupole de la chambre des miroirs?... Tâchez à vous souvenir!... Après tout, l'eau va peut-être s'arrêter... elle trouvera sûrement son niveau... Tenez! il me semble qu'elle s'arrête!... Non! non! horreur!... A la nage! A la nage!... nos bras qui nagent s'enlacent; nous étouffons!... nous nous battons dans l'eau noire!... nous avons déjà peine à respirer l'air noir au-dessus de l'eau noire... l'air qui fuit, que nous entendons fuir au-dessus de nos têtes par je ne sais quel appareil de ventilation... Ah! tournons! tournons! tournons jusqu'à ce que nous ayons trouvé la bouche d'air... nous collerons notre bouche à la bouche d'air... Mais les forces m'abandonnent, j'essaie de me raccrocher aux murs! Ah! comme les parois de glace sont glissantes à mes doigts qui cherchent... Nous tournons encore!... Nous enfonçons... Un dernier effort!... Un dernier cri!... Erik!... Christine!... glou, glou, glou!... dans les oreilles!.. glou, glou, glou!... au fond de l'eau noire, nos oreilles font glouglou!... Et il me semble encore, avant de perdre tout à fait connaissance, entendre entre deux glouglous... « Tonneaux!... tonneaux!... Avez-vous des tonneaux à vendre? »

XXVII

LA FIN DES AMOURS DU FANTOME

C'est ici que se termine le récit *écrit* que m'a laissé le Persan.

Malgré l'horreur d'une situation qui semblait définitivement les vouer à la mort, M. de Chagny et son compagnon furent sauvés par le dévouement sublime de Christine Daaé. Et je tiens tout le reste de l'aventure de la bouche du daroga lui-même.

Quand j'allai le voir, il habitait toujours son petit appartement de la rue de Rivoli, en face des Tuileries. Il était bien malade et il ne fallait rien de moins que toute mon ardeur de reporter-historien au service de la vérité pour le décider à revivre avec moi l'incroyable drame. C'était toujours son vieux et fidèle domestique Darius qui le servait et me conduisait auprès de lui. Le daroga me recevait au coin de la fenêtre qui regarde le jardin, assis dans un vaste·fauteuil où il essayait de redres-

ser un torse qui n'avait pas dû être sans beauté.
Notre Persan avait encore ses yeux magnifiques,
mais son pauvre visage était bien fatigué. Il avait
fait raser entièrement sa tête qu'il couvrait à l'ordinaire d'un bonnet d'astrakan; il était habillé d'une
vaste houppelande très simple dans les manches de
laquelle il s'amusait inconsciemment à tourner les
pouces, mais son esprit était resté fort lucide.

Il ne pouvait se rappeler les affres anciennes
sans être repris d'une certaine fièvre et c'est par
bribes que je lui arrachai la fin surprenante de
cette étrange histoire. Parfois, il se faisait prier
longtemps pour répondre à mes questions, et parfois exalté par ses souvenirs il évoquait spontanément devant moi, avec un relief saisissant, l'image
effroyable d'Erik et les terribles heures que M. de
Chagny et lui avaient vécues dans la demeure du
Lac.

Il fallait voir le frémissement qui l'agitait quand
il me dépeignait son réveil dans la pénombre
inquiétante de la chambre Louis-Philippe... après
le drame des eaux... Et voici la fin de cette terrible
histoire, telle qu'il me l'a racontée de façon à
compléter le récit écrit qu'il avait bien voulu me
confier :

En ouvrant les yeux, le *daroga* s'était vu étendu
sur un lit... M. de Chagny était couché sur un
canapé, à côté de l'armoire à glace. Un ange et un
démon veillaient sur eux...

Après les mirages et illusions de la chambre des

supplices, la précision des détails bourgeois de cette petite pièce tranquille, semblait avoir été encore inventée dans le dessein de dérouter l'esprit du mortel assez téméraire pour s'égarer dans ce domaine du cauchemar vivant. Ce lit-bateau, ces chaises d'acajou ciré, cette commode et ces cuivres, le soin avec lequel ces petits carrés de dentelle au crochet étaient placés sur le dos des fauteuils, la pendule et de chaque côté de la cheminée les petits coffrets à l'apparence si inoffensive... enfin, cette étagère garnie de coquillages, de pelotes rouges pour les épingles, de bateaux en nacre et d'un énorme œuf d'autruche... le tout éclairé discrètement par une lampe à abat-jour posée sur un guéridon... tout ce mobilier qui était d'une laideur ménagère touchante, si paisible, si raisonnable « *au fond des caves de l'Opéra* », déconcertait l'imagination plus que toutes les fantasmagories passées.

Et l'ombre de l'homme au masque, dans ce petit cadre vieillot, précis et propret, n'en apparaissait que plus formidable. Elle se courba jusqu'à l'oreille du Persan et lui dit à voix basse :

« Ça va mieux, daroga?... Tu regardes mon mobilier?... C'est tout ce qui me reste de ma pauvre misérable mère... »

Il lui dit encore des choses qu'il ne se rappelait plus; mais — et cela lui paraissait bien singulier — le Persan avait le souvenir précis que, pendant cette vision surannée de la chambre Louis-Philippe seul Erik parlait. Christine Daaé ne disait pas un mot; elle se déplaçait sans bruit et comme une Sœur de charité qui aurait fait vœu de silence... Elle apportait dans une tasse un cordial... ou du thé fumant... L'homme au masque la lui prenait des mains et la tendait au Persan.

Quant à M. de Chagny, il dormait...

Erik dit en versant un peu de rhum dans la tasse du daroga et en lui montrant le vicomte étendu :

« Il est revenu à lui bien avant que nous puissions savoir *si vous seriez encore vivant un jour, daroga.* Il va très bien... Il dort... Il ne faut pas le réveiller... »

Un instant, Erik quitta la chambre et le Persan, se soulevant sur son coude, regarda autour de lui... Il aperçut, assise au coin de la cheminée, la silhouette blanche de Christine Daaé. Il lui adressa la parole... il l'appela... mais il était encore très faible et il retomba sur l'oreiller... Christine vint à lui, lui posa la main sur le front, puis s'éloigna... Et le Persan se rappela qu'alors, en s'en allant, elle n'eut pas un regard pour M. de Chagny qui, à côté, il est vrai, bien tranquillement dormait... et elle retourna s'asseoir dans son fauteuil, au coin de la cheminée, silencieuse comme une Sœur de charité qui a fait vœu de silence...

Erik revint avec de petits flacons qu'il déposa sur la cheminée. Et tout bas encore, pour ne pas éveiller M. de Chagny, il dit au Persan, après s'être assis à son chevet et lui avoir tâté le pouls :

« Maintenant, vous êtes sauvés tous les deux. Et

je vais tantôt vous reconduire sur le dessus de la terre, *pour faire plaisir à ma femme.* »

Sur quoi il se leva, sans autre explication, et disparut encore.

Le Persan regardait maintenant le profil tranquille de Christine Daaé sous la lampe. Elle lisait dans un tout petit livre à tranche dorée comme on en voit aux livres religieux. *L'Imitation* a de ces éditions-là. Et le Persan avait encore dans l'oreille le ton naturel avec lequel l'autre avait dit : « Pour faire plaisir à ma femme... »

Tout doucement, le daroga appela encore, mais Christine devait *lire très loin,* car elle n'entendit pas...

Erik revint... fit boire au daroga une potion, après lui avoir recommandé de ne plus adresser une parole à « sa femme » ni à personne, *parce que cela pouvait être très dangereux pour la santé de tout le monde.*

A partir de ce moment, le Persan se souvient encore de l'ombre noire d'Erik et de la silhouette blanche de Christine qui glissaient toujours en silence à travers la chambre, se penchaient au-dessus de M. de Chagny. Le Persan était encore très faible et le moindre bruit, la porte de l'armoire à glace qui s'ouvrait en grinçant, par exemple, lui faisait mal à la tête... et puis il s'endormit comme M. de Chagny.

Cette fois, il ne devait plus se réveiller que chez lui, soigné par son fidèle Darius, qui lui apprit qu'on l'avait, la nuit précédente, trouvé contre la porte de son appartement, où il avait dû être transporté par un inconnu, lequel avait eu soin de sonner avant de s'éloigner.

Aussitôt que le daroga eut recouvré ses forces et sa responsabilité, il envoya demander des nouvelles du vicomte au domicile du comte Philippe.

Il lui fut répondu que le jeune homme n'avait pas reparu et que le comte Philippe était mort. On avait trouvé son cadavre sur la berge du lac de l'Opéra, du côté de la rue Scribe. Le Persan se rappela la messe funèbre à laquelle il avait assisté derrière le mur de la chambre des miroirs et il ne douta plus du crime ni du criminel. Sans peine, hélas! connaissant Erik, il reconstitua le drame. Après avoir cru que son frère avait enlevé Christine Daaé, Philippe s'était précipité à sa poursuite sur cette route de Bruxelles, où il savait que tout était préparé pour une telle aventure. N'y ayant point rencontré les jeunes gens, il était revenu à l'Opéra, s'était rappelé les étranges confidences de Raoul sur son fantastique rival, avait appris que le vicomte avait tout tenté pour pénétrer dans les dessous du théâtre et enfin qu'il avait disparu, laissant son chapeau dans la loge de la diva, à côté d'une boîte de pistolets. Et le comte, qui ne doutait plus de la folie de son frère, s'était à son tour lancé dans cet infernal labyrinthe souterrain. En fallait-il davantage, aux yeux du Persan, pour que l'on retrouvât le cadavre du comte

sur la berge du lac, où veillait le chant de la
sirène, la sirène d'Erik, cette concierge du lac des
Morts?

Aussi le Persan n'hésita pas. Epouvanté de ce
nouveau forfait, ne pouvant rester dans l'incerti-
tude où il se trouvait relativement au sort définitif du vicomte et de Christine Daaé, il se décida
à tout dire à la justice.

Or l'instruction de l'affaire avait été confiée à
M. le juge Faure et c'est chez lui qu'il s'en alla
frapper. On se doute de quelle sorte un esprit
sceptique, terre à terre, superficiel (je le dis comme
je le pense) et nullement préparé à une telle confidence, reçut la déposition du daroga. Celui-ci fut
traité comme un fou.

Le Persan, désespérant de se faire jamais
entendre, s'était mis alors à écrire. Puisque la justice ne voulait pas de son témoignage, la presse
s'en emparerait peut-être, et il venait un soir de
tracer la dernière ligne du récit que j'ai fidèlement rapporté ici quand son domestique Darius
lui annonça un étranger qui n'avait point dit son
nom, dont il était impossible de voir le visage et
qui avait déclaré simplement qu'il ne quitterait la
place qu'après avoir parlé au *daroga*.

Le Persan, pressentant immédiatement la personnalité de ce singulier visiteur, ordonna qu'on l'in-
troduisît sur-le-champ.

Le daroga ne s'était pas trompé.

C'était le Fantôme! C'était Erik!

Il paraissait d'une faiblesse extrême et se retenait au mur comme s'il craignait de tomber... Ayant
enlevé son chapeau, il montra un front d'une
pâleur de cire. Le reste du visage était caché par
le masque.

Le Persan s'était dressé devant lui.

« Assassin du comte Philippe, qu'as-tu fait de
son frère et de Christine Daaé? »

A cette apostrophe formidable, Erik chancela et
garda un instant le silence, puis, s'étant traîné
jusqu'à un fauteuil, il s'y laissa tomber en poussant un profond soupir. Et là, il dit à petites
phrases, à petits mots, à court souffle :

« *Daroga,* ne me parle pas du comte Philippe...
Il était mort... déjà... quand je suis sorti de ma
maison... il était mort... déjà... quand... la sirène a
chanté... c'est un accident... un triste... un... lamentablement triste... accident... Il était tombé bien
maladroitement et simplement et naturellement
dans le lac!...

— Tu mens! » s'écria le Persan.

Alors Erik courba la tête et dit :

« Je ne viens pas ici... pour te parler du comte
Philippe... mais pour te dire que... je vais mourir...

— Où sont Raoul de Chagny et Christine
Daaé?...

— Je vais mourir.

— Raoul de Chagny et Christine Daaé?

— ... d'amour... daroga... je vais mourir
d'amour... c'est comme cela... je l'aimais tant!... Et

je l'aime encore, daroga, puisque j'en meurs, je te
dis.. Si tu savais comme elle était belle quand elle
m'a permis de l'embrasser *vivante,* sur son salut
éternel... C'était la première fois, *daroga,* la première fois, tu entends, que j'embrassais une
femme... Oui, vivante, je l'ai embrassée vivante et
elle était belle comme une morte!... »

Le Persan s'était levé et il avait osé toucher Erik.
Il lui secoua le bras.

« Me diras-tu enfin si elle est morte ou vivante?...

— Pourquoi me secoues-tu ainsi? répondit Erik
avec effort... Je te dis que c'est moi qui vais mourir... oui, je l'ai embrassée vivante...

— Et maintenant, elle est morte?

— Je te dis que je l'ai embrassée comme ça sur
le front... et elle n'a point retiré son front de ma
bouche!... Ah! c'est une honnête fille! Quant à être
morte, je ne le pense pas, bien que cela ne me
regarde plus... Non! non! elle n'est pas morte! Et
il ne faudrait pas que j'apprenne que quelqu'un
a touché un cheveu de sa tête! C'est une brave
et honnête fille qui t'a sauvé la vie, par-dessus le
marché, daroga, dans un moment où je n'aurais
pas donné deux sous de ta peau de Persan. Au
fond, personne ne s'occupait de toi. Pourquoi
étais-tu là avec ce petit jeune homme? Tu allais
mourir par-dessus le marché! Ma parole, elle me
suppliait pour son petit jeune homme, mais je lui
avais répondu que, puisqu'elle avait tourné le scorpion, j'étais devenu par cela même, et de sa bonne

volonté, son fiancé et qu'elle n'avait pas besoin de
deux fiancés, ce qui était assez juste; quant à toi,
tu n'existais pas, tu n'existais déjà plus, je te le
répète, et tu allais mourir avec l'autre fiancé!

« Seulement, écoute bien, daroga, comme vous
criiez comme des possédés à cause de l'eau, Christine est venue à moi, ses beaux grands yeux bleus
ouverts et elle m'a juré, sur son salut éternel,
qu'elle consentait *à être ma femme vivante!* Jusqu'alors, dans le fond de ses yeux, daroga, j'avais
toujours vu ma femme morte; c'était la première
fois que j'y voyais *ma femme vivante.* Elle était
sincère, sur son salut éternel. Elle ne se tuerait
point. Marché conclu. Une demi-minute plus tard,
toutes les eaux étaient retournées au Lac, et je
tirais ta langue, daroga, car j'ai bien cru, ma parole,
que tu y resterais!... Enfin!... Voilà! C'était
entendu! je devais vous reporter chez vous sur le
dessus de la terre. Enfin, quand vous m'avez eu
débarrassé le plancher de la chambre Louis-Philippe. j'y suis revenu, moi, tout seul.

— Qu'avais-tu fait du vicomte de Chagny? interrompit le Persan.

— Ah! tu comprends... celui-là, daroga, je
n'allais pas comme ça le reporter tout de suite
sur le dessus de la terre... C'était un otage... Mais
je ne pouvais pas non plus le conserver dans la
demeure du Lac, à cause de Christine; alors je l'ai
enfermé bien confortablement, je l'ai enchaîné proprement (le parfum de Mazenderan l'avait rendu

mou comme une chiffe) dans le caveau des communards qui est dans la partie la plus déserte de la plus lointaine cave de l'Opéra, plus bas que le cinquième dessous, là où personne ne va jamais et d'où l'on ne peut se faire entendre de personne. J'étais bien tranquille et je suis revenu auprès de Christine. Elle m'attendait... »

A cet endroit de son récit, il paraît que le Fantôme se leva si solennellement que le Persan qui avait repris sa place dans son fauteuil dut se lever, lui aussi, comme obéissant au même mouvement et sentant qu'il était impossible de rester assis dans un moment aussi solennel et même (m'a dit le Persan lui-même) il ôta, bien qu'il eût la tête rase, son bonnet d'astrakan.

« Oui ! Elle m'attendait ! reprit Erik, qui se prit à trembler comme une feuille, mais à trembler d'une vraie émotion solennelle... elle m'attendait toute droite, vivante, comme une vraie fiancée vivante, sur son salut éternel... Et quand je me suis avancé, plus timide qu'un petit enfant, elle ne s'est point sauvée... non, non... elle est restée... elle m'a attendu... je crois bien même, daroga, qu'elle a un peu... oh ! pas beaucoup... mais un peu, comme une fiancée vivante, tendu son front... Et... et... je l'ai... embrassée !... Moi !... moi !... moi !... Et elle n'est pas morte !... Et elle est restée tout naturellement à côté de moi, après que je l'ai eu embrassée, comme ça... sur le front... Ah ! que c'est bon, daroga, d'embrasser quelqu'un !... Tu ne peux pas

savoir, toi!... Mais moi! moi!... Ma mère, daroga,
ma pauvre misérable mère n'a jamais voulu que
je l'embrasse... Elle se sauvait... en me jetant mon
masque!... ni aucune femme!... jamais!... jamais!...
Ah! ah! ah! Alors, n'est-ce pas?... d'un pareil
bonheur, n'est-ce pas, j'ai pleuré. Et je suis tombé
en pleurant à ses pieds... et j'ai embrassé ses
pieds, ses petits pieds, en pleurant... Toi aussi
tu pleures, daroga; et elle aussi pleurait... l'ange a
pleuré... »

Comme il racontait ces choses, Erik sanglotait
et le Persan, en effet, n'avait pu retenir ses larmes
devant cet homme masqué qui, les épaules secouées,
les mains à la poitrine, râlait tantôt de douleur et
tantôt d'attendrissement.

« ... Oh! daroga, j'ai senti ses larmes couler sur
mon front à moi! à moi! à moi! Elles étaient
chaudes... elles étaient douces! elles allaient partout
sous mon masque, ses larmes! elles allaient se mêler
à mes larmes dans mes yeux!... elles coulaient
jusque dans ma bouche... Ah! ses larmes à elle, sur
moi! Ecoute, daroga, écoute ce que j'ai fait... J'ai
arraché mon masque pour ne pas perdre une seule
de ses larmes... Et elle ne s'est pas enfuie!... Et
elle n'est pas morte! Elle est restée vivante, à pleurer... sur moi... avec moi... Nous avons pleuré
ensemble!... Seigneur du ciel! vous m'avez donné
tout le bonheur du monde!... »

Et Erik s'était effondré, râlant sur le fauteuil.

Ah! Je ne vais pas encore mourir... tout de

suite... mais laisse-moi pleurer! » avait-il dit au
Persan.

Au bout d'un instant, l'Homme au masque avait
repris :

« Ecoute, daroga... écoute bien cela... pendant
que j'étais à ses pieds... j'ai entendu qu'elle disait :
« *Pauvre malheureux Erik!* » *et elle a pris ma
main!*... Moi, je n'ai plus été, tu comprends, qu'un
pauvre chien prêt à mourir pour elle... comme je te
le dis, daroga!

« Figure-toi que j'avais dans la main un anneau,
un anneau d'or que je lui avais donné... qu'elle
avait perdu... et que j'ai retrouvé... une alliance,
quoi!... Je le lui ai glissé dans sa petite main et
je lui ai dit : Tiens!... prends ça!... prends ça
pour toi... et pour lui... Ce sera mon cadeau de
noces... le cadeau du *pauvre malheureux Erik*...
Je sais que tu l'aimes, le jeune homme... ne pleure
plus!... Elle m'a demandé, d'une voix bien douce,
ce que je voulais dire; alors, je lui ai fait comprendre, et elle a compris tout de suite que je
n'étais pour elle qu'un pauvre chien prêt à mourir... mais qu'elle, elle pourrait se marier avec le
jeune homme quand elle voudrait, parce qu'elle
avait pleuré avec moi... Ah! daroga... tu penses...
que... lorsque je lui disais cela, c'était comme si je
découpais bien tranquillement mon cœur en
quatre, mais elle avait pleuré avec moi... et elle
avait dit : « Pauvre malheureux Erik!... »

L'émotion d'Erik était telle qu'il dut avertir le

Persan de ne point le regarder, car il étouffait et il était dans la nécessité d'ôter son masque. A ce propos le daroga m'a raconté qu'il était allé lui-même à la fenêtre et qu'il l'avait ouverte le cœur soulevé de pitié, mais en prenant grand soin de fixer la cime des arbres du jardin des Tuileries pour ne point rencontrer le visage du monstre.

« Je suis allé, avait continué Erik, délivrer le jeune homme et je lui ai dit de me suivre auprès de Christine... Ils se sont embrassés devant moi dans la chambre Louis-Philippe... Christine avait mon anneau... J'ai fait jurer à Christine que lorsque je serais mort elle viendrait une nuit, en passant par le lac de la rue Scribe, m'enterrer en grand secret avec l'anneau d'or qu'elle aurait porté jusqu'à cette minute-là... je lui ai dit comment elle trouverait mon corps et ce qu'il fallait en faire... Alors, Christine m'a embrassé pour la première fois, à son tour, là, sur le front... (ne regarde pas, daroga!) là, sur le front... sur mon front à moi!... (ne regarde pas, daroga!) et ils sont partis tous les deux... Christine ne pleurait plus..., moi seul, je pleurais... daroga, daroga... si Christine tient son serment, elle reviendra bientôt!... »

Et Erik s'était tu. Le Persan ne lui avait plus posé aucune question. Il était rassuré tout à fait sur le sort de Raoul de Chagny et de Christine Daaé, et aucun de ceux de la race humaine n'aurait pu, après l'avoir entendue cette nuit-là, mettre en doute la parole d'Erik qui pleurait.

Le monstre avait remis son masque et rassemblé
ses forces pour quitter le daroga. Il lui avait
annoncé que, lorsqu'il sentirait sa fin très prochaine, il lui enverrait, pour le remercier du bien
que celui-ci lui avait voulu autrefois, ce qu'il avait
de plus cher au monde : tous les papiers de Christine Daaé, qu'elle avait écrits dans le moment
même de cette aventure à l'intention de Raoul, et
qu'elle avait laissés à Erik, et quelques objets qui
lui venaient d'elle, deux mouchoirs, une paire de
gants et un nœud de soulier. Sur une question du
Persan, Erik lui apprit que les deux jeunes gens
aussitôt qu'ils s'étaient vus libres, avaient résolu
d'aller chercher un prêtre au fond de quelque solitude où ils cacheraient leur bonheur et qu'ils
avaient pris, dans ce dessein, « la gare du Nord du
Monde ». Enfin Erik comptait sur le Persan pour,
aussitôt que celui-ci aurait reçu les reliques et
les papiers promis, annoncer sa mort aux
deux jeunes gens. Il devrait pour cela payer une
ligne aux annonces nécrologiques du journal
l'*Epoque*.

C'était tout.

Le Persan avait reconduit Erik jusqu'à la porte
de son appartement et Darius l'avait accompagné
jusque sur le trottoir en le soutenant. Un fiacre
attendait. Erik y monta. Le Persan, qui était revenu
à la fenêtre, l'entendit dire au cocher : « Terre-
plein de l'Opéra. »

Et puis, le fiacre s'était enfoncé dans la nuit. Le

Persan avait, pour la dernière fois, vu le pauvre malheureux Erik.

Trois semaines plus tard, le journal l'*Epoque* avait publié cette annonce nécrologique :

« Erik est mort. »

EPILOGUE

TELLE est la véridique histoire du Fantôme de
l'Opéra. Comme je l'annonçais au début de cet
ouvrage, on ne saurait douter maintenant qu'Erik
ait réellement vécu. Trop de preuves de cette existence sont mises aujourd'hui à la portée de chacun
pour qu'on ne puisse suivre, *raisonnablement*, les
faits et les gestes d'Erik à travers tout le drame
des Chagny.

Il n'est point besoin de répéter ici combien cette
affaire passionna la capitale. Cette artiste enlevée,
le comte de Chagny mort dans des conditions si
exceptionnelles, son frère disparu et le triple sommeil des employés de l'éclairage à l'Opéra!... Quels
drames! quelles passions! quels crimes s'étaient
déroulés autour de l'idylle de Raoul et de la douce
et charmante Christine!... Qu'était devenue la
sublime et mystérieuse cantatrice dont la terre ne
devait plus jamais, jamais entendre parler?... On la
représenta comme la victime de la rivalité des
deux frères, et nul n'imagina ce qui s'était passé;

nul ne comprit que puisque Raoul et Christine
avaient disparu tous deux, les deux fiancés s'étaient
retirés loin du monde pour goûter un bonheur
qu'ils n'eussent point voulu public après la mort
inexpliquée du comte Philippe... Ils avaient pris
un jour un train à la gare du Nord du Monde...
Moi aussi, peut-être, un jour je prendrai le train
à cette gare-là et j'irai chercher autour de tes lacs,
ô Norvège! ô silencieuse Scandinavie! les traces
peut-être encore vivantes de Raoul et de Christine.
et aussi de la maman Valérius, qui disparut également dans le même temps!... Peut-être un jour,
entendrai-je de mes oreilles l'Echo solitaire du
Nord du Monde, répéter le chant de celle qui a
connu l'Ange de la Musique?...

Bien après que l'affaire, par les soins inintelli-
gents de M. le juge d'instruction Faure, fut classée,
la presse, de temps à autre, cherchait encore à pénétrer le mystère... et continuait à se demander où
était la main monstrueuse qui avait préparé et
exécuté tant d'inouïes catastrophes! (Crime et
disparition.)

Un journal du boulevard, qui était au courant
de tous les potins de coulisses, avait été le seul à
écrire :

« Cette main est celle du Fantôme de l'Opéra. »

Et encore il l'avait fait naturellement sur le mode
ironique.

Seul le Persan qu'on n'avait pas voulu entendre
et qui ne renouvela point, après la visite d'Erik,

sa première tentative auprès de la Justice, possédait toute la vérité.

Et il en détenait les preuves principales qui lui étaient venues avec les pieuses reliques annoncées par le Fantôme...

Ces preuves, il m'appartenait de les compléter, avec l'aide du daroga lui-même. Je le mettais, au jour le jour, au courant de mes recherches et il les guidait. Depuis de années et des années il n'était point retourné à l'Opéra, mais il avait conservé du monument le souvenir le plus précis et il n'était point de meilleur guide pour m'en faire découvrir les coins les plus cachés. C'est encore lui qui m'indiquait les sources où je pouvais puiser, les personnages à interroger; c'est lui qui me poussa à frapper à la porte de M. Poligny, dans le moment que le pauvre homme était quasi à l'agonie. Je ne le savais point si bas et je n'oublierai jamais l'effet que produisirent sur lui mes questions relatives au fantôme. Il me regarda, comme s'il voyait le diable et ne me répondit que par quelques phrases sans suite, mais qui attestaient (c'était là l'essentiel) combien F. de l'O. avait, dans son temps, jeté la perturbation dans cette vie déjà très agitée (M. Poligny était ce que l'on est convenu d'appeler un viveur).

Quand je rapportai au Persan le mince résultat de ma visite à M. Poligny, le *daroga* eut un vague sourire et me dit : « Jamais Poligny n'a su combien cette extraordinaire crapule d'Erik (tantôt le

Persan parlait d'Erik comme d'un dieu, tantôt comme d'une vile canaille) l'a fait « marcher ». Poligny était superstitieux et Erik le savait. Erik savait aussi beaucoup de choses sur les affaires publiques et privées de l'Opéra.

Quand M. Poligny entendit une voix mystérieuse lui raconter, dans la loge n° 5, l'emploi qu'il faisait de son temps et de la confiance de son associé, il ne demanda pas son reste. Frappé d'abord comme par une voix du Ciel, il se crut damné, et puis, comme la voix lui demandait de l'argent, il vit bien à la fin qu'il était joué par un maître chanteur dont Debienne lui-même fut victime. Tous deux, las déjà de leur direction pour de nombreuses raisons, s'en allèrent, sans essayer de connaître plus à fond la personnalité de cet étrange F. de l'O., qui leur avait fait parvenir un si singulier cahier des charges. Ils léguèrent tout le mystère à la direction suivante en poussant un gros soupir de satisfaction, bien débarrassés d'une histoire qui les avait fort intrigués sans les faire rire ni l'un ni l'autre.

Ainsi s'exprima le Persan sur le compte de MM. Debienne et Poligny. A ce propos, je lui parlai de leurs successeurs et je m'étonnai que dans les *Mémoires d'un Directeur,* de M. Moncharmin, on parlât d'une façon si complète des faits et gestes de F. de l'O. dans la première partie, pour en arriver à ne plus rien en dire ou à peu près dans la seconde. A quoi le Persan, qui connais-

sait ces Mémoires comme s'il les avait écrits, me fit
observer que je trouverais l'explication de toute
l'affaire si je prenais la peine de réfléchir aux
quelques lignes que, dans la seconde partie précisément de ces Mémoires, Moncharmin a bien voulu
consacrer encore au Fantôme. Voici ces lignes,
qui nous intéressent, du reste, tout particulièrement, puisqu'on y trouve relatée la manière fort
simple dont se termina la fameuse histoire des
vingt mille francs :

« A propos de F. de l'O. (c'est M. Moncharmin
qui parle), dont j'ai narré ici même, au commencement de mes Mémoires, quelques-unes des singulières fantaisies, je ne veux plus dire qu'une
chose, c'est qu'il racheta par un beau geste tous
les tracas qu'il avait causés à mon cher collaborateur et, je dois bien l'avouer, à moi-même. Il
jugea sans doute qu'il y avait des limites à toute
plaisanterie, surtout quand elle coûte aussi cher et
quand le commissaire de police est « saisi », car,
à la minute même où nous avions donné rendez-
vous dans notre cabinet à M. Mifroid pour lui
conter toute l'histoire, quelques jours après la disparition de Christine Daaé, nous trouvâmes sur le
bureau de Richard, dans une belle enveloppe sur
laquelle on lisait à l'encre rouge : *De la part de
F. de l'O.*, les sommes assez importantes qu'il avait
réussi à faire sortir momentanément, et dans une
manière de jeu, de la caisse directoriale. Richard
fut aussitôt d'avis qu'on devait s'en tenir là et ne

point pousser l'affaire. Je consentis à être de l'avis de Richard. Et tout est bien qui finit bien. N'est-ce pas, mon cher, F. de l'O.? »

Evidemment, Moncharmin, surtout après cette restitution, continuait à croire qu'il avait été un moment le jouet de l'imagination burlesque de Richard, comme, de son côté, Richard ne cessa point de croire que Moncharmin s'était, pour se venger de quelques plaisanteries, amusé à inventer toute l'affaire du F. de l'O.

N'était-ce point le moment de demander au Persan de m'apprendre par quel artifice le Fantôme faisait disparaître vingt mille francs dans la poche de Richard, malgré l'épingle de nourrice. Il me répondit qu'il n'avait point approfondi ce léger détail, mais que, si je voulais bien « travailler » sur les lieux moi-même, je devais certainement trouver la clef de l'énigme dans le bureau directorial lui-même, en me souvenant qu'Erik n'avait pas été surnommé pour rien *l'amateur de trappes*. Et je promis au Persan de me livrer, aussitôt que j'en aurais le temps, à d'utiles investigations de ce côté. Je dirai tout de suite au lecteur que les résultats de ces investigations furent parfaitement satisfaisants. Je ne croyais point, en vérité, découvrir tant de preuves indéniables de l'authenticité des phénomènes attribués au Fantôme.

Et il est bon que l'on sache que les papiers du Persan, ceux de Christine Daaé, les déclarations qui me furent faites par les anciens collaborateurs de MM. Richard et Moncharmin et par la petite Meg elle-même (cette excellente madame Giry étant, hélas! trépassée) et par la Sorelli, qui est retraitée maintenant à Louveciennes — il est bon, dis-je, que l'on sache que tout cela, qui constitue les pièces documentaires de l'existence du Fantôme, pièces que je vais déposer aux archives de l'Opéra, se trouve contrôlé par plusieurs découvertes importantes dont je puis tirer justement quelque fierté.

Si je n'ai pu retrouver la demeure du Lac, Erik en ayant définitivement condamné toutes les entrées secrètes (et encore je suis sûr qu'il serait facile d'y pénétrer si l'on procédait au dessèchement du lac, comme je l'ai plusieurs fois demandé à l'administration des beaux-arts) [1], je n'en ai pas moins découvert le couloir secret des communards, dont la paroi de planches tombe par endroits en ruine; et, de même, j'ai mis au jour la trappe par laquelle le Persan et Raoul descendirent dans les dessous du théâtre. J'ai relevé, dans

---

(1) J'en parlais encore quarante-huit heures avant l'apparition de cet ouvrage, à M. Dujardin-Beaumetz, notre si sympathique sous-secrétaire d'Etat aux Beaux-Arts, qui m'a laissé quelque espoir, et je lui disais qu'il était du devoir de l'Etat d'en finir avec la légende du Fantôme pour rétablir sur des bases indiscutables l'histoire si curieuse d'Erik. Pour cela, il est nécessaire, et ce serait le couronnement de mes travaux personnels, de retrouver la Demeure du Lac, dans laquelle se trouvent peut-être encore des trésors pour l'art musical. On ne doute plus qu'Erik fût un artiste incomparable. Qui nous dit que nous ne trouverons point dans la Demeure du Lac, la fameuse partition de son *Don Juan triomphant?*

le cachot des communards, beaucoup d'initiales tracées sur les murs par les malheureux qui furent enfermés là et, parmi ces initiales, un R et un C. — R C? Ceci n'est-il point significatif? Raoul de Chagny! Les lettres sont encore aujourd'hui très visibles. Je ne me suis pas, bien entendu, arrêté là. Dans le premier et le troisième dessous, j'ai fait jouer deux trappes d'un système pivotant, tout à fait inconnues aux machinistes, qui n'usent que de trappes à glissade horizontale.

Enfin, je puis dire, en toute connaissance de cause, au lecteur : « Visitez un jour l'Opéra, demandez à vous y promener en paix, sans cicerone stupide, entrez dans la loge n° 5 et frappez sur l'énorme colonne qui sépare cette loge de l'avant-scène; frappez avec votre canne ou avec votre poing et écoutez... jusqu'à hauteur de votre tête : *la colonne sonne le creux!* Et après cela, ne vous étonnez point qu'elle ait pu être habitée par la voix du Fantôme; il y a, dans cette colonne, de la place pour deux hommes. Que si vous vous étonnez que lors des phénomènes de la loge n° 5 nul ne se soit retourné vers cette colonne, n'oubliez pas qu'elle offre l aspect du marbre massif et que la voix qui était enfermée semblait plutôt venir du côté opposé (car la voix du fantôme ventriloque venait d'où il voulait). La colonne est travaillée, sculptée, fouillée et trifouillée par le ciseau de l'artiste. Je ne désespère pas de découvrir un jour le morceau de sculpture qui devait s'abaisser et se relever à volonté, pour laisser un libre et mystérieux passage à la correspondance du Fantôme avec Mme Giry et à ses générosités. Certes, tout cela, que j'ai vu, senti, palpé, n'est rien à côté de ce qu'en réalité un être énorme et fabuleux comme Erik a dû créer dans le mystère d'un monument comme celui de l'Opéra, mais je donnerais toutes ces découvertes pour celle qu'il m'a été donné de faire, devant l'administrateur lui-même, dans le bureau du directeur, à quelques centimètres du fauteuil : une trappe, de la longueur de la lame du parquet, de la longueur d'un avant-bras, pas plus... une trappe qui se rabat comme le couvercle d'un coffret, une trappe par où je vois sortir une main qui travaille avec dextérité dans le pan d'un habit à queue-de-morue qui traîne...

C'est par là qu'étaient partis les quarante mille francs!... C'est aussi par là que, grâce à quelque truchement, ils étaient revenus...

Quand j'en parlai avec une émotion bien compréhensible au Persan, je lui dis :

« Erik s'amusait donc simplement — puisque les quarante mille francs sont revenus — à faire le facétieux avec son cahier des charges?... »

Il me répondit :

« Ne le croyez point!... Erik avait besoin d'argent. Se croyant hors de l'humanité, il n'était point gêné par le scrupule et il se servait des dons extraordinaires d'adresse et d'imagination qu'il avait reçus de la nature en compensation de l'atroce laideur dont elle l'avait doté, pour exploiter les humains, et cela quelquefois de la façon la plus artistique du monde, car le tour valait souvent son pesant d'or. S'il a rendu les quarante mille francs, de son propre mouvement, à MM. Richard et Moncharmin, c'est qu'au moment de la restitution *il n'en avait plus besoin!* Il avait renoncé à son mariage avec Christine Daaé. Il avait renoncé à toutes les choses du dessus de la terre.

D'après le Persan, Erik était originaire d'une petite ville aux environs de Rouen. C'était le fils d'un entrepreneur de maçonnerie. Il avait fui de bonne heure le domicile paternel, où sa laideur était un objet d'horreur et d'épouvante pour ses parents. Quelque temps, il s'était exhibé dans les foires, où son impresario le montrait comme « mort vivant ». Il avait dû traverser l'Europe de foire en foire et compléter son étrange éducation d'artiste et de magicien à la source même de l'art et de la magie, chez les Bohémiens. Toute une période de l'existence d'Erik était assez obscure. On le retrouve à la foire de Nijni-Novgorod, où alors il se produisait dans toute son affreuse gloire. Déjà il chantait comme personne au monde n'a jamais chanté; il faisait le ventriloque et se livrait à des jongleries extraordinaires dont les caravanes, à leur retour en Asie, parlaient encore, tout le long du chemin. C'est ainsi que sa réputation passa les murs du palais de Mazenderan, où la petite sultane, favorite du sha-en-shah, s'ennuyait. Un marchand de fourrures, qui se rendait à Samarkand et qui revenait de Nijni-Novgorod, raconta les miracles qu'il avait vus sous la tente d'Erik. On fit venir le marchand au Palais, et le daroga de Mazenderan dut l'interroger. Puis, le daroga fut chargé de se mettre à la recherche d'Erik. Il le ramena en Perse, où pendant quelques mois il fit, comme on dit en Europe, la pluie et le beau temps. Il commit ainsi pas mal d'horreurs, car il semblait ne connaître ni le bien ni le mal, et il coopéra à quelques beaux assassinats politiques aussi tranquillement qu'il combattit, avec des inventions diaboliques, l'émir d'Afghanistan, en guerre avec l'Empire. Le sha-en-shah le prit en amitié. C'est à ce moment que se placent les *Heures roses de Mazenderan,* dont le récit du daroga nous a donné un aperçu. Comme Erik avait, en architecture, des idées tout à fait personnelles et qu'il concevait un palais comme un prestidigitateur peut imaginer un coffret à combinaisons, le sha-en-shah lui commanda une construction de ce genre, qu'il mena à bien et qui était, paraît-il, si ingénieuse que Sa Majesté pouvait se promener partout sans qu'on l'aperçût et disparaître sans qu'il fût possible de découvrir par quel artifice. Quand le sha-en-shah se vit le maître d'un pareil joyau, il ordonna, ainsi que l'avait fait certain Tsar à l'égard du génial architecte d'une église de la place Rouge, à Moscou, qu'on crevât à Erik ses yeux d'or. Mais il réflé-

chit que, même aveugle, Erik pourrait construire
encore, pour un autre souverain, une aussi
inouïe demeure, et puis, enfin, que, Erik vivant,
quelqu'un avait le secret du merveilleux palais. La
mort d'Erik fut décidée, ainsi que celle de tous les
ouvriers qui avaient travaillé sous ses ordres. Le
daroga de Mazenderan fut chargé de l'exécution de
cet ordre abominable. Erik lui avait rendu quelques
services et l'avait bien fait rire. Il le sauva
en lui procurant les moyens de s'enfuir. Mais il
faillit payer de sa tête cette faiblesse généreuse.
Heureusement pour le daroga, on trouva, sur la
rive de la mer Caspienne, un cadavre à moitié
mangé par les oiseaux de mer et qui passa pour
celui d'Erik, à cause que des amis du daroga
avaient revêtu cette dépouille d'effets ayant appar-
tenu à Erik lui-même. Le daroga en fut quitte pour
la perte de sa faveur, de ses biens, et pour l'exil.
Le Trésor persan continua cependant, car le daroga
était issu de race royale, de lui faire une petite
rente de quelques centaines de francs par mois, et
c'est alors qu'il vint se réfugier à Paris.

Quant à Erik, il avait passé en Asie Mineure,
puis était allé à Constantinople où il était entré
au service du sultan. J'aurai fait comprendre les
services qu'il put rendre à un souverain que han-
taient toutes les terreurs, quand j'aurai dit que ce
fut Erik qui construisit toutes les fameuses trappes
et chambres secrètes et coffres-forts mystérieux que
l'on trouva à Yildiz-Kiosk, après la dernière révo-

lution turque. C'est encore lui (1) qui eut cette imagination de fabriquer des automates habillés comme le prince et ressemblant à s'y méprendre au prince lui-même, automates qui faisaient croire que le chef des croyants se tenait dans un endroit, éveillé, quand il reposait dans un autre.

Naturellement, il dut quitter le service du sultan pour les mêmes raisons qu'il avait dû s'enfuir de Perse. Il savait trop de choses. Alors, très fatigué de son aventureuse et formidable et monstrueuse vie, il souhaita de devenir quelqu'un *comme tout le monde*. Et il se fit entrepreneur, comme un entrepreneur ordinaire qui construit des maisons à tout le monde, avec des briques ordinaires. Il soumissionna certains travaux de fondation à l'Opéra. Quand il se vit dans les dessous d'un aussi vaste théâtre, son naturel artiste, fantaisiste et *magique*, reprit le dessus. Et puis, n'était-il pas toujours aussi laid? Il rêva de se créer une demeure inconnue du reste de la terre et qui le cacherait à jamais au regard des hommes.

On sait et l'on devine la suite. Elle est tout au long de cette incroyable et pourtant véridique aventure. Pauvre malheureux Erik! Faut-il le plaindre? Faut-il le maudire? Il ne demandait qu'à être quelqu'un, comme tout le monde! Mais il était trop laid! Et il dut cacher son génie ou *faire des tours*

(1) Interview de Mohamed-Ali bey, au lendemain de l'entrée des troupes de Salonique, à Constantinople, par l'envoyé spécial du *Matin*.

avec, quand, avec un visage ordinaire, il eût été l'un des plus nobles de la race humaine! Il avait un cœur à contenir l'empire du monde, et il dut, finalement, se contenter d'une cave. Décidément il faut plaindre le Fantôme de l'Opéra!

J'ai prié, malgré ses crimes, sur sa dépouille et que Dieu l'ait décidément en pitié! Pourquoi Dieu a-t-il fait un homme aussi laid que celui-là?

Je suis sûr, bien sûr, d'avoir prié sur son cadavre, l'autre jour quand on l'a sorti de la terre, à l'endroit même où l'on enterrait les voix vivantes; c'était son squelette. Ce n'est point à la laideur de la tête que je l'ai reconnu, car lorsqu'ils sont morts depuis si longtemps, tous les hommes sont laids, mais à l'anneau d'or qu'il portait et que Christine Daaé était certainement venue lui glisser au doigt, avant de l'ensevelir, comme elle le lui avait promis.

Le squelette se trouvait tout près de la petite fontaine, à cet endroit où pour la première fois, quand il l'entraîna dans les dessous du théâtre, l'Ange de la Musique avait tenu dans ses bras tremblants Christine Daaé évanouie.

Et maintenant, que va-t-on faire de ce squelette? On ne va pas le jeter à la fosse commune?... Moi, je dis : la place du squelette du Fantôme de l'Opéra est aux archives de l'Académie nationale de musique; ce n'est pas un squelette ordinaire.

TABLE

IMPRIME EN FRANCE PAR BRODARD ET TAUPIN
Usine de La Flèche (Sarthe).
LIBRAIRIE GENERALE FRANÇAISE - 6, rue Pierre-Sarrazin - 75006 Paris.
ISBN : 2 - 253 - 00950 - 4

Thrillers

Parmi les titres parus

Karl ALEXANDER
C'était demain
H.G. Wells à la poursuite de Jack l'Éventreur.

M. BAR-ZOHAR
Enigma
Fils d'escroc, voleur lui-même, « le Baron » oppose son charme et sa bravoure à la Gestapo.

Arnaud de BORCHGRAVE et Robert MOSS
L'Iceberg
La face cachée du K.G.B., l'hydre qui sort ses têtes par tous les médias.

Bernard F. CONNERS
La Dernière Danse
Vingt ans après, le cadavre d'une jeune fille remonte à la surface du lac Placid...

Robin COOK
Vertiges
Des expériences criminelles à donner la migraine.

Robin COOK
Fièvre
Seul contre un empire : pour sauver sa fille, un homme s'attaque à toute l'industrie médicale.

Martin CRUZ SMITH
Gorky Park
Dans ce fameux parc de culture, des cadavres poussent soudain sous la neige...

Robert DALEY
L'Année du Dragon
Chinatown : une ville dans la ville, une mafia d'un tout autre type.

Ken FOLLETT
L'Arme à l'œil
1944. Chasse à l'espion pour un débarquement en trompe l'œil.

Ken FOLLETT
Triangle
1968. Seul contre tous, un agent israélien emporte sous son bras 200 tonnes d'uranium.

Ken FOLLETT
Le Code Rebecca
1942. Le Caire. Lutte à mort contre un espion allemand armé... d'un roman !

William GOLDMAN
Marathon Man
Quand on n'a pas de tête, il faut avoir des jambes... et du cœur au ventre.

Michel GRISOLIA
Barbarie Coast
Du balai chez les marginaux. Clochards de tous les pays, dans le placard !

Michel GRISOLIA
Haute mer
Des hommes et des femmes sur un bateau : tempête sous les crânes.

Michel GRISOLIA
Les Guetteurs
Rien ne sert de courir, même à l'autre bout du monde.

Jack HIGGINS
L'aigle s'est envolé
L'opération la plus folle qui soit sortie du cerveau d'un dément célèbre : Hitler.

Jack HIGGINS
Solo
L'assassin-pianiste a fait une fausse note : il a tapé sur la corde sensible d'un tueur professionnel.

Jack HIGGINS
Le Jour du jugement
Le piège était caché dans le corbillard...

Jack HIGGINS
Luciano
Lucky Luciano et la mafia embauchés par les Alliés... Une histoire ? Oui, mais vraie.

Mary HIGGINS CLARK
La Nuit du renard
Course contre la mort, tragédie en forme de meurtre, de rapt et d'amour.

Mary HIGGINS CLARK
La Clinique du Dr H.
Sous couvert de donner la vie, le Dr H. s'acharnerait-il à la retirer ?

Patricia HIGHSMITH
L'Amateur d'escargots
Gastéropodes géants, oiseaux humains, des récits en forme de cauchemars.

Patricia HIGHSMITH
M. Ripley (Plein soleil)
Pour prendre la place d'un autre, il faut non seulement étouffer ses scrupules, mais étouffer sa victime, cogner, frapper...

Patricia HIGHSMITH
Le Meurtrier
Le silence n'est pas toujours d'or. Il pourrait bien conduire Walter au silence éternel.

Patricia HIGHSMITH
La Cellule de verre
Au trou. Six ans. Pour rien. Par erreur. Mais quand il en sort...

Patricia HIGHSMITH
Le Rat de Venise
Ne réveillez pas le furet qui dort, ni le chameau, ni le cochon... ni surtout le rat.

Patricia HIGHSMITH
L'Inconnu du Nord-Express
Échange de très mauvais procédés auquel, comme chacun sait, Hitchcock lui-même n'a pas résisté.

Patricia HIGHSMITH
Eaux profondes
Mari complaisant ou assassin tranquille ? Patricia Highsmith se fait une joie diabolique de remuer l'eau qui dort.

Patricia HIGHSMITH
Le Cri du hibou
Robert Forester porte-t-il la mort en lui ? Celle des autres, en tout cas.

Patricia HIGHSMITH
Ripley s'amuse
Où Ripley, cette fois, se joue d'un mourant et lui confisque son âme.

Patricia HIGHSMITH
La Rançon du chien
Mission accomplie, mais à quel prix !

Patricia HIGHSMITH
L'Homme qui racontait des histoires
Réalisation d'un rêve criminel ou l'imagination au pouvoir ? Allez savoir...

Patricia HIGHSMITH
Sur les pas de Ripley
Où Ripley nous apparaît, ô stupeur, sous les traits du bon Samaritain.

Patricia HIGHSMITH
La Proie du chat
Chat, vieillards, couple ou homme seul, tremblez tous sous le regard de Patricia Highsmith !

Patricia HIGHSMITH
Le Jardin des disparus
Époux en froid, rancœurs réchauffées, encore un recueil de subtiles atrocités.

Patricia HIGHSMITH
Les Gens qui frappent à la porte
Où l'on voit que la vertu est, hélas ! mère des pires maléfices.

William IRISH
Du crépuscule à l'aube
Danse macabre, guet-apens, des histoires à tressaillir et à blêmir.

William IRISH
La Toile de l'araignée
La mort six fois recommencée, six fois réinventée...

Stephen KING
Dead Zone
Super-pouvoir psychologique contre super-pouvoir politique... super-suspense.

Laird KŒNIG
La Petite Fille au bout du chemin
Arsenic et jeunes dentelles...

Laird KŒNIG et **Peter L. DIXON**
Attention, les enfants regardent
Quatre enfants, sages comme des images d'horreur.

Bernard LENTERIC
La Gagne
Une singulière partie de poker : elle se jouera avec et sans cartes.

Robert LUDLUM
La Mémoire dans la peau
Il a tout oublié. Traqué par des tueurs, un homme se penche avec angoisse sur son passé.

Robert LUDLUM
Le Cercle bleu des Matarèse
Deux ennemis mortels se donnent la main pour en combattre un troisième.

Robert LUDLUM
Osterman week-end
Privé de son repos dominical par de redoutables espions soviétiques.

Robert LUDLUM
La Mosaïque Parsifal
Des agents très au courant, branchés pour faire sauter la planète.

Nancy MARKHAM
L'Argent des autres
Les basses œuvres de la haute finance.

Laurence ORIOL
Le tueur est parmi nous
Grossesses très nerveuses dans les Yvelines : un maniaque sexuel tue les femmes enceintes.

Francis RYCK
Le Piège
Retour à la vie ou prélude à la mort ? Un père, sa fille, une autre et des ciseaux...

Francis RYCK
Le Nuage et la Foudre
Un homme traqué par deux loubards, bien décidés à lui faire passer le goût du pain et du libertinage.

Brooks STANWOOD
Jogging
Sains de corps, mais pas forcément sains d'esprit...

Edward TOPOL et **Fridrich NEZNANSKY**
Une disparition de haute importance
Toutes les polices de l'U.R.S.S. à la poursuite d'un journaliste disparu. Du sang, de la « neige » et des balles.